云端之上

Yunduan Zhi Shang

北方◎著

上海三联书店

目录

1 偶　然

梅雨季节来了，淅淅沥沥的雨已经连绵下了数日，依然没有停歇的意思，到处都是潮湿的。在申城待了十几年，叶兰珍依然不适应这湿漉漉的感觉，整个人、整个日子都像发霉了一般，温度却有二十七八度。这样的闷热让人心情烦躁，就连冲一杯咖啡的兴趣都没有。叶兰珍百无聊赖，她开始收拾自己的书房——做点事情总归可以让人忘记不快。

书房大约有三十几个平方，书柜的颜色类似于小提琴的颜色，沿着墙的一侧整齐地立着。叶兰珍打开书柜，看到立在里面的书密密麻麻，有些书胡乱地堆在一起。这都是她的先生弄乱的。她跟先生都是空中飞人，两个人经常碰不到一起，不是她在外面出差，就是先生在外面出差，感情比较疏离。有时候她都怀疑当初为什么会跟他结婚。想到这些，叶兰珍苦笑了一下，伸手将书柜里的书一本本地拿出来，按照类别及书的尺寸放好。就在她拿起大学时常常读的一本书的时候，从书的夹页中掉出来一张卡片，恰巧落到了她的脚背上。她轻轻地俯下身子，拿起来，这时候才看清楚是一张名片。她翻过来，上面写着：林若诚，××大学副教授。叶兰珍的心咯噔一下，思绪一下子将她拉到两个多月前。

那天阳光格外灿烂，天空湛蓝湛蓝。因为工作的原因，叶兰珍要到东区的一家五星级酒店参加一个活动。活动结束的时候，已是暮色朦胧，华灯初上，也到了晚餐的时间。因为常常一个人，所以在家里她几乎不开伙，这天也不例外。走出电梯口，恰巧是酒店的西餐厅，环境清静雅致，她决定到餐厅里用餐。

找了一个靠窗的位置坐下来，服务员很快送来菜单。叶兰珍把菜单从头翻到尾，最终却只点了一杯鲜榨果汁，一盘蔬菜色拉，然后便将菜单递给了服务员。等待的间隙，叶兰珍看了看周围：餐厅规模并不算太大，半敞开式的；吧台上两个年轻的服务员在轻声地聊着天，偶尔有几声娇嗔的笑声传来；餐厅的背景音乐是小野丽莎的《玫瑰人生》。隔着一堵低矮的墙，紧挨着的就是大堂。大堂一角的位置有一架钢琴，一个侧影伟岸的男人正在专心致志地弹着。这个男人就是林若诚。

起初叶兰珍只是专心地看他弹琴，当他弹完三首曲子之后，轻轻地直了直身子，抬起头向叶兰珍的方向看过来，叶兰珍恰好与他对视了。就是这一眼，让她的心微微颤了一下，就像是平静的湖水里被扔进了一颗石子，就那么轻轻地淡淡地泛起了涟漪。

这是一个英俊的男人：五官分明，眉毛浓黑，眼睛好看，鼻子挺直，嘴巴的弧度十分性感。他不是那种轻薄的帅气，眼神充满温暖深情。男人似乎也感觉到了来自于她的目光，便自然地回应给她一个微笑。叶兰珍却稍稍有些慌乱，她顺势挤出一个笑容，然后端起桌上的水喝起来，想要掩盖自己内心的慌张。

服务员很快将菜端了上来，叶兰珍拿起叉子，假装全心全意吃饭，耳朵里却一直在听着那钢琴的旋律有没有停止。她手中的餐叉胡乱地翻弄着盘子里的几片蔬菜叶。不知道过了多久，她突然发现钢琴的旋律停止了，她想看看弹琴的那个人还在不在。一抬头，却见那个男人站到了自己的面前。她手里的叉子一下子掉到盘子里，碰得叮当响，叶兰珍顿时觉得自己很失态。

“你喜欢这些曲子吗？”男人笑笑地看着她，眼神里充满柔情，跟他健硕挺拔的身材完全相反。

“喜欢。”叶兰珍有点尴尬，回答的声音很小，她可以感觉到自己的耳根发热。

“我常常在想，我在这里弹琴，有几个人会懂得欣赏？这一刻我突然明白，就算有一个人关注到了，给她一刻好的感受也是值得的。”男人淡淡地说。

叶兰珍附和着笑了笑，她的脑子里一片混乱，她根本没听清他在说什么。

“这是我的名片，很高兴认识你。”这个男人说着递上来一张名片，转身离开了，留给叶兰珍一个高大的背影。

那天晚上，叶兰珍整个人都处于混沌的状态当中，满脑子都是那个男人的眼神，还有他说话的声音。她不知道自己是怎么回家的，只知道自己一直心潮澎湃。直到打开家门，看到的依然是黑漆漆的一片，她才回到现实中来。先生出差快一周了，家里只有她一个人。她径直走到书房，顺手拿出跟随了自己好多年的书，把那张名片夹在了里面。

叶兰珍陷入回忆当中。两个多月过去了，她几乎快忘掉这件事情了，但此刻手上拿着这张名片，她突然有一种冲动，想打一个电话给他。她不知道是一种什么样的念头在牵引着她，好像有一种无法控制的魔力引导她拿起了手机，拨通了上面的电话。响过几声之后，电话里传来一个男人的声音：“你好。”

“你好。”叶兰珍忍住内心的激动，尽量压抑着情绪让自己的声音听起来很平静。“我是……”

叶兰珍刚要做自我介绍，男人却接了话：

“我们不久前在东区的酒店西餐厅里见过。”男人淡淡地回答。

叶兰珍几乎倒吸了一口凉气：他怎么会知道？简直像是被他监视了一般，但是她还是故作镇定地回答说：

“对的，您记性真好。是这样的，我想了解一下学习钢琴的事情，因为您是弹钢琴的，所以想向您咨询一下。您看可以吗?”叶兰珍说完这段话时，连自己都惊讶于自己说谎话的能力。

“好啊，约个地方吧。”男人平静地说。

“今晚七点，滨江大道的星巴克见，好吗?”叶兰珍问道。

“好的，晚上见。”男人回答。

挂掉电话，叶兰珍的心情还是不能平静，有紧张，有兴奋，有害怕，甚至有点自责。她不知道她在干什么，但是，这连绵的梅雨天让她就是想做一点不一样的事。

整个下午，叶兰珍几乎都在化妆镜面前坐着，镜子里是一个形容有些憔悴的女人：身形瘦削，眼窝有点深，头发些许凌乱。她开始后悔打这个电话。这期间她接了先生的一个电话，告诉她可能会晚回去两天。叶兰珍以前还会有些抱怨，现在却已习以为常，简单说了几句就挂了，心里还在纠结晚上赴约要穿什么衣服。

事实上，叶兰珍算得上是一个漂亮的女人：中等身材，偏瘦，杏仁眼，自然的眉线。她的漂亮没有攻击性，让人看起来舒服自然。她的职业是一名咨询师，也是由于职业的原因，她看起来仪表大方，体态优雅，而且谈吐不凡。她既不是作女，也不强势，一切都恰到好处，如水流，如风吹，如雨落，自然至极。

三十八岁的年纪，应当是韵味儿正足的时候。先生方义明是某投资银行的执行总经理，四十五岁。单单就外表而言，先生不算出色：一米七二，长相也是马马虎虎，中人之姿，但是头脑却是异常聪明。他在申城最好的大学研究生毕业，之后任职于投资银行，现在已是年薪几百万。她研究生快毕业的时候认识了他，毕业不久就结了婚，到现在已经十三年，日子倒也过得平淡，但一直没有孩子，先生也从来不着急。

叶兰珍最后选择了最简单的装束去赴约，上身牛仔布的衬衫，衬衫的袖口自然地挽起；下身棉布裙子，脚蹬一双匡威的白色高帮球鞋，头发散落开来，刚好及肩。这样的叶兰珍看起来，完全就是一个大学生，像走在校园里充满梦幻的少女一般，清纯恬静。如果她此刻从你身边走过，你会感觉像一袭初夏的风，像一抹春日天空里的云，抑或是一轮冬日里的暖阳。

她选择乘地铁前往相约见面的地方。虽说自己拿了驾照好多年，但是自己的开车技术实在不怎么样。自从结婚以来，一起出行一般都是先生方义明开车，如果自己出门就乘地铁。小区门口到地铁口不过三分钟路程，这样不但免去了拥堵的痛苦，也省去了不断找车位的麻烦。而且，她喜欢乘地铁，喜欢看形形色色的人来来往往，喜欢体验地铁疾驶而过的感觉，喜欢看地铁车窗外不同的广告变换的场景。那些不断穿梭的人群让她能真正体会到生命的存在。

到达星巴克的时候，叶兰珍看到林若诚已经坐在了里面，在靠窗的角落。看到叶兰珍进来，林若诚立刻站起身来，微笑着向她招手。他的笑是淡淡的。她顿时感觉到，林若诚跟她的先生方义明是完全不同的两种人：方义明精明强干，林若诚沉稳内敛；方义明讲话永远是掷地有声，林若诚总是轻言细语，生怕扰了别人一般；方义明总是生活的主角，喜欢掌控全局，林若诚似乎总是默默的存在。

“来了，坐。”林若诚指着他对面的座位。

“不好意思，来晚了。”叶兰珍向后拢了拢头发，有些抱歉。

“是我来早了。”林若诚轻声应着，然后坐了下来对叶兰珍说：“喝点什么？”

“焦糖玛奇朵。”叶兰珍回答。

林若诚起身去点餐。他自己点了标准美式咖啡，然后在服务员的推荐下购买了一个小小的挂件，送给了叶兰珍。

叶兰珍捧着咖啡，林若诚也拿起咖啡。两个人互相看看，一时不知道从哪儿谈起，空气顿时有点凝滞。两个人共同陷入了一种沉默的状态。马路上灯火辉煌，人来人往，并且又下起了小雨。法国梧桐的叶子映射着路灯的影子，透过昏黄的光线，可以看到细密的雨珠。行人匆匆，有孤独地撑着伞疾行的，有一对对互相搀扶着迈着小步前进的，这场景或温暖或凄凉。

“是你想学钢琴吗？”林若诚率先打破了沉默。

“呃，不是我。是一个朋友的孩子，想了解一下情况。其实主要是我这朋友想让孩子多学点东西。”叶兰珍回答。

“学钢琴还是要看孩子的意愿。不知道孩子喜不喜欢？”林若诚问道。

“孩子才五岁，可能也不知道自己喜不喜欢，他妈妈是想让他多尝试。”叶兰珍回答。

“要是真的想学，我可以帮你联系钢琴老师。”林若诚回答。

“那太好了，回头我告诉我朋友，谢谢。”叶兰珍说。

林若诚微笑着点点头。他一笑，眼睛就弯起来，嘴角就抿起来。叶兰珍看一眼，心就觉得荡漾——谁不喜欢好看的脸蛋呢？

“我看你的名片上是大学教授，为什么去弹琴？”叶兰珍说出了心中的疑问。

“是副教授。”林若诚特意强调了一遍。

“区别很大吗？”叶兰珍微笑着问。

“还是不一样。”林若诚微笑着回答。

“不管是教授还是副教授，好像都很少出来弹琴？”叶兰珍说。

“我也没有特别的原因，也许只是为了片刻的宁静。”林若诚一脸诚恳地说。

“的确，有音乐的陪伴，烦恼的时候可以找到精神的依托。”叶兰珍说。

“对，人总容易被俗事困扰，但音乐却可以让你找到灵魂的自由。当你进入音乐的世界时，就会忘记真实的生活。”林若诚说。

好像一下子打开了话匣子，他们聊了很多，对彼此都没有防备，像是认识很久的老朋友。

“我很好奇，你怎么知道是我？”叶兰珍内心一直有这个疑问，她很想知道林若诚接起电话的瞬间，怎么猜到了是她。

“也许只是一种感觉。”林若诚微微皱起眉头，好像也解释不清原因。

叶兰珍笑了，她不理解为什么仅凭感觉便猜到了她的身份，但又不好意思追问下去。她只好把这种感觉归于跟她一样：她不也是莫名地打出了这个电话吗？

咖啡厅里的气氛总是带着丝丝的暧昧，周围有三三两两的人轻声地聊着，也有些人在大笑，还有人在高谈阔论，这样的气氛让人感觉轻松。不知道过了多久，林若诚抬起手看了看表，说：

“九点了。方便吗？送你回去？”

“好。”叶兰珍默默点头。

在车上，两个人几乎没怎么说话。叶兰珍一直盯着窗外转瞬即逝的风景，林若诚一直双手紧握方向盘，盯着前面的道路。到了小区门口，叶兰珍下车，林若诚也下了车，跟她道别。他向她伸出手，轻声说：

“今晚很愉快。”

叶兰珍握住了他的手，她感觉到他的手的温度，回应说：

“我也是。”

叶兰珍回到家里，心还是狂跳的。她简单洗漱了一下，就躺到了床上。她拿起放在床头上的书翻看，脑子里却乱得很。林若诚的形象一次次地出现在她的脑子里，他的一举一动都让她有点意乱神迷，沉寂多年的心好像复活了一般，蠢蠢欲动，实在看不进去书。她便躺下来，却无法入睡，脑子里除了林若诚，全是她成长的片片回忆。

叶兰珍生长于北方一个小县城，母亲是县城一所高中的老师，父亲是县教育局局长。她的家庭在当地来讲，可谓是书香门第，她也一直是父母及亲朋好友眼中的乖乖女。从上小学开始，一直读的重点学校，直到研究生毕业，她都是一个成绩优异的孩子，完全不用父母操心。按说像她一般优秀的女孩一定会早早地恋爱，但是叶兰珍在认识自己的先生方义明之前从未谈过恋爱。

虽然从高中开始就有男孩子追求她，写信送东西更是多得无法计算，但叶兰珍几乎从不理睬，收到的信从来不看直接撕掉，收到的东西顺手就给了别的同学。在同学们的眼中，叶兰珍是一个骄傲的女孩。是啊，她的确有骄傲的资本：家庭条件不错，成绩好，长得漂亮，那种还没长开的麻瓜般的男孩看她都像看天上的仙女一般。其实大学时期叶兰珍暗恋过一个学长：人长得帅气，气质温和，平时总不见他言语，但在校园的活动上总能见到他弹吉他的身影。然而这男孩看起来有几分孤傲，叶兰珍自己也不是那种主动放下身段的女孩，所以这种暗恋也只有不了了之，直到研究生三年级的时候，她遇到了方义明。

叶兰珍的专业是企业管理。快毕业的时候，她在申城一家很有名的咨询公司得到一个项目助理的实习机会，而当时他们团队服务的一个大客户就是方义明任职的投资银行，他们就是通过数次的业务往来认识的。当时的叶兰珍还满身的学生气，清纯靓丽，气质脱俗，满身朝气，工作上却是相当稚嫩，而此时的方义明已经是该投行颇为重要的中层领导人了。方义明做事果断利落，讲话层次分明，工作的时候严谨认真，叶兰珍像一个学生一般对方义明越来越崇拜，而方义明也喜欢这个简单纯粹的女孩子并且对她展开了追求。没有多久，叶兰珍就投降了，乖乖地成了他的猎物。叶兰珍将方义明带回家给父母过目的时候，父母对这个男人感到非常满意：名校研究生毕业，颇高的收入，形象也算是中人之上，言谈举止无不透露出他是一名精英，房子车子早就备好。所以，在父母的鼓励下，她毕业没有多久就嫁给了方义明。

叶兰珍仍然清楚地记得自己婚礼的全过程：场面气派又隆重，双方家长都很满意自己孩子的选择。席间诸人推杯换盏，一派欢乐祥和，一直到很晚，才送走最后一位客人。两个人拖着疲惫的身体回到了酒店的婚房。

回到房间的叶兰珍有些紧张，借口去洗澡，但洗完澡回来，看到方义明已经倒在床上睡着了，内心又涌起一丝小小的失落。她坐在床边愣了一会儿，看到方义明睡得这么香，心想他白天招待各位亲属，晚上又喝了不少酒，肯定是累了，所以实在不忍心吵醒他。于是帮他脱掉鞋袜，给他盖上被子，自己则躺在床的另一侧静静地睡着了。第二天醒来的时候天已大亮，她揉揉眼睛，看到方义明已经穿好衣服准备去上班，叶兰珍愣了一下问：

“你不是休假吗？”

“临时有一个重要的事情需要我去处理，我必须得赶快过去，你自己吃早餐吧。这是银行卡，你去结一下账。”说完，方义明转身就离开了房间。

叶兰珍内心有一万个不愿意，又觉得特别委屈，这像是新婚头一天的样子吗？都说男人处处以事业为重，但也不能不管新婚妻子啊！抱怨不停地在心里纠缠，这样的坏情绪持续了一个早上，幸好还有很多婚礼的后续事情要处理，忙着忙着也就到了晚上，她一个人回到了位于申城中心地段的新家，一百二十平方米的三居室，小区环境奇好。叶兰珍又是一番整理，直到晚上九点多，方义明才回来。

他明显的喝了酒的样子。听说在金融圈里混，没有酒量不行，所谓身在江湖身不由己。方义明的脸有丝淡淡的红晕。叶兰珍正在主卧室整理衣服，他走了过来，一下子抱住她，直接吻到她的唇上来，热烈，急促，甚至咬得她有一点点疼，浓浓的酒味儿在她的周围弥漫。他将她压倒在床上，顺势关掉了灯。他几乎粗暴地扯开她的衣服，伴随着一阵剧烈的疼痛，他进入了她的身体。她疼得想要推开他的身体，他却紧紧地拥着她不让她离开，她只好强忍着。没有多久，他就像一个得到收兵命令的战马一般偃旗息鼓了。叶兰珍落下了眼泪，她低声抽泣，因为所谓的鱼水之欢，留给她的除了疼痛感再无其他。

两个人安静地在床上躺了一会儿，无声无息。叶兰珍起身打开灯要去洗澡，方义明也坐了起来，他看了看床单，一脸惊讶地望着叶兰珍说：

“你是第一次？”

叶兰珍又羞又恼，扔个枕头到他胸前说：

“要不然呢？”

方义明先是浅笑了一下，然后愣了半天，这个表情叶兰珍永远也忘不了。她不懂他的心里在想些什么。通常情况下，这个时候的男人不应该是抱着女人又是亲又是吻一副万分珍惜如获至宝的表现吗？为什么方义明的眼神那么复杂？叶兰珍看了他一眼，见他还是没有吭声便转身去洗澡了，留下还在沉思的方义明。

接下来的日子，方义明整日都忙于工作，所以他们没有度蜜月。叶兰珍因为实习期间的优秀表现成了咨询公司的正式员工，收入也比较可观。方义明本来不打算让叶兰珍出去工作的，他觉得自己完全养得起她，养得起这个家，但是叶兰珍死活不同意。她说这是她最后的底线：女人一旦没有工作，就彻底变成了家庭主妇，生活圈子变小，跟其他人没有共同语言，脑子里就会胡思乱想，这样的状态可不是她想要的，她需要有自己独立的生活，更何况这是一份收入不错的工作。方义明觉得她说的也有道理，于是也就没有再阻拦。

这一晃十三年过去了，日子倒也过得平淡，毫无波澜。方义明成了公司的高层领导，工作越来越忙，一个月会有二十多天在外出差；叶兰珍也成为一名知名的咨询顾问，她近几年开始到全国各地做项目，有时候出差一次就要一周。往往叶兰珍刚回家方义明却又要出差了，经常错过了相聚的时间。他们换了更大的房子，换了更好的车子，在外人看来，这是一个非常幸福的家庭，只有一个遗憾，那就是一直没有孩子。也许是因为婚后的第一晚并没有留给叶兰珍美好的回忆，所以她对于两性的事情一直提不起兴趣，方义明好像也没有多大的要求。起初叶兰珍也想做一些努力，甚至去看过医生，也命令方义明去看医生，但各项检查都是正常，后来叶兰珍慢慢地也就放弃了。一切顺其自然吧，她告诉自己，该来的总是会来的。双方的父母也由最初的焦急到放任自流，他们的理念是不给孩子压力，越是强求越不可得。

此刻，在回忆起这十三年的时光时，叶兰珍甚至想不起一件具体的什么事情让自己万分留恋或怀念的。她常常觉得自己的人生缺少了恋爱的环节，后悔读书的时候为什么没有认认真真、轰轰烈烈地谈一场感天动地的恋爱，这样至少在年老的时候不至于没有可以值得咀嚼回味的事情。而自从跟方义明结婚以后，她甚至都没有再对别的男人动过一点心思。有些时候她也怀疑自己是不是脑袋里就缺少一根关于情与爱的弦，可是今天，她知道她是有那一根弦的，因为，就在碰见林若诚的瞬间，这根弦被触动了。

林若诚的身上有一种完全不同于方义明的气质，甚至跟生活中她接触的大部分男人都是不一样的：他干净，这种干净的感觉不在于他的衣着有多整洁，他的头发有多整齐，他的皮鞋有多黑亮，而是从里到外所散发出来的纯粹的气质，还有他那简单真诚的认真的眼神，相信跟他在一起的人都不忍心去欺骗他；他温暖，说话的声音好听且柔和，在描述任何一件事情的时候总是淡淡的，没有起伏，你听不出他的情绪；他体贴，坐下时，他及时帮你拉开椅子，上车时，他帮你打开车门并且用手遮住车顶处保护你，下车时，他会下车去帮你打开车门。叶兰珍能感觉得到，他做这一切都不是职场习惯，而是本性使然。她是一名咨询顾问，她太了解了，这是他骨子里的东西。

这个晚上，叶兰珍几乎一夜未睡，直到凌晨五点多，她才迷迷糊糊睡着了。再次醒来时，窗外还是灰蒙蒙的，她拿起手机，看到时间显示是十二点零五分。叶兰珍坐起来，听到外面还是下着雨——这恼人的梅雨季！再看看手机上的日程表，才发现她今天有一个行程：明天有一个为期五天的咨询项目，今天下午的航班出发。她迅速地起床洗漱，简单地收拾了行李马上就出发了。没有吃饭，准备到机场凑合着吃一口算了，反正已经习惯了这样的生活。

因为时间有点赶，叶兰珍打车去了机场。到机场后，找到一个可以吃饭的地方，刚刚坐下，她就收到了一条短信，打开一看，是林若诚发来的。

“周末有时间吗？有一场音乐会想邀请你去看。”

叶兰珍看了一下日程，发现她周六晚上才能回到申城，不知道林若诚说的周末是周六还是周日呢，于是回了信息问他：

“我出差，周六晚上回到申城，如果是周日的话，那就没问题。”

她刚刚将信息发出去没有几秒，手机马上响了，是林若诚的回复：“好的，我们周日晚上见。”

接下来的五天，因为她的内心有所期待而使时间变得漫长，幸好项目做得很顺利。因为叶兰珍已经是圈内知名的咨询顾问，很多客户都是慕名而来，这家客户也是如此。双方的沟通协调都很好，客户方的领导对叶兰珍给予了高度的赞赏，并希望后续能够继续合作，叶兰珍也谦虚地表示是领导有方，对方领导心情大好，说要安排她参观一下当地的风景名胜。叶兰珍虽然也很喜欢旅游观光，但是想到周日的音乐会，她谢绝了安排，并搭乘周六最早的航班回到了申城。

叶兰珍并没有回家，她怕回家碰到方义明，就没有机会出来了，即便可以做一些解释说明，还是觉得有些麻烦，多一事不如少一事。所以，叶兰珍找了一家离音乐厅不远的酒店住了下来，这样也方便明天的安排。她对于自己的这个行为有些迟疑，第一次有种偷偷做坏事的感觉。但是对于那场“音乐会”她又充满了向往与期待，她的内心急切地盼望着时间过得快一点再快一点，最好立刻就能到明天晚上，马上就能看到“音乐会”。

叶兰珍在焦急的等待中熬到了周日的下午，她接到了林若诚的电话，说晚上七点在音乐厅的入口处见面。挂掉电话，叶兰珍赶紧梳洗打扮，她特意化了淡妆，衣服却是简单得很。但不知是因为心情还是什么原因，整个人看起来气色相当不错，而且今天老天爷相当给力，雨竟然停了。天空虽然没有明媚的阳光，但没有了灰蒙蒙的样子，压抑了数日的心情如掀开了乌云一般，连呼吸都变得通透顺畅。

酒店出门左拐走七八分钟，就是音乐厅。走到门口，还没有看到林若诚的影子，叶兰珍站在原地等候，她时不时地踮起脚四处张望。大约十分钟后，她看到有一个高大的男人向她招手。她向前紧跑两步，眼前的男人越来越清晰。走到跟前，她看清了：他穿了件纯白的衬衫，牛仔裤，黑色的休闲皮鞋，简单至极。明明就是一件白衬衫，为什么白得那么耀眼，甚至让她有些晕眩。他朝她笑了笑，嘴角轻轻上扬，拉起一丝弧度。

“不好意思，我迟到了。”他轻声说。

“没有，是我来早了。”叶兰珍用他的话回答，然后他笑了，她也笑了。

“最近还好吗？”他微微地偏着头盯着她问道。

“好。”叶兰珍微笑着回答。她觉得自己不能再看着眼前的这个男人了，他的语气柔软温和，为什么方义明从来没有对自己这么关切?

“走吧，音乐会快开始了。”他伸手示意前方。

叶兰珍赶紧上了台阶，林若诚紧随在她的身后，他们跟随着人群走进了音乐厅。

一个半小时的音乐会很快就结束了，音乐真的是有魔力的东西，旋律响起的那一瞬间，所有的来宾几乎不自觉地就被带到美好的意境中，除了在曲子结束的时候观众给予的掌声之外，整个过程几乎鸦雀无声，坐在身边的林若诚也是如此。这样的气氛让叶兰珍免去了紧张与尴尬，可以去细细地品味音乐的美。

结束之后，人群有条不紊地排队离开，走到音乐厅门口的时候，叶兰珍才发现，外面又下起了雨，而且雨势不小。好多刚从音乐厅出来的人也被这雨水拦截，全都拥堵在了门口，熙熙攘攘的。伴随着雨的还有风，细密的雨线被风吹斜，打湿了站在台阶门口等待的人们。也有一些准备充足的人，带了雨伞，还有一些人穿上了雨衣。叶兰珍有点发愁，她愣愣地站在一边，不知道如何是好，身旁的林若诚说：

“等一会儿吧，雨停了再走，好吗?”边说边看着她，他的眼神里像是有水，黑亮清澈，又散发着一抹柔和的光。

叶兰珍点点头，他们退到墙角处，林若诚靠在外面，尽可能地挡住随风而来的雨。有半晌儿的工夫，他们都没有说话，只是静静地看着雨，看人来人往，看路边公交车停下开走，看出租车上客下客。有成双成对的，有一家老小的，有形单影只的，这或温暖或寂寞的风景一次次地上演。

"谢谢你的邀请。"叶兰珍转头看着他。

"谢谢你的陪伴。"林若诚回答，又露出了一抹笑，嘴角轻扬。

两个人不再说话，雨却没有停歇的意思，风也越来越大，时间也越来越晚了。叶兰珍全身冰凉，她只穿了一件简单的薄衣，一条棉麻的单裤，完全是夏日的装扮，然而今天顺着雨势天气却完全有了秋的气息，温度最起码降低了五度。她开始缩起身子，双手抱着自己的手臂，尽可能地靠近墙角没有风的地方。林若诚或许也感觉到了冷，起初他也尽可能地靠近她的身边站着，用他高大的身躯抵挡风雨，但是看来并不起作用，叶兰珍一直缩着自己的身体，嘴唇开始发青了。林若诚看看她，她朝他尴尬地笑了笑，突然，他伸出了手臂一把把她拉到怀里，紧紧地抱着她。叶兰珍愣了，她的心简直就要跳出嗓子眼儿来。理智上她想推开他，但行动上却没有，他的体温迅速地传来，刚才的冷意瞬间全无，本来还处于对抗状态的她，身体慢慢放松下来。渐渐地，渐渐地，她像一个柔软的婴儿一般整个人倒在他的怀里。他没有说话，但是她听到了他的心跳声，像她自己的一样，他的心也在狂跳。她放肆地将耳朵贴到了他的胸前，静静地听着这心脏跳动的声音。她还能闻到他身上好闻的香味儿，她不觉得这味道是香水味儿，也不像沐浴露或者香皂，她猜测这就是他自然的体香。她开始着迷于这种香味，并且悄悄地贪婪地嗅起来。她轻轻地抬起头，看到他的喉结在轻轻地滑动，他的高大的身躯将娇小的她紧紧地环绕着。此刻，叶兰珍有些晕眩，她不敢动，只任由他拥抱着。

起初，他把她搂过来的时候，她的身体没来得及反应，只是顺势倒在了他的怀里，她的手臂弯曲着并在胸前，后来，不知道是哪里来的力量，她轻轻地抽出双手来，打开双臂，环抱在他的腰上，他们就这样紧紧地拥抱在一起。她真希望雨就这么下着，不要停，下久一点儿再久一点儿，但是雨势却越来越小，人群也逐渐散去，直到最终雨完全停了下来。他们的身体却还没有分开，远远地看去，他们是一对相亲相爱的情侣，没有人知道他们具体的关系。

直到林若诚的电话响起，叶兰珍才像触电般地从他的怀抱里挣脱出来。林若诚看了看她，然后接通了电话。叶兰珍躲在一边，她隐约听到电话里是一个女人的声音。林若诚只是平静地说马上回去，没说几句就挂掉了电话。

“你去忙你的。”林若诚刚要开口讲话，叶兰珍却抢了先。

“那……”林若诚又要说话。

“没关系，我自己打车。”叶兰珍知道他是想问她怎么回家。

“注意安全。”林若诚说，然后走到她的跟前，安静而又认真地看了她几秒，突然靠近她的额头，蜻蜓点水般地亲吻了她，转身就离开了，留下泛起满心涟漪的叶兰珍。

回到酒店，叶兰珍才发现手机里有方义明的信息，说因为申城的大雨他的航班取消了，今晚回不来，但是订了明天一早的航班。叶兰珍将手机扔到一边。这么多年来，她已经完全习惯了这样的状况，本来还想回到酒店赶紧退房回家呢，这样看来她今晚住在酒店就好了，不用这么晚再折腾。

她要去洗澡。一个晚上了，虽然有林若诚的拥抱，但是身体还是冰凉。走到浴室，她一件件地脱掉衣服，内衣，将他们放在洗手台的一侧。眼前是巨大的镜子，她看到了镜子中全裸的自己：她个子不算高，一米六五；偏瘦，但是身体比例好，腿长，所以整个人看起来修长；她的肩膀好看，衣服架子，胸部并不算丰满，但依然坚挺；屁股滚圆挺翘；有着很好的腰线；她又将身体向前倾，双手捧起脸，虽说已经三十八岁，但皮肤还算细腻，脸上没有皱纹。将这样一个女人放在人群中，虽谈不上惊为天人，但也算出类拔萃。叶兰珍看着镜子中的自己，突然长长地呼出了一口气，然后走到淋浴下，打开水龙头，自己站在下面。热水很快浇湿了她的头发，她的后背，她的全身，一个晚上的凉意也在此刻顿然全无，全身通透无比。

洗完澡出来，她穿上了睡袍，头发上裹好了毛巾，走到床前习惯性地拿起手机，想看一看有没有信息，但是没有。她有点失望，只好躺在床上拿起一本书翻看。她有一个习惯，无论何时出差，行李箱里永远都会有一到两本书，每个晚上入睡前，如果不翻看上几页就不能好好入眠。但是此刻，拿在手里的书却无论如何也看不到心里去，只好放在了一边，又沉入了回想当中。

此刻的叶兰珍有点害怕，就在刚才拿起手机看看有没有林若诚的信息的一瞬间，她就更加确定了这种恐惧感。是的，她对一个本与自己不相关的男人产生了期待，这预示着她真的心动了。她常常觉得自己是爱情的失败者，她甚至根本没有体验过恋爱的滋味儿就鬼使神差地按部就班地结了婚。有人说生活应当如股票般有高低起伏才有意义，但叶兰珍一直一路上扬，她就像在爬梯子一般，每一步都是往上的，连一块绊脚石都没有出现，她不知道跌宕起伏的滋味儿，也无心观赏路边的风景；她又像是一列火车，朝着前方不停地开，车轮轧过轨道，严丝合缝。

刚才拥抱的余温似乎还在，她的鼻前还能嗅到他身体的香味，她的身体还能感受到他的手臂的力量，她的眼前还浮现出他温暖的笑，她的额头上还留着他浅浅的吻。想到这些，叶兰珍不自觉地笑了，甜蜜的笑，发自内心的笑，可是恐惧也时时伴随着她。她敢再往前走吗？哪怕一步？如果走了，她还有退路吗？如何收拾残局？她不敢再想了，也许这只是人生的一个小小插曲吧，她安慰自己。她渐渐地睡着了，醒来时已是早上六点。她赶紧起床，简单梳洗，然后到前台退掉了房间，让门口的行李生帮忙叫了辆出租车，向自己家的方向疾驶而去。

一周没回家，又下了一周的雨，家里已经发霉了，冷冷清清，冰冰凉凉。叶兰珍打开灯，让室内的光线亮一些，她看到茶几上、餐桌上、电视柜上已经落了一层灰。放下行李箱，她赶紧整理了一下，擦擦灰尘，将临走时没有整理好的东西样样归位。走进洗手间，发现洗手台上的香皂没有了，她打开柜子，拿出一块新的放上。打开浴室的门，掂了掂洗发水跟沐浴露，只有一点点了，她又拿出全新的，将剩的一点点倒进新的瓶子里。将两瓶新的放好以后，她又打开水龙头，将两个旧瓶子里分别接了点水，使劲地晃了晃，倒在了洗衣服的盆子里，然后顺手将空瓶子扔到了垃圾桶里。她转身走出洗手间，把行李箱里的衣服拿了出来，有两件衬衣是在做咨询项目时穿的，有点脏。她拿着这两件衣服再次走到洗手间，将衣服扔到了刚才的盆子里，顺手洗了起来。

洗好衣服，再稍微整理了一下卧室跟书房，叶兰珍径直走到厨房里，她准备亲自做一些吃的，不想再这么折磨自己的胃，何况有时候做饭也是一种乐趣。打开冰箱一看，空荡荡的，实在是因为离家太久，冰箱里并没有什么可用的食材，只有一包已开封的面条，还有三个鸡蛋孤零零地躺在里面。她拿起面条，又看到被面条挡住的两个裹了保鲜膜的西红柿。“做个西红柿鸡蛋面吧”，她自己嘟囔了一声，然后关上了冰箱的门。

叶兰珍的手艺其实还可以，刚结婚的那阵儿，她还整日地照着菜谱学习做菜，经常花费一个下午的时间去做一桌子菜等着方义明回来，然而，方义明经常加班到很晚或者突然有应酬不能回家吃饭，叶兰珍本来高涨的情绪也就慢慢冷淡了下来。一个人吃饭实在是没有什么意思，她自己做的也就越来越简单。再后来，她就在外面凑合吃几口或者叫外卖了。

洗好西红柿，切成小块备用，仅有的三个鸡蛋全部打到碗里，用筷子用力地搅拌，搅好后放在一边，锅里倒入花生油，待油热后将西红柿放入翻炒几下。她静静地一步步地操作着，厨房里因为有女人的忙碌而变得温暖。很快，面条就熟了。她盛出来两碗，刚刚放到餐桌上，就听到方义明开门的声音。她回头看到他手里提着行李箱，一身的风尘仆仆，因为外面还在下着雨，肩膀上被雨水打湿了。

“回来了？”叶兰珍迎上去，接过他手里的箱子放到一边。

“嗯。”方义明应了一声，然后径直走到卧室里，连一句多余的话都没有。

叶兰珍有点生气，这么久没有见面难道就对她没有一点想念吗？她跟了上去，看到他在换衣服，她倚靠在卧室门的一侧，静静地看着他。

“有个新的项目，议案要重新修改，我得马上做。”方义明边换衣服边说。

“有那么着急吗？先吃口饭吧，我做了面，热着呢。”叶兰珍说。

“不吃了，客户说让我下午就得回复他们。”换好衣服的方义明边说边走向书房。

“必须吃。”叶兰珍突然吼了起来，这一声吼吓到了方义明。他愣了下，看着眼前这个一脸凶悍表情的女人，有点不知所措，有点不认识。

“坐在桌前吃一口饭就这么难吗？客户为什么永远比我重要？”叶兰珍继续吼道，眼泪却也不争气地落了下来，好像所有的委屈在此刻全部爆发出来。说完，她转身走进卧室，重重地关上了门，留下愣在原地的方义明。

叶兰珍的哭不是没有理由，她总觉得他们之间的夫妻关系太过于疏离，十几天不见面，回到家里，难道不应该给彼此一个拥抱或者一个亲吻？以前她总是迁让、妥协、体谅，心想方义明怎么也算社会上的精英，作为精英就要将时间奉献给工作，家里人自然就会受到冷落，哪里有时间去你情我爱呢？可是林若诚为什么可以给她从方义明那里一直得不到的东西？

在卧室里哭了很久，也没有听到她期待的声音，她是期待着他来哄她的，看来真的是异想天开，自己的肚子也饿得不行，情感会被基本的生理需要所控制。她走出卧室，看到餐桌上的面条有一碗已经被吃掉，再看看书房里，方义明正一脸严肃地对着电脑忙着。叶兰珍无奈地走到桌前，将另一碗全部糗在一起的面条吃得干干净净，然后起身刷碗收拾厨房，将餐桌擦得干干净净，再次回到卧室躺在了床上，默默地看起书来。偌大的房子里，有两个人，无声无息地活在自己的世界里。窗外，依然是绵绵的毫无停息征兆的雨。

2 彷 徨

叶兰珍后来了解到，林若诚已经离异，他和她一样，同样来自于北方的一座小县城。他家境并不好，父母都是最普通的工人，每个月的收入只够维持基本生活，但是他很小的时候就表现出对乐器的极大兴趣。据说，林若诚六岁的时候跟随妈妈到小朋友家里去玩，看到了别人家放在客厅里的一架钢琴，他就像受到指引一般径直坐到它跟前的凳子上弹了一段曲子，这让他的母亲非常震惊，第二天就把家里的存折拿出来，将上面仅有的钱全部取出来买了一架直到现在看来都很昂贵的钢琴。母亲本能地希望林若诚能够朝着这方面发展，她不想错过他的天分。

自此，这架钢琴就成了林若诚生活中的玩伴，他很快在钢琴方面取得了优异的成绩，他梦想着有一天能够成为一名钢琴家，为此他不懈努力。然而天有不测风云，他高一时，父亲在工作的时候出了意外。他永远忘不了那个春日的下午，正在上课的他被班主任叫了出去，说有亲戚在楼下等他。他有些诧异地走到楼下，看到自己的舅舅站在教学楼前，神色凝重。他问舅舅有什么事情，舅舅一言不发，只是叹气。他不断地追问，舅舅只说让他跟着自己回家。

从学校到家步行大约需要二十分钟，快走到家门口的时候，他远远看到好多人围在一起。他的心顿时提了起来，忐忑地跟着舅舅往前走。他穿过人群，走到自己家的院子中，看到了躺在地上的父亲，还有一旁不停哭泣的母亲，他问母亲：

“我爸怎么了？”

母亲只是哭泣，不停地哭泣。

“你爸他意外去世了。”一旁的舅舅低声回答。他顿觉五雷轰顶，天旋地转。

他不敢相信眼前的一切，他不敢相信自己的父亲这么年轻就死了。他的眼泪在心底里不断地涌起，却没有从眼睛里流出，他只觉得绝望，万分的绝望。他蹲下身来，看着躺在地上的父亲。

母亲总说他跟父亲长得很像，就像一个模子刻出来的，性格也像，温吞吞的。此刻的他，认真地看着闭着眼睛的父亲。他的确是一个英俊的男人，在整个小县城里，他都算得上英俊。母亲说年轻时有很多小姑娘围着他的父亲转，个性温和的父亲最终选择了母亲。母亲也漂亮，又贤惠，她经常用崇拜的眼神看着父亲，看着这个在工厂里当工人的父亲。是的，命运并没有眷顾父亲，他的一生都在工厂里做工人，勤勤恳恳，直到他被机器卷入车轮之下。

最终，林若诚的眼泪还是流了下来，大颗大颗的，掉落到父亲的脸庞上。他多么希望父亲因为能够感受到这温热而被惊醒，他多么希望这是上天给自己开的一个玩笑，但是事实是，他的父亲走了，永远地走了。按照家乡的习俗，他给父亲办了葬礼。北方小城的葬礼琐碎，让人心力交瘁。他穿着白色的孝衣，身后跟着一帮亲属在设定的道路上哭泣着前进，一趟又一趟。他的眼泪慢慢流干，他的脑海里不停地浮现出跟父亲在一起的场景，那些场景温暖又陌生，遥远到无法触摸。葬礼结束后不久，他便回到了学校，手臂上戴着一个黑色的环形袖章，上面用白色的线绣出“孝”字，同学们传来的眼神带着好奇、猜测和同情，本来个性内敛的他从此变得更加沉默。

家里的经济状况每况愈下，钢琴这种奢侈的东西离他越来越远，他从此放弃了学习钢琴，将所有的悲伤掩埋起来，将所有的精力投入到学习上。他知道自己未来的路会更加艰难，他只有更加努力，一方面是为了自己的未来，一方面是为了失去丈夫的母亲。

两年后，他凭着不懈努力，以全省第六名的成绩考取了申城某名校的经济学院，拿到录取通知书的那天，母亲不停地落泪。一方面是开心，一方面是觉得这是对在天上的丈夫的一种告慰。然而面对巨额的学费，母亲却发了愁，自己辛苦打工的那点工资也只够她们母子的生活开销。林若诚却将钱放到了母亲的面前。母亲惊讶地问他钱从哪里来的，林若诚看了看房间里以前放钢琴的位置，空荡荡的。母亲这才知道，林若诚趁自己在外四处筹钱的这几天，卖掉了他最爱的钢琴。母亲抱着他放声哭泣。

林若诚孤身一人来到了申城这所著名的高校。也是在这所大学里，他认识了自己的妻子周乔。

几乎众所周知，周乔是副校长的女儿，人长得漂亮，性格活泼开朗，只是脾气有些火爆刚烈。她第一眼见到林若诚的时候，立刻就喜欢上他了。谁会不喜欢他呢？除了平凡的出身，林若诚几乎样样都好：高大的身材，英俊的面庞，出众的气质，横溢的才华，谦逊的品质，只一件白衬衣就让女孩们心旌荡漾了。他出现在任何地方都会是焦点，他轻松地俘获了女孩们的心，周乔也没能幸免。

大学的四年里，周乔几乎像狗皮膏药般贴着林若诚，他到哪儿她就跟到哪儿，她总是在他最有需要的时候就马上出现。但林若诚没有想过谈恋爱，他那时候满心满脑的都是毕业后能有一份好的工作可以改善他的生活，他强烈的进取心让他没有精力去恋爱。本科毕业以后，他被保送到本校读研，周乔也获得了保送研究生的资格，他们仍然在一个共同的地方学习。

“林若诚，你走到哪儿，我就跟到哪儿。”周乔带着挑衅地说。

林若诚看看她，无奈地摇摇头。他不是木头，一个阳光可爱的女孩站在他面前的时候，他是有些心动的，但是他那自卑的心理时刻提醒着他，他配不上她。更何况，那个时候，他们共同的同学泮少阳一直在苦苦地追求周乔。泮少阳来自申城附近的一个省份，据说家里条件相当不错，人也长得精神，他们在一起才是最合适的。

然而周乔是固执的，她不顾一切地奔向林若诚，林若诚最终还是妥协了。研究生毕业以后，林若诚在周乔父亲的安排下留校当了一名教师；周乔进了一家外企工作，收入相当可观。他们两个人也顺理成章地结婚了，婚房是周乔的父亲全资购买的一套位于市区的三居室，还有一辆价值三十多万的车子。虽然林若诚无需经历所谓的奋斗就拥有了这一切，但林若诚过得并不快乐，他总有一种寄人篱下的感觉：房子、车子，都不是他的，现实常常将他的理想击得粉碎，将他的自尊击得粉碎。

林若诚后来继续攻读了博士学位，他从讲师变成了副教授，他的收入也在不断地增加。也许是为了证明自己，他贷款买了一套房子，离他上班的学校不远，又购买了一辆车子送给周乔。周乔说不需要买车，家里已经有一辆了；林若诚说一人一辆比较方便些，周乔也就不再反对。她能理解林若诚，这么多年以来，她时常小心翼翼地保护着林若诚的自尊，她能理解这些孤傲的人，他们必须不停地证明自己。

日子过得平淡，但是他们一直没有孩子。毕业后的第二年，周乔怀过一次孕，当时的林若诚刚工作没多久，一心想着在工作上取得些成绩来证明自己，他哪里有精力去抚养孩子？而周乔也是事业心很强的女人，总觉得现在要孩子就会影响以后的发展，两个人商量了以后，决定不要这个孩子。他们背着父母偷偷去了医院，做了手术。几年之后，他们的事业都发展得不错，然而周围朋友的孩子都上小学了，他们的孩子却迟迟不来。

“这是上天对我的惩罚。”周乔整日这样说，她的情绪开始变得激烈，稍有不顺就开始发脾气，本来就是个火爆性格，再加上要孩子的心愿迟迟不能达成，她将所有的责任都推到林若诚的头上。

“当初要不是你，我们的孩子都很大了。”

“我经常梦见一个十几岁的小男孩一直跟着我叫妈妈。”

“我都四十几岁了，我肯定不会再有自己的孩子了。”

周乔开始变得喜怒无常，稍有不顺心便会摔东西，跟林若诚吵架离家出走，林若诚天生忍耐的性格让他一次次地退让，一次次地妥协。

不停的争吵让林若诚身心俱疲，他也常常问自己，如果当初他们生下了那个孩子，是不是一切都会跟现在不同？周乔或许就会将更多的精力放到孩子身上，他们之间也会因为孩子这个纽带而愈发亲密？但这一切都是假设，他知道，他们的婚姻摇摇欲坠，随时都有倒塌的危险，他只好常常逃避。于是在多年之后捡起了弹琴这门手艺，他让自己沉浸于音乐的世界里，他甚至找了份弹钢琴的工作，仅仅为了能够逃离家里那压抑的气氛，能够避免跟周乔争吵。

周乔的造人计划从未停止，她每天测量体温，希望准确把握排卵日，然后在排卵的那几天，林若诚无论有什么事情都必须放下，配合她完成她的造人计划。然而对于林若诚来说，这个任务好像越来越艰难。不知道是因为周乔的状态过于紧迫或焦虑而影响了自己，还是他们的婚姻状态影响了他的心情，即便周乔脱光了衣服躺在自己的面前，林若诚却总是没有反应，起初周乔还会调动他的情绪，后来便非常恼火。

这样的状况持续了很久，林若诚的内心也是备受煎熬，两个人之间的气氛越来越尴尬，年轻时蓬勃的他们已将热情燃烧成灰烬，如今的他们似乎是疲惫的身躯拖着将死的灵魂。终于有一天，周乔在做了所有的努力而林若诚还毫无反应之后，她几乎怒不可遏地坐了起来。

“你怎么了？”周乔质问他。

“工作太累。”林若诚答。

“你是不是在外面有了别的女人？”周乔说出了心中的担忧。

“别瞎想，我就是心理压力太大。”林若诚镇定自若。

“以前你也没有这样。”周乔狐疑地说。

“你现在总是把这个事情当成一个任务。”林若诚说。

周乔不再说话，一个人悻悻地转过身去躺着。她的内心确实是焦虑的，她也知道越是强求越不可得，她也总告诉自己要顺其自然，然而内心常常不由控制，某些瞬间她还会歇斯底里，于是开始常常抱怨。她是爱林若诚的，但是她又觉得那爱情的感觉好像也变了味道，青春时的爱肆意张扬，如今，爱也没有那么清澈，没有那么纯粹。

林若诚也很尴尬，他看看背对着他躺在一侧的周乔，没有说话，还在赌气的样子，他有些无奈地叹了口气，摸索着起了床，走到了客厅里，对着漆黑的客厅发了一会儿呆，然后又走到窗台边，透过窗户看着魔都的夜景：璀璨绚烂，美得让人想要流泪。他突然特别想吸一支烟，可是翻了一圈也没有找到，只好到酒柜里拿了瓶红酒，拿出一只高脚杯，倒了半杯酒，一个人靠着窗台独品起来。红酒的香气在整个房间里一点点蔓延开来，这香气透过他的鼻子钻进他的身体，稠稠的心事一点点缠绕着自己的心，窗外的美景让他的眼神越发迷离。慢慢地，他感觉自己要醉了。

他转身坐到沙发上，酒杯里的酒很快被他喝完。他将酒杯放到了茶几上，然后一个人躺在沙发上，静静地体会着夜的宁静。只有夜晚的时刻，人们才真正可以放下所有，来跟自己的心坦诚相对。卧室里的周乔没有声音，估计是睡着了吧，多么孤独的人啊，多么孤独的世界啊。也许是酒的力量，沉沉的睡意一点点袭来，林若诚也不知不觉睡着了。

第二天，林若诚是被周乔叫醒的，他迷迷糊糊地睁开眼睛，看到周乔站在他的面前，好像有什么话要说的样子。

“怎么了？”林若诚问道。

“我约了医生去检查身体，我们一起去。”周乔回答。

“检查什么？”林若诚有些疑惑地看着她。

“看看你到底是怎么了。”周乔回答。

“我没问题，就是最近工作上的事情比较多。”林若诚编造了个理由。

“我要让医生看了才放心。”周乔仍然坚持。

“我最近没时间，等忙过这阵吧。”林若诚试图推辞。

“不行，看医生也只需要一个上午，不会耽误你的工作。”周乔说。

林若诚看反抗不过，只好叹了口气。

“那我先去洗漱一下。”林若诚无奈地说。他站起身来，朝洗手间走去。

周乔跟在他的身后，一副审视他的态度，眼神里充满了不信任。她看着林若诚洗完脸，刷完牙，看着他穿好了外套，整理好头发。

“走吧。”林若诚说。

两个人一起走出了家门，朝车库走去。

林若诚驾驶着车子，周乔坐在副驾驶的位置，气氛有些压抑。车子很快行驶到约定的医院，他们一起下了车，径直朝专家办公室走去。

这是一家私立医院，在申城相当有名，医院的装修十分豪华，一看就不是普通人能消费得起的地方。

周乔走在前面，林若诚紧随其后。走到一间办公室的门前，周乔停了下来，敲了敲门，里面传来“请进”的声音，周乔推开了门。

“程教授，您好。”周乔客气地打招呼。

“哟，你们来了，请坐。”这位程教授看起来相当热情。

“好的，谢谢。”周乔转身看向林若诚，示意他也坐下。

“你先生可真是一表人才啊。”程教授看看林若诚，夸赞道。

“瞧您夸的。”周乔嘴上客气地回答，心里却是乐开了花。她边笑边看看林若诚，林若诚也尴尬地笑着。

“来，说说你们这什么情况吧。”程教授马上回归正题。

周乔将情况详细地说了说后，一旁的林若诚更是满脸尴尬，无地自容，眼前的程教授倒是自然至极。

“这样吧，你们都去做个检查，看看生理上有没有问题。”程教授边说边开了个单子。

周乔拿着单子，和林若诚一项项地做检查，林若诚像是一个木偶一般跟在她的后面，直到所有的检查项目都做完了，两个人坐在一旁等待结果。

等到所有的结果出来了，他们拿着报告回到了程教授的办公室。程教授接过报告单，仔细地看了看，说：

“没什么问题，都好的，你们……还是尽量放轻松，不要有压力，情绪不好的话确实对彼此都不利，毕竟不是二十岁的小青年，还都有工作压力，还是放轻松。”

“那，需不需要吃点药之类的？”周乔显然不满足这个结果。

“不用，还是多培养感情。”眼前的程教授看起来倒像是心理医生。

“好吧，谢谢程教授。”周乔有些失望，她急切地希望有一剂良药可以解决她的问题，可以帮助她拥有一个孩子——她显然不想听到这样的回答。

两个人离开了医院，林若诚叹了口气，周乔却满脸的不悦：

“先送我上班吧。”

“好。”林若诚回答。

林若诚驾驶车子，一旁的周乔一脸的凝重。她的内心一直经历着无尽的折磨，她期望有一个属于她和林若诚的孩子，而自己迟迟无法实现这个愿望。

“你完全可以再找一个年轻的女人，她随时都可以给你生孩子。”一旁的周乔幽幽地吐出一句话来。

“你不要多想了，我们这样也挺好。”林若诚淡淡地回答。

“早晚会有年轻的女孩来将我赶走的。”周乔自言自语。

“不会的。”林若诚回答。

“我才不相信。”周乔痛苦地低下头。

很多时候，人们真正需要对抗的是自己的心魔，因为坚持了一个认知，于是给自己的内心设定了一个结果，但是对于结果的产生又有着恐惧与担忧，坏情绪也就随之而来，不断叠加，直到坏的结果真实呈现。

林若诚也不知道，为什么他和周乔之间变成了这个样子。年轻时，他对她也充满热情，随着时光的流逝，那些沸腾的情感一点点地耗尽，一点点地消融。

事实上，林若诚和周乔十几年的婚姻里，林若诚压抑了太久，除了要忍受喜怒无常的周乔，他还要忍受周乔父亲永远居高临下的态度。因为在周乔父亲的眼中，他林若诚今天取得的一切成绩都是靠着他得来的：他得到国外交流学习的机会，周乔的父亲说是自己向学校打了招呼给他争取的名额；他评上副教授的职称，周乔的父亲说是自己在背后使了劲。他自己付出的全部努力都被否定了，周乔的父亲还时不时地说：

“若诚啊，你好好干，我这里会给你提供一切帮助。”林若诚听到这千年不变的话几乎是苦笑，无奈地应着，心里却像是被一块石头压着，一块木头堵着。

客观地讲，林若诚是一个优秀而又努力的男人：专业知识丰富，业务能力强，交给他的工作每每都出色地完成，无论将他放在哪里，都是一个出色的焦点式的人物。他今天取得的成绩如果能用分值来评定的话，至少有百分之九十是靠他自己得来的，还有百分之十或许真的是他岳父的缘故。但是人生走到今天，他常常觉得跟周乔结婚是一个错误，他一直在被动地接受，接受周乔对他的好，接受周乔的父亲为他提供的便利。

然而人都是为尊严而活，特别是林若诚这种来自小城的优秀人才，他们有着天生的孤傲，又带着敏感和强烈的自尊。人类本身就是一个矛盾的综合体，上帝在创造人类的时候，就将每个人的优点和缺点都安排好了。优点让你成长，缺点让你彷徨，好像有一种无形的力量在把控着每个人的选择，它让人永远不完美。

每当周乔发脾气的时候，看到她暴躁地扔掉所有的东西，看到她不能控制自己的情绪，看到她突然莫名地哭泣，他就想离开这里；可是每次周乔的情绪恢复了正常，他的心便又软了下来。他把这一切不快都自己默默地承担起来，然而这样的不快却在不断地叠加，像座小山丘一般越来越高，直到压得他喘不过气来。

周乔不止一次地提出过离婚的要求，林若诚只当她说的是气话，是疯话，况且，两个人十几年的感情，怎么能说断就断呢？但是，他们最终还是在一次激烈的争吵之后去办理了离婚手续。争吵的原因在于周乔看到了林若诚手机上的一条信息，信息来自一名女学生。

林若诚作为一名大学副教授，无论是外形还是才干，都是出类拔萃，受到很多的关注那是自然难免，那些年轻的女孩更是容易被吸引。林若诚虽然从来心如止水，但也无法阻挡年轻的女孩积极热烈的表白。

“她是谁？”周乔在看到他的信息之后，平静地问道。

“一个学生。”林若诚回答。

“你跟她发展多久了？”周乔强压着怒火。

“你想多了。”林若诚说。

“我想多了？”周乔抬起头来，盯着他的眼睛。

“对。”林若诚说。

“看起来她很崇拜你。”周乔继续说。

“那是她。”林若诚有些无可奈何。

“你可以拒绝她。”周乔抬高了声音。

“我已经委婉地拒绝了。”林若诚回答。

“那她约你见面干什么？”周乔吼了起来。

“我不知道，也不会去。”林若诚无奈地回答。

“她号码是多少，我要打电话给她。”周乔怒气冲冲地抢过他的手机。

“你不要闹了。”林若诚又将手机抢了回来。

“你在保护她？”周乔质问道。

“我是在保护你，你这样很可笑。”林若诚摇摇头。

“我可笑？开始嫌弃我了，对吗？”周乔说。

“你不要无理取闹了，好不好？”林若诚央求道。

“不好，要么让我找到她，要么咱们就去离婚。”周乔气冲冲地说道。

“你不要让我为难了，好吗？”林若诚继续央求道。

“我明白了，那咱们离婚吧。”周乔平静地回答。

林若诚想要挽留，但是固执的周乔再也不听他的说辞，两个人最终办理了离婚手续。那天天气晴朗、阳光明媚，微风轻柔地吹着他们的脸。

从民政局出来，两个人默默无语，也许内心都有无限的不舍。十几年的感情，自此一刀两断，变成最熟悉的陌生人，任谁的内心都无法平静。

“不要告诉我爸妈。”周乔的眼睛里明显有了泪花，林若诚的心更是如刀割一般，他想拭掉她的泪，但最终并没有伸出手。

“好。”林若诚回答。

“再拜托你一件事，好吗？”周乔继续说。

“好。”林若诚继续回答。

“还像往常一样有空陪我去爸妈家吃饭，可以吗？我不想让他们担心。”周乔的语气很平静，但是大约她也在担忧着未来。

“好。”林若诚回答。

“再见。”周乔看着他，走到他的跟前，给了他一个紧紧的拥抱，然后转身离开，毅然决然地离开。

大约半年之后，林若诚遇到了叶兰珍。

如今的叶兰珍已经对方义明彻底失望了，她不再期盼两个人的婚姻能有什么改变，这样的状态已经持续了十几年，还能有什么改变呢？公司的项目越来越多，她又是公司的主力，整日忙着制作新的规划与方案，忙碌的状态暂时让她忘记了婚姻中的烦恼，只是偶尔她会想林若诚，每天不经意地拿起手机看看有没有林若诚的消息已成为常态，所以当她看到手机上显示着林若诚的来电时，她几乎是强压着兴奋接听电话的。

“你好，我是林若诚。”他的声音温柔。

“知道。”叶兰珍故作镇定地回答。

“这周末，我在临城有一个学术讲座，周六下午半天的时间，不知道你有没有兴趣去临城走走？”林若诚问道。

“呃，我看一下日程表。”叶兰珍还是装作很淡定的样子。

“可以，这个周末没有安排。”叶兰珍镇定地回答。

“周六上午，我过去接你。”林若诚说。

“好，你在地铁站附近等我。”叶兰珍回答。

“好。”林若诚应着。

今天周四，离周六还有两天的时间，叶兰珍却已经开始焦灼地等待了。她尽可能地将工作都提前完成，周五的晚上，还去美容院做了一个全身的保养，头发做了简单的修理，整个人看起来容光焕发。她跟方义明说周末要出差，外地有项目，方义明只是随口说了一个“好”，这让叶兰珍的心又是一阵冰凉，却也给了她更多去跟林若诚见面的勇气和力量。

周六上午，阳光明媚。叶兰珍一大早起床，好好收拾了一番，等到她赶到地铁站附近的时候，远远地就见到早已等在那里的林若诚。他就那样静静地站着，安静地笑着。叶兰珍走到他的身旁，他伸出手向她脸庞的方向，叶兰珍几乎出于本能地向后躲闪，她不知道他要干什么，林若诚却淡淡地笑了笑。

“头发乱了。”他说，然后伸出手将她额前的一缕头发拢到她的耳后。叶兰珍的脸腾地一下子红了，她瞥见他弹钢琴的修长的手指，她听到他讲话心都要化了，她感受到爱情在她的身体里一点点荡漾开来。

“上车吧。”林若诚微笑着看着她，然后指引车子停靠的位置。

“走吧。”叶兰珍回答，拢了拢额前的头发。

驾车从申城到临城大约需要两个小时，一路上他们有一搭没一搭地聊着，大部分的时间都是叶兰珍在讲，林若诚在听，或者回答她的问题，气氛相当融洽。进入临城市区以后，路上开始拥堵。

“估计要直接去会场了。”林若诚说。

“那我去听听你的讲座，方便吗？”叶兰珍问道。

“方便，只是恐怕要让你见笑了。”林若诚自谦地回答。

“怎么会呢？一定很精彩。”叶兰珍说。

他们几乎是踩着点到达会场的。林若诚将她安排在会场靠后的一个座位上，自己稍稍准备了一下。台上主持人开始介绍起林若诚，伴随着台下众人的掌声，林若诚走上了讲台开始了自己的演讲。此刻的林若诚在台上神采飞扬，叶兰珍听得聚精会神，明明私底下是一个不爱讲话、沉默内敛的男人，到了讲台上讲到自己的专业知识却是滔滔不绝。

三个小时很快就过去了，台下又是一片热烈的掌声。林若诚跟主办方做了一个简单的沟通，婉拒了为他安排的饭局，就跟叶兰珍离开了会场。

“你站在讲台上就是另外一个人。”叶兰珍说。

“是吗?”林若诚笑着说。

“嗯，完全不同。”叶兰珍一脸笃定地看着他。

“我就当这是夸赞了。饿坏了吧？现在去吃饭。”林若诚抿嘴微笑着说。

“好。”叶兰珍回答。

林若诚带她来到位于湖边的一家酒店。酒店是由知名设计师设计，里面总共几十间客房，每一个房间的风格都不尽相同，价格昂贵，但是私密性非常好，关键是酒店的餐厅知名度非常高。林若诚以前借着高校里出差的机会来过几次，感觉不错，这次特地带叶兰珍过来享用美食。

两个人刚一落座，服务生就跟了上来，然后递过来菜单。

“你来点。”林若诚将菜单递给了叶兰珍。

“你点吧，简单点就好。”叶兰珍说，然后将菜单又还给了林若诚。

林若诚也没有拒绝，点了招牌菜糖醋鱼、龙井虾仁、叫花童鸡、东坡肉、清炒时蔬、莼菜汤，另外，他还叫了瓶红酒。

菜很快就上来了，此时服务生将红酒拿了过来，并且打开了盖放在一边。叶兰珍将两个人的杯子里分别倒了三分之一量的红酒，林若诚则拿起筷子，夹了一块鱼放到叶兰珍面前的盘子里。

已是华灯初上了，窗外的湖已经笼上了一层暮色，他们能听到湖水荡到岸边的声音。林若诚跟她碰杯，然后喝了一口酒细细品味。

“还合口味吗?”林若诚问道。

“不错。”叶兰珍回答。

餐厅里放起了浪漫的背景音乐，暗色的灯光下两个人轻声交谈着。

“一会到湖边走一走吧。”叶兰珍提议道。

“好啊。”林若诚回答。

“已经很多年没有来这儿了。”叶兰珍似自言自语般说。

“是啊，几次出差来临城，也没有时间过来看看，每次都是匆匆而过。”林若诚端起酒杯朝她示意，叶兰珍便也端起酒杯，两个人轻轻地碰了碰杯。

“你经常出来做讲座吗?”叶兰珍边吃边问。

“不算经常，但也不少。”林若诚轻声回答，“很多时候是学校之间的交流活动，都是义务开展的。”

"咱俩的工作有些类似呢。"叶兰珍微笑着说。

"那我们以后可以多多交流，互相切磋。"林若诚回答。

"好的，干杯。"叶兰珍边说边拿起酒杯，两个人的酒杯又轻轻地碰在了一起。

聊着天的工夫，饭就吃完了，林若诚去结账。叶兰珍说，我来吧，林若诚说，怎么能让女人买单，叶兰珍笑了笑，也就罢了。

买完单，两个人一起走出了餐厅。餐厅正门出去，左拐走几十米就到了湖边，现在已是晚上，但是游人还不少。微风吹到脸上，暖暖的，像此刻的心情一般，湖水随着风荡漾，柳树长长的枝条垂到水面上。

"你看这宽阔的水面，总是让人平静。"叶兰珍说。

"是啊，无论是山，还是水，这些自然的力量总是让人忘却俗事，让人相信一切不过是沧海一粟，心也就变得开阔。"林若诚应着。

他们就那么随意地聊着，他说他工作上的烦恼，她讲她工作上的趣事，他对她的工作很好奇，她对他的工作也充满了向往。

行人三三两两经过，有孩子的嬉闹声，有父母的呼唤，有情侣的互相依靠，有老夫妻的互相搀扶。

不知不觉，已经走了很远，路上的人也越来越少。

"回去吧，你的车还停在餐厅附近呢。"叶兰珍提醒道。

“车子停在那里吧，咱们打车回去。”林若诚试探着询问。

“回哪儿？”叶兰珍抬起头认真地看着他。

“去了你就知道了。”林若诚回答。

正犹豫的工夫，不远处，一辆出租车驶了过来。林若诚赶紧招手，出租车稳稳地停在路边，几乎没有思考的时间，两个人就上了车。

夜晚的临城不再堵车，出租车一路疾驰，大约十分钟就到达了林若诚说的地址。叶兰珍一看，是一家酒店。叶兰珍迟疑地跟着他下了车。林若诚让叶兰珍在大堂吧的沙发上坐着等他一会儿，自己径直走到酒店的前台登记入住，不一会儿了，林若诚拿着房卡走了过来。

“走吧。”他说。

叶兰珍看了他一眼，没有说话，时间静止了几秒后，她站了起来，跟着他向电梯的方向走去。短短的距离，带着无限的未知，她的内心已是排山倒海，五味杂陈，然而即便前方荆棘遍布，前方困难重重，两个人向前的脚步却并没有停下。

“嘀”地一声响，门打开了。叶兰珍有那么一秒钟的迟疑，然后走了进去，林若诚紧跟着走了进去，他轻轻地关上门，世界便只剩下独处的两个人。房间里安静地可以听到空气在流动，听到彼此的心跳声、呼吸声。有几秒钟的工夫，谁也没有说话。林若诚轻轻地走到她的面前，将她搂入怀中，她再次体会到他的体温，嗅到他的味道，此刻的她不能呼吸，只想沉迷。

他在她的耳后根处呼吸，他开始轻吻着她的脖颈，耳垂，她只觉得全身传来一阵阵酥麻，每一个毛孔都张开，她双手搂住他的脖颈，他炽热的嘴唇整个地压了上来，她能感觉到他的身体在不断地膨胀。他将她的衣服一件件脱掉，他热烈的吻就像密集的雨点般落在她的脖子上，她的肩膀上，她的胸前，她觉得自己要死了，只觉得一阵温润的清泉从体内不停地流出，他好像也领略到了她的焦急与渴望，他们一步步地挪动到床前，带着满脑子的迷幻倒在了床上。

不知道过了多久，叶兰珍只记得她体味到她从未有过的欢愉，只知道他们彼此的身体紧紧交织在一起，直到房间里静得可怕，直到他们可以再次听到彼此的呼吸声，空气却像是凝结的，谁也没有去打破这个宁静。

终于，林若诚将手臂伸向叶兰珍，他摸到了她的肩膀，然后将她轻轻拉了过来，叶兰珍顺势侧着身靠在了他的胸前。此刻，她的内心是紧张的，羞怯的，害怕的，她甚至有些无地自容，她不敢正视眼前的林若诚，更不知道如何面对方义明，于是就这么一动不动地贴在林若诚的胸前，像只猫咪一般温顺。

“我有些害怕。”叶兰珍轻声说，说话的时候整个头是埋在他的胸前的。

“不要怕。”林若诚低下头看了她一下，叶兰珍却并没有抬头，还是深埋在他的胸前，林若诚亲吻了一下她的头发。

“这是我从来没有过的感受。”叶兰珍轻声说，像是在回味，也像在回忆。

“你们……”林若诚想问她和她先生之间的状态，但又觉得不妥，于是将已经到了嘴边的话又咽了回去。

“我们几乎是分居状态。”叶兰珍回答得很干脆。

林若诚便没有再说什么。从数次的交往中，他大约了解到她的婚姻状况并不好，如果好，她当初就不会打电话给他，也就不会有后面的故事发生。

“不知道明天会怎么样。”叶兰珍轻声说道。

“一切都会好的。”林若诚回答。

此刻的林若诚，脑海中不停浮现出周乔的影子。他想起周乔焦虑的眼神，想起在周乔面前那个失败的自己，他也有很多次怀疑自己的身体是不是出了问题，直到今天，他才知道，真正有问题的并不是身体，而是精神，是他们彼此的灵魂。

已是深夜，两个人早已疲惫，睡意也渐渐地袭来，他们就这么相依相偎，很快就进入了梦乡。

第二天，林若诚先醒来，看到叶兰珍侧着身子背对着他安静地睡着。他没有叫醒她，自己悄悄地起床，打开窗户的一角看到太阳已经到半空中，天气晴朗，再看看表，已是十一点十分了。林若诚轻手轻脚地去冲了个澡，出来时看到叶兰珍已经醒来，靠在床背上坐着发呆。

“吵醒你了？”林若诚问。他身上只裹了一条浴巾，头发湿湿的，有点凌乱，整个人看起来特别性感。

“早该起床了。”叶兰珍回答。

林若诚走过来，她看到他的胸肌明显，看着他身体美好的线条，有几缕头发散落在额前，慵懒的样子，他的笑容温柔，他双手捧起她的脸庞，在她的唇上轻吻了一下。

“还要不要？”他喃喃地问她。

“不要。”叶兰珍羞红了脸，她想要逃走，却陷在他深情的吻里动不了身体，再次失去理智，意乱情迷。

她从来没有体会过如此美妙的感觉，因为初夜就没有什么好的体验，所以自此以后都没有什么期待，他不要求，她从不主动。刚结婚的前几年，方义明还会例行公事一般，但每次都草草了事，而且动作粗暴，再后来大家好似形成一种默契一般就没有了身体上的交流。

林若诚让她对于男女之事有了全新的认识，人类毕竟不是动物，基本的生理需要如果没有感情的升华也只是应付而已，美好的东西都是因为注入了情感才愈发珍贵。

再次温存一番以后，叶兰珍起床洗漱，然后他们一起到餐厅里用了午餐。很快到了中午退房的时间，林若诚到前台办理了退房，叶兰珍已经在酒店门口叫好的出租车里等他。她的内心其实是很紧张的，虽然身体上得到了极致的满足，但是她自己却被另外一种坏情绪控制住了，此时此刻，她觉得自己是一个坏女人。她不敢想如果父母知道了这件事情会是怎样的伤心欲绝，她不知道怎么面对方义明，她不知道她跟林若诚能走多远，想到这些事情，她的头开始痛。

“怎么了？不舒服吗？”林若诚上了车，看到叶兰珍正抱着头，皱着眉。

“没事，就是头有点疼。”叶兰珍无力地回答。

“咱们去药店买药。”说着，林若诚把叶兰珍拉到跟前，将她搂在了怀里，尽可能地给她一个舒服的姿势。

“师傅，麻烦你路上先给我找个药店停一下，然后去湖边的那家餐厅。”林若诚说。

司机师傅很快就找到了药店。林若诚将药买回来，他拿出自己随身携带的水杯，里面有刚从酒店房间里带来的温开水。林若诚打开盖子，将水和药递到叶兰珍的跟前，叶兰珍接过来，把药吃了，然后靠在他的怀里休息。

从出租车上下来，上了林若诚的车子，叶兰珍的头几乎不疼了，心情也稍微平静了一些。他们都不怎么说话，彼此的心里都有着万分的不舍，面对不得不的分别，两个人的内心都是挣扎的。

“睡一会儿吧。”林若诚驾驶着车子，看了一眼叶兰珍。

不知是因为刚才的头痛带来的身体上的不适，还是为了逃避此情此景，叶兰珍坐在副驾驶上很快就睡着了。醒来时，车子正在高速上飞驰。

“醒了？”林若诚说。

“嗯，我睡了多久？”叶兰珍问道。

“睡了一个多小时。”林若诚回答。

“现在到哪里了？”叶兰珍又问道。

“还有半个多小时可以到申城。”林若诚回答。

“好快啊。”叶兰珍轻声说。

林若诚转头看她一眼，并没有说话，然后继续开车。高速公路两侧是连绵不断的农田，还有一排排的三层别墅。南方的农村已是相当发达，不像他们小时候。

“我小时候，住的是破旧的瓦房，看看如今的农村，发生了天翻地覆的变化。”叶兰珍说。

“是啊，如今的农村，家家住别墅。”林若诚说。

两个人随意地聊着，各自讲着自己小时候的一些趣事。很快到了申城，路上开始些许的拥堵。

“我先送你回家。”林若诚说。

“好。”叶兰珍回答。

车子很快到了叶兰珍的家附近，林若诚将车子停到了不远处的一条小路上，现在是盛夏，小路被浓密的法国梧桐完全遮住，幽静又浪漫。

两个人看看彼此，林若诚伸出手来握住叶兰珍的手，叶兰珍干脆抱住了林若诚。这是她前所未有的举动，尽管内心有些紧张，可是她知道，自己期盼的爱情来了，她真正地被眼前的这个男人俘获了，她不想放手，无论前方的道路如何，不管他们有没有未来，她都要追随着自己的内心走下去。

真的是不想分开啊，她抱着他，内心不停地呼唤着，但是林若诚轻轻地拉开了叶兰珍正搂住自己的手，然后再次捧起了她的脸庞，给了她一个温暖的笑，眼神里满是爱意。他的唇又轻轻地压到了她的唇上，紧实的，绵长的，柔软的，叶兰珍完全陶醉在他给她制造的梦幻世界里，不能自拔。

“走吧。”林若诚低声说。

叶兰珍看了看他，然后下了车，朝着家的方向走去，没有回头。

她回到家里，打开门，将钥匙扔在门口的柜子上面，换好拖鞋，转身却看到方义明站在书房的门口，好像在等她的样子。叶兰珍吓了一跳，内心顿时紧张起来。

“你什么时候回来的？”叶兰珍装作漫不经心地问道。

“昨天就回来了。”方义明回答，眼睛却盯着她，好像在找什么答案。

“这么难得？你平时不是都很忙的吗？”叶兰珍边说边脱衣服，准备换上轻松舒适的居家服。

“你去哪儿了？”方义明没有回答她的问题，却反问道。

“出差刚回来，去做项目的前期调研。”叶兰珍说。她的头发散落开来，她轻轻地甩了甩头发，隐约有好闻的洗发水的味道传来。她回答得尽量平静，以掩饰自己内心的慌乱。

“从昨天到现在？”方义明继续发问。

“是的。”叶兰珍镇定自若，边说边朝洗手间走去，她准备洗漱一番。

方义明没有再继续追问，起身往书房的方向走，刚走了几步，就停了下来。

“下周五我们单位有个高端客户的答谢酒会，单位要求家属都要参加，你准备一下，到时候跟我一起去。”说完就走进了书房。

叶兰珍悬着的心放了下来，内心却不停地嘀咕，今天的方义明怎么如此关心起自己来？此刻的叶兰珍全身疲倦，而且头痛了一上午，整个人精神都不太好，她决定去泡泡澡，缓解一下满身的倦意。她将浴缸仔仔细细地刷了一遍，然后放热水，最后在放满水的浴缸里撒了些玫瑰花瓣。一切准备妥当，她躺在浴缸里，用手小心地捧些水洒到自己的胳膊、肩膀上，温热的水将全身的毛孔都打开，舒服极了，脑子里却不时显现出林若诚的影子。

林若诚实在不像是四十多岁的样子：身材好，脸上也几乎看不到岁月的痕迹，他的笑容总会让人觉得有一点点天真。也许是在象牙塔里工作的原因，他好像没有被社会上浸淫过，没有一丁点儿社会上的恶习，他不是那种会在席间推杯换盏的男人，大多数情况下他都是安静地待在一个角落里听别人胡吹瞎侃，别人总会觉得他是边缘人，但是如果你跟他谈论起来，你就会发现原来他才是真正的中心，正是因为这样的气质才让你越发想要了解他，接近他。除了这些，床上的林若诚也是她喜欢的：温柔，体贴，总会照顾到她的感受。这一切都跟方义明完全不同，明明自己爱的是这样的男人，为什么当初会那么轻易地跟方义明结了婚？他跟林若诚会有未来吗？叶兰珍越想越乱，整个人陷入巨大的痛苦的纠结当中。

人与人之间的缘分是可遇不可求的，不知道上天是如何安排的鸳鸯谱，让她在这个时刻产生这样的心理折磨。最适合的两个人都没有出现在彼此最对的时间里，却在这样的时刻相遇。她想，不如离婚算了，本来这样的婚姻就没有持续下去的意义，只是一直没有找到合适的分手的理由罢了。她不想再为别人眼中的面子而活，她想真正为了爱情飞蛾扑火一次，哪怕死了也在所不惜。可是，林若诚愿意和她结婚吗？她的父母同意她离婚吗？此时此刻，有无数个问题在她的脑子里盘旋，却没有一个能够找到真正的答案。

此时的林若诚也陷入了同样的情感当中。他的的确确爱上叶兰珍了，就好像在茫茫人海中终于找到了那个一直要找的人，她的一颦一笑，她的一举一动，她的恬淡的气质，都让他着迷。他渴望与她时时刻刻相伴，哪怕只是坐在一起看看日出或夕阳，看看潮起或潮落，哪怕只是牵着手一起吹吹清晨的风，一起听听深夜的雨；但现实是，这微小的愿望无法跨越道德与伦理的鸿沟，他能做的也只是躲避世人的眼光，悄悄地带着紧张与心跳去得到片刻的欢愉，就是这样的欢愉就可以让他们彼此都回味很久，并且靠着这小小的回味将他们之间的关系持续下去。

虽然他们彼此之间都没有正式地讨论过自己的婚姻状况，但是偶尔在聊天的时候，总会透露出一丝一点的信息。他大约知道她和丈夫的感情一般，各自忙于自己的事业，而她也知道他是离婚的，但隐约感觉他和前妻还在保持着密切联系。很多时候，叶兰珍特别想开诚布公地谈一谈两个人的生活状况，但每次都被自己的胆怯给击退，她知道自己的内心深处还没有做好离婚的准备。

3 盛　夏

现在是盛夏，道路两旁的法国梧桐的树叶无比青绿，从一个小巴掌的大小长成了巨型巴掌的大小。叶兰珍近期的一个项目临时延期了，时间一下子空了出来，百无聊赖之时，只好趁着大好的天气收拾一下家里。

经过一个梅雨季，衣柜里存放了很久的被褥还有冬天换下来的棉衣都染上了霉味儿。叶兰珍一件件地将它们拿出来，放到阳台上暴晒，她总觉得自己的日子就如同这梅雨季节一般，发了霉，没有了生机与活力，但是又没有办法逃脱，只有在想到林若诚的时候，她的心里才会泛起那么一丝丝甜。她会像一个少女一般，莫名其妙地笑，无论手里在做着什么样的事情，只要一想到林若诚，她就不能自已。有的时候，她在刷牙，那甜蜜的笑会让她把牙膏泡沫吐得到处都是；有的时候，她在洗脸，那甜蜜的笑会让她鼻子突然吸入一些捧在手里的水然后呛到；有的时候，她在做饭，那甜蜜的笑会让她忘记去翻炒锅里的食物而全部烧焦。无论如何，这样的一份情感让她整个人伤了神，失了心，她日夜思念，盼望着跟林若诚的再次相会，可是林若诚一直没有打来电话来，偶尔会发来信息，也只是一些无伤大雅的问候而已。她的心整日如过山车一般，起起伏伏。她想打电话给他。有好多好多次，她承担不了藏在心里的那份情了，试图去拨通那个烂熟于心的号码以解自己的相思之情，但最后总是被理智给控制了。她害怕。很多时候，她最大的期许竟然是，就这样吧，悄悄地相会就好，因为，她还没有打破现实生活的那份勇气。

就是在这样的期盼当中度过了两周——仅仅两周而已，她的内心却遭受强烈的煎熬。就在她快要绝望的时候她看到手机上那个烂熟于心的来电号码，她几乎是条件反射般地跳了起来，压抑着内心的狂喜，接通了电话。

“最近好吗？”听筒里传来林若诚温暖的富有磁性的声音。

“不好。”叶兰珍回答。她真的不好，她的心都快要被他折磨死了，爱情的火让她每日坐立不安，不思茶饭，她真真儿的一点儿都不好。

“我最近工作上事情比较多，所以一直不方便。”林若诚的语气里有些歉意。

“你有你的道理。”叶兰珍有些嗔怪。那浓浓的思念啊，像汩汩的泉水般不停地流淌，堵也堵不住。

“对不起。”林若诚本来温暖的声音再加上此刻的语气让叶兰珍顿时投降。

“没关系啦。”叶兰珍故作轻松地回答。

“我这个周五下午在市郊有一个会议，一个小时左右，结束后可以在附近的太阳湖玩一玩儿。你，方便过来吗?”林若诚小心地问道。

“可以。”叶兰珍不假思索地回答。

“那我周五去接你，你到地铁口等我。”林若诚说。

挂掉电话，叶兰珍兴奋地在房间里转圈，此刻的她就像是少女一般。年轻的时候，她没有那么热烈过，就好像上帝没有打开那扇爱情之门，那些外人眼中的骄傲包裹着她的内心，但女人终究是为爱而生的动物，一旦进入爱情的漩涡里，是怎么也逃不出来的。

周五很快就到了，叶兰珍在家里对着镜子换了无数套衣服，最后，她上衣选了一件麦田纹路的蝴蝶绑带白色短袖衬衫，下身是一条黑色蕾丝蓬蓬花朵长裙，脚上蹬一双黑色镶钻的细跟凉鞋，头发则随意地挽了个发髻低低地垂在脑后。她化了淡淡的妆，口红的颜色也淡淡的，整个人看起来淡雅而又不失性感，当林若诚看到她的时候，透过车窗对着她愣了有几分钟才起身去开车门。

“今天真漂亮。”林若诚边说边帮她打开了车门，并且用手做出遮挡车门上框的姿势。这个时候，叶兰珍看到他穿了一件白衬衫，一条黑色的休闲裤，一双深棕色的休闲皮鞋——他总是这样的装扮，一件白衬衫就彻底地白到了她的心里。叶兰珍回过神来，浅浅地笑了笑，然后上了车。

从市区到市郊的太阳湖有八十公里左右，车程大约一个小时。林若诚打开了车载收音机，调到经典的音乐频道，将声音调到背景音乐的感觉，车厢里顿时涌起了一丝暧昧的气息。他们明明都对对方充满了渴望，此刻却安安静静的。叶兰珍眼睛时而出神地望着前方，时而转过头来看一眼林若诚。他的头发黑亮黑亮，像是有纹理一般，刘海高高梳向脑后；他的脸部线条清晰，有着男人的刚毅，他正面看向你的时候却多了一丝柔和。或许是感觉到叶兰珍正在看他，林若诚转过头来，抿起嘴笑了笑，他这么一笑，叶兰珍的心就全乱了，方寸全无。

“其实郊区蛮好的，空气好，人少，静悄悄的，身处其中，心也会静。”林若诚说。他的手紧握着方向盘，眼睛还是看着前面。

“是啊。”叶兰珍回应着。

“一会我们到太阳湖边走一走。”林若诚继续说。

“好啊。”叶兰珍回答。

车子驶过一条长长的两旁种满了南方的棕榈树的道路，很快到了林若诚的目的地，这是一所大学。林若诚停好车，叮嘱叶兰珍可以到学校四处转转，自己大约一个小时以后回来，叶兰珍点头答应着，然后跟林若诚一起下了车。

叶兰珍已经好久没有走进过大学校园了。学校因为地处郊区，离海也近，所以空气特别好，你长长地吸一口气都可以感觉到海的气息，又可以嗅到青草绿树的味道。走到一处花园里，叶兰珍本想找个地方坐一坐，但发现几处长椅已全部被几对年轻的恋人占有了，他们有的互相拥抱着，亲吻着，有的女孩枕着男孩的腿躺在长椅上；有些关系不甚明确的还保持了一定的距离，有一搭没一搭地聊着，女孩时不时因为男孩的话而哈哈大笑，到处洋溢着青春的爱的味道。叶兰珍觉得现在的自己就像这些大学生一样，毫不克制地恋爱着，爱得如痴如醉。

因为靠近海边，郊区没有市区那么炎热，又有那么多绿树遮成的荫凉，加上海风时不时地吹来，空气里反倒稍觉凉爽。树上的知了不停地叫着，这让她回忆起自己的童年。在她的记忆里，童年是充满欢乐的，特别是回到乡下的日子。那一望无际的麦田，那清澈见底的小河，那赤脚在沙子上奔跑的愉悦。穿梭在这校园的小路上，看看学校的建筑，看看来往的学生，夹杂着回忆，叶兰珍的内心是放松惬意的，吹到脸上的风和不停摇晃的树叶都显得轻盈。

林若诚很快就结束了会议，给她发信息问她在哪儿，叶兰珍说了位置。林若诚让她在原地等，自己马上过去。于是叶兰珍就等在原地，静静地立在路边的树荫下。风儿草儿鸟儿围绕在她的身边。

远远的，她看到林若诚朝她走来，修长的双腿迈着矫健的步伐。

“热吗？”林若诚走到她的面前，关切地问道。

“还好。”叶兰珍答道。

“应该先把你送到房间休息的。”林若诚说。

“没关系，正好逛逛校园，好久没体会过这种感觉了。”叶兰珍说。

“你看你都出汗了。”林若诚边说边拿出纸巾，递给了她。

“谢谢。”叶兰珍接过了他手中的纸巾，内心顿时涌起无限的暖意，她和方义明十三年的婚姻里，他从不曾对自己有这些细微的动作。

“走吧。”林若诚打断了她的思绪。

“好。”叶兰珍回答。

两个人朝车子的方向走去，上了车。车子直行了一段距离，再转了一个弯便到了酒店的停车场。这是位于太阳湖附近的唯一的一家五星级酒店，它的造型很别致，远远看去，好像一朵桃花盛开在湖水之上。酒店拥有四万多平方米的花园绿地，景色迷人，林若诚特地要了一间可以看到湖景的房间。叶兰珍默默地看着林若诚办理了入住手续，然后静静地跟着他上了楼。

关上房间的门，便把整个世界关在了外面。他们几乎是迫不及待地抱在了一起，这段时间的渴望瞬间得到满足。她紧紧地抱着他，生怕他离开一般，她再次闻到了他身上好闻的香味儿；她轻轻地踮起脚，靠近他的耳朵，在他的耳边轻轻地呼吸；她看到他的白衬衫的领口很白，没有一丝污渍，他的衬衫上方的两粒扣子是开着的。她看到他的喉结在微微上下滚动，她凑过去亲吻他的脖颈，他的柔软的唇也凑了过来。两个人交缠在一起，他们能听到彼此急促的呼吸声，她顺手将他衬衫的纽扣一粒粒地解开，另一只手在他露出的突起的胸肌上不停地摩挲。

“想你。”叶兰珍喃喃地说。

“想你。”林若诚回应着。

叶兰珍早已经意乱情迷，她任由这个男人引领着她一步步向下走，他的每一步指引都得到了她积极的响应。她索求，他给予，他们彼此都像饥饿的动物一般想要从对方的身体上得到满足，贪婪地撕咬与啃噬，直到把对方消耗得筋疲力尽，才像结束了一场战斗一般颓然地倒下。

空气陷入安静，两个人相拥在一起，彼此都感受到身体上汗液的黏腻，楼道里传来服务员给客人送毛巾的声音。

“我去洗个澡。”说着，叶兰珍从林若诚的怀抱里抽身出来，朝洗手间走去。

叶兰珍站在镜子面前，看到镜子里的自己光彩照人，又透着些许的慵懒，那是极致的欢乐带给她的疲倦。打开淋浴水龙头，水哗哗地流了出来，她站在下面，让水浇遍自己的全身，温热的水迅速地包裹了自己全部的身体。

洗完澡出来，林若诚已经睡着了。叶兰珍走近他，看着他笑，悄悄地抚摸了一下他英俊的脸庞，吻了一下他高挺的鼻梁，还有微笑时总是抿起的嘴唇。也许是感觉到有人在自己的身前，闭着眼睛的林若诚伸手将叶兰珍拉到自己的跟前，将她搂在了怀里，迷迷糊糊地抚摸她的身体，叶兰珍静静地享受这细密的甜腻，很快就在他的怀里沉沉睡去。

不知道过了多久，叶兰珍醒来，看到自己正像一只猫咪一样整个人缩在林若诚的怀里，林若诚还在睡，呼吸均匀。她离他如此近，她再次好奇地盯着他的脸庞细细端详起来。他的睫毛长长的，估计放一支铅笔在上面是掉不下来的，他的鼻梁高高的，他的嘴唇微微上翘，无论何时看他好像都在微笑一般。

正看着，林若诚突然睁开了眼睛，这把叶兰珍吓了一跳。

"你在偷看我？"林若诚故意逗弄她。

"谁让你长得好看呢。"叶兰珍有些不好意思。

"还是你比较好看。"林若诚说着伸出手来，捏了捏她的脸颊。

“现在晚上八点半了，我饿了。”叶兰珍有些委屈地说。

“好，咱们抓紧时间去吃饭。”林若诚赶紧起床穿衣服。

叶兰珍也赶紧起来，将自己收拾好以后，帮林若诚整理了一下白衬衫，林若诚摸了摸她的脸颊，又在她的额头上亲吻了一下，然后牵着她的手去餐厅吃饭。他们就像生活多年的夫妻一样默契，任由他牵着她的手，跟着他一步步向前走。

等他们来到了餐厅，已经快晚上九点了，餐厅里一个客人也没有，只有一个服务员还在吧台处忙碌着。林若诚找了一个靠窗的位置坐下来，透过玻璃，他们可以清晰地看到夜色中的太阳湖。服务员看到有客人落座，马上跟了过来，递上了菜单。

“想吃什么？你来点。”林若诚说。

“你点就好了，晚上简单吃些就行。”叶兰珍回答。

“中午就没吃饭，今晚还是多吃点。”林若诚说。

林若诚最终点了三菜一汤，然后将菜单还给了服务员。两个人静静地看着窗外的太阳湖，借着路灯昏黄的灯光，他们远远看到湖水随着风荡起，在巨大的夜色笼罩中，湖显得孤独又寂寞。

菜很快就上来，颜色漂亮，绿的绿，红的红，看着就有食欲。

“快吃吧，都把你饿坏了。”林若诚说。

“嗯，饿了。”叶兰珍边回答边拿起了筷子。

“吃完饭去湖边走走。”林若诚边说边夹了一些菜放到叶兰珍的盘子里。

“好啊，吹吹风。”叶兰珍回答。

“菜的味道怎么样？”林若诚问道。

“不错。”叶兰珍回答。

很快用完了餐，他们牵手走出了酒店，朝着湖边走去。夜已经深了，湖边没有一个人，除了他们俩，只有路灯孤零零地立着。叶兰珍靠在他的肩头上，他的手紧握着她的手，他们就这样沿着湖边慢慢地走着。此刻的他们是无声无息的，没有了谈话的力气。湖水不停地拍打着岸边，路边的草丛里有蛐蛐在叫。湖面非常宽阔，放眼望去，看不到尽头，只有无边无际的黑。夜风吹来，身体微凉，叶兰珍不自觉地抱紧了林若诚的胳膊，林若诚停了下来，搂住她的腰。

“冷吗？”林若诚问道。

“有点儿。”叶兰珍诚实地回答，然后似回应般抱紧了林若诚。

此刻的他们，远远看就像雕塑一般立在深夜的风中，彼此依靠着对方的身体。林若诚低下头来，深情地望着叶兰珍，叶兰珍立刻融化在他深情蜜意般的眼神中。

她轻轻地踮起脚，闭上了眼睛，向他索吻，他回应，微俯身子，用他的嘴唇盖住她的嘴唇，彼此碰撞在一起的那一刹那，像一股电流穿过，微凉的身躯顿时燃烧起来，持续地，炽热地痴缠。

突然，电话响起，是林若诚的。铃声立刻将他们拉回现实，他们几乎条件反射般地清醒过来，推开彼此。两个人之间有了几十厘米的距离。林若诚尴尬地望了望叶兰珍，叶兰珍示意他接电话，然后躲到一边去整理自己的衣服和头发。

“明天吗？好的，明天下午我到小区门口接你，先这样，再见。”林若诚简单说了几句就挂掉了电话。

“你要有事我们今晚可以回去。”叶兰珍说，她怕耽误他的事。

“没有，明天回去来得及。”林若诚回答道。

“不耽误你吗？”叶兰珍谨慎地问道。

“不会。”林若诚的回答似带着些心事。

“我们现在回房间吧。”叶兰珍说。

林若诚没有说话，只是点了点头。两个人一起慢慢往酒店走，一路上都没有说话，因为彼此心里都装满了心事。

夏日的深夜的风清冷清冷的，周围静悄悄的，除了他们之外，没有任何人。路灯的灯光映射出他们修长的身影，影子便好像成了他们的陪伴。人终究是孤独的动物，很多时候，哪怕是抱作一团也无法获得更多的能量。

回到房间，好像一下子不知做什么好，叶兰珍便靠床躺着，打开电视看看，林若诚去洗澡。每个人的内心世界都是独一无二的，别人很难进入，即便碰到灵魂相融的时刻，依然还是有那么些角落，别人是永远无法踏入的。

林若诚洗完澡出来，看到叶兰珍缩在床的一角睡着了。他站在原地看了她一会儿，内心波涛汹涌，此起彼伏。很多时候，你真的无法预料你的生命中究竟会碰到什么人，他会跟你有什么样的瓜葛，就像他怎么也想不到自己会遇到叶兰珍，好像有个命运的大手，无形中牵着你往前走一般。

林若诚关掉了房间的灯，只留了床头灯微微亮着。他悄悄地掀开了被子的一角，上了床，悄悄地躺下。他听到叶兰珍发出均匀的呼吸声，他转过身去，从背后悄悄地抱住她，温暖的身体就像感情一般浓烈，伴随着窗外远处的风声水声，他们静静地睡着了。

叶兰珍早上醒来时，已是十点多，她一睁开眼睛，便看到林若诚正坐在床前，静静地看着自己。看到她醒来，林若诚冲她笑一笑，然后又摸了摸她的脸。

“睡醒了？”

“几点了？”叶兰珍问道。

“十点半了。”

“我睡了这么久？”叶兰珍有些抱歉地说。

“我坐在这里半个小时了。”

“抱歉，咱们得赶紧回去。”叶兰珍挣扎着起身。

“不着急，反正快到中午了，吃完午饭再回。”

“不行，你得赶紧回去。”叶兰珍有些焦急，她想起来昨晚他接的电话。

林若诚微微点头答应着。叶兰珍简单地洗漱了一下，两个人就一起离开了房间。林若诚到酒店的前台去退了房，叶兰珍站在酒店门口的停车场等他。天气炎热，接近中午了，阳光更是晒得人睁不开眼睛。

“走吧。”林若诚走了过来，像阳光一样耀眼。

他们一起上了车，车子朝着市区的方向开去。

林若诚准备到原来的小区去接周乔。他们离婚之后，周乔继续住在原来的房子里，而他则搬到了自己贷款买的那套房子，开始了一个人的独居生活。

他后来发现一个人的生活并不枯燥，反倒很自由。他有更多的时间去丰富自己的精神世界。有的时候他会一个人逛逛书城，有的时候他会将一个下午耗费在咖啡厅，有的时候他会一个人看电影直到深夜。这让他感觉到离婚并没有让他更痛苦，反倒是让他更快乐，他不再受约束，他可以随心所欲。

周乔现在的状态看起来也不错，每次看到她的时候，她都看起来精神满面，神采奕奕。这让林若诚不禁思索一个问题：是不是婚姻这种形式给了人太多的束缚？还是离婚以后让我们都可以从另外一个角度看曾经的对方？

车开到原来的小区门口，看到周乔已经站在那里了，林若诚将车稳稳地停好，周乔自己打开了副驾驶的门，自然地坐到座位上，然后关上了门。

林若诚没有说话，虽然他们已经离婚了，但是毕竟在一起生活了十几年，那种感觉就像亲人一般，周乔也没有说话。他发动了车子，车子缓缓地启动。

空气有些凝固，气氛开始变得尴尬，两个人都想找个话题，但无论提哪个话题都不太合适。

“天气好热啊。”周乔开口说。

“是啊。”林若诚回答。

果然在任何时候，天气这个话题总可以打破尴尬与沉默。

“你最近好吗？”周乔淡淡地问道。

“还好。”林若诚回答。

“以前每到夏天，我们都会一起去游泳，还是你教会了我游泳呢。”周乔说。然而刚说完，她意识到自己的问题了，马上停了下来。

林若诚并没有接话，眼睛紧紧地盯着车子的正前方。他不敢接她的话，他怕自己会陷入回忆当中，无论现在如何，以前的时光总是美好的居多。

“你准备什么时候告诉你爸妈？”半晌，林若诚突然问道。

“怎么？你找到合适的了？”周乔的语气里带着醋意。

“我只是觉得他们应该知道真相，我们不可能永远瞒着他们。”林若诚回答。

“让我再想想，我不想让他们伤心。”周乔自言自语般回答。

林若诚便不再说话，车厢里再次陷入了沉默。

车子很快行驶到了周乔父母居住的小区，林若诚停好了车子，两个人一起下了车，便朝父母家的方向走去。快到楼下的时候，他们还碰到了熟人。

“回来看爸妈了？”迎面走来的一个阿姨跟周乔打招呼。

“是啊，阿姨。”周乔满脸堆笑地回答。

“真是孝顺。”阿姨边走边夸赞着俩人。

周乔有些尴尬，嘴角努力挤出一丝笑意来，林若诚也讪讪地点头附和。

上了电梯，刚才两个人脸上的笑容顿时消失不见，取而代之的是冷峻与沉默。电梯叮的一声停住，出来便是周乔父母的家。

周乔去敲门，里面很快传来了母亲的声音，门开了，母亲的脸上洋溢着笑容。

“来了？快进来。”母亲边说边招呼着，“老周，闺女回来了。”

“来了？”父亲也是热心地招呼，“来来来，快坐，若诚快坐。”

“好的，爸。”林若诚仍然开口叫爸，这是为了配合周乔掩盖真相。

“妈，今天做了什么好吃的？”周乔径直走向了厨房，留下林若诚和父亲尴尬地坐在客厅里。

“最近工作怎么样？”周乔的父亲问道。

“还不错。”林若诚回答。

周乔的父亲已经退休多年，但是仍然关心着学校里的事情。

“学校职称的评选又开始了，对吧？”周乔的父亲继续问道。

“是的。”林若诚如实回答。

“你各方面条件都具备了，这次无论如何也得拿到教授的职称。”周乔的父亲退休多年，但仍然斗志满满。

“竞争的人那么多，顺其自然吧。”林若诚长出了一口气。

“若诚，不能顺其自然，这里面的很多事情不是你看到的那么简单的。你看看你们的同学泮少阳，人家早几年就混上教授了，为什么？他那脑子多活啊，哪次在领导面前不都是鞍前马后的？这也是一种智慧，生存的智慧。”周乔的父亲语重心长地说。

林若诚没有说话，他不知道该说些什么，气氛有些尴尬。正在林若诚无所适从的时候，周乔走了过来。

“爸，你们聊什么呢？”周乔的语气尽量表现得自然。

“我这正跟若诚谈评职称的事呢。”父亲回答。

“爸，你就别操那么多心了。”周乔试图帮林若诚解围。

“若诚，这样，我约一下校领导，你安排个合适的时间，咱们一起去吃个饭，沟通一下感情。”周乔的父亲并没有停下他的话题。

在周乔父亲的心目中，林若诚无论是形象，还是才华，在他认识的人当中都是数一数二的，唯有性子太温和，不懂得争抢，又有几分风骨，所以直到现在还没有混上个一官半职的，他要是有泮少阳的性子就好了，他总是这么想。

“唉呀，爸，你就别管那么多了，你也不是不知道他的性子。”周乔试图再次岔开话题。

“好好好，现在就嫌我管得多了，我这是为谁？还不是为你们？”父亲有些生气，当领导的脾气上来了，一时半会也改不了。

“爸，我知道你是为我们好，可是……”周乔还想跟父亲辩解几句。

“来来来，吃饭。老周，闺女来了就让闺女好好吃饭。”周乔的母亲来解围。

几个人陆续围坐在桌子前，周乔父亲的表情不算好，一直冷着脸，周乔的母亲倒是热情，不时地给林若诚夹菜。

“我看呀，评不评职称没那么重要，这样日子不也挺好？”周乔的母亲说道。

“只要你俩感情好，不比什么都强吗？”周乔的母亲继续说道。

“要我说呀，你俩不要整日忙于工作，赶紧抽时间要个孩子，有孩子，家才有生气。孩子也是两个人的纽带，我们俩盼着抱外孙呢。”周乔的母亲显得很着急。

周乔正吃着东西突然咳嗽起来，林若诚看了看她，赶紧给她倒了杯水，母亲在一边不停地给她拍后背。

“你小心点，这都四十多的人了，吃饭还会被噎住。”母亲半是责怪半是心疼。

“没事，妈。”周乔看着母亲，强挤出一丝笑容。

一顿饭吃得尴尬无比，周乔的母亲试图聊些周乔小时候的事情来转移话题，林若诚则安静地吃饭，安静地听着，这样熬着，总算把饭吃完了。

吃过饭，林若诚仍然按照惯例去洗碗，他们一家三口则在客厅里聊天。这么多年以来，这样的场景发生过无数次。那些时光就这么不经意间地溜走了，我们从来没有细细地品味过生活的每一刻，回过头来再看以前，有种跨越时空的感觉。他仍然能记得第一次到周乔的家里的情景，如今已过去近二十年了。

一切都收拾妥当，林若诚从厨房里走出来。

“若诚，过来吃水果。”周乔的母亲招呼着，周乔的父亲估计已经去了书房。

“妈，我们该回去了。”周乔马上接话说。

“现在就走？”母亲问道。

“明天我公司还有事。”周乔回答。

“那赶紧回去好好休息。”

“跟你爸打个招呼。”母亲小声地说，然后戳了戳周乔的胳膊。

“好。”周乔小声地说，然后站起身朝书房走去。

她敲了敲门，父亲在里面应了声。她推开门，看到父亲正戴着老花镜在书桌前看书，好像还在记录着什么。

“爸，忙什么呢？”周乔问道。

“没什么，看看文献。”父亲不抬头。

“爸，你得多注意休息，不要总看文献啊资料啊，太累了。”周乔说。

“你也知道关心你爸啊？”父亲有些嗔怪。

"那是当然，爸爸可只有一个。"周乔开始跟父亲撒娇。

"你跟若诚……没什么问题吧?"父亲关切地问道。

"我们好着呢，你放心吧。"周乔赶紧回答。

"那就好。"父亲若有所思地说。

"我要回去了，你也早点休息。"周乔说。

"嗯。"父亲抬头看了她一眼，然后继续看书。

周乔知道父亲心里有些不高兴，一个晚上都没有露出个笑容。她知道父亲是为她好，可是林若诚是什么样的人她也很清楚。如今她已经和林若诚离婚了，她就更没有理由去干涉他的行为。

事实上，周乔早已后悔自己的冲动。她有几次想跟林若诚提出复婚的请求，但是每一次话到嘴边又咽下去了。她强烈的自尊让她无法开口，她又期盼着林若诚能够主动向她开口，这最起码证明他的心里还有她，然而她并不知道，林若诚已经有了叶兰珍。或许，他永远也无法回头了。

两个人终于下了楼，林若诚顿时长长地舒了一口气。夜风清凉，空气浓厚，呼吸因此而变得顺畅。

林若诚驾车送她回家，一路上，两个人默默无语。

车子到了小区，林若诚将车停了下来，两个人沉默片刻。

"到了。"林若诚说。

周乔愣了一下，此时此刻的她有些恍惚，难道他不跟她一起下车的吗？

“哦。”周乔应了一声，然后打开车门，下了车。

刚要关上车门，正好碰到楼下的邻居，一位跟自己母亲年纪差不多的阿姨。

“哟，回来了？”阿姨笑容满面地问候道。

“呃，对。”周乔努力保持笑脸，她不想让别人看出他们的破绽。

“哦，对了，前几天我听到楼上不知是哪家把东西扔得叮当响，好像还有谁在大哭的声音。不是你们家吧？”阿姨审慎地看着她。

“呃，不是我们。”周乔回答。

“我就是问问，不是就好，已经好多次了，把我们楼下吵得睡不着。”阿姨边说边摇摇头走开了。

“你……没事吧？”林若诚听到了她俩的对话。

“没事。”周乔的回答似乎带着些慌乱。

“真的不是你？”林若诚狐疑地再次问道。

“现在你不需要管我的事情了，好吗？”周乔再次展现她凌厉的姿态。

“那你注意安全。”林若诚还是叮嘱了一句，然后脚踩油门，车子迅速地消失在她的视线里。

林若诚最近忙于评职称的准备工作。虽然周乔的父亲提出让他去走走人情关系，毕竟每个学院的名额有限，有十几位副教授在排队等着呢，但是林若诚依然固执地做着自己。不过他脑子里总是闪现出周乔父亲的那句话：人家泮少阳早几年就是教授了。

泮少阳是他大学的同学，从大学时代起，就展现出优秀的社交才能。从院领导到校领导没有他搞不定的人，没有他处不好的关系，可谓见人说人话，见鬼说鬼话。更重要的是，他不仅仅是停留在嘴上的功夫，实际上他的工作能力也相当出色，所以他才一路顺风顺水，平步青云。

有些时候，林若诚总觉得自惭形秽。当初泮少阳对周乔是一片痴心，为了追求周乔，他可谓使出了浑身解数，可是仍然没有打动周乔，周乔固执地选择了自己。可是如今，他和周乔还是离婚了。他有时候也想，要是当初周乔选择了泮少阳，会不会过得更好一些？最起码，泮少阳跟周乔的父亲属于一路人，对权力与地位都充满了欲望。

直到现在，泮少阳都对周乔有一种特别的关心，他总是有意无意地问起关于周乔的事情，林若诚也能理解他的这种心理。对于泮少阳来说，他对所有的事都志在必得，而周乔恰恰是他怎么努力也无法得到的人，这挫败了他的信心，于是他将这种挫败感嫁接到林若诚的身上，他必须在成就上超过他，才能显现出他的能力。而他，也真的做到了。

工作的十几年里，只要碰到竞争方面的事宜，林若诚是必输无疑，但是林若诚在学生们当中的口碑却是最好。他的课几乎场场爆满，甚至很多其他院系的人都慕名而来，就为了一睹他的风采，这让他的自信心得到了维护。

然而，泮少阳三年前就评上了教授，而他还在不停地为之努力挣扎。

有一日，林若诚正准备去给学生上课，走在路上的时候正好碰到了泮少阳。他本来只想打个招呼就走的，没想到泮少阳叫住了他：

“最近忙吗？”泮少阳问道。

“还行，就那些事儿，你也知道。”林若诚淡淡地回答。

“周乔她还好吗？”泮少阳似乎也不避讳。

“挺好的。”林若诚的内心有丝慌乱，泮少阳并不知道他们已经离婚了。

“评职称的事你不活动活动？”泮少阳看着他的眼睛，等待着他的回答。

“我相信学校会公正公平地给出结果。”林若诚说得挺没底气。

泮少阳"哼"了一声，似乎对他的说辞嗤之以鼻。

"这名额有限，都是一个萝卜一个坑，那么多人排队，别人的教学成果科研成果都不差，为什么是你？你想过这些问题吗？"泮少阳问道。

"我知道。"林若诚无奈地回答。

"你以为这样你就不是俗人？你就与众不同？结果只会是自毁前途。"泮少阳的话直接又犀利，因为他们不仅是同事，还是同学。

"你还有事吗？没事的话我先去忙了。"林若诚不知道如何跟他对话下去，只好找个理由赶紧结束话题。

"需不需要我帮忙？"泮少阳并没有理他，而是继续自己的话题。

"不用，谢谢。"林若诚直接拒绝了他。

"好，算我多管闲事，要不是看在周乔的面子上，我干吗自找难堪。"泮少阳边说边转身要离开，刚走几步，又停下脚步，回过头来对他说：

"马上要竞聘副院长了，到时候别忘记投我一票。"

说完，泮少阳便转身离开了，留下愣在原地的林若诚。此刻的林若诚，内心可谓是五味杂陈。他也在一遍遍地问自己，有必要这么坚持吗？

看着泮少阳远去的身影，他的内心倒是生出几分佩服来。这么些年，泮少阳总是一往无前，每一步都朝着他的目标迈去，每次都达成他想要的结果，这何尝不是一种能力?

越想心里越乱，他只好长叹了一口气，然后加快脚步朝教室走去。一片黄叶从树上悄然降落，落到他的身上，再落到地上，无声无息，远处传来年轻学生欢快的笑声。

几周之后，学校公布了获得教授职称的名单，里面仍然没有林若诚的名字。他的心一下子跌到了谷底。看来泮少阳说得没错，过于清高只能自毁前途。他无奈地笑了笑，此刻的他，胸口好像被一块大石头压着一般，呼吸不畅，气也喘不过来。他想出去走走，于是拿起车钥匙，离开了办公室。

学校的小道被两侧的法国梧桐合抱出一片树荫，青春洋溢的学生惬意地行走在小道上，这看起来明明是一方圣土，为什么总是黑暗？林若诚的内心是极其不快的，但总是找不到发泄的出口，于是驾上车，将自己封闭在车里，便有了一个独立的属于自己的空间，这个小小的空间让他有时间和勇气面对真实的自己。

车子沿着马路行驶，漫无目的，毫无方向。外面下起了雨，刚开始还是淅淅沥沥的，慢慢地变成瓢泼大雨，雨水肆意地泼洒到车前玻璃上，将他的视线完全模糊，雨刷不停地左右晃动着工作。

不知道开了多久，道路两旁的灯亮起来了，雨势也渐小，昏黄的灯光下可以看到雨在细密地落下。他看到马路上每个人都行色匆匆，这世间景象让他的心渐渐平静。所有的人都在为了生计而努力，若你真正了解生活的原本模样，内心便不会再生出抱怨，反而更多的是释然。

兜兜转转，林若诚将车开回了家。到了小区，他停好车子，慢慢地踱回住处。雨已经停了，路上全是水。夜晚的小区显得宁静祥和，可是他回的家却是孤独的，想起来，内心不免有些凄凉。

打开家门，漆黑一片。他打开了灯，房子里有了些许的生气，但是仍然孤寂。他换上鞋子，径直走到了卧室里，躺在了床上。他的内心一片空白，脑子里也一片空白，就这样在黑暗中静静地躺了很久。他听到自己的呼吸，他回忆着人生的点点滴滴，有那么些瞬间，他觉得自己懦弱又可怜。人如尘埃是有道理的，我们每个人都是沧海中的一粒米，一滴水而已，微不足道。

既然微不足道，那就放宽心吧，计较什么呢？那些得与失，那些荣耀与艰辛，都只是生命中的点缀而已，我们真正要追求的依然是灵魂的自由，那些物质与荣誉都只是短暂的光亮而已。

想到这些，林若诚顿时释然了。他坐起来，想去倒杯水喝，这个时候，电话响了，他拿起手机一看，是周乔。

林若诚有些忐忑地接了电话。时至今日，他在面对她时仍然有些恐惧与不安，生怕她突然爆发出什么事情来。

“我听说评选结果出来了，对吗？”周乔在电话里问道。

“是。”林若诚回答。

“还是没评上？”周乔再次追问。

“是。”林若诚如实回答。

“我早就说过让我父亲去找找人情，你就不听。你如果早听我的，早就评上了，说不定现在院长都当上了。”周乔在电话里开始抱怨。

林若诚没有说话，他不知道该说些什么。

“你看看人家泮少阳，早几年……”周乔刚要说泮少阳的成绩。

“你当初怎么不选择他？”林若诚的内心有些崩溃。

“你别岔开话题，我说的是人家那种一心往上爬的劲儿头。”周乔有些不悦。

“我比不了。”林若诚喃喃自语。

“那你愿意要这样的结果吗？”周乔反问他。

“我不想要，可是我也不想仅仅为了名与利，便丢掉了做人的基本原则。”林若诚回答。

“你为什么这么天真？这个世界不是非黑即白。”周乔暴躁地说。

“我们已经离婚了，你能不要再管我的事情了吗?”林若诚低声说道。

“我这不都是为你好吗?”周乔明显生气了，说话的声音很大。

“你让我安静会儿，可以吗?”林若诚央求道。

周乔赌气挂掉了电话，本来已经自我开解好的林若诚，心情再次跌到深渊里。他将手机扔到了床上，在房间里不停地来回踱步，好像有什么堵在了胸口。他走到客厅，从酒柜里拿出了红酒和酒杯，倒上一杯酒，慢慢地品了起来。好像还缺点什么。他打开了音箱，调到经典的频道，那些经典的音乐便慢慢飘了出来。有了红酒和音乐，他的心情渐渐平复了许多。

他端着酒杯，站到窗前。他看窗外的世界，宁静，天空有闪亮的星光，但是夜无边。酒杯里的酒渐渐地没有了，他的头有些晕眩。他返回卧室，躺倒在了床上，伴随着舒缓的音乐，他沉沉地睡去。

4 沉 沦

此时的叶兰珍才发现，以前的她根本不懂什么是爱情。她从小接受的都是最传统的教育，几乎都是按照父母所期望的——学习好，工作好，找到的另一半也是世人眼中的好。一切看来都是完美无缺，以至于她几乎忽略掉她与方义明的关系是不正常的，特别是两性关系。可是自从跟林若诚在一起之后，她才明白真正的爱情是灵与肉的完美结合。

她常常在想，林若诚是上天派来的吗？是要将她从现在的生活中彻底拯救出来，还是给她一个无情无尽的破坏与毁灭？

她整日为这份新添的感情踌躇不决，工作上也出现了意想不到的事情。本该由她负责的一个规模较大的咨询项目竟然被他人替代了，并且前期没有任何的征兆。叶兰珍是一个性子相对柔和的人，但是当她得知这个结果的时候，还是推开了总经理办公室的门。

“夏总，我为什么被换掉？”叶兰珍的语气温和，但有一种不可抗拒的力量。

“来来来，叶经理，坐。”眼前的夏总戴着眼镜，面带一丝解释不清的笑容，看起来像个怀揣心事的弥勒佛。

叶兰珍坐了下来，然后等待着这位夏总给一个合理的解释。

“是这样的，我们公司刚刚来了个空降兵嘛，就是丁总。她呢，年纪比你大，经验比你多，可以让客户更信服嘛，这也是为了公司的全局利益着想啊。你呢，就多体谅一下公司，而且，领导们都商量过了，让你来做她的副手，配合她来完成这个项目，怎么样?”夏总一脸的不真诚。

“可是这个项目一直是我跟客户对接的，谈了这么久，只有我最清楚客户要的是什么。”叶兰珍的语气明显带着情绪。

“你那个方案是很不错，我已经交给丁总了，让她就按你的方案操作。”夏总脸色沉了下来，估计是看用感情哄骗不了她，才使用权力来压迫她。

叶兰珍听到这话瞪大了眼睛，她辛辛苦苦做的方案，竟然这样被假手他人，如果不是怕别人看到，估计眼泪都会掉下来。叶兰珍一句话也没有说，转身离开了总经理办公室。

因为总在外地做项目，在单位待着的时间特别少，再加上叶兰珍的性情比较特别，很少跟别人打成一片，所以她完全不知道单位新来了一位丁总，而且就是来领导她的。叶兰珍一肚子的委屈，一个人坐在办公桌前生闷气。她就是这样，从来不吵不闹，遇到什么不开心的事也总是默默忍耐。

这时候，叶兰珍的手机上收到了一条信息，她打开一看，是她的同事史晓文发来的：别沮丧了，新来的丁总是我们集团老总的关系进来的，谁也扳不动的。往左看，第二个办公桌前坐着的就是她。

叶兰珍抬起头来，往左边看去，一个风姿绰约的女人正好看向她这边来。叶兰珍出于礼貌硬挤出一丝笑容对她笑了笑，然而对方面无表情，只是眼神比较坚定，又好像带有挑衅的味道。

叶兰珍收回目光，将眼睛盯到了电脑屏幕上。对面是一个气场强大的女人，年纪并不算很大，顶多大她三五岁，妆容精致，眼神犀利，典型的那种在职场上游刃有余的人。所谓的游刃有余，无论对于男人还是女人来说，只不过是放弃了很多底线而已。叶兰珍对此不以为然，她们是完全不同的两种人。假如将她们二人比作某种花，那么叶兰珍是菊，清淡雅静，而对面的那个女人，是怒放的玫瑰。此时此刻，她已经没有了反抗的能力，只有任人宰割。

此刻的她多么希望有人安慰一下啊，她想打电话给林若诚，但是思前想后还是放下了电话；打电话给方义明那更是不可能，多数情况下，方义明的反应都是：要是做得不开心就不要做了。每当听到这句话，叶兰珍更是无可奈何，心想，我只是需要一句安慰，需要些交流，需要有人能理解我，而不是有人养我。

跟史晓文一起午餐时，叶兰珍又大约了解了一些信息。新来的丁总背景深厚，实力也非同一般：海外留学过，虽说以前没有咨询行业的经验，但是在某外企担任过重要职位。后来，结识了集团的总经理，然后被总经理挖了过来。

“这女人四十多岁了还单身。”史晓文窃窃私语般说道。

“说明活得独立又有个性。”叶兰珍回答。

“都说她跟集团老总有不正常关系。”史晓文又是一副神秘的表情。

“怎么不正常？”听到不正常这三个字，叶兰珍的心咯噔一下，但是还是装作若无其事地问她。

“集团老总孩子都读高中了，听说他妻子在国外陪孩子读书，他一个人在国内，就跟这位新来的丁总在一起了。”史晓文说。

叶兰珍听听，没有做任何回应，现在听别人的八卦，说不定哪一天自己就成了别人的八卦，成了别人饭桌上的佐料，还是沉默着最好，免得哪一天成了别人口中的笑柄，手中的把柄。

叶兰珍无奈地熬到下班，心中的压抑始终没有得到驱散。她只觉得无能为力，这世界上的太多事情都是我们不能左右的，无论你多么强大。

回到家里，她看到书房的灯亮着，原来是方义明提前回来了。叶兰珍有一丝疑惑，同时也有一丝丝欣喜，回到家看到有一盏灯有一个人的感觉还是很温暖的。她将包放在门口的柜子上，然后径直走到书房，看到方义明正坐在书桌前，眼睛盯着电脑屏幕。看到她过来，方义明抬了一下头看了她一眼，接着又低下头盯着电脑，嘴上嘟囔了一句：

“回来了？”

“嗯。”叶兰珍回答。

“周末你去哪里了？”方义明头也不抬，继续问。

“出差啊。”叶兰珍的失望马上被紧张所代替，随口编了个理由，心里却不停地犯着嘀咕。

“你们单位的一个同事到我们公司去谈新的合作事宜，随口聊了一下，她说记得你好像这个周末没项目。”方义明将头抬了起来，眼睛直勾勾地盯着她，好像在听她一个合理的解释，这是他少有地这么专注地盯着她的表情。

“临时加的一个项目的后续跟进，单位的其他人不清楚。”叶兰珍眼神有点慌乱，她不会撒谎，一说谎眼睛就到处躲闪，语气也不自然。

方义明愣了一下，没有说话，然后继续低下头对着电脑。

“谁去你们公司的？”叶兰珍看方义明不再追问，赶紧转移了话题。

“一位姓丁的女士，看起来蛮干练。”方义明说。

“原来是她。她现在是我的顶头上司，还把我付出心血准备的项目白白拿走。”叶兰珍无奈地说。

“所以你今天不太开心。”方义明说。

“是。”叶兰珍有些吃惊，心想你总算有些时候也是在意我的。

“需要我帮你吗？虽然我不直接负责，但是可以跟同事打声招呼。”方义明淡定地说。

“不需要，我不想用这层关系来要挟别人。”叶兰珍说。

“你不用，别人会用。”方义明回答。

“别人是别人，我是我，我求个内心安稳。”叶兰珍回答。

“你如果做得不开心就辞职，不要勉强自己。”方义明说。

“如果我不工作了，我的日子是不是就是每天看太阳落下，月亮升起，看日月交替，一个人守着空空的大房子，跟自己对话，看看无聊的电视剧？或者养猫、遛狗、美容？如果这样活着，我觉得跟死了没有什么区别，那样的日子会让我觉得我失去了活着的全部意义。”叶兰珍回答。

方义明静静地听叶兰珍说完，愣了一下，想要说什么，又停了下来，好像又忽然想起了什么似的，抬起头来：

“我马上要到新加坡出差两个月，后天出发。”

“你去吧，到哪里都行，天涯海角，随便你。”叶兰珍说完，转身离开了，留下愣在原地的方义明。

叶兰珍只觉得疲惫，难以言说的疲惫。此刻的她，感觉自己一个人独自站在山谷中间，四周都是高耸的山，她找不到出口，她知道每一个选择都将面临翻山越岭，都将面临跋山涉水。

对于一个完全有能力给自己很好物质生活的女人来说，一个普拉达的包远没有两个人一起看一场电影来得幸福，一顿五星级酒店的大餐远没有两个人一人一碗面条来得温馨。她们不缺钱，他们缺爱。

申城的夏天最要人命，只要踏出空调房间，在大街上走上哪怕一分钟，整个人都会汗流浃背，再加上南方特有的潮湿，让你分分钟感觉是活在蒸笼之中；路两旁的法国梧桐叶子也失去了风采，蔫蔫地搭在树枝上；路边的公交站点处，站满了等公交车的人，每一个人都脸色绯红，手中拿着的任何东西都成了临时的扇子，像蝴蝶的翅膀般不停地扇动着，希冀从这微小的动作中得来一丝丝凉爽；青海拉面馆的女主人将长年包裹着头部的头巾都扯了下来；五金店里的男人没有穿上衣，露出黝黑的皮肤还有圆滚滚的肚皮；按摩店里常年穿低胸衣服黑丝袜高跟鞋的女人在门前踱来踱去，指着那高耸的乳房还有肥硕的屁股来吸引百无聊赖的低俗男人。

叶兰珍近期的工作变得相对清闲，新来的丁总接管了她所有的项目，她不需要经常出差，也不需要去跟客户沟通，她只需要给新上任的丁总做一些辅助工作就可以。叶兰珍感觉自己一下子被架空了，心里有一万个委屈却也无可奈何。

每天平淡如常地上班下班，出差的方义明偶尔会发来信息，叶兰珍也只是应着，他们两个人之间的气息就如同这八月的天，憋闷不堪。道路两旁的法国梧桐叶子已经比一个成人的手掌还要大，浓密青绿。每每下班时，灼热的太阳已经失去了它的光芒，叶兰珍总是坐地铁回家。出了地铁口，伴着太阳的余热，一个人漫步在种满法国梧桐树的道路上，慢慢地踱回家，每日都是如此，似乎只有这个时刻，她的心才是宁静的，祥和的。再伴上黄昏时刻吹来的柔软的风，满心的愁绪好像都被吹散了，唯有对林若诚的思念一直缠绕在心头。

两周后的一个晚上，天空飘起了雨，并且雨势越来越大，叶兰珍躺在床上看书，只开了一盏昏黄的灯。听到外面的雨声，叶兰珍干脆合上书，将灯关掉，安静地躺在床上听雨。她能感觉到雨点很大，噼里啪啦地打在外面的雨棚上，并且伴随着阵阵的雷声，雷声由远及近，在窗前轰隆隆一阵儿又跑远了。就在她沉浸于这样美妙的听雨的时刻时，手机响了，是林若诚。

叶兰珍立刻坐了起来，急切地按下接听键，听筒里传来她渴望许久的声音，温暖，柔和，甜腻。

“最近好吗？”林若诚轻声细语。

“还行。”叶兰珍回答。

“我后天在梵音山有一个商业讲座，结束后可以在周围看看风景，你有时间过来吗？”林若诚说话的语气也充满了期待。

“好。”叶兰珍回答得干脆利落。

“我明天上午十点来接你。”林若诚听起来很兴奋。

明天就是周五，叶兰珍想了想，决定向公司请一天假，反正她现在的状况本来就有些尴尬，而且说不定工作太积极有些人会担心她抢了自己的风头，得过且过未尝不是一种选择。于是她给总经理发了请假的信息，很快就得到了“同意”的回复。叶兰珍开始满心期待明天的到来，一整夜都在辗转反侧，不能入眠，直到凌晨三点的时候，她才迷迷糊糊地睡去。

第二天醒来，下了一夜的雨已经停歇，灼热的太阳高高地挂在天空。叶兰珍拿起手机一看，已经八点三刻，想到林若诚很快就要过来接自己，叶兰珍迅速地从床上爬起来，冲到浴室里开始洗澡洗头，等她一切收拾妥当回到房间时，看到手机上的短信，林若诚已经到小区后门了。

叶兰珍急急忙忙又故作镇定地往外走，她来到了小区的后门。小区的后门是一条小马路，总共几百米长，平日里很少有人从这里经过，但是这条路算得上雅致，因为路两旁的法国梧桐将马路合围出一片树荫，立刻将这夏日的炎热消减不少。

林若诚坐在车里，看到叶兰珍远远地朝自己走来，他没有下车，只是嘴角不自觉地升起一抹甜蜜的笑。爱情就是这个样子吧，看到你爱的人，心便不自觉地荡漾开来，好像这一个人的美好就盖过了这世上所有的丑陋，那些心里的甜蜜让你将这世俗的纷扰全部都忘记。只是看着他，就想笑；只是看见他，就觉得这世上只剩下开心，再无烦恼。

叶兰珍上了车，坐好了，转头朝他笑，林若诚也望着她笑。为什么四十多岁的男人了，脸上总是一抹难以名状的羞涩？叶兰珍觉得困惑，而正是这抹纯真的羞涩，让她的心排山倒海，天崩地裂。她看着他系好安全带，并且提醒自己也系好安全带，看着他发动了汽车，然后车子就倏地一下子启动了，奔向只属于他们两个人的世界。

开车的工夫，叶兰珍又忍不住细细地打量他：上身穿一件黑色的纯棉T恤，下身是一条米白色的休闲裤；手表戴在右手手腕处，手指纤细修长，看起来确实是天生适合弹钢琴的手；头发显然打理过，有着很好看的纹理和轮廓；她能闻到他身上淡淡的沐浴乳的香味。再看看他的眼睛，满目的柔情，但总像装着丝丝的愁绪；睫毛黑而长，眉头永远微微皱着；嘴唇也有着漂亮的弧度；鼻梁高挺，让他本来偏温情的气质增添了些男人的气度。就这么看着他，叶兰珍就已经醉了。

也许是感觉到叶兰珍在打量他，林若诚转过头来，给她一个淡淡的笑，那温柔的神情，那眼睛里闪烁的星星，都让她心旌荡漾，即便这辈子掉在他的温柔乡里醉生梦死也算值了。

车子还在不疾不徐地行驶，从申城到梵音山，路程超过三百公里，驾车大约需要四个半小时。刚开始他们有一搭没一搭地聊着，后来，叶兰珍就抵挡不住阵阵睡意，最后靠在椅背上睡着了，醒来时，还有半小时的车程就能到达目的地了。

“经过跨海大桥时想叫醒你的，但看你睡得香。”林若诚说。

“不是还会回去嘛。”叶兰珍回应说。其实她想说，跟你在一起，我已经把全世界都忘了，只要有你在身边，我就可以恬淡安静地睡去，所有的安全感都来了。

“我们住的地方离海很近，可以看海。”林若诚缓缓地说。眼睛也不看向她，只是盯着车子前进的方向，这话说出来好像是对着叶兰珍说，又好似在自言自语。

“好啊，”叶兰珍说，“已经好久都没有去看过蔚蓝的海了。”

车子很快开到了一家酒店的门口，林若诚并没有停下，而是将车子直接停到了地下车库。车子熄了火，车厢里难得地安静，就连彼此的呼吸都听得清清楚楚。林若诚看了看叶兰珍，深情的眼神让叶兰珍脸红，她躲开他的眼睛，林若诚笑了笑，摸了摸她稍显凌乱的头发，然后说：

“走吧，我们去办理入住。”

林若诚下了车，叶兰珍就跟在他的后面，并且保持了一定的距离。林若诚见状，估计看出了叶兰珍的心思，于是安慰她说：

“这是我自己订的房间，明天的讲座在离这里十分钟车程的另外一家酒店，不用担心。”叶兰珍这才稍显轻松了一些，跟着林若诚到了一楼的大厅。

酒店相当奢华，大厅宽阔无比，偶尔有一两位客人从大厅穿过，前台的服务员一个个都穿着整齐的制服，头发梳得一丝不苟，女服务员都化了淡妆，使得整个酒店的气质都上升不少。林若诚办理好入住后，他们径直向电梯走去。电梯里没有人，到达所在的楼层以后，楼层里也没有人，只有他们二人踏过地毯的脚步声，直到走进房间，关上房门的瞬间，世界才真正的属于他们二人。

他们几乎是迫不及待地拥吻在一起。他的双手搂住她的腰，将她的身体与自己的身体紧紧地贴在一起，她的双手搂住他的脖子，整个人几乎半挂在他的身上，他的双手不停地在她的身上游走，她的手也没有闲住，伸向了他腰间的皮带处，他轻轻地咬着她的唇，她的舌，咬着她的耳朵，她的脖颈，她也热烈地回应。她从来不知道自己会对一个男人的身体如此着迷，她喜欢他带给她的感觉，喜欢他留在她身上的每一个唇印，喜欢他呼吸的味道，喜欢他轻声的呢喃，这一切都让她迷醉。她身体内的清泉已经汩汩流出，早已湿润了那片森林，她开始变得焦灼不安，她期待着他进入她的身体。

而他好像懂得了她的期待一般，故意对她一番戏弄，不满足她的欲求。虽然她的理智让她因为害羞而拒绝，但她的身体骗不了她自己，伴随着一阵强烈的颤栗，她只觉得全身每一个毛孔都在慢慢在张开，身体最深处的温热的液体不断地流出，她的脸色潮红，呼吸变得急促，她的身体开始不断地向上挺起，急切地等待着他的进入。

她早已放下了女人的矜持，不再担心前方与未来究竟如何，她只想肆意地享受片刻身体上的欢愉，哪怕生命就此终结。

他终于不再控制自己的身体，两个人像两条藤蔓一般紧紧地缠绕在一起，又好像都要从对方身体上攫取些什么，直到双方像商量好了一般共同奔向令人颤栗的巅峰。

半晌，两个人都没有任何动静，空气里满是爱的味道。折腾了这么半天，彼此都已经困乏至极，他们很快就沉沉地睡去。

还是林若诚先醒过来，透过窗帘的缝隙看到窗外已经暮色降临，华灯初上。他抬手看了看手表，已经是下午的六点五十分，再看看一旁的叶兰珍，她还在甜甜地睡着，侧着身子面向自己。她的头发凌乱，呼吸均匀，他忍不住靠近她一些，仔细地端详着眼前这个可爱的女人。小小的鼻子，不大的嘴巴，紧闭着的眼睛里的眼珠开始转动。也许是迷迷糊糊感觉到有人在看她，叶兰珍睁开了眼睛，看到林若诚正一脸宠溺地看着自己，于是整个身体往前移了移，趴到了他的怀里。

“几点了？”叶兰珍迷糊地问，眼睛没有睁开，头贴在他的胸口。

“马上七点了。”林若诚回答，一只手不停地抚摸着她光滑的背部。

“饿了吗？”叶兰珍还是没有睁开眼睛，再次将身体往前移了移。

“有点，你呢？”林若诚低下头来，将下巴抵在她的头顶。

“我也饿了。”叶兰珍抬起头微笑着说。

“去找吃的。”林若诚笑着抚摸了一下她的脸，然后起身穿衣服。

叶兰珍也跟着起了床，走到洗手间整理了头发。她的头发越来越长，不知道是因为刚才的余韵还是因为灯光的缘故，镜子里的她娇美至极，全身都散发着爱情的气息，愈发恬淡性感。对着镜子愣了几秒钟，回头却看到林若诚正认真地盯着自己，叶兰珍脸上露出一丝羞涩，眼神凌乱飞舞，几秒钟后又安静下来。

“真漂亮。”林若诚淡淡地说。他不善于表达，有的时候这种不表达也许是因为他羞涩内敛的性格。有的人会把所有的话都说出来，有的人会把所有的话都藏在心里，林若诚就是后者，所以当他说出赞美她的话时，叶兰珍竟也羞红了脸，像十几岁的少女一般。

“谢谢。”叶兰珍说。

餐厅位于酒店的一楼，这个时间正好是晚饭的时刻，所以餐厅里的人相对多了一些，但是因为餐厅很大，所以客人与客人之间还是间隔了很远的距离。客人们三三两两地说笑，偶尔有孩子在奔跑。

林若诚将叶兰珍引到靠窗的位置，相对比较安静，又可避免一些意外的麻烦。服务员很快跟了过来，将菜单递到他们两位面前，叶兰珍没有看菜单，直接放到了桌面上。

“你点吧。”叶兰珍每次都让林若诚点菜，这是一种信任和依赖。

林若诚于是仔细地翻看着菜单，叶兰珍时而看看林若诚，时而看看外面的风景。外面起风了，树叶摇晃得厉害，这靠海的地方就是风大，本来炎热的天气也被这海风吹走了。

林若诚很快点完了菜，两个人便随意地聊着天，彼此都感觉自在又轻松。这就是男人跟女人之间最好的相处状态吧。

菜很快上来了。清蒸鱼、水晶虾仁、炒时蔬、海鲜汤，外加一瓶干红。

“饿了吧，快吃吧。”林若诚说着拿起筷子，夹了虾仁送到叶兰珍的嘴巴前，叶兰珍稍显迟疑，停顿了一下，还是接受了。

她慢慢地咀嚼着，心头一阵热，如果两个人的相处都如此情此景般美好那就太好了。

“好吃吗？”林若诚问道。

“嗯，不错。”叶兰珍回答。

“多吃点。”林若诚边说边又夹了一些菜放到她眼前盘子里。

“明天的讲座准备得怎么样了？”叶兰珍问道。

“其实也没有特别准备，就是谈一些自己的认知与理解吧。”林若诚说。

“最近工作上都顺利吗？”叶兰珍又问道。

“还好，只是每天都要不停地应付各种人际交往。”林若诚叹了一口气。这是他难得的状态，通常情况下的林若诚都是很平静的，并没有太大的情绪起伏，也许是因为对叶兰珍越来越信任，他难得地诉说一下自己的真实感受。

“人生来就处于一张巨大的关系网中，每天醒来就要处理这复杂的关系，没有个三头六臂，总是会任人宰割。”叶兰珍长长地叹一口气。

“你……工作上也不开心？”林若诚听出来叶兰珍的语气带

着无奈。

“你开心吗?”叶兰珍反问道。

“也许每个人都是不开心的吧。”林若诚回答。

“跟你在一起的时候，便是我最开心的时候，那些烦恼就全抛在脑后。”叶兰珍难得地直接表露心声。

“我也是。”林若诚听着，伸出手来握住她的手。

两个人相视而笑，叶兰珍拿起酒杯，喝了一大口酒，林若诚也拿起酒杯，喝了一大口。酒可以让人醉啊，醉了就可以忘记现实。

结束了晚餐，本来计划到外面走一走，吹一吹海风的，但两个人喝掉了一瓶红酒，本来就都不胜酒力，所以此时两个人都有些晕眩，脸色潮红，于是他们还是选择了回房间休息。

两个人静静地躺在床上，叶兰珍侧着身子，林若诚从后面抱住她。他将手伸到她的胸前，双手分别抓住了她温热柔软的乳房，她并没有躲开，而是任由他的手在她的胸前游离揉搓。他的嘴巴靠近她的脖颈，他呼出来的气息掠过她的皮肤。房间里出奇的安静，可以听到远处海浪拍打海岸的声音。

“好安静啊。”叶兰珍说。

“我听到海浪的声音了。”林若诚回答。

“是，我感觉到了海的辽阔。”叶兰珍回答。

“我们像是生活在荒岛上。”叶兰珍又说。

“这里就是岛。”林若诚回答。

“但是我觉得这个岛上只有我们两个人，我们以后就生活在这里好不好？”叶兰珍带着幻想和天真问道。

“好啊。”林若诚回答，然后身体已经压了下来。

叶兰珍感觉到他的温热的唇在自己的身上一点点游离。他亲吻她柔软的唇，亲吻她修长的脖颈，亲吻她洁白的乳房。从前她还感到罪责，可是现在，她只想完全地放下自己，任自己被吞噬，让自己被掩埋，她感受到身体迎来的强烈的撞击，就像海浪拍打着海岸那般彻底。人类最原始的欲望在支配着彼此，他们已经忘记了周围所有的东西，变身成海上孤独前进的帆船，纵然会葬身大海也无所顾忌。

他带领她，去看从未看见过的世界，一起前进，共同停歇。

他们再次伴随着疲倦重重地睡去，不想醒来，就这样永远睡着了，该有多好！

但是不管你有没有期待，黑夜总会散去，黎明总会到来。

叶兰珍醒来时，看到林若诚还在熟睡，她起身看了一下时间，是早上六点。她下床，走到窗前将窗帘打开十厘米宽的缝隙，外面天已经大亮，远处的太阳已经发出金黄色明晃晃的光。她轻手轻脚地走到浴室里洗澡沐浴，等她连头发也吹好出来时，看到林若诚已经起了，正在穿衣服。

“起来了?”叶兰珍边说边揉揉头发。

“嗯。”林若诚回答，听起来有些慵懒。

“要不要去吃早餐?”叶兰珍问道。

“不吃了，一会去另外一家酒店。”林若诚回答。

“远吗?”叶兰珍问。

“从这里开车过去需要十分钟左右，中午我不回来，你可以出去逛逛，周围环境不错的。”林若诚一边整理衣服一边说。

“好，我自己安排，你不用管我。”叶兰珍回答。

林若诚已经穿戴整齐：白衬衣，黑西裤，黑皮鞋，衬衣领口的扣子没扣，头发有着好看的轮廓与纹理，目光柔和又不失犀利，整个人看起来气宇轩昂，那些听他讲座的人还有心情听他讲的什么内容吗?光看着他的人就足以跟着神往了吧，叶兰珍暗暗地想。

他和她吻别，她看着他离去的背影，离开不到一秒她便已经期待着他回来，好像他在，她就是安全的，她就是有所依赖的。

叶兰珍一个人去餐厅吃了早餐，然后决定到梵音山上面转一转。

梵音山离酒店有十分钟车程的距离，是全国有名的佛教胜地，大大小小的寺院里都供奉着观音菩萨。每逢农历二月十九、六月十九、九月十九这三个日子，分别是观音菩萨的诞辰、出家、得道三大香会期，寺院里都会人山人海，烟雾缭绕，一派海天佛国的景象。叶兰珍在读书的时候跟同学来过一次，尽管这里一直以“人间第一清净之地”著称，但当时的她年轻单纯，心绪也跟现在完全不同，只记得欣赏海天一色的美景，体会曲径通幽的惬意，还没有心境去体会佛教的内涵，而如今，她似乎真的需要这样的清净之地去净化一下自己的灵魂了。

酒店门口就有出租车直达山前，叶兰珍叫了车向梵音山驶去。坐在出租车上，叶兰珍打开了窗户，让海风肆意地吹来，虽说是夏日，但是吹着海风并不觉得炎热，海风中带着些许鱼腥味儿，带着海藻的味道。叶兰珍不由自主地闭上眼睛细细地嗅嗅这清凉的风，路两边的树木也生机无比，翠绿盎然。

车子很快到达了目的地，叶兰珍下了车。这里其实属于群岛中的一个小岛，四面环海、风光旖旎、幽幻独特。山石林木、寺塔崖刻、梵音涛声，皆充满佛国神秘色彩。岛上的树木丰富繁茂，树林中时不时传来鸟儿的欢快吟唱，清脆悦耳。小岛的四周绵亘着金色的沙滩，时不时有巨浪拍打着岸边的岩石，渔船或近或远地漂摇在海面上。一路走来，叶兰珍自觉心旷神怡，好像眼前生活中解不开的结儿都被这海风吹走了，都被这海浪吞没了，只剩她清净坦白的躯体。

叶兰珍去买了一把香，点燃，然后对着眼前的菩萨剖白一下自己的内心，再把香插到香炉里，看着它一点点地燃尽，最后变成一把灰。这个过程显得奇妙又神圣，这正是人们的心理在作怪，人们对未知是胆怯的，你既不相信神灵的存在，但又担心它真的存在，这正是所谓的信仰可以禁锢人的思想的原因吧。看着周围的善男信女一个个如此虔诚，叶兰珍的表情也随之变得无比庄重，她甚至期许菩萨真的能帮她解决她的诸多问题。想到这她又暗自苦笑，菩萨真的能承担起那么多的愿望吗？

烧完了香，叶兰珍决定到海边去坐一坐。穿过茂密的树林，到了一条主干道上，看到有人正虔诚地伏地磕头，然后起来再全身伏地。原来人真的是不同的，就是有人这么虔诚。穿过主干道，到达一个岔路口，这就是通往海边的辅路，路上人依然很多，到达海边的时候，人已经变得稀少，因为岩石的地方崎岖不平，不算太安全。叶兰珍还是找了比较接近水面的岩石坐了下来，刚一坐下，海浪啪地一下子打了过来，弄湿了她的裤脚，她也不管不顾，就这样静静地坐着。她看到岩石的缝隙里有很多小螃蟹在爬来爬去，偶尔也会有小鱼游过，岩石上面附着着很多壳类动物，海风出奇地好闻，味道特别地清新，海浪的声音也如一篇乐章般动听。这茫茫的大海无边无际，人类在它们面前如此渺小，如果跟它融合在一起会怎么样？就这样飞扑到海里，纵身一跃，是不是所有的愁绪都随着海水海风飘散了？

叶兰珍这么想着，自己被自己的想法吓了一跳。旁边有一群年轻人在嬉笑打闹，互相朝对方的身上泼水，女孩子们的声音脆铃般爽朗，男孩子们也难得地调皮。叶兰珍回想自己年轻的时候是否也这么洒脱自在？好像也没有，她从小到大一直是乖乖女，成绩优秀，模样不错，顺理成章地结婚，有好房有好车有会赚钱的先生，自己赚钱也轻轻松松，然而这一切，真实却又像是幻象。

在海边坐了良久，叶兰珍又沿着一条小路朝沙滩走去，路上顺便买了顶大大的遮阳帽戴在头上。卖帽子的人说好看，像大学生，叶兰珍也只是笑笑，也许她的样子还是年轻的，但是她的眼睛再也没有当初的青春气息了。人都是如此的，涂脂抹粉，无论怎么掩藏，眼睛里的光芒是无论如何也掩藏不了的。

走到沙滩上，她脱掉了鞋子拿在手里，光着脚在细腻的沙滩上踩着，一步一步地向前。海水是清凉的，沙子也是清凉的，海水冲刷过来，没过叶兰珍的脚面，水又退回去，再次冲刷过来，再次退回去。叶兰珍试探着往深水处走一走，她看到有鱼儿在自由地游来游去。做一条鱼多好，就在这无边无际的海里游吧，肆意地游，没有尽头地游。

沿着沙滩走了很远，便到了中午，阳光强烈地照在人的身体上，叶兰珍决定回去，回去是需要坐摆渡车的。她一个人穿过茂密的树林，看着这些高大的树木的树干上都长满了青苔，空气是湿润无比的，人走在里面也倍感凉爽。

叶兰珍排队等了很长时间，终于坐上了摆渡车，大约十分钟的车程就到了山下。叶兰珍下了车，然后叫出租车回酒店。一个人走了一上午，身体也累了，回到房间躺在床上，很快就睡着了。

叶兰珍是被电话铃声吵醒的，她迷迷糊糊地摸到手机，看到是林若诚的电话。

“你在哪里？”林若诚问道。

“在房间睡觉呢。”叶兰珍回答。

“我还以为你在外面，想去接你的。”林若诚说。

“我已经回来了，都睡醒一觉了。”叶兰珍说。

“那我现在就回来。”林若诚说。

“好。”叶兰珍挂掉了电话。

一个人坐在床上愣了一会儿，她起身去烧了些热水，然后简单洗了个脸，林若诚便回来了。她去给他开门，他走进来，关上门，她便扑到他的怀里了，一动也不动。

“怎么了？”林若诚问道。

“没怎么。”叶兰珍回答。

“好像不开心？”林若诚小心地问。

“就是想你。”叶兰珍回答。

“我这不是回来了吗？”林若诚温柔地抚摸她的头。

“可是你总是要走的。”叶兰珍无奈地说。

林若诚一时不知道该怎么回答，只是这么静静地拥着她在怀里。林若诚的手机突然响起，叶兰珍立刻脱离他的身体，转身走到房间的角落里。

“住院了？”

“严重吗？”

“需要我做什么？”

“可是我在外地。”

“好吧。”

林若诚拿着手机，看着叶兰珍，好像不知道怎么开口似的。

“今天要回去对吗？”还是叶兰珍先开口了。

“是，她母亲住院了，要我去帮忙。”林若诚回答。

叶兰珍的心一下子沉到了谷底，刚才还欢愉的脸上顿时布满了乌云，所有的惆怅一下子涌上了心头。

“走吧。”叶兰珍淡淡地回答。

“吃过饭再走吧？”林若诚问道。

“不吃了，不饿。”叶兰珍回答。

她一个人默默地收拾东西，林若诚也跟着收拾了一下。此刻，空气是凝滞的，心绪是惆怅的，两个人都不再说话，只是默默地收拾东西。其实并没有带什么行李，很快就收拾好了。两个人又是沉默地站着，分别的话已不知道要说些什么，但每次分别的心都是一样的，那样的纠结和不舍。

叶兰珍突然径直走到林若诚的面前，紧紧地抱住了他，搂住他的脖子，像用尽了所有的力气，然后是压抑地哭泣。她的眼泪无声无息地滑落，顺着她的脸颊滑落到他的脖颈处，温热的，那是爱的温度。

林若诚就这样拥抱着她，任她的情绪一点点地宣泄掉，任她的眼泪流完，他感觉到她的抽泣渐渐消失，感觉到她抖动的身体渐渐平稳下来，然后他拿了张纸巾，轻轻地将她的眼泪擦干。

“对不起。”叶兰珍也许觉得自己有些失态。

“对不起。”林若诚几乎是同时说出这三个字来。

“走吧。”叶兰珍努力地朝林若诚挤出一个笑容来，这个微笑是在告诉他：没事的，我很好。

林若诚退了房，让叶兰珍在酒店门口等着，自己到地下车库开车。车子很快就开到了叶兰珍的眼前，叶兰珍看着驾驶位的这个男人，透过下午的阳光，无限美好，但终究，他不属于她。

返程经过跨海大桥时，已是晚上，雄伟的建筑让人心生敬畏。海面波涛起伏，灯光反射在上面，或明或亮，两个人却已相对无言，也许是因为离别的情绪在不断地蔓延。

回到申城，将叶兰珍送回了家，林若诚接着朝医院赶去，周乔在电话里说她的母亲生病了，他们现在的状态让他有些无可奈何。

赶到医院，林若诚看到了周乔，她的眼睛红肿，显然是哭过的样子，他的心顿时又柔软了下来。

“怎么了？”林若诚走到她的跟前，询问道。

“母亲要做心脏手术，我担心她有意外。”周乔边说眼泪边往下掉。

“需要我做些什么？”林若诚问道。

“母亲一定要叫你过来，说有话跟你说。”周乔擦擦眼泪，平时任性的她，此刻显得十分温柔。

“那我去吧。”林若诚说。

“不要告诉她我们离婚的事。”周乔再次强调。

“好。”林若诚停顿下来，点了点头，然后朝病房里走去。

走到病房前，看到了周乔的母亲正躺在床上，周乔的父亲坐在床前的凳子上，紧握着她的手。看到林若诚走进来，她欠了欠身子，给后背垫了个枕头，将身体坐高了些。

“若诚，过来，坐到我这里来。”老太太伸手指了指床前周乔的父亲坐的位置，并且示意周乔的父亲离开。

周乔的父亲站了起来，看了一眼林若诚，然后走出了病房。

林若诚走了过去，坐到了凳子上。

“妈拜托你一件事。”老太太开口便提出了请求。

“您说。”林若诚倒是有些不知所措。

“我马上手术了，不知道情况怎么样，如果我有个三长两短，你一定帮我好好照顾周乔。”老太太满脸恳切地看着他。

“您不用担心，手术的主刀医生都是这方面的专家，您一定没事的。”林若诚试图给她宽心。

“谁也不敢保证万无一失，如果我真的撑不住了呢？”老太太状态不错，看起来很乐观，但话语间透出隐隐的担忧。

“不瞒你说，我一直担心你和周乔的婚姻。她个性强，脾气又不好，这些年多亏你包容她，你性子软，一定忍让她不少，我得感谢你。把女儿交给你我是放心的，可惜，你俩一直没要个孩子，我这心里一直不踏实。”老太太说得很真诚。

林若诚一时不知道如何回应，只是默默地听着，老太太并不知道他们早已办理了离婚手续。

“你能答应我吗？”老太太再次请求道。

“能。”林若诚轻轻地回答，心里却在盘算着以后该如何面对周乔。

老太太得到了满意的答复，心情也像是放松了很多，安静地等待着去手术。林若诚却心事重重，一旁的周乔也是心事重重。

老太太的手术进行得很顺利，几个小时以后，老太太被从手术室推了出来。周乔赶紧迎了上去，看到母亲闭着眼睛还没有清醒过来，她的内心仍然是紧张的，而此刻的她，因为身边有了林若诚而稍稍感到一丝安慰。

接下来的几天时间里，林若诚都陪着周乔一直在医院里待着，他主要负责做一些跑腿的活，买食物、药品、生活用品。他耐心又细致，就连邻床的病人都夸赞林若诚的好，说老太太有福气，找了个这么一表人才的女婿，苏醒后的老太太抑制不住地开心。

终于等到老太太出院了，林若诚仍然是跑前跑后，帮忙办理出院手续，开车将老太太送回家，他仍然承担着作为周乔丈夫的责任，这让一旁的周乔更是后悔自己的冲动，为什么当初将一些莫须有的罪名加到他的身上，造成今天无可挽回的结局？可是事已至此，她实在没有拉下脸求和的勇气。

因为母亲的病情，她最近跟林若诚的相处变得多了起来。有的时候，从另外的角度看一个人是会有完全不同的发现的，她开始反问自己，为什么一定要林若诚追求那些外在的东西？职称、职位、金钱、荣誉，这些真的有那么重要吗？他是林若诚，他不是泮少阳。

林若诚倒是一如既往的淡定与平和，他总有几分超然于物外的感觉，自从争取职称再一次失败之后，他大约更明白了一个道理：什么样的人走什么样的人生路，既然他不愿意为了名利而丢掉原则，那么就努力练就一颗强大的能够承担结果的心脏吧。

泮少阳却仍然对林若诚没有放弃，作为大学同学，作为同事，他太了解林若诚。他的才华，他的能力，他都清楚。而他，最需要的恰恰是林若诚这样的人才。他总是想能够借着林若诚的才能做一些事情，这不但对自己的人生能有帮助，也可以实现林若诚的人生价值，何乐而不为呢？他总想着能成就更大的事业，能往上爬，再往上爬。

林若诚再次与教授职称失之交臂，泮少阳似乎早已知道是这样的结果，在宣布结果后没多久，泮少阳就来到了林若诚的办公室。

林若诚正埋头于自己的工作，看到泮少阳走进来，他看了他一眼，然后停下了手里的工作。

“又是来看我的笑话吗？”林若诚问道。

“你想多了，都是老同学，你应该了解我，我不是那种落井下石的人。”泮少阳语气云淡风轻。

“那是竞聘院长的事？放心，我会投你一票的。”林若诚坦然地回答。

“那个事情可能要缓一缓了。”泮少阳满腹心事的样子。

“怎么了？不参加了？”林若诚有些好奇。

“你也知道，我这些年在学术方面有些欠缺，做不了学术大牛，很难服众，所以去竞聘也很难成功，现在这方面的功课我得补一补。”泮少阳忧心忡忡。

“怎么补？”林若诚看着他，等待着他的回答。

“刚申请到了一笔科研经费，我想接下来找几个能力突出的人组建个团队一起做研究，最好能尽快在核心期刊上发表出有影响力的论文来。”泮少阳计划得清清楚楚。

“计划找哪些人？”林若诚继续问。

“这不，第一个就要找你啊。”泮少阳终于说出了此行的目的。

“我？”林若诚一脸的诧异。

“对啊，你。你的实力我最清楚，咱俩如果合作，那简直是珠联璧合。”泮少阳眯起眼睛，开始憧憬起来。

“先不要急着拒绝我，你仔细考虑一下。你呢，比较沉得下心来做研究；我呢，更适合做一些外部联系的事宜。等到成果出来，咱们发表个联合署名的文章，相信你的职称评选也就不是问题。”泮少阳继续分析着。

“给你几天的考虑时间，过几天再答复我。”说完，泮少阳转身离开了，留下愣在那里的林若诚。

林若诚认真地思索着泮少阳的话，觉得他分析得不无道理，现在自己的时间还是比较充裕，人还是做自己所擅长的事情才会有乐趣，既然自己并不适合做那些推杯换盏的事情，那么就踏踏实实搞研究吧，追求精神世界的满足也未尝不可。

当晚，他便给泮少阳回复了，接受了他的邀请。

5 意 外

方义明提前回来了，本来说是去新加坡两个月的时间，这才一个月零一周，他就回来了，这让叶兰珍有些意外。也许是因为自己心里有鬼，她甚至怀疑方义明是故意说长了出差的时间趁机考察她，后来才发现自己真是太高估自己了，方义明根本没有关注到她的任何情绪变化，只是告诉她项目进行得很顺利，所以提前结束回国，并且，方义明又升职了。

方义明的工作狂态度完全没有辜负他，他升为投资银行部董事总经理，这一切也许正是他所期待的。叶兰珍心里却泛起一丝苦笑。结婚十几年来，方义明的世界里只有工作二字，好像她的存在跟他没有什么关系一般，而现在自己的妻子已经出轨了，爱上别的男人了，他竟然完全没有发觉？哪怕方义明能意识到一丝一毫的变化也是对于他们十几年婚姻生活的一种肯定，然而现实是，他们二人好像都活在了各自的世界里，这个家只是偶尔来落脚的地点。

叶兰珍还记得刚刚跟方义明认识时的景象，她那时候还在实习，一副涉世未深天真烂漫的样子，方义明已经在单位小有成绩。年轻女孩对于成熟男人的崇拜心理油然而生，慢慢地就变成了爱慕，继而毫无防备地跟他结了婚。然而婚后的生活跟她想象的大相径庭，而她自小就存有的骄傲与自尊让她慢慢地忍受了这样的生活，接受了这样的生活。十三年转眼就过去了，她已经从一个小姑娘变成了有着成熟丰韵的女人，当初对美好爱情的憧憬都扼杀在琐碎平淡的婚姻生活里了。她和方义明之间的相处也相当诡异，大多数的情况下，他们都在各自工作，彼此都在出差，偶尔有那么一两天碰巧都休息在家时，他们也是呆在各自的房间里。叶兰珍休息时基本只做两件事情：看书，听音乐。那么方义明呢？叶兰珍甚至不知道他在做什么，也许只是不停地修改他的项目计划书。总之，两个人分属于不同的空间里，沉浸于自己的世界中。

倒是方义明的母亲，会隔三岔五地打电话给她，基本上也是说些无关紧要的话语。以前还催促他们生孩子，近几年这个话题却再也没有提过。电话里的大部分内容几乎都是方义明工作太忙照顾不到家里，请她多包容之类的，言语里似乎透露着些许的歉意，叶兰珍已经习惯了这样的交流模式。

说起方义明的家庭来，也算是曲折坎坷。方义明很小的时候，他的父母就离婚了，据说是因为他的父亲在外面有了别的女人，那个年代，离婚的人数还不多，已经可以算得上一件新闻。尽管当时周围的亲朋好友都劝阻他的母亲，不要轻易离婚，离了婚，一个女人带一个孩子，该怎么过呢？更何况不是更便宜了外面那个狐狸精？然而方义明的母亲倔强要强，忍受不了这一口气，毅然决然地离了婚，因为担心再婚会影响到儿子，所以从此以后一直是一个人拉扯方义明长大，直到他考上大学。

方义明大二那年，他的母亲终于在亲人的张罗下再婚了。他的继父是一位忠厚老实的银行职员，一辈子没混个一官半职，直到四十多岁才娶到了带着孩子的女人，虽说并不十分称心如意，但生活总算勉强过得去。然而命运似乎总在捉弄人，在他们结婚的第三年，继父却生病去世了，他的母亲再次回归单身，从此以后，他的母亲立下誓言，再也不会结婚了。

而方义明的父亲，虽说当时勾搭了小狐狸精，但不知什么原因，跟小狐狸精折腾了几年以后，最终也没有跟小狐狸精在一起。再后来不知道找了一个什么女人结了婚，听说还生了一个女孩，但方义明从来没有见过，因为自从他的父亲跟母亲离婚以后，在他的心里，那颗“恨”的种子已经悄悄埋下了。

这些事情，方义明从来没有讲过，叶兰珍都是从方义明的母亲那里听来的。也许正是因为这样的家庭环境，方义明个性倔强，事事总要争先，好像生怕会被别人瞧不起一般，但对母亲非常的孝顺，即便他是一个工作狂，只要不出差，他几乎每周都会去看母亲。刚结婚的头几年，叶兰珍会跟着方义明一起去，到了之后，他也并不帮着做什么，就只是坐一会儿，吃一顿母亲做的饭就回来，这样的习惯长年保持不变。有时候叶兰珍都会很羡慕他的母亲，如果方义明这么有心陪自己吃一顿家常饭她也心满意足了，然而现实看来，这一切都是一种奢望。

也许方义明的内心深处根本不想结婚？他是一个对婚姻非常恐惧的人？迫于家人的压力不得不结婚？这是叶兰珍的心里冒出来的想法。

婚姻是人类给自己制定的游戏规则，一个男人跟一个女人结婚，再生孩子，成为一个稳定的家庭，好像筑造了一个安全的“结构体”。这个“结构体”里不能再进来别的男人或者女人，一旦有别的男人或女人进入，这个“结构体”就会轰然倒塌，继而将人们心中假想的美好景象全部摧毁，存在于这个“结构体”里的每一个人都会受到心灵上的伤害，特别是心理承受能力相对较小的孩子。

动物界虽说也有领地、归属、占有的意识，但没有婚姻这道枷锁，更没有道德的约束，自然不会轻易地受到伤害，谁让人类这种动物太高级了呢？

更关键的是，婚姻是人类必经的一条路，如果哪一个人到了年纪还没有结婚，几乎就是外星人，各种奇怪的言论到处涌来。流言开始飞舞，基本上不是身体上有问题就是精神上有问题，每日都要面对不断的盘问、好奇的眼光，而那些真正不想结婚的人最终也会迫于压力陷于世俗，归顺于婚姻的牢笼里。

方义明也许就是那个最不想陷入婚姻牢笼里的人？

有些时刻，叶兰珍会在一边悄悄地观察他。方义明今年四十五岁，比自己大七岁，对于一个男人来说，这正是绽放的年龄，并且由此往后越来越有魅力；也许是整日忙于工作，他的两鬓已经长出了很多的白发，他的额头上出现了抬头纹，他的眼睛里时常显现出疲惫的神情，他的手指也有点粗糙，虽然他依然表现出十足的活力，但是他已经不再年轻，如果她真的跟他提出离婚，不知道他会是什么反应？

结婚十三年来，双方早已习惯了对方的存在，就好像是有了血缘关系一般，成了对方生活里真正的伴侣，即便没有了肉体关系，但精神上的依靠也已深入骨髓。叶兰珍想到这些就一声叹息，生性善良优柔的个性让她只得一步步跟着光阴的脚步走，却没有勇气结束这一段已毫无生命力的婚姻关系。

已经有日子没有大雨了；申城的天蓝蓝的，太阳大得可以蒸死人；路两旁的法国梧桐叶子耷拉着脑袋，失去了些许生机，不知什么树上时不时地传来知了无聊的叫声；送快递的男人汗流浃背，骑着电动车飞也似地奔跑；旁边的工地上时不时地传来挖掘机的声音；通往地铁站的人群中，有穿高跟鞋的女孩在飞速地奔跑；到站的公交车上涌出来无数的人；道路两旁的小吃店人烟稀少，店主百无聊赖地看着手机等待着顾客的到来；市政府的洒水车出动了，喷出的水恰巧清洗了飞驰而过的汽车。这个夏天马上就要结束了。

现在的叶兰珍在公司里有点尴尬，跟新上任的丁总之间更是关系微妙。这位丁总没什么客户资源，又希望能做出一些与自己的职位相匹配的成绩出来，也算是在公司扬名立威。一方面她想冷落叶兰珍，限制叶兰珍，另一方面她又离不开叶兰珍，因为叶兰珍的业绩几乎占据了整个大客户部的百分之八十，所以她也不得不讨好叶兰珍去做一些客户的开拓与维护工作。叶兰珍自己的想法也是两边矛盾，不认真做好工作委实不妥，况且也不是她工作的风格，但如果全身心地投入工作当中，这位丁总貌似总觉得地位不保，总是这里找茬那里找茬。这让叶兰珍很是为难，每日在公司里过得惶惶不可终日，几乎每天一上班就盼着下班，实在不想面对丁总那张难堪的面目。然而现在是公司的旺季，是整个公司出业绩的最关键时刻，丁总还是得屈服于现实，于是不停地派活儿给她，几个重要的区域的项目全部都交给了她，让她不停地跟客户沟通。叶兰珍也因此忙碌了起来，不停地飞来飞去，就连跟林若诚的联系都变得少了，对林若诚的那种无尽的思念被眼前的繁忙的工作抵消了一部分。

叶兰珍已经连续出差近两周，道路两旁的法国梧桐叶子没有了往日的鲜绿，有一小部分的叶子已经开始泛黄；空气中也不再是湿热的气息，知了的叫声也再没有那么狂妄，只剩几只还在有气无力地偶尔叫几声；傍晚时刻常常会袭来凉爽的风，大街上姑娘们穿的裙子开始变长，再看一看周围的楼上，已经很难看到穿着白色双肩背心不停摇着蒲扇的老年男人；狗儿的欢叫声似乎也多了起来，孩子们也不用因为躲避太阳而不能出来狂奔。人们清楚地感觉到，秋天就要来临了。

距离两个人上次见面已经过去一个多月了，虽然思念如水，幸有俗事困扰，以解相思之苦。但这夏末初秋的风，这夏末初秋的雨，时时提醒着对方的存在：这样的风，掀起了思念的线索，这样的雨，浇灌了思念的种子，如若能够一秒钟靠近，便再也不想松手放走。

林若诚给叶兰珍打电话的早晨，叶兰珍前一晚半夜才刚刚出差回来，还在沉沉地睡着，而方义明早已去上班。听到电话的震动声，叶兰珍因为实在太困眼睛都没有睁开，也没有看看是谁的来电就将电话的听筒直接放到了耳朵边上：

“喂？”叶兰珍迷迷糊糊地说。

“你在睡觉？”电话里传来林若诚关切的声音。

“对呀。”叶兰珍听到是林若诚，顿时睡意全无，立刻坐起身来，将身体靠向床背处。

“打扰你了没？”林若诚觉得自己可能有些唐突。

“有啊，你搅了我的美梦。”叶兰珍玩笑似地说。

“对不起，要不你再睡会儿？”林若诚试探性地问道。

“你觉得我还能睡得着吗？”叶兰珍嗔怪道。

“那，你今天有时间吗？”林若诚问道。

“有。”叶兰珍回答得无比坚定。

“去欧陆风情看看，好吗？”林若诚又问道。

“是在郊区的那个吗？”叶兰珍问。

“是的，现在这个季节应当人不多，在这里呆了这么多年还没有去好好体验过。如果你愿意的话，我们今天就去。”林若诚说。

“好，你过一个小时来接我。”叶兰珍说。

这一个小时的时间里，叶兰珍认认真真地洗漱了一下。最近因为连续出差，脸色也不太好，蜡黄蜡黄，眼圈发青，眼珠也失去了亮度。叶兰珍特意化了个淡妆，眉毛、眼睛、嘴唇，都做了简单的修饰，使整个人看起来多了几分气色，多了几分生命力。

走到小区后面那条偏僻的小道时，叶兰珍远远地就看到林若诚的车子孤零零地停在那里。这条小路只有几百米长，本来就人烟稀少，现在秋天快要来临了，已经有些法国梧桐的叶子一片片地悄无声息地落下。再看看停在远处的车子，叶兰珍的心里顿时感觉无尽的寂寞，她的心里莫名地升腾起一种说不清的情感，这情感在敦促她的脑袋让她迫不及待地向他奔去。

林若诚没有下车，他安静地看着叶兰珍朝着他跑来。

叶兰珍打开车门，坐到了副驾驶的位置上。关上门，她看着他微笑，他也看着她微笑，好像彼此的微笑已表达了所有的情感。

林若诚伸出胳膊将她搂在怀里，用力地亲吻了她的额头，她靠在他的胸前，闻着他的味道，他们就这样静静地拥抱在一起。初秋的季节，路上有缤纷的落叶，或黄或青，小小的马路被法国梧桐合围在一起，两侧小区的围栏还伸出了一些长年青绿的植物，万物都是静谧的，世界只属于他们两个人。

片刻，叶兰珍像回过神来一般，从林若诚的怀抱里挣脱出来，然后捋捋头发，将散落在额前的一缕头发塞到了脑后，羞涩地笑了笑，林若诚也以笑容回应，还是带着跟他那个年龄不相符的腼腆。

“走吧。”叶兰珍说着。

“好。”林若诚回答。

车子在马路上不疾不徐地前进着，两个人互相聊聊最近工作的情况。穿过隧道，进入高架，行驶几公里后转到南北高架方向，最后再进入一小段高速，高速出口右拐行驶五分钟就到了目的地。

还没行驶到酒店，路上已经密集出现了联排别墅，一幢幢都如花园小洋房一般，绿树掩映，各个别墅区的名字都是洋味儿十足。

“这就是欧陆风情吗？”叶兰珍问道。

“对，我们先去酒店，酒店就位于欧陆风情景区内部，出来十分方便。”林若诚解释道。

林若诚的车子在一幢古堡风格的建筑面前停了下来，古堡的正面最上方写着几个大大的字：半岛国际酒店。

叶兰珍跟着下了车，林若诚收拾东西的工夫，叶兰珍环顾了一下四周。酒店的门口是一片空地，可以供客人临时停车，整个酒店就是由几幢欧式风格的别墅组成，每幢别墅都掩映在苍翠的树木之中。叶兰珍置身其中，恍如远离了都市所有的喧嚣，只觉无比宁静幽远，让人心旷神怡。

林若诚锁好车子，回头看了一眼叶兰珍，意思是走吧，然后就径直朝酒店的前台走去。

叶兰珍跟了过去。进了大堂以后，照例找了咖啡吧的沙发坐了下来，等待林若诚办理入住手续。只见服务员笑意盈盈，林若诚按要求出示了身份证，付了房费的押金，服务员将房卡双手递到了林若诚的手里，林若诚办好手续后给叶兰珍一个示意，然后朝电梯的方向走去，叶兰珍也迅速跟了上来。

因为是别墅群，所以楼层很低，但酒店依然安装了电梯。叶兰珍跟在林若诚的后面，出了电梯，径直往前走，再右转就到了房间。碰到一个年纪很轻的服务员给他们让路，并且点头问好，这里的服务员的素质已经显示出了整个酒店的整体档次。进了房间，林若诚放下手中的包，打开了窗帘，窗帘后面掩着的是一面落地窗，打开落地窗就是阳台。林若诚走到了阳台上，手扶着栏杆，眼前就是一个不大不小的湖，湖边绿草茂密，沿湖而建的是一条塑胶跑道，三三两两的客人从眼前走过。叶兰珍看林若诚在阳台上，自己也跟了过去。

“怎么样？漂亮吗？”林若诚转头看着叶兰珍问。

“很漂亮。”叶兰珍微笑着回应。

“像你一样漂亮？”林若诚又说。

“别闹了，比我漂亮多了。”叶兰珍有些害羞。

风吹过来，不凉不暖，真是合适的温度，叶兰珍不由自主地拢一下被风吹起的头发。林若诚看着她，认真地看，目不转睛地看，满目深情地看，一双温柔多情的眼睛如这湖水一般清澈，风一吹来，湖水皱起的样子像极了林若诚动情时的眼神，叶兰珍的心也就跟着荡漾。

“过来。”林若诚说着轻轻地将叶兰珍搂过来。

叶兰珍顺势倒在他的怀里，两个人正面拥抱着，四目相对。叶兰珍倒是被他盯得不好意思了，低下头来，靠在他的胸口，林若诚却好像还没看够似的，双手捧住她的脸庞，将她的头抬起来，然后深深地在她的唇上一吻，这柔腻的吻怕是一辈子都会有余温停留在她的唇上了。

“有你真好。”林若诚拥着她，像是自言自语一般诉说。

“有你真好。”叶兰珍重复着他的话。

“你就像我生命里的一束光。”林若诚喃喃地说。

“你是我生命里的太阳。”叶兰珍喃喃地应着。

“人生并不是每一天都是阳光般晴朗。”林若诚说。

“如果能做一棵树最好，或者做一株草，不会疼痛，不会悲伤。”叶兰珍说。

两个人沉默地拥抱着，好像只有拥抱着的时刻才能感受到彼此的存在一般，好像分开了就失去了对方一般。

半晌，彼此放开了拥抱着对方的双手。

“去吃饭吧。”林若诚将彼此拉回到现实当中。

“到哪里去吃？”叶兰珍问。

“附近有家日本料理很有名，去尝试一下？”林若诚问道。

“好，有一阵子没有吃日本料理了。”叶兰珍回应说。

两个人说话的工夫，已经走出了酒店，走到了两旁长满梧桐树的马路上。

“我喜欢法国梧桐。”叶兰珍说。

“我估计很多人都喜欢，这个城市都因为它而变得与众不同。”林若诚说。

“虽然春天开始的时候，它会落下老去的果实，掉很多毛絮状的东西，但依然掩盖不了它的美。夏天时那茂盛的绿，秋天时那萧瑟的黄，冬天时那寂寞的枯，还有春天冒芽时那清雅的嫩，都让人着迷。”叶兰珍说。

“深秋的时候是最美的吧，一地的黄叶，虽然满目的萧瑟感，但却觉得最美，像极了人生，无论曾经多么绚烂，终究还是一地的凄凉。”林若诚说。

正说着，一片叶子落了下来，落到了叶兰珍的脚下，她停下来，弯腰捡了起来，黄色的叶子，清晰的纹理像人的血管一般。

“看，这些别墅都是欧式风格的，每栋别墅的上面都是小小的尖顶，像城堡一般，门窗的花纹也是与众不同。”林若诚指着别墅介绍。

放眼望去，马路的两旁净是这种欧式建筑风格的别墅，好像一个个古堡连在一起一般，典雅又气派，马路两侧的人行道也是红砖铺成。他们沿着马路走了差不多八分钟，就到了那家据说味道挺不错的日本料理店。

叶兰珍跟着林若诚走了进去。典型的日式风格，灯光昏暗，若隐若现，用餐的客人不算少，但都保持安静，服务员的工作服也是日式风格的，别具一格。

看到有客人进来，服务员很快迎了上来，确认只有两位以后，将他们领到拐角处一个靠窗的位置，角落里愈发显得安静，透过窗户还可以看到外面漂亮的风景。

两个人落座以后，服务员很快递上了菜单，除了每次吃日本料理必点的生鱼片跟寿司以外，林若诚还点了一份鳗鱼饭，叶兰珍点了份香煎银鳕鱼，另外还点了天妇罗，最后要了日本清酒松竹梅。

餐食很快就上来了，两个人也没有过多地交谈，只是细细地品尝食物的味道。餐厅的灯光昏黄，食客便也随着这昏黄的光而变得安静。

“有机会我们一起去日本旅行。”林若诚边吃边说。

“嗯，好。”叶兰珍没有抬头，继续吃着东西，心里想的是这个机会什么时候才会有，也许那只是一个幻想。

“学校里组织教师一起去过，但是也没有时间用心体会。”林若诚说。

“旅行还是慢慢地走比较好，要不然也失去了旅行的意义。”叶兰珍回答。

“有时候也想放下手上的一切，只背一个包，去看遍这世界的风景，最后这想法还是只停留在脑子里。”林若诚边说边喝了口酒。

“大部分人都这样，哪有那么简单抛得下手上的一切。”叶兰珍似乎感同身受，她夹了一块鱼放进嘴巴里。

“这鱼味道真不错。”叶兰珍边吃边说。

“是不是很新鲜？”林若诚问道。

“是啊。”叶兰珍回答。

两人喝了一瓶日式清酒，这酒口感略甜，温润无比，虽然度数很低，但喝完之后，叶兰珍疲倦的脸色仍然稍稍带上抹红润。

“累了吗？”林若诚问道。

“是啊，连续出差快两周了，在不停地面对不同的客户。”叶兰珍回答。

饭吃完了，酒也喝完了，两个人在昏暗的灯光下静静地坐着，远处有几个食客也在安静地交谈着，此刻气氛柔和。

“回房间休息吧。”林若诚伸出手来，抚摸她拿着水杯的手。

“好。”叶兰珍回答。

两个人一起往回走，因为喝了酒，头都有些轻微的晕眩，步伐也跟着轻盈，叶兰珍抱着林若诚的胳膊，沿着小径往回走。

“这个季节的温度最舒服了。”叶兰珍说。

“是啊，难得的不冷不热。”林若诚回答。

“现在还回北方的老家吗？”叶兰珍问道。

“很少回。”林若诚回答。

“我也是，有的时候很想回，但回去又发现它已经不是从前的样子。”叶兰珍说。

“人是不是都过于理想主义？小的时候想逃离家乡，走到更远的地方，长大了，想回到故乡，又期待着故乡还是从前的样子，但是事实上，无论是故乡还是我们，都变了。”林若诚说。

“如果有时光隧道就好了，这样我们就都可以回到从前。”叶兰珍说。

“时光隧道是没有了，有的是不停向前赶的时间。”林若诚说。

说话的工夫，两个人便回到了酒店的房间。林若诚拉上了窗帘，将叶兰珍一下子拥倒在床上。林若诚就在她的眼前，连一厘米的距离都没有，她闻到他的呼吸，带着日本清酒的味道，再看他眼睛里满目的柔情，她不自觉地一把将他搂了过来，热切地拥吻起来。

叶兰珍将他的白衬衫的扣子一粒粒解开，露出了他宽阔而结实的胸膛。他并没有立刻满足她的期待，除了双手不停地在她的身体上游移之外，他的嘴唇也没有停歇，细密的吻，绵长的吻，就像那梅雨季节的雨一般，细碎柔软地洒到她的身体的每一个角落。

叶兰珍贪婪地享受着这一切，皮肤每一处都因为抚摸而变得异常敏感。人是有皮肤饥渴症的，无论是谁，无论你是强悍还是温柔，无论你是冷漠还是激烈，只要身体得到心爱的人的抚摸，立刻便会像一只温顺的猫咪一般，瞬间就被驯服，被奴化，会心甘情愿地屈从于对方。

林若诚也已经沉迷于叶兰珍的肉体之中了。他的嘴唇滑过她细腻光滑的皮肤，他的手抚摸着她柔软摇曳的腰肢，就在他们完全意乱情迷的时刻，就在他们像两条光滑的蛇一般互相缠绕在一起的时刻，他的手又滑向她略有些圆润的臀部，他停止了他的吻，停止了抚摸，然后将她本来仰卧的身体翻了过来，变成俯卧的姿势。叶兰珍有些惊慌失措，挣扎着想要逃走，但是林若诚的双手已经稳稳地扶住了她两侧的腰，喉咙里发出沉闷的呻吟声，那声音伴随着惊讶与惊喜，又伴随着肉欲的无法阻拦，就如洪水般一阵阵从体内袭来。

他将自己的身体准确地送到了她的身体里，温热无比，而叶兰珍显然也从未有过这样的体验，这来自身体内部无法控制的舒畅与愉悦透过心底经由皮肤散发出来，已经难以抑制地呻吟，皮肤的每一个毛孔都已经全部张开，就连整个人都像是前所未有的“通畅”，她说不清是哪一种“通畅”，总之是透彻心扉，无与伦比。

肉体的交合是上帝给人类制造的罪恶。

有那么一秒钟，她的内心是焦灼的，羞耻的，她对自己被肉欲把控而感到羞耻，然而仅仅是那么一秒钟，短暂地如眨眼的瞬间，紧接就是身体不能自已的迎合，林若诚的每一次冲击都让她着迷，每一次的退回都让她期待着下一步的侵入，这是她在方义明那里从未得到的。

她期待着巅峰的到来，又不想愉悦那么快褪去。许久，她听到林若诚一声沉闷的呻吟，她的脑袋里迅速接受了他的脑电波，她陪着他一起到达了至高的位置，两个人耗尽了所有的精力，颓然地躺在床上。

窗外传来路人嬉戏打闹的声音，室内两个得到情欲满足的男女无声无息。

两个人很快相拥着睡去，再次醒来时，林若诚透过窗户的一角看到外面已经亮起了路灯。叶兰珍还没有醒，他小心地抽出被枕在她头下的胳膊，打开了床头灯，伸手拿起放在床头的手表看了看，是晚上八点一刻，这么算来，两个人已经睡了五个小时。他感觉到有些口渴，起身去找水喝，这时叶兰珍听到动静也醒了。

“几点了？”叶兰珍迷迷糊糊，十分慵懒，下午的余韵还在身体里。

“八点一刻。”林若诚边说边递给她一瓶矿泉水。

叶兰珍接了过来，喝了几口，然后再递给林若诚，林若诚顺手放到了一边的电视桌上。

“睡了这么久？”叶兰珍自言自语，然后整理了一下凌乱的头发，林若诚正盯着自己的胸前看，她低头一看自己还没有穿衣服，露出了半个乳房，房间里这橘黄色的灯光映衬着她的乳房白嫩无比，她害羞地赶紧往上拉了拉被子。

“起床吧，我们要去吃点东西，下午消耗的体力太大了。”林若诚半开玩笑地说。

叶兰珍害羞地用枕头捂住了脸，接着将枕头扔到林若诚的身上，林若诚一把接住了，看着叶兰珍温柔地笑。

叶兰珍迅速地起身穿好衣服，林若诚也找了件外套穿上，两个满足了性欲的人现在开始去满足食欲。

“去意大利餐厅吃吧，今天下午去日本餐厅吃饭的路上看到了一家意大利餐厅，我看外观很不错，过去体验一下？”叶兰珍提议。

“好。”林若诚回应道。

夜晚的欧陆风情小镇寂静无人声，本来就游客稀少，夜晚更是只有寥寥数人偶尔从马路上走过。路边的草丛里不停地传来蛐蛐的叫声，没完没了，道路两边的绿化植物是栀子花，虽然已经过了栀子花的花期，但依然还有一部分花朵倔强地开在枝头，散发出迷人的香气，简直沁人心脾，白色的花朵在夜色中愈发显得圣洁高雅。经过一幢别墅时，他们看到二楼的灯光尤其明亮，并且传来一群人打闹的声音，好像在举行一个盛大的派对。

很快就到了那幢漂亮的房子，整幢房子的外立面涂成了浅绿色，走廊里摆上了几张欧式风格的桌椅，入口处的两侧是自家修建的两处小花园，几盆或红或黄或紫的花在小盆里盛开着，风格甚是独特。

进到餐厅内部，倒是跟常规的西餐厅布置得差不多，服务员很快将他们引领到靠路边有窗户的位置，时间已经不早了，外面漆黑一片，并没有什么风景可言，倒是因了外面的这份静谧使餐厅里显得温馨柔和。

两个人一人点了份牛排，只是味道不同而已。服务生很快将食物端了上来，两个人寂静无声地吃着，只有刀叉与盘子相碰撞发出的清脆的声音。

“一会到湖边走一走吧。”叶兰珍提议道。

“好啊。”林若诚回答。

“听说晚上有乐队表演的，不过估计已经结束了。”叶兰珍说。

“嗯，快九点了，应当是结束了。”林若诚说。

“你应该加入乐队，去弹钢琴。”叶兰珍说。

“我还是不凑热闹了，他们都是专业的，我那只是娱乐。”林若诚自谦地说。

“你弹得很好啊。”叶兰珍说。

“好久没弹了，手都生了。”林若诚回答。

自从跟叶兰珍相遇以后，林若诚便结束了弹琴的生涯，就像是灵魂找到了新的依靠一般，有了能够抚慰人心的事物。

“你应该往专业发展的。”叶兰珍说。

“有时候也有些遗憾，或许这都是命运的安排。”林若诚说。

两个人很快用完了餐，然后相依相靠地往湖边走去。微风吹来，天气已经开始变凉，叶兰珍将随身携带的一件薄薄的披肩拢紧，两个人并肩行走，路灯将他们的影子拉长。

借着灯光，可以看到湖水被微风吹皱的样子，走了好一阵儿，两个人都没有说话。

“我们可以在这里呆几天？”叶兰珍转过头，看着他的眼睛问道，夜风吹乱了他们的头发。

“看你的时间，你方便吗？”林若诚问她。

“只要你愿意，我都可以。”叶兰珍回答说。

“你家里……？”林若诚欲言又止。

“没事，反正我经常出差的。”叶兰珍淡淡地回答。

迎面走过来一对情侣，虽然是夜晚，但依然可以看得出他们很年轻，因为他们那暧昧的神情，那是像他们一样简单而纯洁的相爱才有的表情。

风越来越大。

“回去吧。”林若诚搂了搂她的肩，两个人并肩往回去的方向走，身后是路灯映射出的修长的身影。

林若诚是被电话叫走的。叶兰珍所期待的多几日的相处并没有实现，因为就在第二天，林若诚就接到了周乔的同事的电话，说周乔住院了，需要他马上过去一下。林若诚没有详细地询问是什么情况，但听电话里的描述，好像还有些复杂，只好跟叶兰珍道别，然后去了医院。

当他满腹疑惑地赶到医院时，首先看到了等在病房门口的周乔的同事，一个胖胖的烫着棕红色头发的化着浓妆的女人。

“你是周乔的先生？”女人的语气听起来有些生硬。

“我……是。”林若诚镇定地回答，他知道以周乔这么要强的个性，一定没有告诉别人自己离婚的事实。

“我们借一步说话。”说着女人闪到了楼梯口。

躲到安静的角落以后，女人四处望了望，压低声音说：

“周乔平日里有没有不正常的情况？”女人盯着他的眼睛，等待他的回答。

“不正常？”林若诚一脸诧异地看着她，然后紧锁眉头开始思索着周乔的日常，虽然他们已经离婚半年多，但是还是保持着每一周或两周见一次面的频率。仔细想了一圈，也没有发现有什么异常的地方。

“没有吧。”林若诚似自言自语，一个“吧”字表明了他的不确定。

“你确定吗？”这个女人再次追问道。

“我……不是太确定。”林若诚有些不知所措，离婚半年多，除了见面的时间，她大部分的生活状况他是看不到的，他不敢轻易下结论。

“她可能有严重的抑郁症。”女人一脸担心地说。

“抑郁症？那不可能。”这下倒是林若诚惊讶不已，自己跟周乔一起生活了十几年，除了她个性比较暴戾以外，并没发现她有什么异常的地方。

“她有自杀的倾向。”女人淡定地说。

“自杀?”林若诚惊讶地瞪大了眼睛。

“对，我们今天去郊区的海滩游玩，我拿着手机回个信息的工夫，她就不见了，沙滩上人还不少，我到处找都没有找到，直到有人大声呼救，才发现一个女人走到了海水的深处，有人将她拉了上来，我才发现是周乔。”女人冷静地陈述着。

林若诚像是听故事一般，他觉得眼前这个女人描述的内容根本不可能发生在周乔的身上，她一定是胡编乱造的。

“她估计呛了不少水，我赶紧带她来医院检查，刚才医生说，她可能患有抑郁症，任由其发展的话，有发生精神分裂的可能。”女人静静地描述着一切。

“她现在怎么样?”林若诚有些焦急地问道。

“她现在一点事都没有，完全是正常人的样子，但是把她从水里拉上来的时候，她完全一副要死的样子，情绪非常差。”女人回答。

“我去看看她。”林若诚说着便朝病房走去，他完全不相信那个积极向上的周乔会患上抑郁症。

“作为女人，我要多一句嘴，你应该多关心关心她。”女人用一副满是怀疑的眼神看他，这眼神里充满了审视，充满了对男人的不信任感，甚至充满了对周乔的同情。

“我会的。”林若诚迟疑了一下说，然后转身朝病房走去。

走到病房里，他看到周乔正半躺在床上，无聊地看手机打发时间。看到林若诚走了过来，她抬头看了他一眼，这一眼虽然很短暂，但是掩饰不住她内心的喜悦，虽然那表情也只有一秒钟的时间。

“你来干嘛？”周乔说完便将头转到了一边，不再跟他有目光接触。

“好些了吗？”林若诚并不回答，只是关切地问。

“我没事的。我同事打电话给你的对吗？我告诉她不要打的。”周乔平静地回答。她的谈话与正常人没有任何区别，林若诚对于她有抑郁症的定论更加觉得不可思议。

“好好休息，这几天都待在医院，让医生再做一个更详细的检查。”林若诚看着她说。眼前的周乔面色虽然有些疲倦，但思路清晰，交流顺畅。

“我得回家，我没有病。”周乔固执地回答。

“还是听医生的，再观察几日，这几天我都会到这里来陪你。”林若诚语气温和，这温和或许来自愧疚，或许来自担心。

“不用，麻烦你现在送我回家。”周乔语气坚定。

“你不要这么任性好不好？医生说了要继续观察。”林若诚有些生气，她的脾气他最了解。

“那我自己打车回去。”周乔边说边要起身下床。

“你干嘛去?”林若诚生气地拉住她，想要将她按到床上躺着休息。

“我要回家。”周乔提高了声音的分贝。

林若诚无可奈何，只好松开了手，看着她下床，看着她穿起鞋子，看着她拿起包离开。

“你等等，我送你回去。”林若诚朝着她的背影喊道。

周乔没有说话，只是头也不回地朝前走，林若诚紧跟在她的后面，跟着她走进了电梯，走出了电梯。

“我去开车，你在这里等一会儿。”林若诚说。

周乔没有说话，算是默许了。林若诚朝停车场走去，穿过医院的几条小路，看到一个盖上白布的小床被人推走，家属跟在后面哭哭啼啼，这预示着又有一个人离世了，也许是生病，也许是意外。医院就是生老病死的地方，这里最能见证世事的无常。

还有很多年纪很大的病人，走路颤巍巍的，身边跟着差不多同样年纪的另一半，这世上能白头到老的人有多少呢？林若诚心里升腾起无数的叹息，人的情感能变，永远不变的是岁月的流转。

车子开过来，周乔上了车，气氛有些怪异，谁也没有说话。城市的夜晚璀璨辉煌，霓虹闪烁，林若诚的心里打着一个大大的结，感觉自己人生的路像是堵在了一个死胡同，找不到出口，也没有退路。

车子很快开到了小区门口，周乔自己打开了车门下了车，林若诚有些担心，也跟着一起下了车。

“我送你上去。”林若诚说。

“不用。”周乔头也不回地回答。

林若诚还是跟了上去，他担心她只是一时的假象，他担心她回到家里会再次做出要自杀的事情来，他没有勇气面对这样的结果。

林若诚跟着周乔上了楼，打开了房门，熟悉的感觉扑面而来。离开这个住了十几年的地方半年多了，他熟练地打开一盏很暗的灯，桔黄色微弱的光线，他环顾了一下客厅，客厅里摆放的一切井井有条，还是原来的样子。

“你可以走了。”周乔坐在客厅的沙发上，眼神里的感情复杂，他一时没法细细解读。

“你……没事吗？”林若诚小心地问道。

“你看我像有事的样子吗？”周乔反问道。

“你去睡吧，我在客厅里陪你。”林若诚提议道，他着实有些担心周乔，他害怕她会再次做出自杀的事情，这会让他一辈子良心不安。

周乔没有说话，径直走到了卧室，顺便把卧室门关上了，留下林若诚愣在原地。他四处看了看，顿时觉得有些恍惚，这个地方他和她一起生活了十几年，他熟悉这里的每一寸地方，每一个角落，可是曾经生活在里面的人，心境却已完全不同。

他走到洗手间的门口，打开了里面一个很暗的灯，洗手台上是周乔平日里的洗漱用品，秩序井然地摆放在那里。愣了有几秒钟，林若诚关掉了灯，走到沙发跟前，然后躺了下来。房间里静默无声，卧室里的周乔也没有发出任何声音，透过窗户照进来的微弱的光线打在他的脸上，坚毅又柔和的脸庞愈被映衬得无比完美，偶尔有三三两两的猫咪的叫声传来，时刻提醒着这个世界一直在运转。

林若诚静静地躺在沙发上，他开始仔细地回忆关于周乔的一切行为，搜遍了记忆里的每一个角落，他依然没有搜集到证据证明周乔的不正常。他印象里的周乔，没离婚之前，一直都是积极向上的，除了有些任性和脾气暴躁。在一起十几年，她也没做出什么出格的事来，离婚之后的她他就不太清楚了，但是每次见面也看不出什么特别的情绪。

就在他一头雾水的时候，脑子里突然闪现出一件事情：

大约一年以前，那时候他们还没有离婚，林若诚在学校里跟某位同事闲聊的时候，对方半天玩笑地对他说：“真是羡慕林老师啊，有个这么爱你的老婆。”

林若诚听得一头雾水，便诧异地看着他，心想何出此言？

对方可能看出了林若诚的疑惑，于是继续说：

“前几日，我在楼道里碰到了您爱人，她说来办公室看看你有没有换下来的脏衣服，过来替你收拾一下。”

林若诚心里一惊，为什么我一点儿不知道？但是顾及面子，林若诚还是尴尬又讪讪地笑了笑，周乔到底在干什么？她在监视我？

他回到家找周乔询问，周乔像是被发现了秘密的孩子一般，开始是语无伦次，后来才承认了。

“我就是想看看你有没有做坏事。”周乔任性地回答。

“我要是想做坏事，还用等十几年吗？”林若诚反问道。

“就是因为我们在一起久了，你才会没有新鲜感了，才越有可能做坏事。”周乔分析得好像也有一定道理。

“可是你这样不累吗？你将这些时间用到工作上不好吗？你每天把自己搞得精神紧绷，你会害了你自己的。”林若诚有些抱怨，也有些担忧。

周乔默不作声，她也许意识到了自己的疯狂，但是嘴巴上依然固执地不愿意承认错误，但此后的日子，她收敛了很多，日子也就这么继续过着。

此刻的林若诚，回想起这些事情来，突然觉得也许这就是不正常的事情，而当时的他只是认为她无理取闹。也正是她一次次的无理取闹让他的心越来越疲惫，越来越无力，然后一点点地消磨掉他对她的爱，直至走到婚姻的尽头。

也许是因为太疲惫，林若诚躺在沙发上睡着了，然后不知不觉地进入了梦乡。梦中真是一个甜美浪漫的世界啊，他跟叶兰珍在一望无际的花园里，空气中尽是各种各样花的香气。叶兰珍在前面奔跑，他在后面追赶，在他就要牵到她的手的时候，一个人突然把他的手拉开，叶兰珍迅速飘向了天空中，他回头一看，原来是周乔将自己的手拉开了，并且一脸诡异的笑。林若诚被周乔诡异的笑一下子给吓醒了，睁开眼睛，却真的看到了周乔。

"你在做梦？"周乔站在沙发前，一脸平静地问道。

"好像是。"林若诚还是迷迷糊糊的状态。

"你可以回去了。"周乔面无表情地说。

"现在是什么时候了？"林若诚小心翼翼地问道。

"天已经亮了，六点多。"周乔回答。

"你……真的没事吗？"林若诚还是不放心。

"没事。"周乔的语气很坚定，又带着拒绝。

"要不要告诉爸妈，让他们过来照顾你？"林若诚试探性地问道。

“不要。”周乔再次拒绝。

“我去给你做点吃的吧。”林若诚说着朝厨房走去。

固执的周乔想去拦住他，但在此刻，她的内心防线一下子坍塌了。两个在一起生活了十几年的人，如今各自踏上自己的征途，她不止一次地后悔自己的冲动和任性，她不止一次地想过要跟他提出复婚的请求，但是倔强的她无论如何也说不出口，她是等着他来开口的，但是他没有。

周乔回到了房间，一个人静静地躺在床上，眼泪顺着眼角无声地落下，内心此起彼伏，百感交集，往昔的岁月一幕幕浮现出来。

林若诚去了厨房，他打开冰箱找食材，利用仅有的食材做了一个简单的早餐：煎鸡蛋，煎焙根，烤面包，然后热了杯牛奶。当他将食物端到餐桌上时，看到周乔的房门仍然关着，他走过去敲门。

“吃点东西吧。”林若诚在门外轻声说道。

周乔并没有回应，就像以前一样，她生气了就去房间躲着不理他，每次都等着他去哄她。

林若诚推开门，看到周乔侧身躺在床上，背对着他。

“我做了简单的早餐，快去吃吧，一会凉了。”林若诚小心翼翼地说。

周乔还是没有回应。

“我先走了，照顾好自己。”林若诚叮嘱道。

周乔听到林若诚关上了卧室的门，然后关上了家的大门，她知道林若诚走了，自己却有无限的伤感瞬间袭来，眼泪毫无征兆地决堤。她一个人躲在被子里嚎啕大哭，她倔强的外表此刻全部消失不见，取而代之的是一个脆弱的女人。

林若诚驾车朝学校驶去，他一边开车，一边看这路上人来人往的风景。现在是早高峰时段，人潮拥挤，马路上每个人都行色匆匆，看看这些人的步伐便可以强烈感受到这个城市的快节奏。男人提着公文包，女人挎着各式各样的包，些许的妆容掩盖些许的疲倦。很多来不及吃早餐的人在路上或多或少地买点吃的，包子，面包，边走边吃，然后赶在公交车到来之前将剩余的食物连同包装扔到垃圾桶里。这是这个城市的面貌，说不定这些匆匆的步行的人群当中，每个人都或多或少地有精神疾病，或是抑郁，或是狂躁，或是偏执。

大约四十几分钟后，车子行驶到了校园，林若诚顿时觉得回到了清静的世界。校园就是有这个魔力，雅静、清幽，三三两两的学生慢悠悠地走着。这个时刻，大部分学生都是刚从食堂吃完饭向教室的方向走，所以几乎每一个人手里都是抱着今天要上的课的书，然后再提一个水杯。早晨的风特别清凉，有学生从他的面前经过，笑着跟他打招呼，他微笑着点头致意，尽管学校里的人事关系无比复杂，但是校园永远是干净的，漂亮的，简单的，就静静地存在于那里，美好得如初春，美好得如阳光。

进入办公室之前，林若诚找了一个相对僻静的角落，给昨天在医院见到的周乔的同事打了个电话。

“你好，我是……林若诚。”他一时不如该如何介绍自己的身份。

“你好，周乔怎么样了？”这位女同事完全知道他是谁。

“她很好。我是想问你一下，医生的诊断是不是只有你一个人知道？”林若诚问道。

“是的，我一个人陪她去的医院。”女同事说。

“我想拜托你一件事，请你务必保守秘密，不要把医生的诊断告诉单位的人。”林若诚恳求道。

“你放心，我会替她保密。当然，如果她的病情有所发展，我就是想替她保密也不成了。”女同事分析得有些道理。

“谢谢。”林若诚说。

“有句话不知当讲不当讲。”电话里，女同事的声音有些犹豫。

“你说。”林若诚回答。

“你和周乔的感情是不是出了些问题?”女同事小心翼翼地问。

电话一阵沉默，林若诚半晌没有说话，他一时不知道该如何回答，直到电话里再次传来女人的声音，他才回过神来。

“你不方便说也没关系。我是觉得，周乔最近心事重重，你还是应该多关心关心她，她这个人表面要强，其实内心的脆弱都是被掩藏了。”女同事冷静地分析着，她对周乔的了解看起来多过林若诚。

“谢谢你的建议，我明白。”林若诚回答。

挂了电话，林若诚长长地舒了一口气，他的耳边一直响起周乔的同事的话语，她并不知道他们已经离婚了。是离婚给周乔造成的心理伤害吗？他的内心突然有些胆怯，他担心周乔的精神状态。十几年的感情，他不想她变成更坏的样子，可是这时叶兰珍又跑到他的脑子里了。昨天走得匆忙，离开时依依惜别，叶兰珍不舍的目光突然又浮现出来。但此时此刻，他失去了向前的信心。周乔已经不能再受到任何刺激，如若不然，或许周乔就会被彻底给毁掉了。事已如此，他像是到了悬崖的边上，无论怎样都无法收场。

初秋的风吹了起来，茂密的大树的树叶开始摇晃，法国梧桐的叶子变得越来越黄，越来越多的叶子无力地从树枝上飘然而下，跌落在道路的两侧，有学生从跟前经过，树叶发出沙沙的声音，就像是一种默默无语的告别。

6 秘　密

日子如水，静默地流。

叶兰珍感到前所未有的孤独，学生时代还有三五好友，单纯至真，有些情绪也很快就通过向朋友的诉说化解掉了；而如今，每个人都有不一样的生活轨道，每个人的境况也各不相同，难免多了对比，曾经算得上朋友的人现在也心生嫌隙，彼此间的谈话都变得小心翼翼，生怕触碰了谁的自尊，正是因为如此，能够诉说的人越来越少。

这秋天的风来了，愁绪正如这秋风一般，飒飒的，凉凉的，缠绕的，除了忙碌的工作能让她暂时缓解一下满心的惆怅，任凭其他什么也解不开她的心结，对林若诚已是投入全部的身，全部的心，若没有世俗的困扰，能够离开多好。

工作已经忙过了一阵，到了这个时候，几乎是各个项目收尾的时刻，叶兰珍无需到处出差，新上任的丁总似乎也认识到了叶兰珍的实力，态度发生了巨大的转变，刚开始的时候是想着法地给叶兰珍制造问题，但是现在却改变了策略，似乎是想要拉拢叶兰珍成为她的人。叶兰珍对于这位丁总的转变感到哭笑不得，又觉人性太复杂，她那个清高的灵魂又从骨子里不断地爆发，对于丁总的频频示好硬是装作看不到，每日只做好自己的工作，而丁总也许是感受到了叶兰珍的个性，发现这一策略对于她根本不管用，也只好作罢，将热情偃旗息鼓。

因为太多解不开的心结，叶兰珍决定邀母亲来申城小住几日，跟方义明商量，方义明毫不犹豫地答应了。给母亲打了电话，母亲有些犹豫，她一生独立要强，不愿意给别人添麻烦，但叶兰珍一再恳求，母亲终于同意，说准备过几日就来。

母亲到达申城的那天，是方义明主动提出陪叶兰珍去接的，这让叶兰珍很意外，他平日里连跟自己说句话的时间都没有，竟然会提出去接母亲。尽管如此，看到方义明帮母亲提行李忙前忙后的样子，叶兰珍心里还是稍许感动了一下：这看起来多么像是尽职尽责的丈夫啊。母亲也相当高兴，一个劲儿地夸方义明能干。叶兰珍看在眼里，苦在心里，如果在平日里，方义明对自己能有一分的关爱，她也不会迈出那一步的，然而一切都已经晚了，她的心里已经有了别人。

方义明带她们去家附近的一家餐厅一起吃饭。吃饭的间隙，母亲数次提起让两个人快点要个孩子。叶兰珍三十八岁，按说要孩子也不晚，方义明虽然已经四十五岁了，但是男人六十多岁还能生孩子呢，所以说也没问题。母亲不停地给他们分析着，方义明只顾点头答应，并没有直接表态；叶兰珍的内心是完全不想跟方义明生孩子了，她甚至已经不愿意方义明再碰自己的身体，当然，方义明也从未要求过，两个人的日子可谓清心寡欲。

跟母亲在一起的日子变得轻松又亲切，好像回到了儿时一般，每天下班回家，总有热乎乎的饭菜，两个人一起吃饭，吃完饭就是絮絮叨叨地聊天，天南海北地扯，无拘无束。

“你还记得你小学时的那位好朋友吗？”母亲问道。

“当然记得。长得很漂亮，但是学习成绩不好，不过听说她后来嫁了个不错的老公。”叶兰珍回答。

“前段时间离婚了，据说是这女的在外面有了人。”母亲说。

叶兰珍的心里咯噔一下子，嘴巴里开始替那个同学辩解：

“婚姻是两个人的事情，也许男的有很多问题也说不定。”

“有问题可以协商解决，女人出轨就是不对。你不知道外面多少风言风语在传，什么难听的话都有，这女孩的爸爸妈妈都已经没脸出门见人了，见到人就躲起来。”母亲的态度很明显。

“婚姻里有些事情是解决不掉的。”叶兰珍回答。

“有什么解决不掉的？我跟你爸吵了一辈子，不还是走到了现在？”母亲总喜欢拿自己的婚姻作例子。

“妈，您觉得您一辈子幸福吗？”叶兰珍第一次正式地问母亲这个问题。

“什么是幸福？渴不着饿不着，下雨淋不着，那就是幸福。

再说我们还有你，那不就是幸福吗?”母亲振振有词。

“你们只看到了女孩有外遇，也许并不知道他们的婚姻里发生了什么，这样对女孩很不公平。”叶兰珍像是在替女孩开脱，又像是给自己找借口。

“不管怎么说，女的在外面有人就是不对。”母亲说话的语气上升到了气愤的感觉。

“为什么男人出轨顶多说几句算了，有时候还让女人睁一只眼闭一只眼，而女人一旦有外遇就会被骂各种难听的话?这个世界为什么永远都是男人在主导?”叶兰珍几乎是跟母亲吵了起来。

母亲被问到了，也解释不清楚。这好像就是现实社会约定俗成的规则一般，无论是人的世界，还是动物的世界，雄性好像永远占据着主导地位，是权力与力量的象征，而雌性似乎更多地承担着孕育、哺育、传宗接代、壮大群落的责任，这是自然界无法更改的法则。

叶兰珍的心更沉了，像是落到了深海里，已无法救赎，她感觉自己整个身体都被海水淹没，想努力挣扎着向上呼吸都无能为力。

母亲的态度已经很明显，她是坚决反对离婚的，更不能接受女人出轨，更何况是她的女儿。她一生骄傲无比，决不允许自己的家庭里出现这样不齿的事情。

辩论到了一个死胡同，说服母亲接受自己的观点是不可能的，那还是转移话题吧。很多时候，很多事情，是没法定义对与错的。

不知是不是母亲在的缘故，方义明最近在家里的日子多了起来，常常回家吃晚饭，并且每次吃得津津有味儿，不停地夸母亲的做饭手艺好，母亲开心地笑，叮嘱他多吃点，方义明于是更加卖力地吃。叶兰珍将这一切看在眼里，总觉得哪里不对，但是又找不到具体是哪里不对，只能默默地看着这一切。

但有一点叶兰珍敏锐地捕捉到了：也许方义明的工作最近出了些问题，因为每次吃过饭，方义明就会回到房间里，关上门。有好几次一直在打电话，叶兰珍试图到门口听一听，但因为母亲在的原因，她并没有表现得很明显，只是装作从他的门前经过的样子。房门关着，她只听到了方义明讲话的声音，但听不到具体的内容，于是只好作罢。但是叶兰珍从方义明的语气已经感觉到了，应该是工作上出了事情，好像事情还不小，方义明正试图想办法解决。

有一次方义明从书房里出来，一脸严峻地在柜子里找东西。

“出了什么事情吗？”叶兰珍问道。

“没有。”方义明头也没有抬，一直在柜子里的资料夹里翻找东西。

“看你最近状态不对。”叶兰珍盯着他的侧脸，试图期待他转过头来，想从他的眼神里找到答案。

“别多想了，快去陪陪妈。”方义明还是没有抬头，在一页一页地翻看资料。

“如果有什么事情，请提前告知我。”叶兰珍说完转身就走了。

这时，方义明停止了正在翻资料的动作，转过头看着叶兰珍的背影，他的视线许久都没有离开。此刻的方义明，眼神里包含了太多的内容，有担心，有犹豫，有期待，有愧疚，他有片刻的时间在自省，自己是不是太过自私了？自私地罢占着叶兰珍的青春。但是转念一想，他自己内心的苦又有谁来承担呢？在跟叶兰珍的大部分时间里，他都用疯狂地工作来麻痹自己，使自己能忘记很多不切实际的事情，但总有那么些回归人的善良本性的时刻，他不应该耽误了别人。就是在这样的踌躇与矛盾中，日子就这么一天天过去了，就连他自己都不敢想，时间真快啊，快到他希望自己赶快老去，甚至赶快死去。

除了隐藏在内心的很多秘密以外，方义明的工作最近确实出现了问题，有些棘手，他正在想办法做一些修复弥补。监管方已经开始调查，他并不清楚这次监管方的力度如何，如果手段强硬，杀鸡儆猴，那么方义明此次也许必“死”无疑；如果只是例行检查，或许可以躲过一劫，他必须做两手准备。在这个行业待了二十多年，形形色色的人与事见得多了，每个人的选择几乎都是受到利益的驱动。人的欲望就像无边无际的大海一般，永远填不满，而很多人又碍于人情不得不跟着一起“下水”，于是大家都成了利益共同体。但很多时候，方义明也是疲惫的，他虽然极其看重钱，但并不觉得金钱是这世界上唯一重要的东西，无非是声色犬马，然而大多数情况下，人们就像活在一股洪流之中，被命运裹挟着往前走，由不得自己选择。

方义明几乎从来不跟叶兰珍谈工作上的事情。一开始是不愿意谈论，再后来，随着他职位的不断提升，他觉得这算是对叶兰珍的一种保全，如若有一天他的船翻了，可以让叶兰珍干干净净不带沾染地离开，也算是减轻一下自己内心深处的愧疚。所以当叶兰珍问他是不是工作上出了什么事情的时候，他非常淡定地回答“没有”。

平日里两个人早就分床睡。叶兰珍的理由是怕自己晚上看书太晚影响了方义明睡觉，而方义明恰恰领情于这个理由，说自己也担心工作到深夜会影响叶兰珍。两个人就像有约定一般，每个人都生活在自己的世界里，但是这几日，方义明数次邀请叶兰珍到自己的卧室，叶兰珍总以要陪母亲为由拒绝他。有一天晚上吃饭的时候，母亲却突然说：

“晚上跟你睡，你老是翻身，我本来就有点失眠，这样我晚上也睡不好，以后我一个人睡。”

“我老是翻身吗？”叶兰珍问道。

“是啊，还老是霸占被子呢，跟你小时候一模一样，坏毛病还没改。”母亲笑盈盈地回答。

叶兰珍似乎没有了拒绝的理由。晚上到了方义明的卧室，方义明竟然来求欢，但叶兰珍的内心顿时升腾起一股厌恶之感。女人的内心果真容不下两个男人。在没有遇见林若诚之前，方义明偶尔的要求她还不会拒绝，即便是草草了事也算是交了功课，但是自从跟林若诚在一起之后，她就再也不想别的人碰自己的身体了。所以当方义明来求欢的时候，叶兰珍毫不犹豫地拒绝了，理由是太累了，但是方义明并不罢休，继续要求。叶兰珍起身离开了，走到门口又回来了，她不想让母亲知道他们现在的状态，又回到床上。而方义明好像也放弃了，一个人侧身躺着不再说话。

叶兰珍叹了一口气，觉得自己的生活状态一塌糊涂，已经到了人生的死胡同，她真的再也不想要这样没有感情的生活，再也不要待在这个冰冷的家里，再也不要没有人陪吃饭陪聊天。然而，是的，然而，只要一想到“然而”后面的一大堆事情，她便感觉跟林若诚待在一起简直就是不可能的事。为什么自己活得那么胆小懦弱？

两个人都躺在床上辗转反侧，尽可能地保持着背对背的姿势。也许是因为实在睡不着，方义明起身，下了床，朝客厅里走去。叶兰珍听到他到酒柜里拿酒的声音，听到他打开了瓶盖，听到他拿出了一个酒杯放到了桌面上，听到他倒酒的声音，听到他“无声”地喝酒，这个时候，方义明放在床头柜上的手机响了。是震动，方义明应当没有听到。不知道哪里来的好奇心驱使着叶兰珍，她迅速地看了一眼手机，上面是一条消息，内容如下：这次监管方来真的。

叶兰珍迅速地将手机放下，心脏一直突突跳个不停。这种心跳加速一是因为她偷看了方义明的手机，二是手机上的内容让她害怕。“监管方来真的”，这是什么意思呢？虽然叶兰珍并不是非常了解方义明的工作性质，但是作为外行人她也略懂一些，因为他的工作涉及大量的资金交易，所以人难免有失去控制的时候。难道方义明真的出事了？这几天他的行为一直有些怪异，这条消息已经说明了问题。

不一会儿，叶兰珍听到方义明朝卧室的方向走来，她赶紧侧身躺好，装作已经熟睡的样子。她感觉到方义明进来后，走到床前，拿起手机看了一眼，然后也许是站在原地愣了半天，最后又将手机放到了床头柜上，自己钻到了被窝里，出了长长的一口气。他似乎很快睡着了。

不知道是如何睡着的，醒来时，叶兰珍看到身边的方义明不在了。又去上班了吧，叶兰珍心想，然后揉揉眼睛起床，看到母亲已经起来了，正在厨房里忙活着做早餐。

“醒了？洗漱一下来吃早餐。”母亲边忙边说。

“做了什么好吃的？”叶兰珍走到母亲跟前，双手扶住母亲的肩，贴在她的后背上，一身的懒洋洋。

“烧了粥，煮了咸鸭蛋，烙了你最爱吃的油饼，拌了黄瓜。”母亲回答。

“都是我爱吃的。”叶兰珍说着就要伸手去拿烙好的油饼。

“放下放下，快去洗脸刷牙。”母亲嫌弃地打了一下她的手，“让义明也快起床，我准备了好多早饭。”母亲继续说。

“他已经走了。”叶兰珍回答。

“走了？”母亲诧异地问道。

“对啊，上班去了吧，我以为你看到他了呢。”叶兰珍也有些奇怪。

“什么时候走的？这么早？”母亲继续问道。

“不知道，我一直睡到现在。”叶兰珍答。

“我六点钟就起床了，一直没看到他出去啊。”母亲似喃喃自语般说。

“六点钟？”叶兰珍更是惊讶。

“对，昨晚睡得不太好，今天醒得早。”母亲回答。

“别管了，反正他是个工作狂，也许是单位里有事情。”叶兰珍说完就去洗手间洗漱。

虽然嘴上说着不管了，但是心里却是疑团重重，最重要的是昨晚看到他手机上的消息更是让人心生怀疑，叶兰珍的心开始不平静起来。虽然方义明平时是个工作狂，经常加班加点，但他几乎没有早晨提前走的情况，更确切地说是根本没有，要么是加班很晚回家，要么是好几天不回家，但从没有一大早就离家的情况。

母亲准备了丰盛的早餐，但是叶兰珍吃得却是心猿意马，满脑子都是昨晚上看到的那条信息。难道方义明真的碰到了大麻烦？

自从答应泮少阳的邀请，林若诚便更加忙碌起来，他更多的时间沉浸于课题研究当中，带领着团队的成员不停地查阅资料，筛选资料，并面向社会做全面的调研分析，收集数据，分析数据。泮少阳倒是做起了甩手掌柜，平日几乎见不到他的身影，但是过一段时间便突然出现一下，督促一下项目的进展。

一日，泮少阳再次来到了他的办公室，此时，他正在为设计一个调研问卷里的问题而绞尽脑汁。

“进展怎么样？”泮少阳开门见山。

“还算顺利，要想做好学术研究，不能着急。”林若诚回答。

“我不着急，这机会就都溜走了。”泮少阳边说边拿起他手头上的笔记。

“你不要这么功利好不好？”林若诚有些不屑地说。

“很多调研问卷及数据，我们都可以把别人的拿来使用嘛。”泮少阳一如既往的江湖风范。

“你确定你不是在开玩笑？”林若诚放下手中的笔，抬起头来，认真地看着泮少阳。

“我……”泮少阳一时语塞，“我们要与现实紧密结合不是？”

“如果你真的是这样的心理，我看我们还是不要合作了。”林若诚一脸严肃，有着不容反驳的坚定。

“你怎么这么执迷不悟？”泮少阳一副不可思议的表情。

“你这是学术不端，就是你们这些功利心极强的人带坏了学术圈子。”林若诚说话也是直言不讳，毫不客气。

“现在大家都这么干，社会现象便是如此，不是你我一两个人的力量可以左右的。”泮少阳说。

“我相信总有人还在为真正的学术做努力，总有人还在为人类的进步做努力。”林若诚的语气仍然坚定。

“哈哈……我真不知道该说你天真还是说你高尚？你是真不明白还是故意装傻？你给我找一个安心搞研究的人出来我看看，哪一个不是为了钱，为了名，为了利？你扪心自问一下，你真的就不想站在金钱与权力的制高点？”泮少阳的表情带着试探和怀疑。

“我不想。”林若诚淡定地回答。

“鬼话。”泮少阳直接反驳。

“你不是我，所以你不会懂我的世界，就像我不懂你的世界一样。”林若诚仍然平静地回答。

“好好好，我们不要再争论了，我也不催你，你就按你的节奏来就可以了。”泮少阳也是无可奈何，他不理解世界上怎么会有林若诚这种人。

“那你可以走了，我现在正忙着。”林若诚下了逐客令。

泮少阳一时不知道该说什么好，只在林若诚面前来回转了两三圈，气得一甩手走出了办公室。

林若诚倒是像什么也没发生一样，继续进行着手头的工作，忙碌的生活可以让人忘却烦恼。

下午的时候，他的工作进行得差不多了，脑子里却开始不断浮现出叶兰珍的影子，许久没见面了，他都不知道她最近在忙什么。犹豫再三，还是决定给叶兰珍打个电话。

电话接通的一刻，听到叶兰珍的声音，他的心顿时感到安慰，好像找到了灵魂可以栖息的居所，那种自由与轻松顿时在周身遍布，似乎只一句“你好”便道尽了所有的情感。

他们约好了见面的地方。放下电话，林若诚收拾了一下办公桌，便起身离开了。下午的阳光明媚又耀眼，微风柔和又清凉。

林若诚一个人坐在江边一家酒店的咖啡厅里，他的眉头微微皱着。这是他一贯的样子，似乎总是充满了心事，恰恰是他的这种神情强烈地吸引着叶兰珍。他的眼睛柔情似水，黑眼珠明亮，像一头小鹿一般，每当他们在一起的时候，只要一看到他的眼睛，叶兰珍基本就乱了阵脚，心跳加速；他把她搂在怀里的时候，她抬头看着他，心立刻就融化了，醉了，沉迷了；他吻她的时候，她热烈地迎接，有时候恨不得把他吃下去，似乎只有这样才能拥有全部的他。

林若诚给叶兰珍打电话的时候，叶兰珍正陪母亲在家附近的小公园里散步。看到是林若诚的电话，叶兰珍有些慌乱，小心地躲到一旁去接听。打完电话以后，叶兰珍小跑到母亲的身边，将家里的钥匙给了母亲，让母亲一会儿一个人回家。母亲狐疑地看着她：

“你干什么去？”

“呃，公司里有个项目出了点问题，急需我去处理。”撒谎的叶兰珍也是面不改色。

“真的？”母亲的神情显然表示她并不相信叶兰珍的话。

“哎呀，真的。妈，你一会儿自己回去，我估计晚上不回来吃饭了，你自己做你一个人的就可以。”叶兰珍说完就走了，留下母亲愣在原地。

“妈，你自己小心啊。”叶兰珍边走边回头跟母亲打招呼。

出了公园门口，叶兰珍招手拦了辆出租车，很快到了江边的咖啡厅。

远远地便看到了安静地坐在咖啡厅里的林若诚，叶兰珍半天没动，就这样站在那里静静地看他的侧影。爱上一个人就完全没了分寸，全世界的好都在他那里了。他的头发好像长长了一点，恰恰是叶兰珍最喜欢的感觉，有一点点凌乱，他的穿着还是那么简单，白 T 恤，黑色薄外套，正侧着头看外面的风景，这样他的下巴就显得尤其尖，好像是瘦了。

叶兰珍站着看了林若诚半天，他转过头来看到了她，然后他就笑了，是一抹淡淡的笑，是一抹温情的笑。他从来不大声笑，无论多么开心都是这一抹浅浅的笑，但这笑是多么发自肺腑啊，这笑是来自爱，叶兰珍能感觉到。

“过来。”林若诚站了起来，并没有走过去，只是招手示意叶兰珍。

叶兰珍并没有动，还傻愣在原地。

“怎么了？”林若诚说着就要往叶兰珍走去。

叶兰珍这才迅速地回过神来，走到他的跟前坐下。其实她是在控制自己的情绪，她真怕自己控制不了自己的感情而飞奔过去，她怕自己会在大庭广众之下紧紧地搂住他不松手，她怕自己会忍不住热吻他的唇，亲吻他的眼睛，还有他黑黑的睫毛，她怕自己的感情会倾泻而出。

“还好吗？”看到叶兰珍坐了下来，林若诚也跟着坐了下来，然后示意服务员过来。

“你呢，你好吗？”叶兰珍并没有回答林若诚的问题，而是反问他。

“我，还是老样子。喝什么？”林若诚问道。

“拿铁。”叶兰珍说。

“服务员，一杯拿铁，一杯意式浓缩。”林若诚边说边将饮料单递还到服务员的手里。

“意式浓缩太苦了。”叶兰珍说。

“有时候需要点口感强烈的来振奋一下精神。”林若诚回答。

服务员很快将咖啡端了上来，两个人默不作声，只是不停地搅拌着眼前的咖啡。

“要加糖吗?”叶兰珍开口问道。

“不要。无论加多少糖，它的口感还是苦的。”林若诚的语气透着无奈。

“就像这日子一样吗?”叶兰珍感同身受地问道。

“日子是苦的，但是你就是我的糖，想到你心里就是甜的。”林若诚微笑地看着她，叶兰珍反倒有些不好意思，羞涩地低下了头。

“你看这江上的船。”林若诚眼睛看向窗外。

“不知道它们开向哪里。”叶兰珍说。

“好像都没有尽头，靠岸也只是片刻的休息，就像人一样，直到离开这个世界，都不会停歇。”林若诚的眼睛里装满了情绪。叶兰珍解释不清这复杂的情绪包含些什么。

林若诚转过头来，看了叶兰珍一眼，然后站起身，拉起她的手就走。叶兰珍愣了一下，然后不停地问他要去哪里。林若诚并不说话，叶兰珍说，你还没有结账呢，林若诚说，不用你管。

叶兰珍被他牵着手，感到一股前所未有的力量。她的脑子也乱了，不知道到底是往哪里走去，她只知道他拉着她上了电梯，然后他按了33楼的按钮。她跟他走到了一个房间跟前，他好像是从裤子的口袋里掏出了一个房卡，他打开了门，他关上了门。

他先是轻轻地捧起她的脸，黑黑的眸子深深地望着她，接着他的柔软的唇贴了上来，落在她的唇上，她的鼻子上，她的脸蛋上，她的脖子上。她已经不能呼吸，她觉得自己整个人就要软掉，她慢慢地落下去，她只是闭着眼睛，享受他带给她的甜蜜，他的好闻的气息，他的柔软的头发，他衣服的领口散发出的味道，她愿意在这味道中沉溺不能自拔。

她的身体渐渐湿润，她等待着他进来，将他全部包围，让他全部属于自己。他却并不着急，而是将他所有的吻遍布她的全身，她像是掉进了一团棉花里，又像是飘上了天空。他一点点地吻她，咬她，逗弄她，他的手在她的身体的各个部位全部掠过，像是一层薄纱从自己的身体上飘过。

他进入到她的身体，她顿觉十分圆满，只有身体交织在一起的时刻，她才觉得他是全部属于她的。她喜欢这种满足感，不仅仅是身体上的满足感，还有心理上的满足感，只为这短暂的拥有他的时刻，她的内心就已经感觉足矣，哪怕这欢愉很快过去，哪怕他转身离开。

叶兰珍每次都能轻而易举地到达巅峰，仅仅因为那是林若诚的身体。

夜幕降临了，这是最孤独寂寞的时刻，但是此刻的叶兰珍却是最幸福的。躺在最爱的人的怀里，听到他均匀的呼吸，如果此刻他们能够一起死去她也是心甘情愿的。

江面上传来轮船的汽笛声，叶兰珍透过窗户可以看到江对面璀璨的风景，这样的喧闹与繁华让叶兰珍的心迷醉，虚幻，她不知道自己到底是不是活在真实里，眼前的这个男人终究是不是属于自己。

林若诚拿起手机看时间，手机上显示的时间是七点二十。

“该回去了吗？”叶兰珍担心地问。

“不着急。”林若诚边说着边往床背的地方靠了靠身体，让自己的身体跟床面保持差不多六十度的角度。

叶兰珍也跟着起来一点，还是抱着他的腰，舍不得放开。

“她，可能患上了抑郁症。”林若诚突然说，这个“她”当然是他的前妻。

“抑郁症？”叶兰珍疑惑地问。

“是的。”林若诚长长地出了一口气。

“为什么？”叶兰珍追问。

“不知道，也许是因为我吧。”林若诚无奈地回答。

“是，因为我们吗？”叶兰珍小声地问，一股愧疚感油然而生。

“不，她应该不知道我们。”林若诚回答。

“严重吗？”叶兰珍问道。

“完全看不出来，但是医生说她不能受刺激。”林若诚回答。

“那么，你是，要离开我吗？”叶兰珍的心陡地揪在一起。

“我……”林若诚不知该如何解释。

叶兰珍转过身去，背对着他，眼泪流了下来，她强忍住哭声，但身体却不住地发抖。林若诚靠了过来，扶住她的肩，将她从背后紧紧地抱住。

这是他们第一次提到关于彼此未来的问题。双方的内心都已经历经了无数次的煎熬，每一次见面都让他们彼此更靠近，但是彼此都没有决心与勇气。

“对不起。”林若诚紧搂着她，靠在她的脖颈处，叶兰珍感觉到一股热流在她的脖颈里，她知道是林若诚的眼泪。她转过头来，双手搂住他的脖子，拥吻他，热烈地，决绝地，残酷地，毫无保留地。

“去吧，去照顾她，那是你的责任，不用管我。”叶兰珍回答。

林若诚的确是想来跟她告别的，真正的告别，让彼此都回到原来的生活轨道上，像是从来都不认识对方一样。他一方面是担心周乔，另一方面又觉前途渺茫，他跟叶兰珍的前途渺茫。

看到叶兰珍以后，他的心一软，不忍心分手了。

“我得回去了。”叶兰珍说道。

“有事情?”林若诚问道。

“最近我母亲在我家里，怕她担心我。”叶兰珍边说边穿衣服。

林若诚不再说话，他知道今天没法说分别的话题了，只好跟着起身，穿好衣服，两个人互相拥抱了很久才将对方放开。

他们在酒店门口拐弯处分手，一个向左，一个向右，就像人生一般，明明在不同的方向上，却意想不到地有了交集。道路两旁的法国梧桐有了些许的萧瑟，公交站台时不时有公交车呼啸而过，各色人下车，然后走向不同的方向。

叶兰珍在进家门前特地整了整衣服，确保自己的衣着整齐，这才敲了敲门，里面传来母亲走来开门的声音。

“这么晚才回来?”母亲的眼神充满了疑问。

“客户刁难，处理起来有些棘手。”叶兰珍并没有看母亲，她生怕自己说谎的眼神被母亲看穿。

“义明也没回来。”母亲有些抱怨。

“他工作忙，经常这样加班。”叶兰珍说着去了卧室，然后换了一身居家服。她的脑海里全是林若诚的样子，她甚至从自己的衣服上闻到了林若诚的味道。

“你们这是过的什么日子。”母亲说着叹了一口气。

“妈，还有吃的吗？我还没吃饭。”叶兰珍冲着母亲喊到。

“没吃饭？工作有这么忙吗？吃个饭的时间都没有？我去做碗面给你。”母亲边说边朝厨房走去，嘴上念念有词，好像都是些担忧的话。

叶兰珍换好衣服，到厨房拿了个苹果，坐到沙发上看电视，电视里男女主人公正在卿卿我我，叶兰珍却是心事重重。

母亲很快将面条做好端了过来，叶兰珍大口吃了起来，眼神里却满是惆怅，母亲看着她又愣了起来，满脸的疑问。

“怎么了?”母亲问道。

“没怎么啊。”叶兰珍躲避不回答。

“看你好像不太开心。”母亲继续追问。

“没有。”叶兰珍头也不抬，尽量保持不要跟母亲有目光接触。

“你跟义明到底怎么回事?”母亲突然凑了过来，小声地问她。

“什么怎么回事?”叶兰珍放下手中正夹起的面条，看向母亲。

“为什么一直没有孩子?”母亲声音特意压低了一些。

“不知道，就是没有。”叶兰珍回答。

“你有没有去医院检查过？”母亲继续问道。

“查过，医生说都正常。”叶兰珍平静地回答。

“那是不是他那方面不行？”母亲又继续追问。

“哎哟，妈，你别问了。”叶兰珍倒是有些不好意思，跟母亲谈论这种事情还是第一次，这让她有点不知如何应对。

“要是有问题一定要到医院去治疗啊。”母亲并不罢休。

“没有问题，你放心吧。”叶兰珍一本正经地回答。

“真的没问题？”母亲再次盯着她的眼睛。

“真没有。”叶兰珍肯定地回答。

“那这么多年为什么一直怀不上？”母亲自言自语。

“你看，我们都太忙了。”叶兰珍又以“忙”为托词。

“现在谁不忙啊，人家不是照样生孩子？”母亲不以为然。

“也许，我们就没那个命。”叶兰珍略显惆怅地回答。

“这样可不行，到老了你怎么办？”母亲长长地叹了一口气。

“去养老院呗。你看，你虽然有我，但因为离得远，你也没指望上我。”叶兰珍严肃地说。

“不一样，无论离得多远，我们的心头都有个牵挂。”母亲语重心长地说。

叶兰珍就这样听母亲絮絮叨叨。面吃完了，叶兰珍去洗碗，母亲就在沙发上坐着，还在不停地说着那些家长里短，谁结婚了，谁去世了，谁生孩子了，叶兰珍对那些零星的碎片化的过往印象模糊，但是这样的交流又让人觉得真实。

母亲去睡了。也许是年纪大了越来越容易困了，也许是为女儿的未来担忧，她从沙发上站起来时都有些吃力，她的膝盖疼痛，她的腰也时不时地疼痛。叶兰珍看到母亲步履蹒跚地往卧室里走去，心里不免有些心酸，再过十几年，自己也会变老了，那个时候，林若诚还在她的身边吗？还会爱她吗？

方义明还没有回来，刚才母亲一直让她打个电话给他，但她没有打，此时此刻，她突然想打个电话。她几乎是小心翼翼地拨了号码，但是电话听筒里传来“您拨打的电话已关机”的声音。叶兰珍的心突然一下子往下沉，想到前几日看到的那条短信，她更加疑惑了。方义明到底出了什么事情？

电视里还在播放新闻，讲的是金融机构出现多笔内幕交易的事情。叶兰珍的心一下子揪了起来，但是想到方义明的工作能力，在职场沉浮这么多年，从来没有出过什么岔子，应当不会出问题。她像在安慰自己。

凌晨，叶兰珍在睡梦里迷迷糊糊听到了有人开门的声音。她努力睁开眼睛，起身看到站在客厅里的方义明，衣服乱了，头发乱了，神情落寞，一身疲惫，好像脸庞也肿了起来。这是叶兰珍第一次看到方义明如此落魄的形象，她的内心顿生怜悯。

“你怎么了?”叶兰珍走到方义明的跟前，想伸手去摸一摸他的脸，确认一下是不是真的受伤了。

“没事。”方义明很不客气地推开了叶兰珍要伸过来的手。

“你受伤了?”叶兰珍小声说，生怕吵醒了睡梦中的母亲。

“不要管我，快去睡觉。”方义明声色俱厉。

叶兰珍停止了继续追问的行为。她看到方义明去了洗手间，也许他要洗澡，于是自己返回了卧室。

叶兰珍靠在床上，根本无心睡眠，她满脑子都是方义明如此落魄颓废的形象。她确信他跟别人发生了肢体上的冲突，因为他的脸有些红肿，嘴角好像也有点点血丝。到底发生了什么?她的内心有一百个问号。

躲在角落里独自舔舐伤口，那是方义明一贯的风格，他是一头狮子啊，永远充满了斗志，永远意气风发，即便遭遇了什么不顺，也只会躲在别人看不见的角落，一个人疗伤。

大约过了半个小时，方义明回来了，他洗过了澡，换了衣服，不再像刚才一样憔悴，但是他嘴角的伤痕掩盖不了。

“你到底怎么了?”叶兰珍腾地坐了起来，一脸严肃地问他。

“不要管多余的事情。”方义明也是无比生硬的态度。

“为什么你什么事情都瞒着我?”叶兰珍质问道。

“以后你会明白的。”方义明淡淡地回应。

“可我现在就想知道。”叶兰珍倔强地回答。

“现在我想睡觉，我累了。”方义明边说边躺了下来。

叶兰珍呆呆地坐在一旁。天已微微亮，窗外时不时传来鸟儿欢快的鸣叫。透过窗帘，叶兰珍看到外面好像起雾了，已经有清洁工人开始工作，偶尔传来发动汽车的声音。叶兰珍就这样靠在床上，静静地听着外面的一切声音，来自平凡生活的一切声音。方义明已沉沉睡去，他的身体缩起来，这是他少有的样子，他的呼吸慢慢平静下来。此刻，这个跟她一起生活了十几年的男人，就像是一个解不开的谜团。

7 隐　藏

白天黑夜，日子不停地流转，每一天，好像都没有变，一回头，一切都变了。

天气越来越凉，路两旁的梧桐树叶越来越黄，就像人都会变老，都会死亡一样，这个城市永远充满了喧闹，这个城市里每天都在上演悲欢离合。

叶兰珍还是像往常一样的上班。某日，刚刚走进办公室，就看到办公室里三五一群地小声议论着什么。同事史晓文看到叶兰珍来了，一个箭步冲过来，把她拉到一个角落里，小声说："你知不知道公司里发生的事？"

"什么事？"叶兰珍一头雾水，她平日里跟同事接触相对较少，主要是工作上的交集，很少讨论那些在她眼里属于"八卦"的事情。

"公司几名员工集体离职了。"史晓文一脸不可思议的表情。

"集体离职？"叶兰珍也很诧异。

"是的。今天一早，公司的邮箱里收到七八封辞职信，都是营销部的几名业绩优秀的员工的。你看看他们办公桌上，东西全都收拾走了，昨天还在正常上班呢。"史晓文讲得有点激动。

“噢。”叶兰珍淡淡地回应。她的眼睛扫了一圈办公室，确实有好几名员工的位置是空着的。

“这么重大的事情你这么淡定？”史晓文一脸诧异。

“我关心有什么用，又不关我的事。”叶兰珍还是一脸冷漠。

“怎么不关你的事？你的好机会来了。”史晓文贴近叶兰珍的耳朵。

“我的好机会？”叶兰珍疑惑地看着她。

“对，你想，咱们是不是有好几个项目正在进行？”史晓文继续分析。

“是啊。”叶兰珍回答。

“现在公司最有资历，最有经验的人是谁？”史晓文继续追问。

叶兰珍没有回答，只是看了看她，心想怎么着也有一位丁总在她上面。

“丁总吧。”叶兰珍回答得有些口是心非。

“哎，我还没有说清楚，那些集体离职的人是跟着丁总一起走的。”史晓文轻声说。

“什么？丁总离职了？”叶兰珍有些意外。

“据说是带着这几名员工新成立了一家咨询公司。”史晓文说。

“还是厉害。”叶兰珍自言自语。

“厉害？那叫心机。”史晓文说。

“先不管心机与否，她能独立去经营一家公司就是很有魄力，我们跟她比，总还是差很多。”叶兰珍无奈地摇摇头。

“前段时间她一直跟你示好，估计当初她也有拉你一起做事的想法。”史晓文分析。

“也许是。”叶兰珍回答，然后回忆了前段时间她对于自己的种种热情，想来确实是有这个可能。

“不管怎么样，现在是你的有利时机，说不定过一会儿董事长就要找你了。”史晓文跟叶兰珍窃窃私语。

“抓紧工作吧，别想那么多了，我没那么大的野心。”叶兰珍回答。

史晓文本来还想继续给叶兰珍分析分析当前的局势，但是看着叶兰珍的眼睛里，满眼的拒绝，她只好知趣地闭上了嘴巴，然后转身朝自己的办公桌走去，边走边回头，嘴上朝叶兰珍嘟囔着“机会，机会”，叶兰珍看着她，无奈地笑着摇了摇头。

叶兰珍刚刚想打开电脑，准备处理一下手头的工作，办公桌上的电话就响了，她漫不经心地拿起电话。

“叶兰珍，到我办公室一趟。”电话里传来的是董事长的声音。

“好。”叶兰珍有些惊讶，听起来像是有非常重要的事情。

叶兰珍赶紧拢了拢头发，整理了一下衣服，径直朝董事长办公室走去。

走到董事长办公室的门口，她再次整理了一下衣服，然后敲门，里面传来“请进”的声音。叶兰珍推开门，看到董事长一脸凝重地坐在那里。

看到叶兰珍，董事长连忙招呼她过去坐。

“今天的事情你也听说了吧？”董事长也不寒暄，这符合他雷厉风行的做事风格。

“集体离职的事吗？”叶兰珍问道。

“对，看来你已经听说了。”董事长忧心忡忡地说。

“知道今天找你来的目的吗？”董事长一脸严肃地看着她。

“不知道。”叶兰珍回答。

“公司决定任命你为副总经理，全权负责整个营销部门，希望你能凭借你多年的工作经验，带出一个全新的团队。”董事长的语气里充满了期望，眼神在等待着她的回答。

叶兰珍沉默了几秒钟，此刻的她是万分犹豫的，她不知道自己有没有能力带好整个团队，但她也不想错失这个机会。

“谢谢董事长的信任，我会尽全力带出一个全新的团队。”叶兰珍说。

“好，公司也相信你能领导好这个团队。可能目前要面对的问题比较多，需要尽快去解决。员工这方面，你需要先做好安抚工作，公司会尽快招聘新人；项目方面，有些即将开展的或者正在接洽的，你都需要及时沟通起来，要不然，很有可能被别人抢走。”董事长忧心忡忡地说。

“好的，您放心，我会尽快做好这些工作。”叶兰珍回答得很坚定。

“营销部门是公司最重要的部门，客观地讲，你一直在公司工作，一直尽心尽力，认真负责，公司也都看在眼里。作为员工来讲，你是没得说的好员工，但是开始管理一个部门，我想还需要加倍努力。你以前主要负责项目的运作，以后呢？你要管理这些员工。在管理方面，你的经验还相对欠缺，所以还是需要花大量的时间去深入学习。”董事长语重心长地说。

“好的，我会全力以赴的。”叶兰珍回答。

“那你先去忙吧，公司马上会发任命书。”董事长说。

“好的，谢谢。”叶兰珍回答，然后转身离开了董事长办公室。

叶兰珍刚回到自己办公室，就看到史晓文跑过来。

“怎么样？我说得没错吧？”史晓文满脸期待地看着叶兰珍。

“好了好了，快去工作。”叶兰珍无奈地摇摇头。

公司很快就下达了任命通知，叶兰珍却没有太多的兴奋，虽然她也期待工作上有所进步，也认为自己的资历和成绩可以胜任领导工作，然而当追求的东西放到你的手中的时候，你才发现追求的结果并不重要，重要的是追求的这个过程。是不是跟爱情一样，就像她跟林若诚一样，此时此刻的她，觉得林若诚就是她的天下。每日的期待与思念就像恶魔一般无法驱散，如果有一天，他们奋不顾身地往前一步，从此携手一起，会不会那些美好的瞬间最终都将化为一缕云烟消失不见？叶兰珍苦笑了一下，无奈地叹了口气。我们谁也不能把握命运的走向，唯一能做的就是把握现在。

在工作上，叶兰珍并不算是那种骁勇善战的类型，但当她承担了新的任务之后，却也变得一往无前。也许是因为从小就优秀，从小就是榜样，所以工作中的她也是如此，每一件交到她的手中的工作都可以被无可挑剔地完成，如今升职为副总经理，也是理所当然的事情。

此时的营销部门可谓是千疮百孔，离职的都是业绩出色的员工，留下的都是迟迟不出业绩的员工，叶兰珍决定做些大的改革。她在公司十多年，除了兢兢业业工作，在管理上没什么说话的机会，有些她看不惯的地方也只能视而不见，心想着那是公司领导的事情，而如今，她成了公司的重要负责人，她必须用自己的力量为公司赢得进步的机会。

叶兰珍现在拥有了自己的独立的办公室，她向公司申请提拔史晓文做自己的助理，配合她的工作，史晓文满脸意外又十分开心。

“我这是走了狗屎运了吗?”史晓文跑到叶兰珍的办公室问道。

“狗屎运后面是巨大的工作压力，你要做好心理准备。”叶兰珍一脸严肃。

“好好好，只要能赚钱就行，工作多累都没关系。”史晓文回答。

“以后找男朋友的机会更没有了。”叶兰珍故意拿她开涮。

“要男朋友有什么用处?我要赚钱呐，买车买房，实现经济独立，一个人过才自由自在呢。”史晓文回答。

“好，现在通知所有员工开会。”叶兰珍的话题一转。

“啊?好。这么认真，我马上通知。”史晓文没有看到过叶兰珍的这一面，她看到的叶兰珍是温和的，或者说是安静的，此刻的叶兰珍却是坚定的。

此次会议是叶兰珍升任副总后的第一次正式会议。会上，叶兰珍严肃地介绍了公司目前的状况，并对公司的业务做出详细分析，表达了对公司业绩增长的期待，然后提出了几项具体的改革措施，最后，叶兰珍让各位同事表达一下自己的想法或者观点。

员工一个个噤若寒蝉，大气不敢喘的样子，要么是低头聆听，要么是面面相觑，也有几位老员工的态度有些鄙夷。

“没有人愿意表达一下观点吗？既然这样，我们就一个个来，从左边第一位员工开始。”叶兰珍向第一位员工示意。

“我想知道，刚才您提到的末位淘汰制的具体实施办法。”一位在公司工作了很久的男员工小声地说。

“这个我们会尽快制定出来，跟人力资源部做沟通后下发给大家。”叶兰珍说。

“刚才您说的调岗，具体是如何调？”另一位女员工问道。

“这个也正是我想说的，近期我们会让人力资源部邀请知名的专家来给各位做一个人格测试，根据测试结果看看每个人更适合的岗位，再加上各位平时的表现，包括工作能力、工作效率、工作积极性，我们会和专家团队一起对每位员工做一个尽可能真实的评估，我们以后招聘新的员工都要经过测试。”叶兰珍回答。

“如果碰到不愿意调岗的情况呢？”另一位女员工小心地问。

“那只有离职。”叶兰珍回答，“我们生活在一个竞争激烈的年代，我们需要的是一个有活力的公司，没有人可以高枕无忧。我们要激活每一位员工的活力，让每一位员工都有危机感，只有这样，公司才可以长久地活下去。”

会议的气氛有些压抑。

因为叶兰珍的这一系列改革措施，公司上下一片人心惶惶，每个人都有朝不保夕的感觉。但是公司内部的确发生了明显的变化，平时上班人浮于事的状态完全改观，员工的工作积极性大大提高，董事长也是开心不已，叶兰珍也因此更加忙碌，忙着签订合同，忙着实施项目，忙得让她连思念一个人的时间都没有，忙得让她暂时忘记了林若诚。

不见面，好像也没有关系，也不过是在深夜里审视自己的内心时，看到厚厚的心事上面又压了一层心事而已。每个人的内心都是有一间房子的，这间房子谁也进不去，有人试图打开这房子的窗户，有人试图打开这房子的门，但这房子就像是被一股拥有神秘力量的锁给锁住了，牢牢地藏在心的一角，孤零零的。

工作渐渐步入正轨，思念常常会悄悄来袭，特别是初冬来临，天气变得寒冷，心便也跟着凉。她在空闲的时刻仍然会期待着林若诚的电话打来，期待看到他的样子，看到他的微笑，但是一直都没有。她常常拿起手机看看有没有消息，或者想拨通他的电话，最后却又将手机放下，什么也不做。她努力将那些思念化成工作，将那些情感压抑到身体的一角。

一个难得的不加班的一天，叶兰珍决定到江边走一走。她总觉得心里的那些情感没有地方流淌了，那些心里话再不说就要炸裂了，也许吹吹风可以让自己冷静一些。江边很冷，但是游人依然多，这或许就是这个城市的魅力。一对一对的年轻的情侣靠在栏杆上拥抱拍照，叶兰珍看得心生羡慕，能够跟心爱的人在一起真是件幸福的事儿。她年轻的时候也很期待跟方义明一起出来，方义明却总是忙着工作，个性又比较粗犷，所以无法体会叶兰珍的这些细腻的心思，而现在，她期待跟林若诚在一起。

走累了，叶兰珍找了一个长椅坐了下来，安静地看看人群。风吹乱了她的头发，她往耳后拢了拢头发，抬头就看到不远处一对恋人拥抱在一起，女人面对着她，男人面对着江面。女人面容姣好，笑得一脸甜蜜，紧紧地搂着男人的脖子，男人似乎想要推开她，但女人搂得太紧太用力，男人只好作罢。叶兰珍看着这一幕，心里升起了一丝莫名的甜蜜，恋爱中的人都是如此吧。

江风越来越大，她不禁裹了裹自己的风衣。如织的人群，欢声笑语，自己如此渺小，眼睛里突然有泪水流出，又觉自己很可笑，于是擦拭了泪水，起身向前走。

叶兰珍是一路走回家的，走了一个半小时，一路上吹着风，好像把心里的愁绪吹散了。回到家里，难得地看到方义明也在，正在帮母亲包饺子，母亲看到叶兰珍回来了，高兴地迎上来：

“回来了，赶快洗手吃饭，我包了你最爱吃的萝卜猪肉馅儿的饺子。”

“妈，我累了，想躺一会儿。”叶兰珍想单独待一会儿，再加上走了这么远的距离，确实也累了。

“不行，先吃饭，这饺子马上就好了。”母亲极力督促着。

“妈，要不让她先躺一会儿吧，过会儿再煮就是。”方义明替她解释。

“那你最多躺五分钟，过会儿饺子就不新鲜了，现在刚刚好。”母亲坚持着。

“好好好，先填饱肚子也行。”叶兰珍放下包，走到洗手间去洗了洗手，对着镜子里看看脸上有没有哭过的痕迹，然后又洗了把脸，这才走到客厅里。

厨房里冒着热气，母亲忙前忙后，方义明站在母亲的跟前打下手。叶兰珍看着这一切，突然觉得心里热腾腾的。外面的风很大，天很冷，但是今天的家里，无比的温暖，她甚至感觉她跟方义明之间的距离都近了一些，那种家的温暖让她愿意相信这一切都是现实，好像十几年平淡的婚姻一下子有了生命力。

叶兰珍看着方义明将饺子一盘盘地端上来，热气腾腾，是她最喜欢吃的萝卜猪肉馅儿的。又看到母亲端上来一碗饺子汤放到她的面前。叶兰珍也喜欢喝饺子汤，母亲实在太了解她。这浓浓的生活气息将她一下子拉回现实，她也许真的该好好地跟方义明生活，然后生个孩子，再看着孩子上学、读书、成家立业，她跟方义明一路走到白发苍苍，牵着手慢慢变老。

“来，吃饺子。”母亲笑容满面地坐下来，将一双筷子递给她，然后招呼方义明也坐下来。

叶兰珍夹起一只饺子放到嘴巴里尝了尝，还是那个熟悉的味道。

“怎么样？好吃吗？”母亲期待地看着她的眼睛。

“好吃。”叶兰珍回答。

“这是义明跟我一起包的呢。你看，你盘里这个样子的就是义明自己包的，包得还挺好看。”母亲说着拿筷子挑出一个饺子来让她看。

叶兰珍看了看，笑了一下。跟方义明结婚十多年来，两个人从来没有一起包过饺子，今天的方义明倒是让叶兰珍有点奇怪。

“妈，包得太难看了，别让她看了。”方义明有点不好意思，他自己估计也心虚，自己什么时候包过饺子啊，大部分的时间都用在了工作上。

“挺好的。”叶兰珍低头边吃饺子边说，像是一种鼓励。

“就是，挺好，挺好。”母亲附和着。

方义明没有说话，三个人默默地吃着饺子，空气里又有几分凝窒。

“恭喜你升职了。”或许是为了缓解尴尬，方义明率先打破了沉默的气氛。

叶兰珍抬起头看看他，一脸的疑惑，心想他是怎么知道的，她都没有提过这件事情。

“谢谢。”叶兰珍平静地回答。

“最近特别忙，好多工作压在手上。”叶兰珍像是自言自语，又像是在跟方义明做解释。

“这两个人都忙，忙到什么时候是个头？赚那么多钱有什么用处？又不能抱着钱睡觉，现在你们啥都有了，就是缺个孩子。”母亲像是抱怨一般。

两个人都只吃饺子，不说话，刚才温暖的气息是现实，现在谈到的具体问题也是现实，谁也无法回避的现实。

“妈，我这刚到新的工作岗位上，不能这个时候要孩子啊，等我稳定以后再说。”叶兰珍解释着。

“等等等，你们俩都多大了，我也老了，再等下去，帮你带孩子都带不动了。”母亲还在絮絮叨叨，像天下所有的母亲一样。

方义明没有说话，只是默默地吃饺子，叶兰珍其实很想听听方义明的想法，但是方义明就像一个谜一样包裹着自己的内心，从不轻易向她打开。

晚餐还是在一片沉默中结束了，方义明客气地想要帮忙收拾饭桌，母亲一口回绝了，开玩笑说我还没有变成废物。方义明讪讪地笑笑，然后便去书房了，留母亲一个人收拾厨房。叶兰珍也想要帮忙，母亲不让，说让她赶紧去陪陪方义明。

“还用陪吗？十多年了，都已经习惯了。”叶兰珍自言自语。

“你了解他吗？”母亲突然正色道。

“了解？”叶兰珍一脸诧异。

“对，你了解他吗？”母亲一脸认真地看着叶兰珍的脸。

“了解啊，我们都结婚十多年了，能不了解吗？”叶兰珍回答。

“不对，我总觉得哪里不对劲儿。”母亲像是自言自语般说。

“哪里不对劲儿？”叶兰珍问道。

“你们两个人不像夫妻。”母亲继续说。

“不像夫妻？”叶兰珍疑惑。

“对，夫妻得天天吵架，得斤斤计较，就像我和你爸那样。你看你俩，吵架吗？几乎不吵。这是好事吗？不一定是。”母亲一点一滴地分析着。

“不是每对夫妻都吵架的吧，也有那种相敬如宾的啊。”叶兰珍说，她说这话时脑子里浮现出林若诚的影子。

“不对不对，你们俩这不是正常的夫妻关系。”母亲还在嘟囔着。

“哎呀，妈，你别多想了，不吵架还不好啊？你这当妈的可真够奇怪了，哪有盼望着闺女家老吵架的啊？你千万不要胡思乱想了，我现在要去洗个澡睡觉了。”叶兰珍嗔怪道。

母亲无奈地摇了摇头，回头继续收拾厨房，叶兰珍去浴室洗澡。锁上浴室的门，将衣服一件件地脱掉，耳边一直回荡着母亲的那句话：你了解他吗？是啊，我了解他吗？叶兰珍开始怀疑自己，细细想来，她好像完全不了解方义明。

自从结婚起，他们每天在一起的时间就非常少，方义明总是在工作，换来的是财富的不断增长和职位的不断提升，这些在外人看来是让人艳羡的地方。在父母和亲朋好友的眼中，他们是模范的夫妻，有着体面的收入和优越的社会地位，他们几乎不用为蝇头小利计较，这些社会定义的成功他们都拥有了，可是回到家里，他们有耐心地沟通过吗？有互相关心过对方吗？有过思想上的交流吗？甚至，肉体上的交流又有多少呢？

洗完澡出来，叶兰珍看到母亲已经收拾好厨房，正坐在沙发上看电视，方义明一个人在书房里忙着什么。

“妈，去睡觉吧，这么晚了。”叶兰珍关心地说。

“你过来，我有话跟你说。”母亲看着她。

“什么事？”叶兰珍有些警惕。

“我得回老家了。”母亲认真地说。

“妈，不是说让你安心住着吗，怎么又要回去？”叶兰珍皱着眉头说。

“这都住了这么久了，也该回去了，你爸也需要人照顾。”母亲回答。

“让我爸也过来啊，当初就让你们一起来的。”叶兰珍说。

“你别说了，你们有你们的世界，我跟你爸，我俩也有我俩的生活。再说我在这里也帮不上什么忙，影响到你们夫妻俩就不好了。”母亲一脸认真。

“没有影响啊。”叶兰珍还想继续挽留。

“我已经决定了，你给我买明天的票吧。”母亲坚决地说。

“我呀，就是希望你俩好好的，能有个孩子，这才像个过日子的样。你说你俩现在这状态，哎。”母亲边说边叹了口气。

“你就别操心了，再住段时间行不行？”叶兰珍说。

“不住了，我得回去，你快给我订票。”母亲再次说道。

“好吧，那你过段时间跟爸再一起过来。”叶兰珍提出了条件。

“行啊，等你爸空了我们再一起来。”母亲像是敷衍一般回答。

“你们两个人以后多沟通，什么都不说，事情就会往更坏的方向发展。”

“你啊，从小到大，什么事都放在心里，什么事都一个人扛着。”

“你说你结婚这么多年，看着是什么都好，但家没有家的味道也是不行的，有个孩子，热热闹闹的，也觉得日子有奔头。”母亲叮嘱道。

“妈，我订好票了。”叶兰珍只顾埋头订票，并不理会母亲在说什么。

“哎，我去睡觉了，你也快去睡吧。”母亲说着站起身来，朝卧室走去。

看着母亲颤巍巍的背影，叶兰珍一股酸楚涌上心头。人总会老去的，总会死去的，人的生命真是短暂，难道自己一直要在这样的婚姻中直到生命的尽头吗？

叶兰珍也回了房间，一个人靠着床静静地看了会儿书，睡意便悄然来袭，不知不觉地睡着了，手里还拿着那本书。

再醒来，太阳已经升起。阳光透过薄纱的窗帘照进来，昨日的阴冷已经不见，今日阳光明媚，照得她眼睛生疼。叶兰珍坐起身来，听到母亲叫她起床的声音，她揉揉惺忪的眼睛，走到客厅里，看到母亲已经准备好了早餐。

“快洗手洗脸去，洗完来吃饭。”母亲边说边把筷子放到碗上。

“我给你煮了燕麦粥，煎了荷包蛋，还蒸了大包子。”母亲一一介绍着她起大早做的早餐。

“太好了，有大包子吃。”叶兰珍走到桌前坐下来，拿起包子就要吃。

“又不洗手，懒得吧你。”母亲虽然有些嗔怪，但也没执意要求她。

“义明呢，起床了吗?”母亲边盛粥边问道。

“他早上一大早就走了，要出差，本来还想着去送你的。”叶兰珍找了个理由搪塞过去。

母亲顿了一下，然后坐下来，将盛好的粥放到叶兰珍的面前，又夹了一个包子放到她的跟前。

“天天都这么忙，忙到什么时候是个头啊。”母亲无奈地感叹道。

“妈，别回去了，你回去了我还能吃到这么好吃的大包子吗?”叶兰珍像是朝母亲撒娇一般说。

“你在家才吃几顿饭?天天就是加班加班，女人不要太拼命了。再说方义明赚得多，也不需要你这么辛苦。”母亲盘算着。

“我再来个包子。”叶兰珍并不接母亲的话，吵着要再吃个包子。

“来来来，好多呢，小时候就爱吃。一个女孩子家，有一次一顿吃四个呢，我和你爸乐得够呛。”母亲回忆着往事，脸上带着微笑。

“啊？我饭量那么大吗？”叶兰珍不太相信母亲的话，瞪大了眼睛。

“那还有假？你看看你现在瘦的，天天喊着减肥，我也没见哪里肥。”母亲的话里带着心疼。

“妈，你再说说，我小时候还有什么光荣事迹？”叶兰珍来了兴趣。

“多了去了。你呀，从小就要强，我记得小学三年级时，有一次数学考试考了九十八分，拿到试卷以后你直接把试卷给撕了，因为不是第一名。”母亲慢慢地回忆着。

“现在看来，分数也不是最重要的。”叶兰珍听了母亲的话，自言自语。

人生真的是完全未知的。叶兰珍一路从小县城拼了上来，走到了更广阔的世界，可是见识了更多，反倒烦恼增加了更多，那些优渥的生活条件都不足以评判一个人的生活感受。

“人呀，真的没法说。你看你当初的那些同学，有些虽然没有你的生活条件好，但人家比上不足，比下有余，孩子都上初中了。”母亲又绕到了这个话题。

“妈，快吃吧，吃完收拾一下，你还要去赶车呢。”叶兰珍打断了母亲的话。

母亲又是叹气。吃完了饭，母亲去洗碗，叶兰珍帮着母亲整理行李，一个人的行李很少，几件衣服而已。叶兰珍往母亲的行李里放入厚厚的一叠钱，她没有告诉母亲。母亲总说她啥也不缺，他们一个人每月的退休工资就够两个人花的了，要钱没什么用，但是叶兰珍仍然会偷偷地给母亲塞钱，好像这样自己的内心才可以找到一些平衡。

时间到了，叶兰珍将母亲送到了高铁站，一直陪着她到检完票进了站，她才放心。走出车站，看到天气晴朗，不停有车停下来，不停有人上车，下车，送别，那么多的人，自己仍然是一个人面对着这喧闹的世界。

日子一点点地流走，天气越来越冷，一个人的世界也越来越孤独。

林若诚早已习惯了一个人的生活，一个人上班，一个人下班，一个人吃饭，耳边少了周乔的唠叨。虽然周乔仍然会打电话给他，让他陪她去父母家吃饭，他从不拒绝。除了这些相聚的时刻，更多的是孤独。

某天下午，林若诚驾车去学校，他晚上要给学生开一个专题讲座。上了车，他打开车上的收音机，听着主持人用温暖的声音在向这个世界诉说。赶上了下班的高峰期，马路上已经十分拥堵，车子走走停停，就像这人生的道路一般。有的时候，你想疾驶而去，可是总有牵绊在阻挡着你。林若诚从车子的一侧摸索出了一包香烟，点燃了，用嘴唇夹住，车内开始烟雾缭绕。他是不吸烟的，只是偶尔，极其偶尔，才会用烟来排解一下内心的忧愁。

此时的林若诚有些疲惫，有些憔悴。他的头发长了，有些凌乱，但是依然有着好看的轮廓和纹理。他吸烟的样子好看，轻轻地吐出烟雾的样子让人着迷。男人真是越老越有魅力，这种魅力林若诚自己是感觉不到的。

二十分钟的车程开了足足一个半小时，终于到了学校。已是晚饭的时间，学生三五成群地结伴去吃饭。林若诚停好车子，正要往办公室去的时候，碰到了泮少阳。

“林若诚，等一下。”泮少阳锁上了他的宝马车，径直朝他走来。

“又来催我论文的事情?”林若诚问道。

“周乔怎么样? 听说她最近不太好?”泮少阳并没有接他的话，而是以一种审慎的眼神看着他。

“她很好。”林若诚回答，表情没有波澜。

“你觉得你对周乔了解有多少?”泮少阳突然问道。

“什么意思?”林若诚皱起了眉头。

“你了解她吗?”泮少阳继续问。

"当然了解。"林若诚底气十足地回答。

"哈哈哈。"泮少阳突然大笑起来。

"你笑什么？"林若诚皱着眉头反问他。

"你这个人，就是过于清高。"泮少阳有些不屑地说。

"难不成你比我还了解我的妻子？"林若诚疑惑地问道。

"你知不知道她的家庭情况？"泮少阳继续问道。

"家庭情况？相信大家应该都知道吧。"林若诚回答。

"那你有没有听说过她的外婆的故事？"泮少阳说。

"她的外婆？很早就去世了。"林若诚回答。

"那你知不知道她的外婆怎么死的？"泮少阳走近了一步，林若诚不由自主地后退了一点，他不习惯别人离自己的距离太近。

"她的外婆她都没见过，我又怎么知道呢？"林若诚的声音低下来。

"周乔的妈妈很小的时候，周乔的外婆就去世了，她是自杀的。"泮少阳压低了声音，但语气却相当有力量。

"她的外婆患上了精神分裂症，因为她的外公在外面有了别的女人，她接受不了这样的现实。精神病医院进进出出好几次，都没有治好，然后在某一个夜晚，在自己家里上吊自杀了。"泮少阳越说越激动，边说边靠近林若诚，林若诚顿感有一座大山压下来，他几乎不能呼吸。

“怎么可能?”林若诚喃喃自语，他从来不知道这个故事。

“怎么不可能?”泮少阳一脸的咄咄逼人。

“我怎么从来没有听说过?”林若诚不敢相信他听到的是事实。

“那是因为周乔太爱你了，她为了在你面前保持自己最好的一面，她隐藏了不为人知的另一面，她害怕失去你。”泮少阳几乎是吼了起来。

“你为什么要跟我说这些?”林若诚抬起头，认真地看着他。

“为什么？因为我担心周乔会走她外婆的老路，你的那些事周乔知道吗?”泮少阳怒目相对。

“我能有什么事?”林若诚垂下了头。

“跟你一起从酒店里出来的女人是谁?”泮少阳再次靠近他。

“你林若诚不是一向一副不近女色的形象吗？不是一直一副正人君子的形象吗？你默默注视着那个女人离开的眼神已经说明了一切。”泮少阳低吼着。

林若诚没有说话。寒风中，两个男人静静地立在那里，他们的黑色风衣都被风掀起了衣角，随着风飘摇。

“我们其实早就离婚了。”半晌，林若诚冷静地回答。

“什么?”这下轮到泮少阳一脸的意外。

“我们早在一年之前就办理了离婚手续。”林若诚平静地回答。

“我明白了，她现在的精神状态不稳定，一定是接受不了离婚这个现实，而她这个人又倔强，不想让别人知道她离婚的事实，只好独自承受，直到精神一步步地出现异常。”泮少阳有种恍然大悟的感觉。

“精神异常？”林若诚抬起头来，看着他。

“你还想继续隐瞒下去吗？她父母已经知道了她要跳海自杀的事情。”泮少阳回答。

“她现在状态怎么样？”林若诚追问他。

“不好。她的父亲让我帮忙找权威的精神科医生，要给她做进一步的诊断。”泮少阳用力地回答，好像是想通过声音的力度来证明周乔确实是病了。

“她现在在哪里？”林若诚又问道。

“我不清楚，只是接到老校长的电话，让我找医生，其他的我都不知道。”泮少阳的情绪慢慢稳定下来。

林若诚不知道泮少阳是怎样离开的，他只记得泮少阳愤怒的表情，只感觉他说的话一直在自己的耳旁回荡。直到有学生从他的身旁经过跟他打招呼，他才回过神来，然后看到身边三四个女生看着他诡异而又神秘地笑笑，他才想起他今晚还有讲座。抬起手看看手表，马上就到时间了，他迅速地收拾了一下心情，大步流星地朝着教室的方向走去。

几乎是卡着点走到教室里，林若诚刚一上讲台，台下便响起了热烈的掌声。林若诚环顾了一下教室，已是人满为患，连两旁的走道上也站满了人，这其中大多是慕名而来。在这所著名的学府里，几乎人人都知道管理系有一位形象好气质好讲课又好的老师，学生之间口口相传，林若诚就像是明星一般被学生追捧。这满足了他强烈的虚荣心，又或者说这让他心理上找到了平衡感。这让他暂时忘却所谓的职称和职务，只要看到学生认真听课的样子，只要想到能将自己所学的知识传授给更多的人，便觉得这人生也有了许多意义，那些人人都追求的钱与权，名与利，终究都会随着时间的流走而逝去。

林若诚侃侃而谈，平日里的他话不多，但一到讲台上，他就像打开了话匣子一般。讲到关键的部分时，林若诚眼睛一晃看到周乔坐在教室的最后一排。林若诚以为看花了眼，再次确认了一下，确实是周乔坐在教室最后一排的角落里，目光专注地看着他，这目光让林若诚有些不寒而栗。周乔什么时候进来的？还是一开始就坐在那里了？为什么自己一开始没有看到她？

再看看周乔，她微笑着看着林若诚，那笑容充满了爱意，充满了崇拜，充满了骄傲。林若诚的心里却有些慌乱，一想到下午泮少阳的那些话语就让他的内心不由地紧张起来，他尽量躲避着周乔的目光，找寻每一个可以依赖的学生的目光。一个小时的讲座很快结束了，很多学生久久不愿散去，有些学生跑到讲台上来跟林若诚交流。周乔就在教室最后一排的座位上等着，直到所有的学生都离开，周乔才站起身向他招手，林若诚点头回应着，收拾了一下材料，然后朝她走去。

“你怎么来了？”林若诚问道。

“我不能来吗？”周乔反问道。

“咱们外面说吧。”林若诚并没有回答她的问题。

夜晚的温度适宜，夜色朦胧之下，两个人安静地走在学校的小路上。此刻的周乔看起来就像是当年的那个大学生，林若诚无法将她与泮少阳口中那个有精神问题的女人联系在一起。

凉风习习，彼此好像都脱掉了心灵的外衣，显现出最本真的自我。空气中有几丝暧昧的气息，好像时光一下子回到了十几年前，那时的他们，青春洋溢，那时的他们，对未来充满期许。

“怀不怀念大学时光？”周乔突然问道。

“有些时候，挺怀念的。”林若诚回答。

此刻的他们才发现，不知道有多久，他们没有这么随意自然地交流过了，那些云淡风轻的日子早已消失不见，岁月在他们的容颜和心灵上刻下了深深的印记，他们早已不是以前的他们。

“可以送我回家吗？”周乔突然提出请求。

“好。”林若诚愣了一秒钟之后回答。

两个人一路走到停车的位置，上了车，周乔坐在副驾驶的位置，系好安全带，林若诚稳稳地发动了车子，校园里已是愈发安静。车子开出校门，马路上却还是车水马龙，街道两旁一派灯火辉煌，彼此沉默了几分钟，只有收音机里传来的音乐在响着。

“你最近还好吗？”林若诚问道。

“还好。”周乔淡淡地回答。是啊，能怎么回答呢？我最近一点儿都不好？倔强如她，骄傲如她，她是说不出来的。

又是一阵沉默。

“我现在和泮少阳在一起做一个项目。”林若诚说。

“他特别喜欢折腾。”周乔回答。

“我其实挺佩服他的。”林若诚说，眼睛一直盯着车子的前方。

“我有时候也在想，如果当初我选择了他，现在的我是什么样子。”周乔出神地看着前方，一副若有所思的样子。

“你是不是很后悔？”林若诚并没有回答周乔的问题。

“以前没有。现在，有那么一瞬间，我也在思索我的选择是否正确。”周乔长长地出了一口气，将头靠到了车窗玻璃上，安静地看着这夜色。

林若诚没有说话，只是安静地开车。他的脑子里浮现出泮少阳对他说的话，他不敢相信周乔的外婆患有精神分裂症，并且死于自杀，他更不敢相信周乔能将这件事情一直瞒着他。此刻，他更多的是担心，如果周乔真的有一天走上了这条道路，他一定一生都要背负自责与愧疚。

“泮少阳的儿子都好几岁了，如果……”周乔欲言又止。

“是我对不起你。”林若诚低声说。

“我太固执了。”周乔的眼泪已经掉了下来，但她没有让林若诚看见。

“泮少阳这种类型的人，追求的就是一切男人最想追求的那些东西，权力，名利，你和他们都不同。”周乔继续说着。

“我是不是看起来特别可笑？”林若诚问道。

“不，不是每个人都有这样的品质，大部分人都是随波逐流。但这个世界并不是非黑即白，能力与权力是无法衡量的，所有的事情都是相互作用的结果。”周乔的每一句话似乎都很有道理。

林若诚没有说话，他很想跟她聊一聊关于她外婆的事情，但是这样贸然提起又觉得很唐突。很多时候，我们不需要打破砂锅问到底，人总是想保有自己的自尊或是某种目的，总有一方极其隐蔽的世界，别人无法进入。

车子在黑暗里前行，道路两旁的灯是明亮的，就像人们一样，我们看到的是白天，但看不到的是无尽的黑暗，若你一直追求那一盏能够照亮前程的灯，就必然面对黑暗的如影随形。

车子开到了小区门口停了下来，两个人都默默地坐着。

“到了。”林若诚说。

“上去坐一会儿，好吗?”周乔说话的时候没有看他。

“这……”林若诚一时不知如何回答。

“就一会儿。”周乔还在坚持。

“那我送你上去。”林若诚回答。

两个人一起下了车。小区里安静无声，偶有三两行人经过，还有狗的叫声，谁也没有说话，只听到脚步声在一点点地向前。

上了电梯，到达了楼层，周乔打开了房间的门，接着打开了灯，灯光昏暗，静寂无声，有那么几秒钟的沉默。接着，周乔突然转过身来，搂住他的脖子，开始亲吻他。林若诚被她突如其来的行为吓坏了，一时不知道怎么办，当醒悟过来以后，他伸手去抓她的手，试图将她搂着他脖子的双手拿开。

但是她的力量非常大，好像用尽了所有的力气去拥抱他。

“周乔，你干什么?”林若诚边试图挣脱边说。

“我们复婚，好不好?”周乔边亲吻他边呢喃地回应。

“你清醒一点，好不好?”林若诚继续挣扎。

“我很清醒，这就是我最清醒的决定。”周乔没有停下她的动作。

“你觉得我们还能回到从前吗?”林若诚提高了分贝。

“我不要回到从前，我们就重新开始，好不好？”周乔仍然坚持。

“周乔，够了，你冷静点。”林若诚几乎是怒吼。

周乔愣住了，停下了手中的动作，慢慢地退到了客厅的一侧，她的神情有些涣散，头发乱了，双手不停地晃动着，好像要表达些什么。

接着，她像是突然想起了什么似的，开始到处翻找东西。她走到一个柜子面前，将柜子的抽屉一个个拉开，在里面胡乱翻弄了几下，好像没有找到她需要的东西。接着，她又打开了旁边的另一个柜子的抽屉，摸索了几下，她从里面拿出了一个小瓶子，颤抖着打开了瓶子。

“周乔，你在干什么？”林若诚走上前去，试图抢回她手中的小瓶子。

他没有抢过来，周乔抓得牢牢的，她顺势倒了几粒白色的药片到手掌心上，接着放到了嘴巴里直接吞下。

“你吃的什么？”林若诚看情况不好，一把夺下了她手中的瓶子。

“不要管我。”周乔挣脱了他的控制，朝他大声吼叫。

“你冷静点好不好？”林若诚再次试图去控制她。

“你走，赶紧走啊！”周乔歇斯底里地呼喊。

“你这个样子，我怎么能走?”林若诚为难地回答。

“你走不走？不走是吗?”周乔边说边四处看，好像在寻找什么，她在客厅里转了几圈，然后走到餐厅跟前，拿起桌子上的烟灰缸。

“家里怎么会有烟灰缸?”林若诚有些诧异地问道。

“你管我呢！你现在就走!”周乔不依不饶。

“我不走。”林若诚还是坚持。

“你走啊!”周乔怒喊着，将手中的烟灰缸直接扔了过来，正好砸到了他的额头上，林若诚本能地用手捂住了被砸的位置，他感觉到一阵热流从额头上涌了出来，他伸手一看，手上沾满了鲜红的血。

看到林若诚受伤了，本来还疯狂地喊叫的周乔一下子愣住了，好像突然清醒了一般，她迅速地走到他的面前。

“你受伤了。”周乔的语气里透着焦急。

“没事。”林若诚轻声回答。

“快，我给你包扎。药，药呢?”周乔慌了神，再次开始在抽屉里翻找。

很快，她拿出了药膏，还有创可贴。她先是在他的额头上喷了些药来消毒，接着将一个创可贴贴到了他的额头上。她的动作小心翼翼，十分轻柔，好像生怕弄疼了他一般。几分钟前那个疯狂的歇斯底里的女人不见了，取而代之的是一个细心温柔的女人。这一幕幕的变化让林若诚的内心百感交集，他现在大约知道她是真的病了。

“你真的病了吗？”林若诚抬起头来，一字一顿地问她。

眼前的周乔却不说话。她的眼睛没有光泽，就那么直直地看着前方，紧接着，她好像困了，眼睛一睁一合，反复几次之后，她顺势倒在地板上睡着了。

林若诚的内心说不出的痛，为什么周乔变成了这个样子？他陷入深深的自责之中。眼前的周乔是满脸的憔悴，四十一岁的她眼角也有了几条皱纹，她不再是年轻时那个朝气蓬勃的女孩。她老了，就像一朵花，到了凋零的时刻，就像一株草，到了枯萎的时刻。

他忍着额头的疼痛将她抱了起来，放到了卧室的床上。他给她脱掉了一件外套，然后给她盖上被子。他听到她均匀的呼吸声，他感觉到她沉沉地睡去，然后，他走出了房间，一个人躺到了客厅的沙发上和衣而睡。

第二日，林若诚醒来时太阳已经很高，他揉揉眼睛，看了看四周，确认了自己所在的位置。想到昨晚周乔的状况，他赶紧坐起身来，想看看周乔，却看到周乔端着碗从厨房里走了出来，然后将碗放到了餐桌上。

“你醒了?”周乔的表情平静，好像昨天什么也没发生，那个难以控制情绪的她完全消失不见了。

“你，没事吧?”林若诚一时不知道该如何问她。

“你看我像有事的样子吗?”周乔停下来，看着他。

“没事就好。”林若诚犹犹豫豫地回答，内心却有无数个问号。

“吃点东西吧。”周乔说。

林若诚愣了一下，然后站起身来，走到餐桌前坐了下来，周乔也一起坐了下来。

“你昨天吃的什么药?我看瓶子里已经空了。”林若诚问道。

“安眠药。”周乔淡定地回答。

“为什么吃安眠药?”林若诚继续问。

“最近睡眠不好。”周乔没有抬头，用筷子夹了菜放到嘴巴里。

“你需要去看医生。”林若诚肯定地说。

“不需要，我没病。”周乔也肯定地回答。

“要不我陪你去?”林若诚试探性地问。

“我说了，我没病。”周乔倔强地回答。

林若诚只好不再说话。两个人默默地吃完了东西，林若诚站起身来。

“我去上班了。”林若诚说。

“你的额头还疼吗？”周乔问道。

“没事了。”林若诚回答，“你确定不需要去医院吗？”林若诚仍然不放心。

“当然不用。”周乔回答得很肯定。

林若诚只好作罢，他跟她说了再见，然后离开了房间。走出大楼，走到马路上，阳光晴好，全身也好像增加了力量。走到自己的车子面前，他打开车子，上了车。他对着后视镜看了看自己的额头，他无奈地苦笑了一下，这个样子估计是没法去上课了。他发动了车子，朝着自己家的方向驶去。

8 秋　凉

叶兰珍在咨询行业做了十多年了，这十几年来，她见证了公司的成长。看着公司的规模越来越大，公司的业务范围覆盖得更广，公司的实力在国内已无人能及，甚至可以与世界知名的咨询业巨头相媲美。虽然她不争不抢，不勾心斗角，她一直希望自己活成一个纯粹的人，不向生活的阴暗面妥协，但是一切命运早已有了它的安排，她还是以最年轻的年纪坐到了副总的位置。

也许是职位的需要，也许更多的是为逃避现实，她疯狂地工作，如今的她终于体会到什么是真正的忙碌。早上刚到一个城市，谈完项目马上又飞到另外一个城市；有的时候从酒店里醒来，她也不知道自己在哪里，每次都是努力地想起当天要做的事情才知道自己到底在哪里；她几乎整日地穿梭于酒店和机场之间，拖着行李箱在机场和车站疾走，听到行李箱的轮子划过地面的声音，看着每一位来往的旅客，一个个像模像样，一个个冠冕堂皇，每一个人都在为生活奔忙，每一个都套着物欲的枷锁。有多少人可以追求心灵上的真正自由？又有多少人可以在现实与理想之间做出割舍？

当你什么都没有的时候，拼了命地去努力，去争取，每一个人都在为人们普遍的成功定义里的东西活着。你要有大房子，豪华车子，聪明的孩子，还要有大把的票子，当你这一切都拥有了的时候，你又会觉得厌倦，觉得生活过于平淡，总要追求些波澜，婚姻也是如此。在这个围城里待久了，总想看看外面的世界，特别是在婚姻这个围城内没有获得你所想要的东西，就更加想要获得一些补偿。说到底，还是人性太贪婪，每个人都想要得太多，即便你已经有了华丽的衣裳和璀璨的“石光”，还想要炽热的心和自由的灵魂。

因为工作的忙碌，叶兰珍跟方义明许久都没有碰面，他们就像是牢笼里的困兽一般，也许彼此都想着逃离这个笼子，但是又都没有勇气。叶兰珍没有勇气改变现实，方义明呢？自从上次母亲说他们俩不是正常的夫妻关系，叶兰珍心里也多了一分疑惑，她开始冷静地思考她跟方义明十几年的婚姻生活。思来想去，虽说他俩之间算不上亲密，但好像也没有什么明显不妥的地方。方义明平时工作很忙，但是叶兰珍每年的生日，他们的结婚纪念日，方义明总会抽出时间陪她一起度过，带她到最高档的餐厅吃饭，吃遍了全申城最好的西餐厅，每次总有贵重的礼物送给她，名牌香水、手表、包包，那些耀眼繁华的东西叶兰珍全部都有。以前同事总是羡慕她找了个好男人，叶兰珍也只是笑笑，心想这些东西她自己也可以买到，在她的眼里，这一切都是身外之物，都是给别人看的，为了那些浮夸和虚荣而忽略了人与人之间最本真的情感。

“你是身在福中不知福。”史晓文总是这么说她。

“什么是福？”有一次，叶兰珍特别认真地问她。

“有大房子，好车子，有个会赚钱的老公，你想去哪里旅游就去哪里旅游，不想工作就不工作，仍然有人可以养你，这就是福啊。”史晓文一脸的憧憬。史晓文已经三十二岁了，还是单身，也许叶兰珍所拥有的一切就是她想要追求的。

“那你想不想过真正自由的生活？”叶兰珍问她。

“难道拥有了这一切还不自由吗？”史晓文瞪大了眼睛，一副迷惑不解的样子，又带着一丝揶揄和善意的嘲笑。

“等你有了你就知道了。”叶兰珍顿觉对话无法进行下去，于是想结束话题。

“别呀，你来给我说说，什么是真正自由的生活？”史晓文拉住她的胳膊想要继续讨论该话题。

“也许就是能做任何你想做的事而不用受到外界的牵绊。”叶兰珍也无法给出明确的定义。

“你这是理想主义，这个世界哪有什么绝对的自由？任何事情都必须有取舍，关键看你最想要的是什么。你譬如我吧，我就很自由啊，我单身一人，可是我整日被催婚，这又是我的不自由。”史晓文也是一脸的无奈。

叶兰珍看着史晓文，觉得她说得很有道理，每个人都是生活的哲学家，如果没有这些哲学的心态，怎么能将生活继续下去？

“谢谢，很有道理，继续干活。”叶兰珍笑着拍拍史晓文的肩膀，然后埋头在一堆文件当中。

现在的史晓文是叶兰珍得力的助手，两个人在一起工作时间久了，配合比较默契，叶兰珍也有意培养自己的身边人，不至于在遇到重大决策的时候孤身作战，职场十几年，就算是耳濡目染也学会两招了。

“你这是害我呀，天天跟着你到处出差，我哪里还有时间谈恋爱？”史晓文半开玩笑半认真地说。

“你这个年纪，应该去飞机的头等舱寻找偶遇，什么外企高管啊，精英骨干啊之类的。”叶兰珍取笑她。

“我这个年纪怎么了？我坚持到现在还不把自己嫁出去，就是为了等待真正的爱情到来，我要结婚，一定是嫁给爱情。”史晓文理直气壮地说。

“如果能跟最优秀的人碰撞出爱情的火花，岂不是更完美？”叶兰珍说。

“那倒是，面包也有了，爱情也有了，简直完美。”史晓文边说边摆出一副对未来充满向往的样子，好像她的白马王子真的就在她的面前。

叶兰珍无奈地摇了摇头。女人到任何时候都是憧憬纯粹的爱情的，每个女人的梦里都有一个自己臆想出来的完美的男人，不是骑着大白马就是开着大宝马来把自己接走，从此过上幸福快乐的生活。然而每个人都清楚，所有幸福快乐的背后都是琐碎的日子，那些需要小心处理的人与人之间的关系，那些你独有的个性与棱角都要慢慢收缩，总是有人要牺牲掉自己的一部分来成全另外一个人，来维护一段美好的关系，时间越久，就越乏味直至厌倦这种妥协。

也有些婚姻，是不需要这种相处过程中的妥协的，叶兰珍跟方义明的婚姻就是如此。

叶兰珍在全国各地飞了几个城市之后，终于暂时结束行程回到申城。一下飞机，扑面而来的是国际大都市的气息，世界上最顶尖的人都汇集在这里。看看身边走过的人，每一个都气宇轩昂，每一个都华丽盛装，那些让人眼花缭乱的巨幅海报，都在昭示着这个城市的魅力。

“回到申城，才感觉是到了人间。”史晓文感慨道。

“是啊，在这里生活了近二十年，越来越发觉这座城市的魅力。”叶兰珍也是同样的感受。飞了全国各地那么多的城市，没有一个地方让她如此热爱。

“你当年为什么考这里的大学?”史晓文问道。

“我想，这个答案对于任何一个来这里的人都是一样的，因为这里代表着未来和梦想，你不也是吗?”叶兰珍转头望向史晓文，这个同样毕业于申城的高校的女孩。

“你年轻的时候想象的未来是什么样的?”史晓文问道，眼睛里满含着回忆，像是回忆青春的路程。

“就是你平时跟我说的那些，什么都有，想干嘛就干嘛。”叶兰珍回答。对于每一个年轻人来说，所能想象的未来只能用金钱与物质来衡量。

“你都实现了啊。”史晓文紧追着叶兰珍的脚步。

“不，当我的人生走到现在这个阶段，我才发现年轻时幻想的未来的模样只是其中一种。所有人的未来都有很多种样子，而且，每个人生阶段，心境是完全不同的，其实所有人真正的未来都是一样的，那就是死亡。除了死亡之外，人们所需要做的事就是活好每一个现在。”叶兰珍像是发出了一番感慨，她说的话像是在回答史晓文的问题，更像是对自己的劝慰。

“是不是我也不需要幻想未来的另一半到底是什么样的?”史晓文开玩笑似地说。

“你可以幻想，但无需强求，冥冥中一切都已注定。”叶兰珍回答。

“那我们现在最重要的是不是先把晚饭解决了？”史晓文一本正经。

“对，火锅吧，我请客，辛苦你跟我跑了那么久。”叶兰珍回答，两个人相视一笑，加快了步伐向打车的地方走去。

一出门，冷风袭来，虽是深秋，但是傍晚已经明显的冷了起来，两个人不由自主地裹紧了身上的大衣。等出租车的地方已经排起了长长的队伍，夜幕将至的申城略显落寞，如果不是因为车水马龙，如果不是有这些人声鼎沸，熙熙攘攘，人的心便一下子变得孤独又惆怅。

终于等到了出租车，她们上了车，让司机师傅直奔市中心一家有名的火锅餐厅，叶兰珍和史晓文经常来这里吃。不知道是不是因为年纪越来越大，抑或是因为一个人过得有些孤独，每次去吃火锅都能让她重振力量，找到生活的勇气。也许人就应该过得有烟火气，柴米油盐酱醋茶才是活生生的日子，琴棋书画诗酒花只是生活的点缀。

到了餐厅，正是人们下班后聚会的时间，整个餐厅里坐满了人，她们只得找一个角落的位置坐下来。像往常一样，叶兰珍点了她们最喜欢的鸳鸯锅，菜也是往常的那几样，肥牛、肥羊、土豆片、海带丝、豆腐皮、白萝卜、菠菜等，这些菜是她们一直喜欢吃的，所以每次来，都点这些。有时候叶兰珍也想尝尝其他几乎没点过的菜，但犹豫再三，最后还是选了她爱吃的那些，史晓文也是如此。也许每个人都是如此，一开始是因为喜欢这些菜，再后来是因为习惯了这些菜，所以就不再尝试其他新的品种。仔细想想，这跟生活是多么一致啊，我们大多数的人都是因为喜欢而走到一起，再后来，我们因为习惯了这样的生活从而就停止去尝试其他的生活方式。

两个女人慢慢吃着，慢慢聊着，火锅里咕嘟咕嘟地冒着热气，史晓文因为吃了太多的辣椒而不停地吐舌头，喝凉水，眼泪也流了出来。

“吃个火锅眼泪都出来了，佩服啊。”叶兰珍看着溢出眼泪的史晓文说。

“唉，你不懂，流泪也是一种能力，你啥时候也流眼泪给我看看?”史晓文一边说一边往嘴巴里夹菜，依然辣得流泪。

叶兰珍愣了一下，夹着土豆的手在半空中顿了一下，土豆因为熟透了，一秒钟的工夫便掉进了锅里。叶兰珍有点恼怒，那种恼怒是极其轻微的，这是她天生的个性使然，她总是看起来很平静，很淡然，好像什么都与自己无关的样子，其实她的心里也有波澜。叶兰珍又夹起了一片肥牛放进嘴巴里，没有说话，脑子里却一直回荡着史晓文的那句话，流泪也是一种能力。

回想起来，叶兰珍流泪的次数真的不多，当着别人的面流泪的次数更是屈指可数。从小的时候开始，无论是受到委屈了还是学习上受到挫折了，她总是一个人默默躲起来，把自己关在屋子里，然后蒙头大睡一觉，或者在被窝里流几滴眼泪，然后醒来又没事了。她是那种外表温柔内心却很坚定的女孩子，情感不容易外露，对她来讲，学会流泪也是一种能力。

“认真讲，你跟你先生感情怎么样?”史晓文说着放下了筷子，非常严肃地看着她，好像非常期待她的回答。

“怎么样? 怎么说呢，我好像也说不清楚。”叶兰珍有点回避这个问题。虽然跟史晓文关系不错，但叶兰珍轻易不会吐露自己的心声，更何况，还没有人知道她的生命里有个林若诚，她把他藏在心里啊，很深很深的心里。

“你看周围的人个个都在秀恩爱，只有你，很少见你提到你先生。”史晓文也许感觉到叶兰珍的刻意回避，只说了这么一句，又接着吃起来。

“其实我一直在想，我是不是需要离婚。”叶兰珍突然蹦出来一句。

“什么?”史晓文瞪大了眼睛，正嚼着东西的嘴巴也停了下来，一脸错愕。

“我一直在考虑我要不要离婚。”叶兰珍看着史晓文的眼睛，又重复了一次。

“为什么要跟一个能赚钱又优秀的男人离婚？这是脑子进水了吧？”史晓文虽然对叶兰珍的生活有些疑虑，但从没有想到她会有离婚的念头。她的想法很简单，叶兰珍已经三十八岁了，她的先生已经四十多岁，两个人结婚这么多年一直没有孩子，但是婚姻一直能够持续下去，一定是因为感情很好，她刚才问叶兰珍夫妻感情怎么样，实际上是想旁敲侧击没有孩子的原因，没想到叶兰珍却突然说出了这么一句让人意想不到的话。

叶兰珍陷入了沉默，她发现她无法解释为什么想要离婚。她能说方义明对她不好吗？按照世人的眼光，方义明对她应该算是不错的，她所拥有的贵重的东西全是方义明给她买的，她更没法说她跟方义明十几年来夫妻生活的次数实在有限，好像彼此都没有什么热情。最没法说的，是她出轨了，她从小受到的教育和她所有的尊严让她将一切都只能埋在心底，无法诉说。

“就是感觉厌倦了吧。”叶兰珍沉默了半天，编出了一个理由，这个理由其实并不算牵强，因为这个理由是所有婚姻里的通病，厌倦是婚姻最大的敌人。

“唉，真是城里城外啊，一点没错。”史晓文也感叹道。自己单身这么久，一直希望能找一个情投意合的男人结束自己的单身生活，可是天不遂人愿。

“不说这些让人头疼的事了，谈谈咱手头上的几个项目吧。

接下来的几个月，可要连着作战了，你可要做好心理准备。”叶兰珍笑着说。

“我一直准备着呢，我随时都准备着迎接一大摞钱砸我头上呢。有项目我开心呀，反正一个人也是无聊，充实的工作可以让人忘却烦恼。”史晓文也有相同的体会。

“好，那就一起加油吧。”叶兰珍伸出手，要跟史晓文做出击掌的动作。

“一起加油。”史晓文意味深长地看了她一眼，然后两个人的手掌啪地一声击在一起，结实有力。

吃完火锅，已经九点半了，两个人到餐厅的门口等出租车。叶兰珍看着史晓文上了出租车，听到史晓文回过头来跟她说再见，看到她灿烂的笑，自己心头的那层雾也慢慢地散开了。生活不就是这样吗，如果你自己不拥有灿烂的笑容，那么每一天都是阴天。

叶兰珍招来一辆出租车回家，一上车，司机师傅是个话痨，一个人啰里啰嗦地说了很多，叶兰珍偶尔回应一下。窗外是无边无际的黑，还有或明或暗的光，那一扇扇窗后面都有着一个个不同的故事吧。

很快，出租车便驶到了小区的门口，付了钱，她拖着重重的行李箱下了车。小区里黑漆漆的，偶尔有几个人在散步，大部分的人估计都睡了吧。叶兰珍上了楼，拿出家里的钥匙，轻轻地打开门锁，发现卧室的灯还亮着，然后听到方义明穿上鞋子走出来的声音。叶兰珍放下箱子，脱掉大衣和高跟鞋，穿上拖鞋，立刻从一个职场女性变成了居家小女人。

“回来了？”方义明走过来。

“嗯。”叶兰珍有点奇怪，方义明的声音里有难得的温柔，让她一下子有点不习惯。她认识的方义明是一个粗线条的男人，脑子里永远只有工作，说话也是铿锵有力，他的性格跟林若诚完全相反。

“我先去洗个澡。”叶兰珍说话的时候并没有看他，而是径直朝着洗手间的方向走去，她的内心有点慌乱，脑子里有无数个疑问在打转。

打开洗手间的灯，她将满是火锅味的衣服一件件地脱掉，拧开水龙头，不一会儿，热水就哗啦啦地流出来了。叶兰珍先是站在镜子面前看了一会自己。镜子里的自己有些憔悴，有些茫然，又有些失落，她感觉已经很久没有听到自己内心的呼唤，就像是一个被生活摆布的僵尸一般，似乎每日都过得匆匆忙忙，但只有在这么一个安静封闭的空间里，她才会感觉到自己的真实存在，她知道她在期待什么，知道内心的渴望与呼唤。

一个人站在那里愣了半天，浴室里已热气腾腾。走进浴缸里，拉上浴帘，让热水从头浇到全身，这个时候她才有一丝恢复元气的感觉，那些孤独与疲惫好像都被热水浇走了，只留下一个鲜活的还在呼吸的她。沐浴乳抹在身上，有股奇香，这让她想起林若诚身上的味道，她喜欢闻他身上的味道，她知道这味道并不是单独某种沐浴乳或者某种香水的味道，而是一个人长年累积的生活习惯形成的味道。她没有机会真正地融入他的生活，她离他还很遥远，她跟他所共同拥有的，只是瞬间的欢乐。

叶兰珍还沉浸在回忆当中，回忆每一次跟林若诚在一起的欢愉，那些柔软的尽情的瞬间都让她无比沉迷。突然，她感觉有人走了过来，拉开了她的浴帘，她的头发刚刚冲洗干净，脸上还满是水，转身看到方义明站在跟前。她本来有些诧异，刚要说话，方义明径直过来抱住她，并且开始亲吻她。叶兰珍一阵错愕，接着便开始反抗，她努力地想要推开他，但是方义明一向力气极大，双手仍然死死地抱住她，这让叶兰珍有些喘不过气来。

“方义明，你放开，你疯了吧?”叶兰珍大声地说。

“我没有疯，你是我老婆，我抱我的老婆有什么错?”方义明还在抱着她亲吻她，叶兰珍心底却泛起一阵阵的厌恶。

“你快给我松手!”叶兰珍猛地转身，拿起水龙头就往方义明的身上浇去，热水哗哗地浇到方义明的头上，方义明不得已松了手，然后不停地抹脸上的水。

然后，就是彼此的沉默，死寂一般的沉默，只有叶兰珍手里的水龙头哗哗流水的声音。方义明一脸狼狈地站在那里，叶兰珍光着身子，头发凌乱，眼神里布满惊恐，又带着委屈和无奈。

“对不起。”方义明轻声说，语气里满是愧疚。

“对不起什么？”叶兰珍质问。

“不该来侵犯你。”方义明低下头，不知所措，和他平时的样子大相径庭。

“一个男人去拥抱亲吻自己的妻子是侵犯吗？”叶兰珍突然用尽了所有的力气，大声地朝他吼道，几乎是歇斯底里地喊叫。

方义明抬起头来，满脸疑惑地看着她。

“为什么？为什么十几年来，你几乎没有主动来亲吻我拥抱我？是我不够好吗？还是你有其它女人？”叶兰珍双眼噙满了泪水，积压了十多年的情绪今天终于爆发了。

“我没有。”方义明怒吼着，这声音让叶兰珍相信他的回答是真的。

“那到底是为什么？你告诉我，我们有着美好的开始，我曾经以为我的婚姻是最完美的，可是事实呢？你给我制造了一个牢笼，你让我永远无法逃离出去，我们离婚好不好？离婚，给彼此自由，放过我，也放过你自己。”叶兰珍已经情绪失控，她语气焦躁，又有些癫狂，她看着方义明，期待着方义明的回答，眼神里还带有惊恐。

“我不离婚。”方义明面无表情地回答。

“为什么?”叶兰珍紧紧追问他。

“我给你的还不够吗?那些人人都羡慕的东西你都有了，你无需奋斗，不需努力，房子、车子，都在你的名下，名牌衣服、包包、化妆品，这些别人永远无法企及的东西你唾手可得，你知不知道这世界上的大多数人都在为了鸡毛蒜皮的东西计较，而你不需要。”方义明突然也怒了，刚才的颓败立刻消失，他原本的模样瞬间恢复，又成了那个雄心壮志，自信满满的人。

“你觉得我就是一个爱慕虚荣的女人，对吗?”叶兰珍一脸的嘲笑。

“因为你拥有这些东西，所以才不在乎，可你知道那些因为贫穷而苦苦挣扎的人的痛苦吗?”方义明一脸的义正言辞，说完，他转身离开了，留下叶兰珍一个人愣在原地。

叶兰珍已经不记得自己是怎么走出浴室的，也不知道哪里找到的衣服，她的脑子里一片空白，她只记得自己一个人走到房间里，无力地躺在床上。也许是身体太累了，也许是心太累了，也许是吵架消耗了太多的精力，没有多久，她就睡着了。另一个房间里，方义明不知道在做什么，灯，亮了一整个晚上。

天气越来越寒冷，申城的冬天不比北方暖和，穿着羽绒服也抵挡不住寒风的侵入。叶兰珍忙着几个项目，接近年底，公司各个部门都在冲刺业绩，叶兰珍也不例外。她整日穿梭于各个城市之间，跟各大企业的领导谈合作，吃饭，喝酒，一个饭局接着另一个饭局，她强迫自己适应这种推杯换盏的生活，她带着微笑去为企业换取利润，她告诉自己，这就是真实的生活。

一个温暖的冬日，阳光极好，梧桐树上已经几乎没有了树叶，可以透过枝枝杈杈看到细碎清冷的阳光洒下来，路上还有铺满的黄叶，极好看的黄叶。叶兰珍的心情有些低落，她不知道自己日思夜想的人在哪里，什么时候会出现。思念一阵阵袭来，她决定提前离开办公室，到附近的小马路上走一走。

刚走出办公大楼，她远远地看到一个人站在对面的马路上，仔细看，竟然是林若诚，是她日思夜想的林若诚。叶兰珍的血一下子涌到头上，身体所有的细胞都开始活动起来，她想冲过去，不顾一切地冲过去，她的心在狂奔，脚却一动也不动地站在原地，就那么远远地看着林若诚。

对面的林若诚一袭黑色风衣，头发依然长长的，叶兰珍说过她喜欢他头发有点偏长的感觉，自那以后，林若诚就总是留着同样长度的发型。他心里有一股莫名的执念，好像头发一直留着，他跟叶兰珍就会一直保有某种关系，这关系让他的心有着难以言说的喜悦和期待。

看了几分钟，叶兰珍朝林若诚走去，每一步都结实有力。她的手里拿着钱包，她的风衣的衣角随风飘着，她的高跟短靴干净明亮。而他呢？也是一样。他的风衣的衣角也被风吹起来，随着风飘摇，他的鞋子也是干净明亮，他将双手插在衣服兜里，微笑着又期待着她走来。

叶兰珍走到林若诚的跟前，站在那里没动，就这样安静地看着他的眼睛，漂亮的眼睛，些许的憔悴，带着无奈，还有思念。她能读懂他，真的能，她知道他的心和她是一样的。距离上次见面已经有两个月的时间，她所有的焦灼他都有，若别人不知，那这路边纷纷的落叶一定知道他们对对方的思念。

“你怎么来了？”叶兰珍微笑着，抑制住内心的激动和委屈，声音听起来却有些哽咽。

“想你，非常想你。”林若诚说着伸出手来抚摸她的脸庞。

“我也是。”叶兰珍低声回答。

“跟我走吧，带你去个地方。”林若诚拉着她的手说。

“现在吗？”叶兰珍问道。

“对，如果你方便的话。”林若诚回答。

“好。”叶兰珍没有任何的犹豫。

林若诚的车子就停在路的旁边，叶兰珍跟着他上了车，依然是熟悉的味道，熟悉的感觉。看林若诚静静地开车的感觉都是好的，轻柔的音乐轻轻地响着，像一股溪水静悄悄流过，坐在副驾驶的位置上，隔着那么一点点距离，已经可以闻到林若诚的气味，这是她日思夜想的气味。车窗外，是不停地落在身后的树木，高大的法国梧桐，树叶所剩无几的法国梧桐，仅有枝枝丫丫的法国梧桐。

“去哪里？”叶兰珍忍不住问道，她偏着头看着他的侧脸，看着他高挺的鼻梁和完美的下颌线。

“到了你就知道了。”林若诚转过头看了她一眼，给她一个温暖的微笑。他只这么一笑，她就醉了，醉在他美好的模样里。

“最近工作怎么样？”叶兰珍试图找些话题。

“还好。”林若诚说完苦笑了一下，看得出他对现实的无可奈何，那些热衷于政治斗争的人血液里就喜欢你争我抢，耗尽精力去获取他们想要的东西是他们的天性，而林若诚骨子里的高傲让他不屑于做这些事情。

“听说高校各方面竞争都很激烈。”叶兰珍说。

“是啊，人才济济，可谓是八仙过海，各显神通。”林若诚半天玩笑地说。

“你总是希望活得纯粹。”叶兰珍说。

“你不也一样吗？”林若诚并没有看她，眼睛紧紧地盯着前方。

叶兰珍转过头看他一眼，心想，也许这就是他们互相吸引的原因，互相吸引也是一种天生的力量，因为相同的秉性相同的追求而向彼此靠近。

“你呢？工作顺利吗？”林若诚抬起手腕看一眼手表，顺便看了看她。

“没什么太大变化，唯一的就是越来越忙碌，忙碌的好处就是让我没有时间胡思乱想。”叶兰珍给他一个暗示的眼神，她想告诉他，她是有多么想他。

林若诚顿了一下，然后伸过手来，抚摸了一下她的头，叶兰珍顿时觉得温暖四散开来，从发梢到指尖。

大约四十分钟后，车子在一个公园门口停下。林若诚将车子熄了火，然后下了车，叶兰珍也跟着下了车。已是接近黄昏时分，大大的红红的太阳挂在天边，金黄色的光散向人间万物。四周没有一个人，静悄悄的，只能听到风的声音，听到树叶哗哗落下的声音。两个人一起朝公园走去，脚步踏在树叶上，沙沙地响。

一走进公园，叶兰珍有点被震撼到了，满地的金黄的银杏叶，一眼望不到边际，大片的银杏叶随着风簌簌落下。

“真漂亮啊。”叶兰珍轻声说。眼前的景色是让人窒息的美，是散发孤寂的美，是令人雀跃的美。

“喜欢吗?”林若诚双手放在兜里，侧着头微笑着看她。

“喜欢啊。”叶兰珍从地上捡起一片叶子，递到林若诚的手里。

“这是看银杏最好的季节。”林若诚接过树叶来，拿在手里把玩。

“所有的风景，只有跟心爱的人在一起才称得上风景。”叶兰珍说。

两个人沿着小路一直往前走，厚厚的叶子可以盖住一半的鞋子。林若诚伸出手来牵住她的手，叶兰珍时不时地用脚掀起那一堆堆的落叶，风在云梢，鸟儿在叫，斜阳洒下来，照在他们的身上。

走了很久，找了一个长椅坐下来，两个人相坐无言，谁也不知道如何开启话题，只是安静地坐着，看树上的银杏叶悄悄落下。

“她怎么样?”叶兰珍还是先开口了。

“不太好。”林若诚回答，忧心忡忡的样子。叶兰珍看了他一眼，等着他继续说下去。

“大多数情况下，她都像正常人一样，看不出任何问题，但是她情绪失控的频率越来越高，常常歇斯底里。”林若诚说着拿出了一支烟。他将烟放在嘴唇处轻轻地衔住，从兜里拿起打火机打着了火，他轻轻地歪着头将香烟伸到打火机的火苗处，他的微长的头发有一缕散了下来，香烟点着了，他吸了两口，便有烟雾散开来。

叶兰珍静静地看着，听着，就像是听故事一般。

“如果我对她好一些，是不是她的病情就不会发展成这样?”林若诚吐出一个大大的烟圈，黑亮的眼睛里有着复杂的，交织在一起的情绪。

叶兰珍看得出来，他吸烟的频次越来越高了。

“她的外婆是因为精神病自杀身亡的。”林若诚长长地舒了一口气。

“前不久她失控拿了烟灰缸砸到我的头上，你看，这里。”林若诚说着将额前的头发掀起来，叶兰珍这才发现，头发盖住的地方是一个明显的疤痕。

“她的父母也知道了她的状况，找了美国著名的精神科医生，现在父母带她在美国看病。”林若诚说着又苦笑了一下。

“如果我没有跟她结婚，就不会跟她离婚，也许她就不会患病，也许我也不用活得这么不勇敢。我知道很多时候，我们的选择都是抱有一定的目的性，最终，我们都会为这些人性的弱点承担相应的代价。”说话的工夫，一支香烟已经燃尽，林若诚将最后的烟头熄灭，扔到了旁边的垃圾桶里。

“她是爱你的。”叶兰珍轻轻地吐出一句。

“刚开始的时候，我会觉得她对我的爱是那么真切，时间久了，这种爱让我觉得是一种负担，最后便成了绑架。”林若诚幽幽地说，眼神陷入回忆当中。

叶兰珍不知道该说什么，她只是伸出手来握紧了他的手。

一只皮球滚到了他们的脚前，林若诚捡起了皮球，远远的，一个小男孩气喘吁吁地追了过来。

“这是我的球。”小男孩跑到他们的跟前。

“宝贝慢点儿跑。”孩子的父母很快追了过来，有些嗔怪有些心疼地摸着小男孩的头发。小男孩四五岁的样子，眼睛亮亮的，可爱至极。

“快叫叔叔阿姨。”孩子的父母对小男孩说。

“叔叔，阿姨。”小男孩奶声奶气的，声音清脆。

“孩子真可爱。”叶兰珍伸手去摸小男孩的头，小男孩调皮地躲开了。

“你们有了孩子，就不觉得可爱了，每天都调皮得要命，能把人累死。”孩子的母亲像是在抱怨孩子的调皮捣蛋，但话语间有着掩藏不住的幸福。

林若诚将球递给了小男孩，小男孩抱着球迅速地跑掉了，孩子的父母又开始追。林若诚和叶兰珍互相看看对方，也许在他们的心里，都有一个共同的念头，他们会共同拥有一个属于彼此的孩子吗？

太阳已经完全落山了，风更大，空气更冷，银杏叶依然不断地落下。

“回去吧，天气有些冷了。”林若诚提议道。

“好。”叶兰珍回应着。

两个人手牵手走出了公园，就像是一对相亲相爱的夫妻一般。上了车，顿时觉得暖和了很多，林若诚发动了汽车。大约五分钟后，汽车在一家豪华酒店的门口停了下来，像是心照不宣一般，叶兰珍默默地跟在林若诚的身后，看着他拿到了房间的房卡，然后又默默地跟着他上了电梯，走到房间的门口，听到房卡打开房门的声音，推开门，再关上门，叶兰珍像是松了一口气一般。

房间里中央空调开着，很是温暖，林若诚开了一个小灯，桔黄色的灯光让房间充满了暧昧的气氛。林若诚脱掉大衣，从衣柜里拿了一个衣架，将大衣挂在了衣柜里面，转过身来，伸手去给叶兰珍脱掉大衣。他的手触碰到她的身体，她就开始全身发抖，他帮她把头发搂到肩后，脱掉了她的大衣，又从衣柜里拿了一个衣架，将大衣挂在了衣柜里面，然后转过身来，将她抱在了怀里。

在他的拥抱下，她的身体开始变暖，她伸出双手，搂住他的脖子，主动去亲吻他，这是她期盼了很久的时刻。他的修长的柔软的手指热烈地回应着，她闭着眼睛慢慢地享受着他的爱抚，又偷偷地睁开眼睛看了看他，她看到他紧闭着眼睛，她看到他浓浓的眉毛，她看到他漂亮的眼睛的形状，她知道他是爱她的，顿时就觉得这一切的一切都值得，为了爱，飞蛾扑火也是她所愿意的。

她不知道自己的衣服是怎么样一件件被褪去，她只知道彼此属于彼此的那一瞬间是最真实和永恒的，抛掉这世间所有的伦理与束缚，只有人类最原始的欲望在支配着自己，忘却了烦恼，享受着这片刻的欢娱。

许久之后，房间里只剩下了安静，安静到可以听到空气流动的声音，可以听到窗外的风摇晃树枝的声音，可以听到彼此心跳的声音，她躺在他的怀里，慵懒地靠在他的胸前，沉沉睡去。

醒来已是夜晚。林若诚抬起手腕看了看表，八点二十五分。

“饿了吗？”林若诚靠过来，亲亲叶兰珍的额头，她也靠过来，亲吻他的唇。

“饿了。”叶兰珍睡眼惺忪地回应着，房间里的温度和气氛让她觉得人生美好，那些让她忧虑和纠结的东西都抛在了脑后。

“想吃什么？”林若诚问道，边说边想起身。

“都可以。”叶兰珍边说边起身穿衣服。

“楼下有西餐厅，一起去看看吧。”林若诚说着也站起身来，自己先穿好了衣服，然后帮叶兰珍穿上外套，两个人一起走出了房间。

五星级酒店的装饰十分豪华，就连走廊里的地毯看起来都十分高档，踩在上面没有声音，静悄悄的。两个人肩并肩地走着，按了电梯的按钮，等待着电梯静静地到来。电梯内也是安静无声，他们时不时地互相看一眼对方，然后深情地笑笑，这种默默的温情让彼此都觉得踏实安全。

位于酒店一楼的餐厅面积很大，这个时间点，餐厅里已经几乎没有什么人，只有几个服务员在小声地谈论着什么，看到他们进来，一个年轻的女服务员马上迎了上来。

“二位，晚上好。”服务员满脸的笑容，一看就是经过专业培训的。

“你好。”林若诚回应着，然后两个人找了个位置坐了下来。

“这是我们的菜单，麻烦两位先看一下。”服务员说话干脆利落。

“好，我们看好了叫你。”林若诚对服务员说。

“好，两位先慢慢看。”服务员说着退了回去。

“你看看吃什么？”林若诚问叶兰珍。

“这么晚了，少吃点，我最近饭局太多，都胖了。”叶兰珍自言自语。

“哪里胖？摸着都是骨头，肯定最近工作太多了，累瘦了。”林若诚一脸心疼地看着她，叶兰珍有些不好意思，将头微微低下。

“我来点吧，你负责吃就行了。”林若诚说着叫来了服务员，服务员很快赶到了他们的餐桌跟前。

“两份牛排，八分熟，奶油蘑菇汤和罗宋汤各一份，三文鱼蔬菜色拉一份，煎面包片配鹅肝酱一份，再来瓶红酒。”林若诚点完菜，将菜单递给了服务员。

两个人面对面坐着，顿时不知道说什么，只是看着对方笑，笑得有点无奈又有些尽情，他们彼此都清楚他们的现状，但是彼此在一起的幸福与愉悦是无法替代的，所以，只有享受在一起的分秒时光。

菜很快上来，两个人慢慢吃着，餐厅的灯光让人觉得温暖。

“为什么跟你在一起吃饭，也觉得很踏实？”林若诚边切牛排边说，并没有抬头。见叶兰珍半天没反应，这才抬起头来，认真地看着她，好像他真的在等答案，这个问题他看似是在问叶兰珍，其实更多的是在问自己。

叶兰珍也没有明确的答案，因为她跟林若诚有相同的感受。

为什么跟他在一起吃饭也很踏实？那么跟方义明呢？从一开始她就没有这种感受，她总是为自己的婚姻找各种解释的理由，但是当一个让她奋不顾身的男人出现时，她才发现借口与理由都是多余的，所有的感受都是真实的。

叶兰珍静静地思索着，慢慢地咀嚼着食物。牛排软硬适中，香气扑鼻，她时不时地呷一口红酒，酒杯里的红酒越来越少，林若诚再给她添上。最近频繁出差，饭局那么多，没有哪一顿饭吃得如此开心，没有哪一次酒喝得如此通透；林若诚兴致也高，喝了好几杯，似乎话也多了起来，跟她谈论着高校里的事情，还有他的专业知识，叶兰珍听得津津有味儿。

“你怎么懂得那么多？”叶兰珍一脸崇拜地看着林若诚，她的脸因为喝了红酒而变得绯红，眼睛里也有迷离的光，似乎微微有点醉了。

“你在你的行业里，也是懂得多的。”林若诚微笑着回答。

“我每次出去谈项目，看到那些企业的领导人在酒桌上高谈阔论，谈笑风生，看他们推杯换盏，我就会想到你，你跟他们都不一样。”叶兰珍趁着酒劲，说出了她一直不敢说的话，她想告诉他，她是有多么爱他。

“谢谢你。”林若诚温柔地抚摸了一下她的脸，叶兰珍趁机握住了他的手。

“希望到很老的时候还可以见到你。”叶兰珍深情地看着林若诚，眼睛里满是期待和幻想。

“我也想。”林若诚回答她。

“不好意思两位，我们餐厅今天晚上马上结束营业了，请两位尽快就餐。”一个男服务员跑到他们餐桌前，一脸职业化的微笑。

“好，我们吃好了，费用挂账吧。”林若诚回答。

“好的先生，祝二位晚安。”服务员热情地回答。

林若诚站起身来，叶兰珍也跟着站起来，身体有些摇晃，林若诚赶紧过来扶住她，叶兰珍这才没有摔倒。

林若诚一路搀扶着叶兰珍走回房间，一关上房间的门，叶兰珍就紧紧地搂住林若诚的脖子，力量大到让他有些无法呼吸。

“你喝醉了。”林若诚边试图拉开她的手边说。

“多么希望能一直醉着啊。”叶兰珍的手渐渐地松开了。

“睡一会儿吧。”林若诚说着把她扶到床前，给她脱掉了衣服让她躺下。

“睡觉跟醉酒有共同的作用，那就是让人忘记现实。”叶兰珍再次勾住了他的脖子，林若诚被她带着一起躺在了床上。

林若诚的脸跟叶兰珍的脸只有几厘米的距离，他看着她安静地闭着眼睛，眼珠时不时地动几下。她的睫毛长长的，她的鼻子小巧又好看，她的皮肤白里透红，她的嘴唇也是红红的，他忍不住亲吻她的唇，亲吻她的脸颊，亲吻她的脖颈，有些醉意快要睡着的她被这些吻给唤醒了，她开始享受着回应着，之于精神上的融合，身体上的融合好像来得更容易一些。也许仅仅因为这一切都是本能，就像是一阵烟花的炸裂，过后，又归于平淡或宁静。

叶兰珍静静地睡着了，躺在林若诚的一边，像一只安静的小鸟找到了温暖的窝儿。林若诚却没有睡意，他坐起来靠着床背，静静地看着窗外。天气预报说晚上会降温，果真降温了。他看到窗户上的雾气，听到了窗外呼呼的风声，这种寒冷像他小时候的北方。他还记得小的时候，每年冬天下雪的时候，他就喜欢趴在窗户上看雪，看簌簌落下的鹅毛般的大雪，看那白茫茫一片纷纷扬扬的景象，看窗户上布满了雾气，他总是用手指在窗户上写字，写得极其认真，一笔一画的。几乎从有记忆起，他就体会到了孤独的滋味，最孤独的莫过于就是冬天了，一切都是静谧的，寒冷的，无论是白天的冬天或者是黑夜的冬天，其景象都让人觉得绵远而又空旷，心也是空旷的，让人找不到依靠，看不到尽头。

林若诚悄悄地抽出身来，给叶兰珍盖了盖被子，然后一个人站到了窗前，安静地看着外面的景象，好像飘起了雪花，不大，零零星星的。申城下雪的时间不多，下的雪也很小，跟小时候家乡的大雪完全无法相提并论。但即便如此，飘起的雪花依然让他有些兴奋，他透过路灯的光看到雪花轻轻地落到地上，然后就消失了，一个行人也没有，只有灯，只有树，只有望不到尽头的黑色的天空。

不知道站了多久，他听到叶兰珍翻身的声音，转过身来，看到叶兰珍像在找他，他赶紧走了过去，躺了下来，然后搂着这温热的身体。

“干嘛呢？”叶兰珍迷迷糊糊地问他。

“看看这夜晚。”林若诚回答。

“睡吧，明天还要上班。”叶兰珍也许是过于疲倦了，也许这夜晚对她来说太温暖太安全，说完之后，她再次睡着了，林若诚也安静地睡着了。

叶兰珍醒来时是早上六点，看看身边的林若诚，还在睡着。她不忍心叫醒他，自己蹑手蹑脚地起床去洗漱。洗澡，洗头发，洗脸，刷牙，等她忙完这一切走到房间时，看到林若诚已经醒了，正靠着床背坐着。

“还怕吵醒你呢。”叶兰珍边揉揉头发边说。

“也该醒了。”林若诚回答，然后看了看手表。

“几点了？”叶兰珍问道。

“六点半。”林若诚回答。

“那你可以去洗个澡，然后一起去吃个早餐。”叶兰珍说。

“好，马上去。”林若诚瞬间从床上坐起来，去洗漱。

趁着林若诚洗澡的工夫，叶兰珍把房间简单收拾了一下。床上的被子摊开，将林若诚的衣服拿出来放在最显眼的位置，垃圾都丢到了垃圾桶里，将所有的物品都放在原来的位置，然后走到窗边，去看看窗外。好像凝视远方，是每个人放松自己的一个方式。

大约二十分钟后，林若诚从洗手间里走出来，身上裹着浴巾。刚刚洗过的头发微微长，有些零乱，结实的胸膛，有力的臂膀，修长的身材，好看的面庞，叶兰珍有点看愣了，看到林若诚朝她笑，她才腼腆地低下了头。

“你的衣服。”叶兰珍说着拿起床上的衣服递给他，脸上还带着红晕。

“谢谢。”林若诚接过衣服，边穿边看着她笑。

“你笑什么？”叶兰珍有点不知所措，说完背过身去，不再看他。

叶兰珍半天没听到林若诚的回答，有点着急，想回头看看他在干什么，结果刚一转头，就撞到了他的怀里，他顺势抱住了她，她就一动也不动地靠着他。

“只要看到你，不自觉地就想笑，无论天气多么寒冷，感觉这个世界都是阳光灿烂的。”林若诚用下巴抵着她的额头，温柔地说。

“我也是。”叶兰珍心想，并没有说出来，只是靠在他的胸膛上，静静地体会着这一切。

“走吧，去吃个简单的早餐，然后我送你去上班。”林若诚说着双手扶住她的双肩，看着她。

“好。”叶兰珍回答。

两个人一起走出了房间，一夜的温情就留在了身后。叶兰珍忍不住回头看了一眼，好像那些发生的事情都像是留在身后的风景，转瞬间就消逝了，找也找不见，就像那些灿烂的光，像那些疾驰的列车上飞驰而过的风景，都没有了。

餐厅的早餐很是丰盛，各式各样的都有，中餐、西餐、糕点、饮料，一应俱全，就像这纷繁的世界一般。其实人们真正需要的很少，一间房，一张床，一餐食，仅此而已。林若诚跟叶兰珍都选择了牛奶和面包，因为比较快捷。简单吃完早餐以后，时间已经接近七点四十分，即便路上不是很堵，开车到达叶兰珍的办公室也得九点多了。

从地下车库开上路面的时候，这才发现又是阳光晴朗的一天。

“昨晚下雪了。”林若诚边开车边说。

“是吗？我怎么不知道？”叶兰珍有点惊讶。

“你睡得正熟，我没有叫你，不过雪并不大。”林若诚回答。

“小时候在家乡，一到冬天，最盼着下雪了。”叶兰珍兴奋地说，眼神已经陷入了回忆当中。

“是啊，可能孩子对于雪都有一种天生的喜爱。”林若诚说。

“我那时候老是想出去堆雪人什么的，可是我妈妈不同意，怕我感冒，所以我经常就趴在窗户上看外面下雪的样子，特别是鹅毛大雪的时候，看着就心旷神怡。”叶兰珍沉浸在回忆当中。

林若诚转头看看她，想象着他小时候的冬天，在另外一个地方，有一个差不多大的小女孩，跟他一样喜欢趴在窗户上看外面下雪的样子。想想就感觉很奇妙，好像某种注定的缘分一样，本来素不相识的两个人，冥冥中被牵引着走到了一起，相识相爱，可是为什么上天不让他们早点相识？如果他们在合适的时间里相识，会不会也像现在一样相爱？会不会就没有这些纠葛、这些挣扎和折磨？

想着想着，林若诚跟叶兰珍几乎同时长长地出了一口气，然后两个人不约而同地看向对方，好像一个眼神，已经把彼此没有说出来的话全都告诉了对方。然后，就是沉默，无以言述的沉默，这种沉默并不尴尬，更多的是对现实的一种退让和妥协，因为说不清楚，那就不说了吧，让一切自然而然地发生吧。

大约一小时二十分钟后，车子稳稳地停在了叶兰珍公司楼下，彼此静默了几分钟，好像谁都不愿意下车，谁都想让这车子不停地开，沿着长长的路，一直开到生命的尽头。

“我到了。”叶兰珍率先打破了安静。

“嗯。”林若诚回答。

“再见吧。”叶兰珍又说。

“好。”林若诚回答。说着，他将叶兰珍搂到自己跟前，然后亲吻了她的额头，长久地，重重地，好像生怕再也亲不到了一般。

叶兰珍下了车，关上车门，回头跟他再见，努力挤出一个微笑，林若诚也尽力回她一个微笑。叶兰珍转过身去，裹紧了风衣，加快脚步朝办公室走去。风再次掀起了她的风衣的衣角，头发也被风吹了起来，她能感觉到身后的林若诚在注视着自己。直到她走到办公楼的门口，她听到身后的汽车发动的声音，然后听到汽车轧过落叶疾驰而去。

9 争 取

刚走到办公室坐下，叶兰珍就听到了敲门的声音，她立刻坐直了身体，理了理头发，说了声“请进”，然后开始打开电脑。

“早上好。”史晓文满面春风的笑意，因为在一起工作搭档时间久了，两个人上下级关系没有那么明显，更多情况下，像两个朋友一样相处。

“早上好。”叶兰珍一副若无其事的样子，眼睛还盯在电脑桌面上。

“昨天干什么去了？”史晓文凑到她的跟前，一脸诡异的表情。

“昨天？”叶兰珍试图掩盖自己内心的慌乱，说着站起身脱外套。

“对，昨天下午，我看到你跟一个男人上了车。”史晓文继续看着她，一副一定要找到答案的表情。

“以前的同事，好久没来申城了，约我见面。”叶兰珍边说边将外套挂在了衣架上，然后从办公桌上拿了水杯去饮水机接水。

“今天早上也是昨天的车送你回来的。”史晓文继续追问。

“你跟踪我？工作做完了吗？计划书写好了吗？”叶兰珍干

脆拿出领导的权威来，要不然，估计会被一直追问下去。

“都做完了，通宵做的。”史晓文说着将手里的文件夹递到叶兰珍的手里。

叶兰珍疑惑地看了看她，接过了文件夹，坐到办公桌跟前，仔细地翻看着。

计划书接近完美，无论是版面、格式、字体、文字，看起来干净整洁。叶兰珍边看边说：

“写得非常好，进步很大嘛。”

“这还不都是你教我的？难得听到你的表扬嘛。”史晓文回答。

“你这是改头换面了啊？”叶兰珍说。

“以前也没那么差吧？”史晓文撇撇嘴。

“能做到更好，为什么不做呢？”叶兰珍说。

“这也是我最近一直思考的问题。是不是三十几岁的女人真的要重新开始思考人生？工作和爱情，总有一项要出色？爱情可遇不可求，但是工作是可控的，就像你说的，如果有能力做得更好一些，为什么不呢？”史晓文讲得一脸认真，平时那个爱嘻嘻哈哈的女孩好像一下子成熟了很多似的。

“不错，这就是转变的第一步。”叶兰珍回答。

“没有别人的爱，那就自己有钱吧，最起码可以拥有物质和精神上的双重独立。人生，哪有圆满。”史晓文说。

“这是怎么了？今天一副思考人生的样子，好像有什么大事发生了。”叶兰珍满脸疑惑地看着她。

“别说我了，你还没说开黑色轿车的男人是谁呢。”史晓文试图转移话题。

“别管那么多了，好好地做你的工作吧。”说着，叶兰珍将手里的文件夹递到了史晓文的手里。

史晓文接过文件夹，无奈地摇了摇头，转身朝办公室外面走去。

叶兰珍坐下来，电脑已经打开了，电脑桌面上有好几个待办事项，自己却没有心思投入到工作当中去，满脑子都是林若诚，深深地沉浸在对昨夜的回忆当中。

有些时候，她很想找个人倾诉，想把自己心中这热烈的爱表达出来，想跟别人分享这份深陷爱情中的喜悦；然而这份感情过于浓郁，过于炽热，她害怕一旦表达出来，这份爱就会天崩地裂。她时常觉得不能再往前迈一步，但每一次，她都控制不了自己，跟着林若诚一起向前走了好几步，她知道前面的路会越来越难走，也许是万丈深渊，但她不愿回头。

客户陆续打来电话，商量项目开展的事宜，叶兰珍一下子被拉回到现实当中。二百万的项目，半年完成，这意味着她接下来的半年当中，几乎每个月都有二十天在外做项目，再加上前期调研，中间的沟通与监督，基本上都在外面出差了，忙到没有喘息的机会。也好，这样可以避免跟方义明碰面，互不干扰也是好的。

叶兰珍看了一眼日历表，还有一个多月就要过春节了。自从跟方义明结婚，十几年来，他们每年的春节都要跟方义明的母亲一起外出度假，没有一年是例外的，估计今年春节也是如此。

下班回到家，看到书房里的灯亮着，应当是方义明回来了。她放下包，脱掉外套和鞋子，去洗手间里洗手，然后就听到方义明走过来的声音。

“回来了？”方义明问道。

“嗯。”叶兰珍回答，并不看他，好像避免他看到她心里的慌乱。

“我叫了外卖，一起吃吧。”方义明说。

“好。”叶兰珍回答。

两个人朝餐桌走去，桌子上有几盒外卖，叶兰珍摸了摸，还是热的，看来是刚刚送来的。

“我来打开。”说着，方义明将外卖一盒盒打开。

“酒酿圆子，你爱吃的。”方义明打开最后一个盒子的时候说。

叶兰珍顿了顿，心里突然一热，没有说话，然后默默地坐了下来，拿起外卖里面配的塑料勺子，吃起了酒酿圆子。方义明也默默地坐下来开始吃饭。

“好吃吗？”方义明问道。

“好吃。”叶兰珍回答。

他能记得她爱吃酒酿圆子，她的心里莫名的感动，好像觉得这十几年的婚姻还是有那么些值得的，跟一个人在一起十几年，如果在他的心里没有一点儿位置，那难道不是一种悲哀吗？

“马上春节了。”叶兰珍边吃边说。

“我安排好了，一起去日本吧，大约十天的时间。”方义明说。

叶兰珍愣了一下，心想你做事情能不能跟我商量一下？

“我也去吗？”叶兰珍没有抬头，问他。

“当然，每年不都是如此吗？”方义明回答，一副对她问的问题很意外的表情。

“我安排一下手头的工作。”叶兰珍回答。

叶兰珍埋头吃饭，心里想到上次林若诚说有机会一起去日本旅行的话，这种机会应当是难以寻觅了。

两个人默默地吃完了饭，方义明又去书房工作了，他好像永远有处理不完的工作。叶兰珍收拾了餐桌，又擦了擦地板，就去洗澡。

洗完热水澡，身体顿时感觉通透了很多，一天的疲惫都被冲走了。走出洗手间，看了看方义明还在书房里，叶兰珍朝自己的卧室走去。打开空调，再打开床头灯，躺到床上，盖好被子，一个人静静地躺在床上，伴随着越来越温暖的空气，叶兰珍渐渐睡着了。

醒来时，外面正在下着大雨，关着窗，也听到外面哗哗的雨声。叶兰珍坐起来靠着床，仔细听了一会儿雨声，房间内是昏黄的灯光，静悄悄的，安静得可以听到自己心跳的声音，可以听到空气流动的声音。客厅里没有任何声响，不知道方义明是不是还在睡觉。叶兰珍起身下床，披了一个外套在身上。打开窗帘，看到外面风雨飘摇，顺着风的方向，雨斜斜地落下，树也使劲摇晃，在风雨中显得孤单而又倔强。楼下不断有行人来往，这是早上忙碌的时刻：上班的上班，上学的上学，有的穿着雨衣，有的打着雨伞，有的骑自行车，有的开私家车。在这个寒冷交加的冬天，每个人都看起来生命力顽强，也许每个人的生活都有着无数的困苦和烦恼，但是每个人又都坚韧地活着，人生来就有某种不可抗拒的力量，这种力量让人们在面对所有不堪的生活时，都能继续走下去。

叶兰珍在窗前站了许久，然后去客厅，客厅里一片黑暗。她打开了灯，房间里顿时暖和起来，有了些许生机。书房里也是黑暗的，她走过去，打开了书房的灯，没有人，电脑是关着的。再走到方义明的卧室，打开了灯，也没有人，床上的被子进行了简单的整理。看来，方义明已经去上班了。

寒冷阴雨的早上，一个人在寂寞的房间里，内心除了孤独还是孤独。是不是人都需要一个伴侣来对抗那些孤独寂寞的时光，才不至于让日子过得太过凄凉？叶兰珍站在方义明的卧室门口，看了好半天。她不停地问自己，自己的婚姻是不是一个牢笼？她和他是不是困在牢笼里的两头兽？能不能彼此都放手，让对方按自己的意愿前行，无论前方是风雨还是阳光？

还有点时间，叶兰珍决定做个简单的早餐，温暖自己的胃也是好的。简单洗漱之后，叶兰珍来到厨房。打开冰箱，冰箱里空荡荡的，只有一袋面包，几个鸡蛋，一只火腿，还有前几天晚上买的一桶牛奶。做个三明治吧，食材已足够，一个人，一餐食，其实需要的东西很少。

拿出平底锅，打开煤气灶，趁着热锅的时间，切了三四片火腿。打了一个鸡蛋到碗里，然后拿出两片面包，放到锅里两面热一热，然后放油。油迅速地热了，将搅好的蛋液倒入锅里，几秒钟的工夫，鸡蛋已经熟了，迅速地倒入盘中冷着，然后用剩下的油煎几片火腿。将火腿煎到表面有一点点黄，然后将煎好的鸡蛋和火腿一起夹到面包片中间，用刀沿对角线切下去，两个简易三明治就做成了。然后倒一杯牛奶，放到微波炉里转一转，牛奶搭配三明治早餐就完成了。

叶兰珍将两个三明治放到盘子里，和牛奶一起，端到餐厅的桌子上，打开了电视，一个人边看电视边吃早餐。房间里开了空调，温度渐渐上来，喝着热牛奶，身体也越发温暖。看着电视上的早新闻，讲述世界各地的经济状况，看着世界各国的失业率不断攀升，心想应该庆幸才对，最起码有牛奶喝，有面包吃，不需要还房贷。人总是因为要得太多，所以痛苦才会越多，那些处于温饱线以下的人会不会也有她这些烦恼呢？

早餐之后，叶兰珍搭乘地铁去上班。小区出门右转一百米就是地铁口，非常方便，而且不用担心路上堵车，这是在申城最好的交通方式。雨势好像变小了一些，但是依然下着。天气寒冷。现在是上班的高峰期，人来人往，拥挤是这个城市最大的特色。每个人都行色匆匆，有人在进安检前匆忙吃完手里的早餐，然后将塑料袋扔掉；有人脱掉了雨衣，拿下身上重重的背包接受安全检查；有人急急忙忙地跑到服务中心去给交通卡充值，因为雨天，每个人都看起来更忙碌更辛苦。

地铁还没有来，叶兰珍也加入等待的队伍，挺安静的，每个人都低着头看手机，手机成了一种保护自己的武器，看手机也是避免交流的最佳方式。地铁来了，一大群人下车，一个个从里面走出来，好像是变魔法一般，总有人会出来。等到里面的人全都出来了，排队的人一个个蜂拥而上，抢占仅有的座位。叶兰珍从来不抢，一是觉得样子尴尬，二是觉得站着也无妨，本来在办公室就要坐一天的，难得有站着的机会，再说也就六站路，很快就到了。

出了地铁站，到公司大约还有四五分钟的路程，叶兰珍撑着雨伞，一路小跑到了公司。刚到电梯门口，等电梯的工夫，手机响了，她拿起手机一看是史晓文打来的，因为马上到办公室，她按掉了电话，没想到电话又响起来。电梯到了，她挤上了电梯，手机还在响着，她没理。到了办公室所在的楼层，她迅速地抽身出来，挤出了电梯，又是一路小跑到办公室里。

远远的，她就看到史晓文站在原地打转，看到叶兰珍来了，史晓文一个箭步冲过来，一副焦急的表情。

"快来，快来，有变化。"史晓文跟在叶兰珍的身后，走到了她的办公室里。

"怎么了？"叶兰珍放下雨伞和包，边脱外套边问。

"项目估计要泡汤了。"史晓文几乎要叫出来。

"怎么回事？"叶兰珍也一脸的惊讶，她知道史晓文说的是那个二百万的咨询项目，跟对方沟通了许久，前段时间才定下来，马上都要签订合同了。

“对方换了负责人，据说新来的负责人不认可我们公司，又听说新来的负责人有长期合作的公司，想把项目给他们做。”史晓文满脸焦急，这个项目是她跟叶兰珍一次次地跟进，一次次地跑到客户那里沟通拿下的，还有通宵做的完美的计划书，如果这个项目不开展了，那等于这几个月所有的工夫都白费。

“他们打电话来了？”叶兰珍倒是一脸的冷静。

“对，就是咱们接洽的那位王总打来的电话，他因为家庭原因办理了提前退休，说合同可能没办法签了。”史晓文满心焦急。

“那谁接替他的工作？”叶兰珍问道。

“说新上任的是一个年纪相对较轻的，四十五岁左右，听说此人很难对付。”史晓文说。

“别着急，我来处理。”叶兰珍表现出了非凡的冷静，她就是有这种能力，无论面对风云变幻，她总能做到宠辱不惊。

“咱们几个月的辛苦千万不能白费啊。”史晓文做出抱拳的姿势，然后退出了办公室。

叶兰珍首先跟原先的负责人王总联系了一下，了解了一下具体的情况。原来真的像史晓文说的那样，王总提前办理了退休手续，但是原因好像颇复杂，也是迫于无奈才办理的，新来的领导有强大的背景，对于前任领导的很多工作都不认同。

了解事情的始末之后，叶兰珍决定跟新任领导接洽，这是唯一的办法了。她马上打电话和新任领导联系。接电话的是秘书，一听是咨询公司的人，秘书很礼貌地说领导不在，再次打电话，秘书又说领导去开会了。这样三番五次之后，叶兰珍发现秘书明显地是在拒绝她。看来通过电话是约不到人了，还得主动出击才行。她马上打电话给史晓文，说马上订机票出差去鹏城。

“现在？”史晓文一脸惊讶。

“对，去见他们新任领导，订最早的一班飞机。”叶兰珍回答得干脆利落。

“好。”史晓文顿时来了动力。

下午一点三刻的航班，四点落地鹏城。一下飞机，温暖扑面而来，冬日的鹏城要比申城暖和很多，而且阳光晴朗，叶兰珍和史晓文不约而同地脱掉了外套。

“没想到这么暖和，比申城舒服多了。”史晓文边走边说。

“是啊，不过经常大雨，过于潮湿，比申城还要潮湿。”叶兰珍说。

“今天还可以，阳光好，希望一切顺利。”史晓文说。

叶兰珍没有说话，心里一直在思索着如何跟新的领导沟通，项目的具体内容她早已烂熟于心，关键是如何让对方信任自己。如果仅仅是不认可咨询这件事，倒还蛮容易沟通，但是如果对方真的有长期合作的咨询公司，说明双方都有较深的信任感，自己作为“第三者”，其实很难介入。叶兰珍内心不停地思索着，看着叶兰珍一言不发的样子，史晓文知道她在盘算对策。

“准备怎么沟通？”史晓文问道。

“见招拆招吧。”叶兰珍说着，加快了脚步。

上了出租车，大约三十分钟到达了对方位于市中心的办公室。此时已是下午五点半，正好是下班的时间。叶兰珍和史晓文走到对方办公楼的大厅，问了问前台接待人员，听说找新来的陆总，对方保持高度的重视。

“你们有预约吗？”前台接待小姐漂亮的眼睛看着她们问。

“有，约的五点半在他的办公室见面。”叶兰珍迅速地回答。然后看了一眼身旁的史晓文，史晓文轻轻地撇嘴笑了笑。

“好，稍等。”前台接待小姐回答，然后接通了陆总的电话。

叶兰珍一脸淡定地站在旁边，史晓文却一副有些慌乱的样子，她知道叶兰珍根本没有预约，对方会轻易让她们上去见面吗？史晓文看了一眼前台小姐，表情有些疑惑，谨慎地看了她们一眼，然后挂掉了电话，显然对方在电话里说了并没有这个预约。

“对不起，两位，陆总说他今天并没有预约，所以你们不能上去。”前台小姐保持着礼貌，带着虚假的微笑。

“那么，可不可以现在跟陆总约一下时间?”叶兰珍并不善罢甘休。

“不好意思，陆总刚才特别交代了，最近他事务繁多，行程密集，所以不是必须的事情不再接待任何人了。”前台小姐继续彬彬有礼地回答。

“我们的事情很重要。”一旁的史晓文忍不住说。

“好的，我知道了。”叶兰珍抓住史晓文的手，示意她不要再说了，然后转身朝办公大楼的外面走去。

“怎么办?”出了办公楼，史晓文问叶兰珍。

“等。”叶兰珍简单地回答。

“哪里等?”史晓文问道。

“就在这里等，他总归要下班的吧，他总归要回家的吧，他一定会从这办公楼的门口走出来，我们就在这里等他出来，不管几点。”叶兰珍说。

“这样好吗？即便等到他出来，会不会连说话的机会都不给我们?”史晓文有些担心。

“不会，他堂堂一个企业老总，一定会保持他应有的风度的，况且还是面对两位女士。”叶兰珍看起来很有把握的样子。

“好吧。”史晓文半信半疑地回答。

“对面是星巴克，咱进去喝杯咖啡，找个合适的位置，你随时帮我盯着办公楼的出口处。”叶兰珍边说边朝星巴克走去。

两个人走进星巴克，要了两杯咖啡，叶兰珍要了焦糖玛奇朵，史晓文要了香草拿铁，然后找了个合适的位置坐了下来，从这个位置可以清楚地看到办公大楼门口进进出出的情况。

“咱也没见过这位陆总啊。”史晓文边说边喝了口咖啡。

“你放心，看前台小姐就知道了。”叶兰珍一副胸有成竹的表情。

叶兰珍不无她的道理。在职场“浸淫”那么多年，特别是在咨询行业，每天跟各种各样的人打交道，光眼神和表情就足以辨别一个人。尤其是在大型企业里，那种上级跟下级森严的等级制度，那种基层员工见到领导油然而生的谦卑，就像是在血液里流淌着的一样，叶兰珍称之为“天生的奴性”，这是人类的通病。

两个人喝着咖啡，商讨着这个咨询项目的整体方案，眼睛一直紧紧地盯着对面的办公大楼。现在是下班时间，员工陆续地从电梯里走了出来，然后走出去。前台小姐若无其事地坐在座位上，一会儿起身去倒水，一会起身去收拾文件之类的东西。从七点钟开始，前台小姐开始认真地坐在前台处忙碌着什么，大约七点二十左右，前台小姐站起身来，笔直地，紧盯着电梯。叶兰珍看到这一幕，马上站起身来，说了声“下来了”，就朝着外面迅速地走去。

史晓文见此情景，也马上跟了过去，不到一分钟的时间，叶兰珍冲到办公大楼的大厅里，正好碰到电梯里走过来一个人，然后就听到前台小姐恭敬地微微弯腰说："陆总再见。"

"陆总，您好。"叶兰珍一个箭步冲到这个男人面前，伸手去跟他握手。

"你们是？"这位新来的陆总一脸的诧异，左右看看眼前的两个女人。

"我们是申城来的。"叶兰珍想要做自我介绍。

"申城？"眼前的陆总仍然一脸迷惑。

"对，我们是咨询公司的。"叶兰珍镇定地回答。

"噢，我知道了，谈那个项目合作的吧？"陆总说，看来他对这件事情相当清楚。

"是的，陆总，您好，我是叶兰珍。"叶兰珍伸出手去跟他握手。

"你就是跟我们公司接洽的那个项目负责人？"陆总问道。

"是的，很高兴认识您。因为知道后面项目的开展都需要跟您对接，所以，今天特意飞过来跟您认识一下。"叶兰珍微笑着说，语气不卑不亢。

"这样，今天也不早了，我还有点事，你们明天再过来，好吗?”陆总也是客客气气地,同时也保留着领导该有的威严。

“那好的,陆总,明天上午九点半,我们在您办公室见面,好吗?”叶兰珍及时确定了见面的时间。

“那明天见。”说完,转身对着前台接待小姐说,“明天让她们直接去我办公室。”然后跟叶兰珍她们点头微笑,大步离开了。

叶兰珍目送陆总离开,看着他上了停在门口的黑色轿车,她朝前台接待小姐微笑示意,表示“你也听到了,我们是预约好了的”,然后拉着史晓文走出了办公大楼。

“现在咱们去哪儿?”史晓文问道。

“先找个酒店住下。”叶兰珍回答。

“订在什么位置?”史晓文问道。

“就订在商业街附近吧,咱们办理好入住之后,可以出来逛街找吃的。”叶兰珍说。

“好,我马上来订。”史晓文说着拿出手机,找到平常经常使用的订房平台,几分钟的工夫,房间就订好了,两个人马上打车去酒店。

酒店离得并不远,因为都处于市中心最繁华的地段,鹏城本来就比较小,上了出租车,十几分钟的工夫就到了。五星级酒店的前台接待小姐同样热情,带着那种职业的微笑,每个人脸上的妆容都很精致,穿着统一的服装,梳着统一的发型,使用统一的语气。

“您好，请问您有预订吗?”服务员微笑着问，露出八颗牙齿。

“有，网上订的，这是我的身份证。”史晓文拿出身份证，递给服务员。

“好的，麻烦稍等，我来查看一下。”服务员接过身份证，低头开始查电脑。

“好的，您预订的是一间双床房，两晚。”服务员说。

“对。”史晓文回答，然后转头对叶兰珍说：“不知明天情况怎么样呢，能不能回得去，我订了两晚以备不时之需。”

“学聪明了。”叶兰珍笑着回答。

服务员很快安排好了房间。房间位于十二层，两个人上了电梯，走到房间，打开窗帘，可以看到整个商业街的风景，灯红酒绿，人来人往，闪烁的灯光给城市添了无限生机。

“哎呀，累死了。”史晓文将包放在行李架上，然后整个人呈大字形躺在了床上，一动也不动。

“这么累?”叶兰珍边说边脱掉了外套。

“马不停蹄啊。”史晓文无力地回答。

“那你稍微休息一下，我去个洗手间。”叶兰珍边说边朝洗手间走去。

“不知道这个陆总怎么样？”史晓文虽说是累了，脑子里还想着工作的事情，这毕竟是一笔不小的生意。

“随机应变吧。”叶兰珍回答。

“就看你的了。”史晓文眼睛盯着天花板说。

“那我们需要先补充能量才行，去逛一下，找吃的。”叶兰珍提议道。

“好，把下面那条街上好吃的都吃遍。”史晓文说着从床上弹坐起来。

出了酒店门，右转两百多米就是商业街。现在是晚上八点半，还是人头攒动，逛街的大部分都是年轻人，或是男女朋友，或是三五好友，每个小店跟前都有人在排队，酸辣粉，热干面，章鱼丸，臭豆腐，你想要的都有。

“年轻的时候，我就想找个能天天陪我逛街吃小吃的男朋友，直到现在为止，我还是期待有一个能陪我逛街吃小吃的男人跟我结婚。”史晓文说。

“你现在估计是找不到了。”叶兰珍说。

“为什么？”史晓文扭头问她。

“因为你的年纪到了。二十岁，花三五十块钱出来吃东西就觉得奢侈，但是会觉得快乐；三十多岁，花三五百吃一顿饭都不一定有当时快乐。最重要的是，你愿意一个男人三十多岁了，还依然只吃得起这些吗?”叶兰珍问道。

“当然不愿意啊，我希望他事业有成，但还愿意陪我来吃。”史晓文说。

“当一个男人真正事业有成的时候，他的世界不在这里，他也没时间来这些地方。他的时间都在饭桌上，谈判桌上，飞机上，酒店里，总之，他们的时间都在路上。”叶兰珍深有感触。

“听你这么一说，我找男人还有什么用?钱我也会赚啊。”史晓文表现出对婚姻的失望，尽管她一直对婚姻充满了憧憬。

“所以不要追求他功名显赫，不要追求豪华房子和高档轿车，还有那些所谓的大牌，那些看似高档但实际虚无又不真实的东西。”叶兰珍说。

“可是人都是物欲的动物啊，在没有拥有这些东西之前，谁会觉得那些无用?它代表了一种能力，更代表一种尊严。”史晓文说道。

“你说得很对，这是人类自身矛盾的地方。我们每个人总是活在对比之中，不知道有多少人真正冷静下来，追求灵魂的干净和自由。”叶兰珍回说。

史晓文没有说话，叶兰珍也停止了表达，两个人好像都陷入了沉思当中。有风轻轻地吹来，吹起她们的秀发。

“别光顾着说话了，什么都还没有吃呢。”半晌，史晓文回到现实。

正说着，看到一家酸辣粉的店，两个人不约而同地停了下来。

“酸辣粉。”两个人异口同声。

酸辣粉这么一个不高档的菜品，却几乎是每个女人都钟爱的，从年轻吃到年老。酸和辣，对于生活来说，这都不是好的滋味，放到食物里面，却有无限的诱惑，是不是人生只有尝尽百味，才活得值得？

她们每人一份酸辣粉下了肚，还是觉得意犹未尽，于是继续前行，寻找更多的食物。肠粉、章鱼丸、臭豆腐，每个都尝了一遍，食物是最好的慰藉品，有了食物的安慰，困难便觉抛在了脑后。

吃得差不多了，时间已接近晚上十一点，步行回到酒店之后，饱腹感才慢慢消失了一些，两个人一番洗漱，差不多就到十二点了。

“快睡吧，明天还有重要谈判呢。”史晓文说。

“睡，养足精神。”叶兰珍说。

两个人躺在床上，都辗转反侧，好像疲惫也带不来睡意。

“睡不着？”叶兰珍问道。

“想着明天的事呢。”史晓文回答。

“不用担心，尽力而为就行。”叶兰珍宽慰她。

“好吧，你也快睡。”史晓文答应着，然后转过身去，不再出声。

叶兰珍一直盘算着明天如何跟这位新上任的陆总交流，内心有了压力，心里又开始想念林若诚，好像人在重压之下总是想寻求依靠，希冀能获得一些鼓励或安慰。这是夜深人静的时刻，最安静的时刻往往内心最清醒。

叶兰珍很少跟方义明沟通工作上的事情。最开始是因为方义明太忙了，那时候的方义明也处于事业的上升期，况且他比较大条，也没什么耐心，哪里有时间去听叶兰珍的诉说；再后来，叶兰珍也习惯了不再倾诉工作上的事情。有什么用呢？所有的事情最后还不是需要自己一个人独自面对？扛着吧，每个人都扛着。

相对于方义明来说，林若诚是温和的，善于倾听的，他好像总是能顾及别人的感受。你还没说渴，他就倒来了水；你还没说冷，他就给你披件衣，那些体贴周到的瞬间，时常让叶兰珍内心涌起一阵阵的暖。女人，追求的不就是这些吗？

思索着，回想着，迷迷糊糊睡着了。一夜的梦，梦里自己在爬山，山势颇陡峭，爬的每一步都很累，不敢回头，一回头就是万丈深渊。正努力地攀爬着，手没有抓住，一下子掉了下去。叶兰珍一下子醒了，睁开眼睛，四处看了看，发现是躺在酒店里，心情顿时平静了很多。拿起手机看看时间，早上五点半。她挣扎着坐起来，定了定神，再看看另外一张床上的史晓文，还在睡着，很香甜的样子。自己已再无睡意，为了不吵醒一旁的史晓文，她悄悄地起身去洗手间，洗澡，洗头发，今天还有重要的事情，她必须干净整洁地去见客户。

大约一个小时之后，叶兰珍收拾妥当，推开洗手间的门，看到史晓文躺在床上迷迷糊糊揉眼睛。

“几点了？”史晓文问道。

“六点四十。”叶兰珍回答。

“这么晚了，我得赶紧起床。”说着，史晓文腾地一下子坐起来。

“不着急，还有时间。”叶兰珍安慰她说。

“咱得赶在他到办公室之前就到，说不准他又有什么变化呢。”史晓文边说边起身，然后揉揉头发，明显的还有睡意。

“对的，你现在快去洗漱吧。”叶兰珍说。

趁着史晓文洗漱的工夫，叶兰珍拿出电脑，将整个咨询项目的方案从头到尾仔仔细细看了一遍。其实早已烂熟于心了，但是她依然不放心，生怕方案中的某一个点成为对方质疑的地方，所以她将每一个可能会被问到的问题都在心里给出了详细的解答，直到她觉得对方再也问不出其他问题。

四十分钟后，史晓文出来了，两个人化好了妆，简单大方得体，就是职场女性该有的样子。

“走吧，先去吃个早餐。”说着，两个人一起走出了房间，朝餐厅走去。

五星级酒店的早餐菜品足够丰富，但是她们没有时间细细品味，两个人只吃了一小碗粥和一个白煮蛋，就匆匆地离开了，在项目没有结果之前，两个人都心事重重。

到达客户的办公楼之后，差五分钟八点整，陆续有员工来上班了。前台接待小姐看到她们来了，微笑着说陆总还没有到，叶兰珍说没关系，我们就在旁边等。两个人坐到旁边的沙发处，静静地等待着。不时有上班来的员工朝她们看几眼，叶兰珍尽量一脸平静的样子，内心却是焦急万分，直到约定的时间到了，陆总依然没有出现。

“陆总是不是还没来上班?”叶兰珍怕自己错过了，起身去问前台小姐。

“没来，不过他最近都来，可能今天有事情，你们再等等吧。”前台小姐热心地回答。

“好吧。”叶兰珍已坐不住，史晓文也是，两个人都站起来，在大厅里来回踱着步子。

直到中午十一点左右，终于看到一个身影走过来，正是昨天的陆总。行色匆匆，迈着大步，完全领导的派头，叶兰珍马上迎了上去。

“陆总您好，我是叶兰珍。”叶兰珍再次做自我介绍。

“啊？哎呀，不好意思，我忘了今天和你们见面的事了，抱歉抱歉，今天公司临时有些事需要处理。”陆总解释说，带着职场人士的自律感。

“没有关系，知道您比较忙，您愿意抽出时间来跟我们交流，已是十分荣幸。”叶兰珍说着一系列的客套话。

“走吧，去办公室谈。”陆总伸手朝电梯口示意。

两个人跟着陆总上了电梯，来到了办公室，陆总示意二人坐下，自己也坐下来。马上就有秘书送水过来，叶兰珍向秘书点头微笑表示感谢。

“陆总您好，我今天又把项目计划书带来了，给您过目一下。”叶兰珍说着将项目计划书递到陆总的手中。

陆总接过计划书，草草地翻看了几眼，然后放到一边。

“我也不跟二位拐弯抹角，有别的咨询公司一直跟我沟通，他们的报价比你们的还便宜，而且有很多成功的案例，并且知名度还比你们高，你们凭什么让我选择贵公司？”陆总一脸严肃地问。

“关键看咨询项目的最终效果，关于这一点，我们可以在签订合同的时候明确说明。如果项目结束后，没有达到预期效果，我们可以只收百分之五十的咨询费用。”叶兰珍回答。

“我们从社会上聘请一个高管也花不了这么多钱，再说，你们一个咨询公司能懂我们的业务吗?”陆总显然对咨询这个行业有着很大的怀疑。

“陆总，现在咨询已经成了企业发展的一个重要手段，像全球知名的企业，在遇到难以解决的问题时，都会借用咨询公司这个外脑，而且成功案例不计其数。可能国内的咨询业发展相对缓慢，但是我们公司也在学习世界上著名咨询公司的方法。我们公司的咨询师都是拥有国外或国内知名大学的硕士以上学历，并且有着十几年的经验。很多企业的发展中遇到了瓶颈，往往自己并不清楚问题出在了哪里，但是旁观者清，咨询公司的作用就像医生，我们会给企业做出诊断，看看企业哪里生了病，然后再给出相应的治疗的手段，最终让病人康复并且良好地发展。”叶兰珍侃侃而谈。

陆总听得很认真，不时地点头，时而思索。叶兰珍说完之后，静静地等待着陆总的反应，大约几秒钟过后，陆总说:

“这样吧，你们回头把协议发过来一份，我先看看，我因为刚刚接手这个部门，事情很多，项目一时半会儿还开展不了。春节过后吧，咱再就具体细节好好沟通，好吧?”

叶兰珍看看一旁的史晓文，俩人彼此用眼神示意。

“好，那咱就这么说定了。之后我会发协议过来，也希望能跟您保持沟通。今天就不打扰陆总了，我们后续再谈。”叶兰珍说着站起身来，史晓文也站起身来。

“好，今天不好意思，让二位等了很长时间。”陆总表达着歉意。

“没关系，完全能理解。”叶兰珍说。

“那就下次再见，我就不送了。”陆总说。

叶兰珍和史晓文边说“再见”边走出了办公室。一出办公室的门，紧张的气氛顿时消失了不少，悬着的心也放了下来。

“也没有那么难说话嘛。”史晓文说。

“人都是情感动物，很多拒绝是因为缺少沟通，缺乏了解。”叶兰珍说。

“对啊，跟谈恋爱一样，感情也是慢慢培养的啊。”史晓文附和着。

“走吧，退房，回申城。”叶兰珍说着，加快了脚步。

10 春 节

转眼就快到春节了，申城的天气依然寒冷，但是阳光晴朗，已经有了春天的迹象。道路两旁的法国梧桐开始冒出了点点绿芽，嫩嫩的，却昭示着无限的生机。路上的行人开始脱掉厚厚的棉衣，年轻的女孩更是迫不及待地穿出最显身材的衣服。短裤，长靴，露着膝盖，看着都冷，但是美呀，女人最爱的不就是美吗？

三十几岁的叶兰珍已经没有了二十几岁时那种爱美的热情，事实上，即便年轻的时候，叶兰珍也是相对保守。她很少穿过分暴露的服装，也不知道追随潮流，往往别人一波一波地穿出来的时候，她才发现，原来今年流行这种款式，流行那种颜色。她倒也不在意这些，她总觉得那些外在的东西只是锦上添花，人真正追求的是心灵上的感受。

已经很久没见林若诚。她一直遵循着一个原则，她不会主动去联系他，她不想去给他添乱，但是如果他来，她永远不会拒绝。面对着爱情，这个态度是该有多卑微啊，但是她就是愿意。有的时候她会觉得那些思念像潮水一样扑面而来，就像开了闸一样，拦都拦不住，她觉得自己是不是也要疯了，然而从小接受的教育和良好的职业素养让她很快平定自己，再按部就班地上班，平平淡淡地生活。

很少碰到方义明。他们都忙得不知道日子是哪天，又好像都在躲避对方，不见面不沟通也就不用面对现实的尴尬。方义明从来不提离婚的事宜，叶兰珍想不明白，这样的婚姻对于方义明来说意义在哪里？问题解决不了，日子就这样悄悄地流走了，树叶落了又绿了，绿了又黄了，黄了又落了；天气热了又凉了，凉了又冷了，冷了又暖了，周而复始。

春节前的某一天，叶兰珍像往常一样下班回到家，看到方义明已经回家了，正在书房里忙着什么，听到叶兰珍回来了，他走了过来，递给叶兰珍一把钥匙。

“这是什么？”叶兰珍一脸疑惑。

“车钥匙。”方义明一脸淡定地回答。

“谁的？”叶兰珍还是迷惑。

“你的。”方义明依然表情平静。

“我的？”叶兰珍好像有点明白了。

“对，给你买了辆新车，宝马。这个车身相对小，好开。你现在都是副总了，以后不要老坐地铁上班。”方义明表情冷峻。

叶兰珍愣了有一会儿，然后默默地接过钥匙。方义明转身又回到了书房继续工作，留下百感交集的叶兰珍愣在原地。

作为一个女人，如果一个男人直接拿一把宝马车钥匙递到你的面前，估计大多数的女人都会欣喜若狂，这是一个男人爱一个女人最好的体现吧？可是为什么叶兰珍感觉特别不对劲儿，他是在用物质补偿自己吗？

疑问、迷惑，一直在她的心头萦绕，她看看书房里的方义明，倒是一脸的平静，好像心里也没有什么波澜。看看时间还早，叶兰珍将钥匙放到了饭桌上，然后去厨房做饭。他们已经好久没在家里吃晚饭。看看冰箱里，没有什么新鲜的蔬菜，再翻翻抽屉里，还有黑木耳和腐竹，冰箱的冷冻层里还有一些肉，盛米的箱子里也有大米，够两个人吃的。

叶兰珍蒸上了米饭，趁着蒸米饭的工夫，将黑木耳和腐竹用温水泡好，然后去洗几件衣服，顺便把方义明挂在衣架上的一件衬衫也拿下来洗了。方义明的衣服几乎都是正装，而且价值不菲，平时，他会将自己的衣服拿到洗衣店里，洗衣店的员工会将洗好的衣服送到家里来，偶尔有来不及送洗的衣服，叶兰珍就会顺手帮忙洗了。

衣服洗好后，米饭也蒸好了，黑木耳和腐竹都已泡发开，叶兰珍做了一个凉拌黑木耳，一个腐竹烧肉，再烧了一个紫菜蛋汤，晚餐就准备好了。她将菜都端到桌子上，米饭盛到碗里，然后叫方义明过来吃饭。

方义明很快走了过来。叶兰珍仔细看了看他，发现他穿着休闲的居家服，脸色不是太好，一脸的疲惫。

两个人都坐了下来，方义明拿起筷子，端起碗，吃得津津有味的样子。

“最近工作很忙吗？”叶兰珍开口问道。

“嗯，有几家企业要上市。”方义明边说边夹了腐竹放到嘴巴里。

“所以最近你赚了不少钱？”叶兰珍漫不经心地问。

方义明嚼着食物的嘴巴停了下来，看了一眼叶兰珍。

“要不然为什么突然买车？”叶兰珍用下巴朝着桌子上的车钥匙示意了一下。

“方便你上下班，不要挤地铁，你的身份跟以前不同。”方义明的回答很笃定，听起来也是理所当然。

叶兰珍便没有再说什么。她发现方义明好像对她的工作状况很了解，她的内心徒然升起一种紧张感，好像自己被监视了一般，背后感到一阵凉意袭来。她悄悄地扫了一眼方义明，方义明倒是什么事也没有的样子，自顾自地吃饭，叶兰珍也就低下头来继续吃饭。

“我吃好了，还有几份财务报表要看，你慢慢吃。”方义明放下碗筷，对叶兰珍说，然后起身又要返回书房继续工作。

“你的工作……最近都没问题吗?”叶兰珍突然问道，她想到前一段时间方义明的异常表现，还有“这次监管方来真的”那条信息。

方义明正要往书房走，听到叶兰珍的问话，又停了下来。

“没有。”方义明回答得很平静，但眼神里有一丝闪烁。

叶兰珍还想问一问具体的情况，方义明却转身去了书房。

叶兰珍看了他一眼，看到他朝卧室的方向走去的背影。方义明已经四十五岁了，正是一个男人事业巅峰的时刻，他也确实是男人中的佼佼者。相较于周围其他人的成绩，他明显要优秀，常人梦寐以求的收入及地位他都拥有了，可是这是世俗中的评判标准，人的物质需求可以衡量，精神世界却无法用一个统一的标准去判断。人是动物，却也不是动物，因为人拥有复杂的变幻无常的精神世界，这种精神世界不是探索就可以获得你想要的结果。

叶兰珍觉得方义明越来越琢磨不透，但方义明又拒绝进一步的沟通，她也只好作罢。

吃过饭，叶兰珍开始洗碗。水龙头里的水哗哗流下，那些洗干净的碗筷被放到固定的位置。做家务让人觉得日子是真实存在的；一日餐，一夜眠，一个新的太阳，日子就往前一点，再往前一点。炉灶擦干净，台面擦干净，地板擦干净，整个厨房就又恢复了整洁。这些工作看起来毫无价值，它不是工作，不能创造经济价值，但是一个家，因为有了烟火才踏实平静，才让彼此相依偎，有着对抗生活的动力，又或者，有了接受生活的能力。

收拾完厨房，叶兰珍简单地冲了个澡，穿上了睡衣，头发还是湿湿的，她揉一揉，齐肩的长发就凌乱地散开来。她走到书房门口，看到方义明在认真地看着电脑，好像在是工作的样子。

“谢谢。”叶兰珍说。

方义明并没有抬头，只是一边点头一边轻轻地“嗯”了一声，然后接着埋头到工作当中。叶兰珍转身回到自己的卧室，然后也开始处理自己手头上未完的一些工作。打开电脑，心里却是乱作一团，没有办法专心工作。她合上了电脑，拿起床头上的一本书翻起来，可是一个字也读不进去，只好再合上了书，静静地靠着床闭着眼睛。满脑子都是回忆，回忆跟方义明在一起的十多年，回忆跟林若诚在一起的这些时间，两个男人的面孔在自己的眼前交替出现。心也跟着焦灼，她关掉了灯，想睡觉，却怎么也睡不着，于是起身下床，走到客厅的酒柜里，打开了一瓶红酒，想着喝些红酒或许可以借着醉意让自己睡去。

酒柜里全是方义明带回来的红酒，很多是国外带回来的，价值不菲。平日里，叶兰珍不怎么喝酒，方义明在家的时候，偶尔会开一瓶自己独酌，但是更多的时间，他都不在家，那些红酒也就成了装饰，摆在木制酒柜里，透过玻璃门，显得雅致无比。

“要来一杯吗？”叶兰珍拿着空酒杯，走到书房前问方义明。

方义明看了她一眼，定了定神，好像在思考什么。

“不要了，我还有工作。”方义明回答。

“好吧。”叶兰珍转过身，独自一个人拿着一个酒杯和一瓶红酒回到了自己的房间，然后给自己倒了满满一大杯。

红酒的色彩美艳至极，透过酒杯，透过灯光，看起来更是别有韵味。叶兰珍开始是小口慢酌，喝一口到嘴巴里，慢慢地咽下，其实红酒的口感是苦的，是涩的，品酒师形容的那些口感常人根本体会不到，涩是它最真实的味道，就像生活一样，酸涩才是它的本真。

有些晕眩了，叶兰珍却越发喜欢这种感觉，头晕晕的，眼神也变得有些迷离，全身开始无力，像是在一种幻觉当中，这种感觉很真实，这种真实可以让人忽略活着这件事的本身。借着这泛上来的醉意，她由小口慢酌变成大口狂饮。醉吧，她想要醉，醉了就可以丢掉烦恼，可以停止思考。

没有多久的工夫，一瓶红酒全部喝光了，人也变得恍惚，脑袋沉沉的，抬也抬不起来。阵阵睡意袭来，她迷糊地躺在床上，借着红酒的力量，迷迷糊糊睡着了，一夜无梦，睡得无比香甜。

醒来时，天已经大亮，虽然关着窗帘，但是阳光透过窗帘照进来，照到她的眼睛上，她有点睁不开眼睛，睡眼惺忪地坐起来，用手遮挡着眼睛。拿起手机看看时间，已是早上八点整。再看看周围，又是一片安静。仔细想了想，昨夜的自己喝了一瓶的红酒，看看床头柜上，酒瓶和酒杯都没有了。叶兰珍站起身来，走到客厅里，阳光已经穿过另外一个卧室照进了半个客厅。方义明已经离开了，昨夜的空酒瓶在垃圾桶里，酒杯已经洗好放到了酒柜里。

想到今天还有几件重要的事情要处理，叶兰珍马上回到现实当中，开始洗脸刷牙，早餐也没有吃，简单化了个妆，拿起饭桌上的车钥匙，锁上门，径直离开了。

她今天穿了件黑色短款羊绒大衣，腰间有系带，里面是白色毛衣打底，下身一条小脚修身牛仔裤，脚上一双中跟短靴，头发是齐肩的，没有扎起来，手上挎一个 Prada 的包包，整个人看起来干练又不失女人味儿，柔中带刚。

新车很漂亮，哪怕你不是一个物质的崇拜者，也会被这款时尚大气的车吸引。叶兰珍遥控打开了车门，一上车就闻到浓浓的新车的味道。已经很久不开车，自己的驾驶技术都变得生疏，她小心翼翼地发动了车子，摸着柔软的皮质方向盘，慢慢地驶出了地下车库。

车子一开到地面上，阳光立刻照射进来，刺眼，但是感觉像是新生，那么有力量，那么有热情。现在是早高峰时刻，路上很堵，车子开得走走停停，但是叶兰珍发现自己驾车也有无限的乐趣，独处本身就是一种乐趣。快到公司的时候，远远地看到史晓文正往办公大楼里走，史晓文恰巧也看到了正在找停车位的叶兰珍。

“哇，宝马。”史晓文小跑过来，跟她打招呼。

“早。”叶兰珍微笑着跟她打招呼。

“新车啊？”史晓文语气里透着羡慕。

“对。”叶兰珍尽量表情自然，她一向如此，不喜欢炫耀。

“你买的？”史晓文继续问。

“不是。”叶兰珍回答。

“你先生给你买的？”史晓文更是羡慕不已。

“是。”叶兰珍回答。

“这么好的老公，你竟还有离婚的念头，简直不可思议。”史晓文说道，她想起上次一起吃饭的时候叶兰珍无意间的一句话。

“快去上班，一会我们讨论项目。”叶兰珍赶紧岔开话题。

“好吧，我得赶紧努力去赚宝马了。”史晓文艳羡又无奈地回答。

叶兰珍一向不喜欢站在被羡慕的中心，她最怕别人追问她的衣服价格，她的化妆品哪里买的，她喜欢静静地开放的感觉，一旦到了视线的中心，她就开始变得不安起来，虽然她明明是一个可以光芒四射的女人。

她停好车子，回到办公室，刚刚坐稳，史晓文就推门进来了。

“这是另外一家客户的项目计划书，我根据他们的需求做了修改。”史晓文说着将一份文件放到叶兰珍的办公桌上。

“好，我来看看。”叶兰珍尽量一副若无其事的表情。

“哎，我说。”史晓文说着坐了下来，前一秒还是认真工作脸，下一秒就是八卦的表情了。

“怎么了？”叶兰珍问道。

“你看看你家先生单位有没有黄金剩男，给我也介绍一下。”史晓文一脸认真的表情，万分期待的样子。

“好，我有空关注一下。”叶兰珍拿起桌子上的文件，认真地回复她。

“如果有一个男人直接送我一辆宝马，我马上嫁给他。”史晓文一脸憧憬地说。

“看来，你也是宁愿在宝马车里哭，也不愿在自行车上笑的喽？”叶兰珍问道，十分认真地盯着她的眼睛。

“在宝马车里的人根本就不会哭。”史晓文一个论断将叶兰珍的问题打了回来，叶兰珍一时想不到如何跟她辩论。

“好了，先去工作，咱争取自己就有能力买宝马好不好？”叶兰珍说。

“我就这么命苦吗？只能累自己。”史晓文似抱怨一般，站起身来，走出办公室，其实她也明白，自己有能力才会更有安全感。

叶兰珍苦笑着摇了摇头。我们常常互相羡慕彼此的生活，也许我们只是看到了生活的假象，看到了别人生活的表象，那些真实存在的内核是别人看不到的。不要试图去变成某个人，也不要试图过上和某些人一样的生活，因为我们总是被生活的迷雾蒙住了双眼，只有听从自己内心的声音，才可以得到灵魂的自由和解放，如果灵魂被束缚住了，我们只会从一个漩涡到另一个漩涡，从一个陷阱到另一个陷阱。

马上面临年终考核，叶兰珍压力倍增。这是她升为副总之后的第一次考核，年终业绩说明一切。自小优秀，处处不落后于别人，升任副总之后她更是不敢懈怠。终于等到了考核结果，她超额完成了各项业绩指标。集团总裁很是满意，她带领的团队在短短几个月内就成交几笔大项目，这是以前不曾出现的。叶兰珍因此获得了丰富的奖金，并且工资也因此增加，史晓文因为在团队里表现优秀，也有大笔年终奖。

“再接再厉。”叶兰珍对史晓文说。

“领导有方。”史晓文笑言。

“继续合作。”叶兰珍说。

“默契配合。”史晓文说。

“春节怎么过？”叶兰珍问道。

“带爸妈出去旅行，你呢?”史晓文问道。

“去日本旅行。”叶兰珍回答。

就在旅行出发的前几日，方义明的母亲突发脑溢血住院了，因为跟方义明的母亲没有住在一起，所以两个人都不知道。听说是他母亲的邻居第一时间发现了倒在家里客厅里的老太太，然后叫了救护车，幸好送得及时，经过几个小时的手术，老太太算是活了下来，等到方义明跟叶兰珍赶到时，手术都已经结束了。

老太太躺在床上，还没有醒来，方义明就安静地坐在旁边，一句话也不说，握着老太太的手，看起来无比心疼的样子，直到老太太醒来，方义明才兴奋地叫妈，带着孩童般的欣喜，完全没有了往日的万丈豪情，就像是一个孩子一般。老太太睁开眼睛看到方义明在身边，努力朝他笑笑，然后再看看叶兰珍。叶兰珍有些不知所措，她跟老太太接触时间不多，虽然跟方义明已结婚十几年，但是因为距离的原因，她跟老太太之间有着无法逾越的生疏感，倒也没有那些婆媳矛盾，只是有距离，有鸿沟，有无法跨越的鸿沟。

“我没事。”老太太努力挤出来一句话。

方义明似乎是流泪了，那么坚强的一个人，流泪的样子她几乎没有见过。她看到他紧紧握住老太太的手，将额头抵在上面，轻轻地抽泣。叶兰珍有些动容，她似乎看到一个脱掉外壳的方义明，脱掉了那些伪装，露出本真的他。

“兰珍，你过来。”老太太眼睛看向她。

叶兰珍连忙走了过去，叫了一声妈，老太太微微地点了点头。七十二岁的老太太本来精神还不错，身体也硬朗，怎么也没想到突发疾病，此刻的她，看起来无比虚弱，好像随时等待着死神的召唤一般。

“你答应妈一件事。”老太太轻轻地说。

“跟义明要个孩子。”老太太微微皱着眉头，一副恳求的表情。

一旁的方义明抬起头，想说什么，在老太太示意下停住了。

“只要女人愿意，总有办法。”老太太说。

叶兰珍看看老太太，再看看方义明，方义明却低下了头，只有老太太紧紧地盯着她，在等待她的回答。

“我答应您，您好好养病，别想那么多。”叶兰珍顺着老太太的心思说。

听到叶兰珍的话，老太太满意地闭上眼睛，或许是累了，静静地睡着了，方义明还是在一旁坐着，无声无息。

接下来的日子里，方义明都在医院里陪着。他给老太太安排了单独的病房，取消了本来计划好的旅行。叶兰珍也想陪在医院，方义明表示不需要那么多人，自己一个人可以应付得来，况且还请了护工，叶兰珍也只好作罢，只是每天到医院来看一看，然后就回去了。

春节当天，方义明也是陪母亲在医院过的。老太太气色比前些天好了许多，能吃一些东西，也能下床活动。晚上的时候，方义明从外面叫了很多菜，叶兰珍特意赶来陪着吃了年夜饭，然后独自回家。

春节的申城是一座空城，所有来此务工者都回老家过年了，就像是候鸟一般，一到春节，无论有钱没钱，都奔回老家寻求一年中仅有的团聚。此刻的夜晚更是宁静，灯依然亮着，却没有了车水马龙，不会堵车，没有熙熙攘攘，那些喧闹与热烈都归于了平淡。回到家里，叶兰珍给远在家乡的母亲打了电话，听得出母亲对女儿的思念。叶兰珍本来想回家看看母亲，但母亲听说方义明的母亲生病住院了，坚决不同意她回去，这个时候，要在跟前伺候才对。叶兰珍有些无奈，又有一丝苦笑，方义明并不需要她。

我们都期待在爱情中奔跑，却忘记了生活一直被琐碎的事围绕。我们常常希望发现自我，渴望听从内心，但我们生活在一个社会关系当中，我们每个人都要承担责任与义务，因此永远不会拥有放肆的自由。

叶兰珍静静地站在窗前，窗外灯火辉煌。这不像是过年，外面没有鞭炮声，为了保护城市环境，申城最近几年外环以内禁止鸣放烟花爆竹。楼下有几个孩子在燃放那种小小的烟花，叶兰珍看着，想起自己的家乡。过年的时候是多么得热闹啊，年三十的晚上十二点，那此起彼伏的鞭炮声最让人兴奋，她每年的年三十，都要等到夜里十二点，因为老家的习俗是要在十二点敬天的，是祈求新的一年日子会越来越好，那是一种对未来生活的美好向往。

小时候的叶兰珍还生活在农村，农村的年味儿浓，让人觉得那才是真正的有人情味儿的日子。叶兰珍的母亲更是喜欢张罗，注重仪式感。基本上从腊月十二开始，就备年货了。母亲说现在先准备起来，要不到年跟前什么东西都贵。叶兰珍总是说，这离过年还有半个多月呢，你准备的东西要么就是早早被吃完了，没吃完的就坏掉了。母亲也不理她，她总有一套她的理论体系。

到腊月二十几，母亲开始收拾房子。将家里所有的东西都搬开来，里里外外上上下下都要打扫一遍；然后就是蒸大馒头，大馒头是叶兰珍最喜欢吃的，即便在申城生活了十几年，她依然不喜欢吃米饭，空的时候总是去外面买上几个白面馒头，干吃就很香甜；再接着就是买肉，各种各样的肉，猪肉、牛肉、羊肉、排骨、猪蹄、猪头肉、鸡肉、鱼肉，一切都准备就绪，就等着年三十那天到来。

年三十那天一大早，母亲会比平时起得更早。父亲在天还没亮透的时候就要放鞭炮，母亲则是忙着做满满一大桌子的菜。父亲在母亲忙着做菜的工夫，就带着叶兰珍一起贴春联，各家各户都贴春联。自家贴完以后，叶兰珍总喜欢到村子里跑一圈到处看看，一片喜气洋洋的感觉，孩子也因此更加欢闹。

最正式的一餐通常在下午一两点的样子。母亲忙碌了一上午，桌子上摆放着一桌子的菜，不用数，叶兰珍就知道是十个，母亲总说寓意着十全十美。开饭之前，父亲会再放一次鞭炮，表示开始吃饭了。父亲和母亲在这一天都会喝一些酒，叶兰珍则会喝一些甜酒，记忆中的那种甜酒现在再也喝不到了。母亲有时候会醉，醉了以后就去睡觉，等到睡醒了，酒也醒了，然后再收拾饭桌。父亲倒没有醉过，吃过饭以后他会开始串门，直到晚上才回来。等到晚上七点钟的样子，母亲开始包水饺，叶兰珍帮忙擀皮，然后等待春晚的开始，期间不时会有同村的人来串门，叶兰珍则会帮着冲茶，递烟，拿出糖果和瓜子，大家热热闹闹地谈论着这一年来的收入，看哪家孩子学习成绩好。那时候的叶兰珍总能受到无数的表扬，也许是从那时起，她就开始明白捍卫尊严好像是她必须要做的一件事情。

等到快接近十二点的时候，有人开始放鞭炮，也有人太困了坚持不到十二点，也有人没有那么注重仪式感，会在大年初一的早上敬天。但是叶兰珍家的鞭炮声永远在春节晚会上倒计时的最后一秒钟响起。此时，整个村子的鞭炮声此起彼伏、不绝于耳，远处的村子里的声音也可以听得到，像是一种呼唤，对生命的呼唤，对生活的呼唤，对美好未来的呼唤。

叶兰珍陷入深深的回忆当中，好像再次回到了那些美妙的时光里，那时的日子看起来过得很艰辛，但为什么回想起来总是觉得美好？那时没有宝马，也不知道Prada，只要过年的时候有一件新衣服就会开心得一夜睡不着。如今，看惯了城市的喧嚣，活成了别人眼中所期盼的样子，自己的心，却越来越不容易快乐。微笑是因为职业，并不由衷，眼泪需要伪装，不再轻易流淌。

春节的几天假期，方义明的时间全部用来陪伴他的母亲，叶兰珍一个人虽觉孤独，倒也难得清静，还可以避免尴尬。趁着空当，她将家里也彻底收拾了一遍，除了每天去医院看望方义明的母亲，再有空闲的时间，就去图书馆看一看，又或者找一个咖啡馆坐一下午，消磨时光。

七天的假期很快就过去了，人们陆续返回申城，工作的工作，生活的生活，这座城市又恢复了它忙碌的模样。叶兰珍也不例外，鹏城的那个项目需要尽快确定下来，江城的一个项目正在谈判当中，长安城的一个项目也在洽谈阶段，蜀城也有一个大项目，但是当地有一个强劲的对手，叶兰珍必须想办法搞定。这几个项目如果全部能够确定下来，公司制定的新一年营销目标就全部完成了，叶兰珍一点不敢怠慢，史晓文也是前所未有的热情，她现在的心态很明确：没有人爱，那就有钱吧。叶兰珍倒也觉得这不是一件坏事，不要把希望放在别人的身上，只有自己努力的结果是最真实的。

方义明的母亲出院以后，方义明专门聘请了一个全职保姆去照顾她，他还是不停地忙着，有时他会带着叶兰珍一起去看望他的母亲，更多的时候，他是自己去，这些都是他的母亲告诉叶兰珍的。他的母亲跟她聊起方义明总是来看自己的时候，方义明就在一边坐着，看报纸，或者通过手机看邮件之类的，面无表情，叶兰珍觉得方义明真的是一个不解之谜啊。他看似冷淡，看似没有什么感情，看似比较粗犷，但是他对母亲的爱无以言述，他好像在悄无声息地观察着他周围的人的一举一动。人总说，女人心海底针，但真正像海底针一样的是方义明，他就像一片浩瀚的海，她只能在上面漂浮，无法触及他灵魂的深处。

林若诚一直没有消息，就好像消失了一般。这个发达的社会，想联系一个人极其简单，想找到一个人也是十分容易。叶兰珍的心有些动摇，她在感情的问题上总是显得犹豫不决，没有一丁点在工作上的果断。她曾经无数次思索过原因，为什么自己在感情上会那么优柔寡断，史晓文给她的答案是，你太注重尊严和体面。想来也是，终究还是要看别人的目光而活，谁也不能逃出世俗的枷锁。

天气越来越暖和了，阳光也越来越明媚，春天就要来了。公园里已经有些桃花开出了点点的花骨朵，道路两旁的法国梧桐树上也冒出了新的嫩绿的叶子，生机无限。叶兰珍无比喜欢这些法国梧桐，种满了申城的法国梧桐。这座城市，因为有了法国梧桐而显得更浪漫更有生命气息，好像那些萧条，那些生机，那些枝繁叶茂，就跟这座城市的生命连接在一起，这些树的存在，让这座城市时而唯美，时而脆弱，就像个拥有七情六欲的美人一般。

11 遗　忘

在连续出差二十几天后的一个下午，叶兰珍刚到办公室坐下，前台接待处的工作人员打来电话说下面有一位先生找她，叶兰珍心生纳闷，今天她并没有约见客人。叶兰珍让问问他是谁，叫什么，有什么事情，工作人员在电话里说，这位先生不愿意透露，并且表示希望跟她到对面的咖啡厅里坐下来谈谈。叶兰珍更是疑惑了，但她还是答应了，放下电话就下楼。

走到咖啡厅里，她四处看了一下，没有几个人，但是每一张面孔她都不认识，就在她犹豫着要离开的时候，一个男人站起来朝她招手。叶兰珍定了定神，仔细地看了看这个男人，发现她并不认识他，男人也看出了她的疑惑，主动走了过来，向她打招呼并做自我介绍。

“你好，叶小姐，我叫泮少阳。”男人西装笔挺，气场十足，干练自信地伸出手来。

“对不起，咱们认识吗？”叶兰珍勉强伸出手来握了握手。

“你不认识我，但我认识你。”这个自称叫泮少阳的男人一脸微笑，好像一切掌握在自己的手中一般泰然自若。

“你怎么认识我？”叶兰珍不解地看着他。

“来，先坐，不着急。要喝什么？”男人说着坐了下来，伸手示意她坐下。

“不用了，谢谢。”叶兰珍坐了下来，带着警惕与怀疑。

“我是林若诚的同学兼同事，也是周乔的同学。”泮少阳说完，将目光放到了叶兰珍的眼睛上，好像要随时观察她的反应。

叶兰珍的心咯噔一下，突然明白了，但是心里却不断嘀咕：他难道知道她和林若诚的关系吗？他来有什么事情呢？他刚刚所说的周乔应该就是林若诚的前妻了，这是叶兰珍第一次知道她的名字。

“你找我有什么事吗？”叶兰珍稳了稳情绪，故作轻松地问道。

“想谈谈你和林若诚。”泮少阳的眼神笃定，这让叶兰珍有些怯懦。

“谈什么？”叶兰珍问道。

“我很高兴你并没有立刻否认你和他的关系，看来叶小姐还是很有担当的。而且我也知道叶小姐在职场上也是相当成功，我想，叶小姐肯定不想自毁前途。”泮少阳的话听起来咄咄逼人。

“你是在威胁我？”叶兰珍问道。

“不是，我是在劝导。”泮少阳说，表情变得严肃。

“我已经很久没有见到他了。”叶兰珍说。

“我知道，因为他不在国内。”泮少阳回答得很平静。

“不在国内？”叶兰珍的内心有一丝苦笑，她不知道他的任何消息。

“周乔在美国接受精神治疗，林若诚去探望她了。”泮少阳说。

“精神治疗？”叶兰珍想到了上次林若诚说的事情。

“对。”泮少阳回答。

“那你找我是做什么？”叶兰珍反问道。

“我想给你讲讲周乔和林若诚。”泮少阳回答。

“好，我也很想听。”叶兰珍说的是真心话。

“林若诚大学的时候算是个风云人物，但是周乔更是风云人物。一是因为她的出身好，长得也漂亮，她的父亲是校长，再就是她对林若诚热烈的追求，无人不知，无人不晓。追求她的人可以排成队，但是她的心里只有林若诚。”泮少阳陷入了回忆当中。

“你也是追求她的人中的一员，对吧？”叶兰珍问道。

“叶小姐很聪明。”泮少阳说着低头笑了一下。

“不是我聪明，而是你的行动表明了一切。估计直到现在，你的心里还有着对她的一份感情，要不然，你今天也不会来找我。”叶兰珍说。

“既然叶小姐都已经看出来了，我也不拐弯抹角。我希望叶小姐能离开林若诚，他没有了这份感情，或许就会对周乔更加的关注，事实上，周乔一直期待着跟林若诚复婚。”泮少阳的目光开始变得真挚，似乎带着恳求。

“泮先生，您觉得感情这件事是可控的吗？”叶兰珍问道。

“感情或许无法控制，但我们可以控制自己的行为，即便感情排山倒海，即便内心有千军万马，但我们需要有做人的道德底线。”泮少阳有些义正言辞。

“她知道吗？”叶兰珍问道。

“她不知道，这也是他俩能复婚的前提，如果她已经知道了，她肯定不会再抱有复婚的念想，但她的内心又无法接受这个事实，精神状况只会越来越差。”泮少阳说。

“我很抱歉。”叶兰珍回答。

“我也是一个旁观者，我并不太清楚他们的婚姻出了什么问题，但我知道，周乔现在的状态并不好，如果再受到更多的刺激，或许就会走向一个深渊。”泮少阳继续说。

叶兰珍陷入沉默当中。她终于知道这么长时间以来，为什么没有他的消息，他现在一定是焦头烂额。责任、义务、情感，或许已经让他喘不过气来，他应该正遭受着巨大的心理折磨。不知道他现在是什么样子了，一定是满脸的憔悴，头发一定更长了，眼神应该也变得暗淡无光了。

叶兰珍的心一下子揪了起来，心生怜悯。她是应该离开的，给他自由，让他走在原来的路上，不管他的路是通向哪里，最起码，他无需遭受心理上的折磨，无需背负愧疚。

“好，我答应你。”叶兰珍突然抬起头来，眼睛里有些雾茫茫的。

“谢谢。”泮少阳轻声说，眼睛里带着些许兴奋的光。也许他没有想到她会答应得这么轻易，也许他在怀疑她是不是真的能做到。

“我还有工作，再见了。”叶兰珍说完站起身，努力挤出一个微笑，然后转身离开了，留下泮少阳静静地看着她离去的背影。

推开咖啡厅的门，艳阳渐渐西斜，人来人往，有公交车在路边停下，很多人下车，很多人上车，然后公交车开走了，好像并没有来过。

叶兰珍回到办公室里，努力平复着内心的情绪。史晓文看到她走进来，紧紧地跟了上来。

“蜀城的客户打来电话，他们确定了项目的竞标时间，是下周三。”史晓文并不知道叶兰珍此刻的心情，也不知道她刚刚经历了什么。

“下周三？今天周几？”叶兰珍没有抬头，她担心史晓文看出她的情绪。

“今天周三。”史晓文回答。

“订明天飞蜀城的机票，我们再去跟客户见见面，沟通一下。”叶兰珍说。

“项目的内容都已经沟通过好多次了。”史晓文解释。

“这次，我们是去沟通感情，不谈项目。”叶兰珍抬起头来。刚才的情绪已被眼前的工作冲淡，整个人已经进入到工作的状态当中。

“好，谈感情。”史晓文诡异地笑了一下，然后走出办公室。

第二日，叶兰珍跟史晓文在机场会合。因为是早班机，机场里人并不多，空旷，偶尔有人急匆匆地从身边跑过，着急过安检。工作人员好像没有睡醒的样子，神情涣散，动作缓慢。过了安检，离登机的时间还有半个小时，两个人到肯德基吃了个简单的早餐。为了让自己清醒一点，都点了咖啡和汉堡。等吃完早饭，广播里已经通知前往蜀城的航班开始登机了。

叶兰珍和史晓文赶紧起来，朝登机口走去。登机口已经排起了队伍，两个人安静地站着，队伍一点点地向前移动，每个人看起来都面无表情，就像一台台机器一般。

上了飞机，叶兰珍找到了自己的座位，是靠窗的位置。史晓文是个不错的助理，她已经非常了解自己的习惯。飞机准点起飞，叶兰珍像往常一样，推开小窗的遮阳板，看外面的世界。万里高空之上，这是不同的世界，飞机在云层的上方飞行，叶兰珍常常会看得出神，每次，她都想纵身一跳，从万米的高空落下，也算是尽情至兴。死也未尝不好，它本来就是生的一部分，死亡是一种永生，是一种长眠。再看看舱内，不同的一群人，因为各种目的飞到同一个地方，因为某种天定的缘分坐在了同一班飞机上，彼此不相识，等到飞机降落，每个人都下了飞机，扬长而去，好像从来没有来过。

大约二小时五十分钟后，飞机稳稳地降落，她们两个人跟着人群下了飞机，直接奔向打车的地方。上了车，叶兰珍看着窗外城市的风景，每个城市都有自己独特的气味，蜀城也是如此。

“跟客户预约的是几点?”叶兰珍问道。

“下午一点。这个负责项目沟通的人倒是蛮客气，好像每次都很好说话。但是据我了解，蜀城本地就有一家咨询公司，也一直在跟进这个项目，这家咨询公司的规模不算大，但是在当地算小有名气。”史晓文已经掌握了很多信息。

“这家公司我听说过。我刚踏入咨询行业的时候，这家咨询公司已经成立了，应该说是老资格了，在业内也有一定知名度，但是他们的规模一直没有发展壮大，不过老客户倒是积累了一大批。我想了下，前几年在几个项目的争夺上也跟他们交过手，基本是打个平手，谁也没占优势。”叶兰珍说。

“这次咱有没有可能胜出？”史晓文好奇地问。

“先看看咱们的客户吧，不深入接触，根本不知道人家想的是什么，所以这次就是要了解这位徐总的需求，而且了解一下整个形势。很多项目中不中标，跟背后的好多人或事都有重要的关系。”叶兰珍说。

车子很快到达客户的办公楼，正好是午餐时间，离预约的时间还差一个小时，叶兰珍决定跟徐总一起吃午餐。

“你再跟客户联系一下，看看有没有时间一起吃午餐，就说我们已经到了。”叶兰珍对史晓文说。

“好的，我马上打电话。”史晓文答应着。

没想到对方爽快地答应了，并且提到单位附近就有一家不错的餐厅，徐总让她们去餐厅等他，他随后就到。

于是叶兰珍和史晓文一起到了客户指定的餐厅，离客户的单位有五分钟的路程，在一个商场的六楼。餐厅环境不错，两个人找了靠窗的位子坐了下来。服务员很快拿来菜单，打开菜单，她们发现价格也是十分合理。正看着菜单的工夫，负责项目对接的徐总就走了过来，叶兰珍马上起身迎了上去。

“徐总您好，好久不见了，今天又来打扰了。”叶兰珍笑着说道。

“不打扰不打扰，欢迎两位美女来我们蜀城。”徐总也是笑意盎然。

“徐总请坐。”叶兰珍伸手示意。

“两位美女也请坐，我来点菜。我给你们推荐几个我们本地的特色菜，保证你们会喜欢。”徐总笑眯眯地，边说边坐了下来。

叶兰珍和史晓文互相对视一眼，也坐了下来。服务员走了过来，这位徐总非常娴熟地点完了菜，然后又叫了一壶普洱茶。便将菜单还给了服务员。服务员很快将茶送了过来，徐总马上接过了茶壶。

“茶不错，来尝尝。”徐总很绅士地给两位女士倒茶，叶兰珍和史晓文也职业般地起身示意感谢。

“谢谢徐总。”叶兰珍边说边呷了一小口茶，普洱的清香瞬间从喉咙穿过进入胃里，暖暖的。

“两位美女大老远地专程跑过来，辛苦辛苦。”徐总端起茶杯，也呷了一小口。

“今天来，主要想看看我们还有什么工作做得不到位，还请徐总给我们提醒一下。”叶兰珍的脸上带着自信的微笑。

“贵公司的项目计划书我详细看过了，贵公司的实力我们也很清楚，关键有一个情况你们或许不太了解。我们当地就有一家咨询公司，实力也不错，我跟他们老板很熟，隔三岔五就往我这里跑。”徐总说话的工夫，菜陆续都上齐了。

“来，先吃饭。”徐总招呼她们吃饭。

“好，边吃边聊。”叶兰珍说着也拿起了筷子。

“我知道你们也不容易，大老远往这跑，要是我闺女这样工作我也会很心疼。”徐总说着叹了口气。

“徐总女儿多大了？”叶兰珍随口问道。

“十八岁，今年高考，这不，只剩下两个多月的时间了。”徐总的表情带着老父亲的担忧。

“那徐总今年肯定得把更多的时间花在孩子身上。”叶兰珍说。

“是啊，我现在的关键任务就是给她做好后勤工作，让她没有后顾之忧，全身心投入高考的准备当中。”此刻的徐总就是一位普通的父亲，对孩子的未来寄予厚望的父亲。

“徐总想让闺女在身边，还是往外地考呢？”叶兰珍问道。

“留在身边那是最好，但是闺女一心要考你们申城的 ×× 大学。”徐总的语气满含着对自己女儿的骄傲。

“我们叶总就是毕业于 ×× 大学啊。”一旁的史晓文插话道。

“是吗？那叶总是学霸啊。”徐总看着叶兰珍，手中的筷子也放了下来，一脸的佩服。

“您过奖了，徐总，您闺女也很厉害。这样吧，我在学校里还有一些关系，我回头整理一下学校的相关资料发给您看看，您女儿后面选择专业的时候可能会有所帮助，包括申城其他几所大学的，我都可以提供一下。”叶兰珍感觉终于找到话题了。

“那太感谢了，孩子肯定高兴。”徐总一脸的兴奋。

“千万不要客气。”叶兰珍回答。

“来来来，快吃。我们的菜啊，就是辣，麻辣，也不知道两位美女习不习惯。”徐总边说边关切地询问。

“习惯，我俩都喜欢吃辣。”一旁的史晓文回答。

“那就好，那就好。”徐总爽朗地回答。

午餐进行得很顺利。徐总后来又介绍了企业内部的很多具体情况，包括当地的这家咨询公司的一些消息，表示出其实对当地的这家咨询公司已经颇有不满，但是碍于情面，这么多年以来一直跟他们合作。而且这次上级领导也倾向于选择新的合作单位，特别强调要选择一线城市的公司，因为一线城市的思想观念都比较先进，信息传递也最及时。徐总还表示下周三让他们正常发挥就可以，关键要把项目介绍详细，让领导感觉更有可信度，至于报价方面，如果能稍稍再低一些是最好了，因为报价比当地的那家公司高出不少。

叶兰珍对徐总这么掏心的话表示感谢，自己的内心也大体有了数。结账的时候，叶兰珍执意要买单，徐总无论如何也不同意，说以后去申城的时候让她请，叶兰珍笑着答应了，说期待九月份开学可以在申城看到他们。

在楼下告辞之后，叶兰珍长长地出了一口气，史晓文也跟着长长地出了一口气，两个人相视而笑，好像都心里有谱了。

“这个项目是不是差不多了？”史晓文问道。

“任何事情没有确定下来之前，都不能高兴得太早，更不能掉以轻心，更要认真准备，确保万无一失。”叶兰珍一脸严肃地说。

“好好好，一定认真准备。”史晓文俏皮地回答。

“走吧，还有些时间，咱去逛一逛。”叶兰珍提议道。

“好，跟着领导混，总是有肉吃。”史晓文开心地回答。

两个人正准备去到处转一转的时候，叶兰珍的电话响了。拿起手机看了一下，叶兰珍的眼睛里闪现出一丝异常的光芒，竟然是林若诚。她的内心迫切地想听到他的声音，更想见到他的人，然而，想到泮少阳的那些话语，叶兰珍便按掉了电话。一旁的史晓文看出了她的复杂情绪，一脸的疑问。

“谁的电话？怎么不接？”史晓文看着叶兰珍，生怕漏掉她复杂表情中的一些重要信息。

“不要管了，走吧，咱去逛街。”叶兰珍说话的工夫，已经将手机放到包里了，拉着史晓文就往前走，准备打车。

电话又打过来了，叶兰珍不再理会它，任凭手机的铃声一直在响。不知道过了多久，对方好像感觉到手机的主人并不想接，于是电话不再响了，不一会儿，她的手机收到了一条短信：我们见个面，可以吗？

叶兰珍看到信息的瞬间，心头一下子热了，一股暗流在心里涌动。还是不要见面了吧，我知道一切，我知道他的为难和纠结，让他去承担他的责任，我们就此别过了，彼此都留在自己原来的生活里，拥有过他，已是此生最大的缘分了。想着这些，叶兰珍的心几乎在颤抖，她不舍得，但又能怎么样呢？

然而，她的内心挣扎了半天，还是回复了信息：

我回申城联系你。

即便准备结束一段关系，也要正式地结束吧。她的心好像总也受不了控制，无论如何，见一面吧，就算是最后的道别。

“你这到底是怎么了？”一旁的史晓文心急如焚。

“没什么，你看看有没有今晚的机票。”叶兰珍说。

“那还要去逛吗？”史晓文一眼讶异。

“下周再来吧，不是还要竞标吗？”叶兰珍回答。

“那好吧，我来查票。”史晓文带着一脸的无奈回答。

叶兰珍等在一旁，看着这川流不息的人群，那些陌生的面孔，那些属于别人的欢闹与嬉笑，这茫茫世间，人与人是有多大的缘分才在此生相聚？

“有票，晚上七点四十五分。”史晓文说。

“好的，订票吧。”叶兰珍淡然地回答。

史晓文订好了票，考虑到还有挺长时间，她执意拉着叶兰珍去逛一逛，虽然叶兰珍提不起兴趣，但是看在她那么热情的份上，还是遂了她的心愿。

两个人叫了辆出租车，然后直奔目的地——老巷子。上了车，两个人静默无声，叶兰珍更是一直望向窗外，满腹心事的表情。史晓文确定她有心事，但是问了几次，叶兰珍都没有正面回答，那应该就是不想说了，但此时此刻，她还是满脑子的疑问，什么人什么事会让这个聪明能干的女人这么忧心忡忡呢？

“你到底怎么了？”史晓文憋不住地又问道。

“你看，太阳多漂亮。”叶兰珍并不回答。现在已是下午，此时的太阳通红通红的，映在天空里。

“我问你怎么了？”史晓文不理她，继续问道。

“你说老巷子里的日子是不是永远都那样？巷子永远是那条巷子，只是人变了，一代又一代的人，老了，死去，新生，周而复始。”叶兰珍自言自语。

“你没发烧吧？”史晓文说着摸了摸她的额头，然后试了一下自己的。

“没发烧啊，怎么感觉你像是在说胡话。”史晓文看着她说。

看这样子，叶兰珍是不想回答她的问题了，史晓文也只好作罢，坐在一旁开始沉默起来，时不时看看窗外，再看看叶兰珍。叶兰珍就那么靠着窗户，目不转睛地盯着窗外。

车子很快开到了老巷子附近，两个人下了车，慢慢走着。史晓文还保持着一颗少女心，看到好玩的想买，看到好看的想买，看到好吃的也想买。叶兰珍则是一路阻止她，这个戴手上不好看，那个放家里容易摔碎，还有那些好吃的也都是容易发胖的，不能再吃了。

“这样走走不是挺好吗？”叶兰珍说。

“好，那我就陪你随便走走吧。”史晓文知道她有心事。

“聊聊你的故事？”叶兰珍随口说道。

“我的故事？”史晓文有点奇怪地问道。

“是啊，你三十几岁还单身，一定是因为曾经有一个人足够优秀，你们没能走在一起，你以后的时光里，将遇到的每个人都跟他对比，在你的心里，没有人能超越他，所以，你才一直一个人生活。我说的对吗？”叶兰珍说完，一脸认真地看着史晓文。

史晓文突然愣住了，半晌没有反应。她不知道该怎么回答，只是内心最深处的某个记忆一下子被勾出来了，心也跟着颤抖。她以为已经将那些记忆都埋藏好了，她以为那些心灵上的伤口早都治愈了，她以为她那么放肆乐观地生活可以掩盖什么，可是此刻，叶兰珍好像一下子找到她痛苦的源泉，将她拉回记忆的起点。

“你总是那么洞察人心。”史晓文回到现实中，苦涩地笑了笑。

“那跟我讲讲吧？”叶兰珍问道。

“其实也没什么好说的，早都过去了，人家都结婚好多年了。”史晓文说。

“你们为什么没在一起？”叶兰珍开始八卦起来。

“另外一个女人把他抢走了，或者说，他爱上另外一个女人了，就是他现在的妻子。”史晓文说。

听到史晓文这么说，叶兰珍突然想起了周乔。听泮少阳的描述，周乔应该是一个性格刚烈的女人，而且对林若诚用情至深。

“人和人的缘分是天注定的，强求也没用，你命中的那个人会在一个恰当的时间到来。”叶兰珍安慰道。

“你不问，我以为都忘了；你一问，我就全部都想起来了。”史晓文灿然一笑。

叶兰珍的脑海里又浮现出林若诚的样子。泮少阳说一个人是没有办法控制感情的，但可以控制自己的行为，可是感情明明支配着你的行为。她的心里有些烦躁。史晓文看出她的状态不佳，提议直接去机场，叶兰珍表示同意。

两个人直奔机场，此刻的叶兰珍，心早已飞回了申城，她恐怕要食言了。

赶到机场，办理了登机手续，进入到候机大厅，两个人找了地方坐了下来，史晓文显得百无聊赖。

“我去逛逛。”史晓文知道叶兰珍心思不在这里，所以并没有拉着她一起去。

“去吧，准时回来。”叶兰珍提醒道。

“知道了，放心。”史晓文将包放下，由叶兰珍看管，自己一个人去逛了。

叶兰珍拿出手机，静静地看着林若诚的那几个未接电话，一遍又一遍地看那条信息。她在心里一遍又一遍地说，我也想见到你，每时每刻都想。想到这里，叶兰珍的手指在手机屏幕上一页页地滑过去，然后打开了一个订房 APP，订了申城某家酒店的一间大床房，她决定今天晚上就不回家了，明天就去见林若诚。

差不多快登机的时候，史晓文回来了，兴冲冲地，手里拿着一个购物袋。

“看，我买了件衣服，看看漂亮吗？”史晓文说着拿了出来。

“好看，符合你的气质。”叶兰珍微笑着说。

“我觉得也好看，穿上一试就不想脱下来了。”史晓文说话间带着女孩的那种对衣服天生的狂热。

叶兰珍偏着头看着她，微笑着，感觉史晓文活得真是洒脱，好像总是很开心的样子，即便面对父母的催婚，面对她一直单身这个现实，面对周围人异样的眼光，她依然随性，依然勇敢。

“这么看着我干嘛?”史晓文发现叶兰珍正盯着自己看，马上停止将衣服放在身前比划的动作。

“没什么，看你开心。”叶兰珍回答。

“噢，对了，有给你的。”史晓文说着从购物袋里拿出一本书。

“这是什么?”叶兰珍问道，伸手接了过来。

“一本书，你不是最喜欢读书嘛，这些衣服啊啥的你也不缺，所以这本书送给你。”史晓文说。

“谢谢。”叶兰珍说。

“不用客气。”史晓文挥挥手，表现出不值一提的表情。

机场喇叭播放着登机提醒，两个人赶紧将东西收拾起来，朝着登机口走去，上了飞机，放好东西，叶兰珍再次静静地看着窗外。黑夜无边，只有路灯亮着，有机场工作人员在地面上行走，人如尘埃，那些情感的浓烈与淡薄最后都会消失。

飞机降落在申城的时候，已接近晚上十点半，叶兰珍和史晓文在乘出租车的地方告别。两个人的车驶向不同的方向，史晓文回家，叶兰珍驶向订好的酒店。

办理好登记入住，叶兰珍向房间走去。房卡扣在门锁上，嘀的一声，房门打开了，再关上门，就是一个属于自己的世界。叶兰珍将行李箱放到行李架上，衣服也没脱，将自己重重地摔在了床上，躺在那里，一动也不动。房间里异常安静，这种属于自己的时刻十分珍贵，她可以仔细聆听自己的声音，可以感知自己。

安静地躺了一会儿，静谧的夜晚让人的内心平静。叶兰珍起身去洗澡，打开水龙头，热水很快就出来了，她站在水龙头底下，让热水从头浇到脚，一天的劳顿都消失了，感觉灵魂都得到了解放，舒透无比。她很快地洗完了澡，刷完了牙，用吹风机吹干了头发，然后穿上了浴袍。拿起手机，想给林若诚发个信息，但她最终抑制住了欲望，已经很晚了，实在是不方便。于是拿出史晓文在机场买的那本书，安静地读了起来。

深夜来临，再加上一天的疲倦，浓浓的睡意很快袭来，叶兰珍将书放到床头柜上，很快便进入了梦乡。梦里的景象是现实的问题交织起来的网，一会儿是要去为项目竞标了，但是发现材料没准备；一会儿是林若诚突然出现在自己面前，又有方义明出现在梦里，好像在争吵着什么，整个晚上，叶兰珍像是活在另外一个世界里，几番挣扎，几番哭泣。

床头不断振动的手机最终唤醒了梦中的叶兰珍，她努力睁开眼睛，拿起手机，是林若诚，她接通了电话。电话里传来的是许久未听到的声音，纠结的内心好像一下子变得释然，那些如麻的烦乱顿时就烟消云散了。她要见到他，无论前方是什么。

“喂。”林若诚的声音从听筒里传来。

“喂。”叶兰珍回应了一下。

“你还好吗？”林若诚问道。

“还好。”叶兰珍压抑着自己的情感，生怕一打开阀门，情感便像洪水一般宣泄出来，于是她保持着克制和隐忍。

“对不起，我这段时间……”林若诚想要解释。

“不要说对不起，我知道你的心，因为我的心跟你是一样的。”叶兰珍回答。

电话里的林若诚一时不知道说什么，两个人便陷入了沉默当中，不用说任何话语，彼此的心路历程也已全部清楚，每个人都有自己的勇敢和懦弱。

“我昨晚刚回到申城，住在酒店里，你来吗？”叶兰珍率先打破了安静的气氛。

“你等我，我马上过来。”林若诚回答。

挂掉了电话，叶兰珍坐在床上愣了半晌。她想到了前不久来找自己的泮少阳，她答应过他的，她不想做一个食言的人，但是，她的情感完全控制了行为。

思维掉入决策的斗争中，最终回到了现实。她起床，进行了简单的梳洗。许久未见，他不知道是什么样子了，一定是满脸憔悴吧。她脑海中一遍遍闪现出他的样子，那些微笑的瞬间，那些眉头紧锁的瞬间。

终于响起了门铃声，叶兰珍赶紧起身去开门。带着满心的期待与欢喜，打开房门，看到了站在外面的林若诚，一脸的憔悴，一脸的忧郁，一脸的英俊。林若诚看着她，嘴角露出一丝微笑。他走了进来，关上门，然后紧紧地拥着她抱着她，紧紧地。她有些喘不过气，但是她也不想挣脱，她就想享受这个期待已久的拥抱，期待在他的怀里，期待他在她的耳边呼吸。

“你还好吗?”过了良久，叶兰珍终于开口问他。

“好，只要心中一想到你，就万分欣喜。”林若诚喃喃地回答。

“你不该来找我，你该待在她的身边，她需要你。”叶兰珍说。

“我知道，我知道，可是我控制不了我自己。”林若诚回答。

两个人就这么紧紧地抱着，房间里安静地可以听到彼此的呼吸和心跳的声音。叶兰珍闻到他身上好闻的味道，她将鼻子靠近他的脖颈处，嘴巴也就贴了上来。她在他的耳边、颈边摩挲着，他也回应着，转过头来轻咬着她的耳朵，亲吻她的嘴唇，她能感受到来自身体深处对他强烈的渴望，当他们身体彼此交融在一起的时候，她是那么地满足，那么地愿意。

两个人的契合，不仅仅是灵魂上的契合，也是身体上的契合，这种身体上的契合并不仅仅是因为简单的生理欲望，而是因为有了灵魂层面的互相给予，因为彼此精神上的热烈，情感上的热情。

良久之后，彼此都获得了极大的满足。叶兰珍躺在林若诚的怀中，将脸贴在他的胸前，听他的心跳声，房间里的静谧是一种独特的美。林若诚轻轻地抚摸着她，她像一只温柔的小猫，静静地享受着他的抚摸，享受着他的亲吻，享受着他的柔情。

“我每天都在想你。”林若诚说，然后吻了吻她的头发。

“我也是。”叶兰珍回答，心里涌起无限的喜悦。

“我刚从美国回来。”林若诚说。

“嗯。”叶兰珍应着。

“她的病情时好时坏。”林若诚继续说。

“嗯。”叶兰珍还是应着。

“这次学校里有重要工作，我必须回来，就悄悄地回来了。”林若诚说。

“嗯。”叶兰珍并不说什么，只是回应着。

“你怎么样？”林若诚问道。

“一直忙工作，忙着忙着就把你忘了。”叶兰珍回答。

“忘了好，忘了心便不会痛。”林若诚说。

叶兰珍抬起头看看林若诚，英俊的面庞，憔悴的面容，深情的眼神，高挺的鼻梁，好看的嘴角。谁会忘记你呢？谁舍得忘记你呢？你是那么地好，那么地骄傲。她给他一个微笑，他回给她一个微笑，好像彼此都明白，无论如何，我们能这样在一起就已足够美好。

“今天可以不去上班吗？”林若诚试探地问道。

“可以。”叶兰珍回答。

“你呢？”叶兰珍反问。

“我也可以。”林若诚回答。

“那我们一会可以一起去吃饭。”叶兰珍说。

“好。”林若诚回答。

“那你等我一会儿，我去洗个澡。”叶兰珍说。

“好，我等你。”林若诚回答。

林若诚靠着床背坐在床上，看着她将衣服一件件地穿上，看着她将头发向后拢起，看着她朝自己微笑，看着她向洗手间走去。有那么一瞬间，他觉得这些琐碎的事情是那么地真实，就像她就是他的妻子，他就是她的丈夫，好像两个人在一起生活了很久很久，却又并不互相厌倦。

他和周乔之间，好像总是由周乔主导，她说去哪里吃饭，他就去哪里，她说要去哪里旅行，他就去哪里，在周乔面前，他失去了决定问题的能力，他找不到两个人相处的那种舒适感，更多的是顺从，是被迫往前走。

叶兰珍洗漱好出来了，头发扎了起来，自然地挽在脑后，她化了淡妆，皮肤因此更白净细腻，她涂了口红，颜色并不鲜艳，像她的人一样素雅，上身着一件焦糖色打底衫，袖口有不规则的花边，下面是一条紧身的牛仔裤，脚上蹬一双中跟的皮鞋。林若诚看着她，叶兰珍看到他在盯着自己看，有些害羞，脸色顿时红了起来，林若诚走过来，亲吻了一下她的额头，双手扶住她的双肩。

“真漂亮。”林若诚说。

“谢谢夸奖。”叶兰珍有些腼腆。

眼前的林若诚已经穿戴整齐，头发有着好看的轮廓和纹理，他上身着一件白衬衫，羊毛衫，下身是西裤，脚上是一双黑色皮鞋，外面是一件中长款的黑色风衣。不知是什么原因，他的眼睛也愈发地黑亮，憔悴也消失不见了，变身成一个充满力量的男人的形象。

“走吧。”林若诚说。

“我要把房间退掉。”叶兰珍说。

“好，我去退。”林若诚回答。

“你开车来的吗？”叶兰珍问。

“是的。”林若诚答。

“那我把行李放到你车上。”叶兰珍说。

“好。”林若诚回答。

到前台退房间时，叶兰珍要自己去付房费，林若诚执意他来付，叶兰珍只好作罢。

两个人去了地下停车库，上了车，是她熟悉的气味。

“我带你去一家法式餐厅。”林若诚说，然后发动了汽车。

车子驶到地面上，才感觉像回到人间一般。酒店的房间是天堂，只有面对着太阳，看着马路上的车来人往，才真正体会到人间的真实。

“今天天气真好。”叶兰珍似自言自语地说。

“春天来了，阳光越来越明亮。”林若诚回答。

“春天总是让人感觉充满希望。”叶兰珍说。

“就像每次看到你一样。”林若诚转过头来，认真地看着她说。

叶兰珍抿着嘴笑了笑，然后继续看着窗外。车子驶向高架，然后下来，拐到一条小路上，林若诚将车子在路的一旁停了下来。叶兰珍仔细看了看，这条路她以前经常来，那是刚刚来申城的时候。她以前在小说里看到的那些关于申城的描述基本上都来自这片区域，所以，她刚来申城的时候，经常在周末独自一人来这里散步，带着她的相机拍照。她拍过这里的不同季节的景色，春、夏、秋、冬，这些漂亮的景色像是年轻时的一种梦幻一般，那些美丽的风景都是自己的心境构造出的迷幻景象，带着青春的向往，带着青春的迷茫，带着青春的不知所措，带着对未知的不可预测。

“我以前经常来这里。”下了车，叶兰珍说。

“是吗？我也经常来，就是在附近随便走走就觉得很美。”林若诚锁上车。

“这里不仅外在看起来漂亮，更有很多历史沉淀。”叶兰珍说。

“对，刚来申城时，周末会来，就在周围这些小路上穿梭，或是走路，或者骑自行车，这里闹中取静，虽不远处就是车水马龙，这里却是异常宁静。”林若诚说。

“说不定当时我们遇见过。”叶兰珍带着一种幻想的表情。

“很有可能，只是我们擦肩而过了。”林若诚回答。

“我当时可不敢想到这附近的餐厅里吃饭，估计一顿饭就把我一个月的生活费都花完了。”叶兰珍说。

“现在可以了，餐厅到了。”林若诚伸手示意餐厅的位置。

进了电梯，林若诚按了三楼的按钮，很快就到了。两个人走进了餐厅，餐厅规模不算特别大，但是装修得特别雅致，现在快接近午餐的时间，吃饭的人慢慢多起来，服务员看到他们进来，马上迎了上来。

“欢迎光临，二位里面请。”服务员热情洋溢地问候道。

服务员引导他们在一个靠窗的位置坐了下来，同时递上了菜单。

“你来看看。”林若诚把菜单递给叶兰珍。

“你点就行。”叶兰珍说。

“那好，点他们最受欢迎的菜品吧。”林若诚说。

“好的。”叶兰珍回答。

“招牌牛排，香煎黑鳕鱼，小面包配牛肝酱，龙虾汤，法式小甜点，再来壶茶好了，就这些，茶水现在就上，甜点后面再上。”林若诚说着将菜单递给了服务员。

点完菜，两个人又环顾了一下餐厅。

“环境不错。”叶兰珍说。

“一会你尝尝菜品，也还不错。”林若诚说。

菜很快就上来了，林若诚示意叶兰珍先吃，叶兰珍尝了口黑鳕鱼。

“怎么样？”林若诚问道。

“嗯，好吃。”叶兰珍说。

林若诚笑笑，叶兰珍看着他，也微笑着回应，一种莫名的感觉从心底升起，她只觉得踏实，只觉得自在，只觉得安全，那是她跟方义明在一起时所不曾感受到的。叶兰珍一直相信，人与人之间是有磁场的，这种磁场不是用言语可以形容的，磁场正确了，怎么样相处都是舒服，磁场不对了，怎么样努力适应都无济于事。

“你工作还顺利吗？”林若诚问道。

“还好，就是项目特别多，任务重。”叶兰珍回答。

“你呢，回来待几天？”叶兰珍装作漫不经心地问道。

“还不确定，其实我在那里也没什么用处，是她父母一定让我过去的。”林若诚回答。

“她现在状态怎么样？”叶兰珍继续问道。

“看起来还比较稳定，但我没有看到全部的她，所以也并不确定她的真实状况。”林若诚回答。

“你……是应该陪着她。”叶兰珍安静地说。

听到这话，林若诚咀嚼着东西的嘴巴停顿了一下，接着又继续咀嚼起来。

“我们总是需要向现实妥协的。”叶兰珍无奈地说。

一顿饭吃了很长的时间，两个人漫无目的地聊着，更多的是在聊青春和童年。那些伴随着困顿的日子如今回忆起来却只剩下美好，是不是因为那时的我们，有着更多的自由？还是因为那时对未来有更多的幻想？而如今，那些憧憬与幻想都变成了真实的模样，而真实的模样并没有想象中的美好。

“吃好了吗？”林若诚问道。

“好了，送我回家吧。”叶兰珍回答。

“现在吗？”林若诚再问。

“是的。”叶兰珍回答。

再次上了车，车子在城市间穿梭，上了高架，叶兰珍静静地看着这座城市，高楼林立，人来车往，这些来回穿梭的车子，不知道要奔向何方，不知道这些炫目的背后，有多少需要隐忍的痛苦。

林若诚默默地开车。叶兰珍透过镜子看到他的眼睛，大大的眼睛被长长的睫毛覆盖，眼珠黑亮，总像是有泪光，眼神好像一种放空的境界，又像是一种无奈。他的修长的手指紧握着方向盘，时而转动方向盘，向左打，向右打，手腕上的黑色皮带手表显示着他不俗的品位。也许是注意到叶兰珍在观察他，林若诚转过头来看她，伸出手握住她的手，紧紧的，温柔的，柔软又有力的。

车子很快驶到了叶兰珍的小区附近，林若诚停下车子，熄了火，车内一片安静，静得可以听到彼此的呼吸。彼此都安静地坐着，谁也没动。

“到了。”林若诚边说边看着她。

“嗯。”叶兰珍回答，她没有看他，而是静静地看着车的前方。

又是一阵沉默。寂静啊，世界都是寂静的，可是内心啊，像是万马在奔腾，像是黄河在咆哮，像是地动又山摇，彼此间的亲吻和拥抱都不能让他们摆脱现实的束缚，他们都想抛掉眼前的一切奔向对方，但是谁也没有勇气，身体内那些热烈的情感的激荡也不能让他们足够勇敢和坚强。

“去吧。”还是林若诚先开了口，他将她揽到胸前，亲吻了她的额头，她的心就跟着颤抖，她想抱住他，紧紧地抱住他，但是她没有，她推开了车门，下了车。

林若诚也跟着下了车，帮她打开了后备厢，拿出了她的行李箱，两个人站着默默无言。

“回去吧。”林若诚说。

“好。”叶兰珍回答，身体却仍然立在原地没动。

“我会想你。”林若诚说。

“我也会。”叶兰珍回答。

她跟他挥手再见，然后转身，朝着家的方向走去。春日的风已变得相对温暖又柔和。她听到身后汽车发动的声音，她回头看，车子飞驰而过，消失在一片春意的树荫里。

周乔的父母最开始是以散心的名义把周乔骗到美国的。周乔的父母说他们好久没有出国旅行了，现在难得有时间，周乔也觉得自己应该去散散心，于是安排了美国的行程。但是到了美国以后，父母却一次次地提出要带她去跟医生会面，这让周乔心生反感。

“我不需要看医生。”周乔说得理直气壮。

“闺女你听话，让医生给检查一下我们才放心啊。”周乔的母亲劝她。

“你看看你，情绪总是不稳定，我们担心啊。”父亲也央求她。

“你们是不是都觉得我疯了？”周乔看着眼前的父母说道。

“你也知道，现在社会是有好多抑郁症啊之类的，去检查一下，如果没有不是更好吗？”母亲再次苦口婆心地劝说。

“我没事，我知道自己在做什么。”周乔还是坚持。

无论父母如何劝说，周乔都不为所动。她先是去游览了很多景点，心情看起来相当不错，如果一个人脱身于常态的生活中，内心压抑的情绪的确可以得到舒缓，周乔甚至想留在美国读书。

“我是不是该充充电？学生时代的那些底子在社会上全耗完了。”周乔对父母说。

“完全支持。你可以联系联系学校，很多名校都有那种短期的进修课程，我们反正也退休了，就在这里陪你。”父亲觉得有计划的周乔就不那么让人担心了，何况，在这里也可以检验一下她的状态到底如何。

“若诚可以两边飞的，学校里有事先忙学校的事，闲的时候再飞过来陪你。”母亲也在计划着。

“不用，我自己就行。”周乔回答。他们已经离婚了，她不能再处处依赖他，虽然父母还不知道真相。

周乔果真联系到了学校，报名参加了一个为期三个月的短期课程。她开启了学生一般的作息时间，每天准时出现在教室里，听那些外国教授的精彩演讲，她发现外国人的价值观跟中国人的完全不同，所追求的东西也是完全不一样的。她尝试着跟外国人进行沟通，思想的碰撞让她的状态渐渐正常，她不再仅限于原来的生活圈子，不再仅限于固有的思维方式。

周乔的父母看到女儿的状态越来越好，内心也是无比地兴奋。考虑到周乔要在美国学习好几个月，周乔的父母提出让林若诚来探望她，周乔一口回绝了。但周乔的父母还是自作主张地联系了林若诚，林若诚犹豫再三，还是答应了。

林若诚出现在周乔的面前时，周乔的内心还是万分欣喜的，他陪着她一起上课，像大学时候一样，他陪着她去了许多地方游玩。他看到她的精神状态渐渐趋于平稳，他的心有了些许的安定。她没有再提复婚的事情，这也就避免了相处的尴尬。

不久之后，林若诚一个人回了国，因为跟泮少阳的那个课题正进行到关键阶段，虽然他不止一次地说做学术研究不能急，但是他也不想因为自己的这些事情影响整个研究的进度，毕竟是一个团体的事情，不是他一个人的事情。

可是令他没有想到的是，回到国内，他却从泮少阳那里得到了一个消息：论文已经提前发表了，并且是以泮少阳的名字作为第一作者，这让林若诚有些愤怒。

“你太卑鄙了。”林若诚难得的怒火中烧。

“怎么了？”泮少阳一副不解的样子。

“为什么文章提前发表了？”林若诚继续问。

“我已经完成了啊，特别是最关键的部分。”泮少阳淡定地回答。

“先不说谁该署名第一作者，你的内容有很多地方都是抄袭造假，我不明白为什么这么权威的期刊会给你发表这样的文章？”林若诚怒气冲冲地质问他。

“若诚，你冷静些，有些数据、表格，的确来自其他文章，但这又有什么关系呢？无伤大雅，只要他们能发表就可以，你还真的靠着一个学术吃一辈子饭吗？”泮少阳的表情充满了玩世不恭的态度。

“好，那为什么你是第一作者?”林若诚看着他，等待着他的回答。

“这个，我也正想跟你沟通呢。你不是去美国了嘛，所以没来得及和你商量。你也知道，我想竞争一下副院长的职位，在权威期刊上发表重要论文，对我是一个巨大的加分，这次你先委屈一下，下次我帮你。再说了，联合署名，也不耽误你职称的评选嘛。”泮少阳解释道。

林若诚已经无话可说，他只是气得在原地打转，一向平静的脸上难掩怒火。

“这些真的就对你那么重要吗?”林若诚看着他。

“什么对你最重要?公正?平等?还是干净的灵魂?”泮少阳反问他。

“对，公正，平等，干净的灵魂。”林若诚重复着他的话。

“你以为我不想要这些吗?你以为我喜欢那些你争我斗?”泮少阳继续反问他。

“你不喜欢?”林若诚看着他的眼睛。

“我只是善于妥协，我知道适当的妥协才是生存的根本法则，一直坚持内心的准则，只会遍体鳞伤。一个人见惯了太多的黑暗，他就不再心向光明，因为他知道，一个人的力量无法阻挡黑暗的来袭，不如就此妥协，随波逐流。”泮少阳的分贝也提高了很多，似乎对这个世界抱有同样的怨言。

“你以为你真的很高尚吗？你当初为什么选择周乔，你敢说你不是冲着她父亲的身份？你当初如果不跟周乔在一起，或许她就不会变成今天这个样子。”泮少阳继续说。

林若诚一时语塞，他不知道如何跟泮少阳辩解。他知道每个人都有个性中的弱点，每个灵魂都不会完全干净，想到这些，刚才还怒火中烧的他顿时释然了，转身离开了泮少阳的办公室。

此刻接近傍晚，太阳就要落山了，半边天空都被染成了红色，微风徐徐，带着暖意，春天的气息扑面而来。年轻的学生嬉笑打闹着，他们的心灵与眼睛都还是纯净的，有着无限的光芒，有学生跟他打招呼，他微笑着回应，无论如何，他仍然愿意心中拥有希望，拥有爱与信仰。

没过多久，泮少阳如愿当上了副院长，然后在院里组织了一场盛大的聚餐，林若诚也参加了，所有的人都谈笑风生，觥筹交错之间，泮少阳走过来向他敬酒。

“谢谢支持，以后继续合作。”泮少阳说。

“不会有以后了。”林若诚在他的耳边轻声说，然后喝掉了杯中全部的酒。

“鹏城客户发来了合同。”史晓文冲进叶兰珍的办公室，兴冲冲地说。

“我看看。”叶兰珍正忙着看一个咨询项目的方案，听到史晓文的话，她赶紧抬起头接过了合同。

“喏，看看吧，如果没问题的话你签字就可以了。”史晓文将合同放到她的桌前。她拿起合同，认真地翻看起来，史晓文在旁边开心地合不拢嘴。

“很好，你最近去鹏城几趟没有白跑。”叶兰珍说。

“我现在发现搞定客户也没有那么难嘛。”史晓文有些飘飘然。

“先别骄傲啊，后面咱还有很多项目需要去沟通呢。”叶兰珍保持着一个领导该有的淡定。

“知道知道，我这叫战略上蔑视，得给自己打气不是嘛，不能被客户给吓倒啊，战术上我会相当重视的，放心。”史晓文一脸严肃地回答。

“好，这样，咱明天下午开个经验总结会，由你来给大家讲讲客户营销的经验，让大家都学习学习。”叶兰珍说。

“总结经验？”史晓文问道。

“是的，将这个项目从头到尾梳理一下，讲讲维护客户关系的一些关键环节，如何跟客户拉近距离。”叶兰珍斜着眼看了她一眼。

"好的，我现在去准备。"史晓文转身要离开。

"对了，竞标的材料准备好了吗？"叶兰珍问道。

"准备好了，要不要再给你看看。"史晓文说。

"好，你帮我拿过来，谢谢。"叶兰珍回答。

叶兰珍有自己的考虑。上任半年多以来，业绩是大幅度上升，但是，每一个项目几乎都是自己出面才可以最终确定下来，她现在面临的一个最大的问题是培养人才的问题，要发挥团队里的人的主观能动性，让每一位员工都可以为公司创造业绩，史晓文无疑是资历最深的一个。除了史晓文之外，团队里还有几名营销人员的天分都不错，很多时候，他们是缺少经验和机会，只有充分挖掘每一位员工的潜力，公司的业绩才会有质的飞跃，自己才有可能脱离出来，更多地做管理者的角色。

叶兰珍一天的工作排得满满的，几乎没有停歇的工夫。给客户制定咨询项目计划书，研究客户的行业，准备竞标的相关事宜，给员工开会，交流沟通工作经验，整整一天，喝杯水的时间都没有。部门在她的带领下越来越有动力，越来越有活力，员工的工作积极性也越来越高。

叶兰珍工作上是风光的，面对客户时是谈笑风生的，但是下班回到家里，推开房门，就要面对无边的压抑和寂寞。空荡荡的房子里，常常就她一个人，所以显得异常冷清，几个房间来回走，也只听得到自己的脚步声，从来不知道方义明会不会回来，彼此好像是生活在同一个屋檐下的陌生人，灵魂和肉体都不再靠近。

今天也不例外。回到家时已是晚上七点半，叶兰珍本来不想吃晚饭了，但实在太寂寥，好像也没有紧要的事情要做。时间还充裕，于是叫了外卖，温泉蛋牛油果鸡肉色拉。简单的食物让她没有压力，不至于担心肥胖，女人在任何时候都爱美，都关心体重。外卖小哥送来食物的时候，快八点了，叶兰珍打开电视，然后坐在沙发上抱着外卖吃了起来。电视上正重播一部很火的宫斗剧，那些充满心机的斗争时常让她觉得不可思议，为了不断地攀升，没有道德的底线，难道人性如此恶毒吗？又或者，也是出于无奈，只是一种活下去的手段，一种自保的方法？

食物很快被吃完了，温泉蛋口感柔软，牛油果尝起来清淡，鸡胸肉吃起来像树皮，还有几粒大芸豆、玉米粒，几根胡萝卜条，生菜叶，这些食物都没有什么热量，吃完了，也没有得到精神上的抚慰。

收拾好垃圾，叶兰珍去洗了个澡，洗澡是与自己相处的最佳时间。脱掉衣服，好像就可以面对全部的自己，看到自己的肉体，就接近于看到自己的灵魂深处，那些孤独时刻，那些激情的瞬间，那些纠结与痛苦，那些不舍与分离。闭上眼睛，热水从头浇到脚，就可以看到往事与现实不断交织着上映，像是电影一般。人生是一条未知的路，每个人几乎都是闭着眼睛前进，没有人知道明天会是什么，这样看来，活着的每一天都像是一种冒险。

洗完澡，用吹风机将头发吹干，带着些许的凌乱，叶兰珍走出了浴室，走进了自己的卧室。打开灯，桔黄色的灯光弥漫着整个房间，拉上窗帘，就剩下自己的世界。她靠着床背坐下来，拿起书仔细地读起来，还是史晓文前段时间在机场买来送给自己的那本，走进书的世界，就好像找到了灵魂的皈依；沉浸在另一个世界当中，就好像找到了灵魂的庇护所。

大约十点钟的时候，叶兰珍感到阵阵睡意袭来，放下手里的书，起来关上灯，然后一个人静静地躺在床上，很快就睡着了。总是有梦，梦里时而美好，时而纠结。迷迷糊糊中，她听到外面的门响了，她以为是在梦里，又挣扎着辨别，才知道是真实的，应当是方义明回来了。她拿起床头上的手机看看时间，十二点十五分。她听到他换鞋子的声音，她听到他将钥匙放到了桌子上，她听到他倒水的声音，接着，她听到他跟别人通电话的声音。

“到了。”

“你早点休息。”

“就这样。”

方义明的声音轻柔，好像生怕惊扰了别人一般。叶兰珍在思索他在跟谁通电话；是他的母亲吗？有些像，但又不像，再说都这么晚了，老人家应当早就睡了。那么会是谁呢？他在外面的女人？方义明曾经在他们争吵的时候，言辞激烈地表示，自己绝对没有在外面找女人，叶兰珍半信半疑，她一直将他们之间这种冷淡的关系归结为他在外面有了别的女人，但是他的态度又好像在说明他真的没有说谎话。叶兰珍百思不得其解。然而因为自己有了林若诚，她也就不再将精力放在思考这些事情上了，反正他有他的自由，我也就有了我的自由。

叶兰珍静静地听着外面的动静，他应当是去了洗手间，然后就进了自己的卧室，接着又出来了。她听到他的脚步声离自己的卧室越来越近，她赶紧躺好，闭着眼睛。他打开了卧室的门，开了旁边的一个小灯，估计是看看她有没有在房间，然后关上灯，轻轻地关上门出去了。

叶兰珍睁开眼睛，突然觉得可笑，这是在演谍战片吗？他们明明是夫妻，他们在一起生活了十多年，如今，却失去了最起码的沟通的能力，也没有沟通的意愿，好像彼此都有另外一个世界一般。

外面再也没有了动静，方义明应当是去睡觉了。叶兰珍却怎么也睡不着，一个人躺在床上辗转反侧，脑子里一直在回想着她听到的那几句话，回味着他说话的语气，琢磨着他说的那些内容。他的语气是温柔的，像是关系很亲近的人，不像是同事，因为没有那么官方的语气，更不会是上下级关系。思来想去，叶兰珍得不出结论，就当，他在外面有了女人，这样也好，她就少些愧疚。想到这些，叶兰珍的内心顿觉释然，在寂静的深夜里再次沉沉地睡去。

醒来时，天已大亮，看看时间，早上七点十五分。叶兰珍躺在床上思索了一会儿，揉揉眼睛，听到外面有声音，她起身下床，推开门，看到方义明在餐厅里忙着什么。

“吃早饭吧。”看到叶兰珍起床了，方义明主动招呼她。

叶兰珍倒是一脸诧异。她走到餐桌跟前，看到方义明做了简单的早餐。牛奶，三明治，咖啡，咖啡是方义明的，牛奶是给她的。她有些迷惑地看了看他，面对叶兰珍的眼睛，他有些不知所措，赶紧转移了视线。

“比较简单，稍微吃一点。”方义明说，然后坐了下来，伸手示意让叶兰珍也坐下。叶兰珍看了看他，直接坐了下来，没有洗脸刷牙，拿起盘子里的三明治吃了起来。

“今天怎么有时间？”叶兰珍开口问道。

“一季度业绩完成得不错，暂时松一口气。”方义明说。他的表情依然很严肃，微微皱着眉头，相对于林若诚来说，方义明的神情总是显得那么凌厉。

看来前段时间他工作上的风波已经过去了，叶兰珍心想。

“最近去看妈了吗？”叶兰珍试探着问。

“前天去了。”方义明回答。

“身体怎么样？”叶兰珍问。

“不算太好。”方义明回答。

“需要我帮忙吗？”叶兰珍客气地问道。

“不用，有保姆就够了。”方义明面无表情地回答。

两个人看起来各怀心事，没有什么话题可以深入交谈下去，方义明像是逃避一般很快吃完了早餐，然后站起身来。

“今天下午要飞羊城。”方义明边说边走去卧室，准备收拾东西。

“要去多久？”叶兰珍停下手里的筷子，警惕地问道。

“估计得两周。”方义明拿出了行李箱，默默地收拾，叶兰珍只是静静地咀嚼着嘴里的食物，没有说话。

“我先走了。”方义明很快收拾好了行李，然后穿好衣服，拿起皮包，打开门离开了。

叶兰珍默默地吃完了三明治，喝掉了牛奶，然后去洗漱。无论怎么样，生活还是要继续的，若非死亡，我们就需要面对每天的太阳升起又落下。人其实是自己思想的困兽，我们每天都在跟自己斗争，每天都要学习如何与自己相处，才不至于成为思想的奴隶，才能让每一天都过得忠实于自己的心，忠实于自我。

收拾妥当一切，叶兰珍也准备去上班了。她拿起包，穿上外套，蹬上高跟鞋，拿起车钥匙，关上门，身后就是一个寂静的世界。房间里有阳光照进来，明晃晃的，家具静默地立着，房间里没有了生命，就显得更加空旷与孤寂，有风吹过来，透过开着一点缝隙的窗户，将窗帘吹得轻轻摆动。

驾车去公司，早高峰时间，路上很堵，有人横穿马路，有人闯红灯，有人奔跑着去赶马上要开走的公交车，公交车上下来的人跟骑自行车的人相撞，互相骂骂咧咧，谁也不相让，为了赶时间，边跑边回头骂着。生命是个奇怪的存在，人类更是一种奇怪的存在，人类情感的复杂性构成了这个缤纷的世界。叶兰珍的车开得走走停停，停停走走，她透过车窗看这大街上的人群，都在奔波，带着各自的企图和目的。她无奈地摇摇头，又露出一丝苦笑，生命是无需谈论的，它就那么存在着，然后在上帝规定的时间里消失掉。

到达公司已经九点多了，叶兰珍刚在办公室里坐定，史晓文就推门进来，带着一副神秘的微笑。

“怎么了？”叶兰珍边打开电脑边问道。

“你猜。”史晓文悄悄地说。

“不会又有新拿下的客户吧？”叶兰珍带着期许问。

“不对。”史晓文继续保持神秘。

“我猜不到，你直接说吧。”叶兰珍说。

“我恋爱了。”史晓文带着少女的羞涩，带着恋爱的欣喜。

“真的？谁？你们怎么认识的？”叶兰珍继续追问。

“这要感谢鹏城的这个项目。”史晓文一脸甜蜜地说。

“说来听听。”叶兰珍此刻露出一个八卦的表情。

“我去鹏城洽谈那个项目的时候，在飞机上认识了邻座的一个男人，我们俩从上飞机一直聊到下飞机，感觉挺投缘的，所以，下飞机的时候，我们互相留了联系方式，就这么认识了。”史晓文回忆着，带着一种宿命般的不可思议的表情。

“保密工作做得这么好，我竟然一点都不知道。”叶兰珍说。

“这不都是跟你学的，事情没确定下来之前，不要轻易下定论。”史晓文说。

“好，学习能力不错。那后来你们是怎么发展的？”叶兰珍问。

“我后来知道，他是一家法国公司的中国区营销总监，负责他们公司产品整个中国区的销售工作。因为在飞机上聊得不错，后来向他请教过关于营销客户的一些事情，取取经。”史晓文继续说。

“年龄、长相如何？”叶兰珍带着好奇追问。

“三十八岁，长相嘛，还不错吧，顺眼。”史晓文回答。

“他，向你表白了？”叶兰珍问。

“是我先表白的，好不容易碰到个顺眼的，还不赶紧抓住机会啊？”史晓文一脸的无畏，这也是叶兰珍最欣赏她的地方，活得那么勇敢，任何时候都不拖泥带水，叶兰珍常常自愧不如。

“祝福你。”叶兰珍一脸认真地看着史晓文，她是发自内心地祝福她。茫茫人海中，碰到一个能让自己心动的人是多么不容易，他和她都不是年轻的小孩了，少了青春期的那种冲动与迷茫，他们更多拥有的是生活阅历，是对生活的感悟，应该更明白尘世的缘分来得没有那么容易，所以才会更懂得珍惜。

“谢谢。”史晓文微笑着说。

“好好珍惜。”叶兰珍叮嘱她。

“我会的。”史晓文回答。

“去工作吧。”叶兰珍示意道。

“好。”史晓文答应着，然后转身离开了办公室。

叶兰珍看着史晓文的背影，她才发现，最近的史晓文变得不一样了。她淡定自若，沉着自信，脸上闪烁着光芒，原以为是因为工作的历练，现在看来，也许是因为恋爱了。恋爱可以让一个人更认可自己，能爱别人，能被人爱，何尝不是一种能力？尽管它也是一个折磨人的东西，它让人纠结痛苦挣扎，可是正是因为有这些难以自拔的瞬间，才让人感知到生命的意义。

日子就这么过着，时间就这么流淌着，时而有风，时而有雨，时而有云，时而有雾，我们不知道要奔向何方，只能跟随着命运的大手，被命运的洪流裹挟着前进。

方义明出差一直未归，林若诚后来也没有消息，或许他也是焦头烂额。叶兰珍觉得日子过得无比的孤独，虽然日复一日忙碌的工作可以暂时让她忘却现实，但是每一个回家的时刻都是那么的凄凉，今天，也是如此。

落日余晖，是美的吗？是的，如此美，可是为什么看着美的风景心却跟着下沉，一直下沉，好像跟着太阳走了，走到了一个深不见底的山谷里。每当这个时候，她总是能想到小时候的故乡，那个小小的村落，那片透过树林看到的夕阳悲美的景象，布谷鸟儿孤独又寂寞的叫声，从田里劳动完回家的人们，那些随风轻轻摆动的芦苇，清澈的河水里那些自由自在游来游去的小鱼。她总喜欢在小路间奔跑，没有汽车，没有交通灯，她能闻到牛粪和青草的味道。回忆是那么美好，美好地让她忍不住流泪。如今，她时常驾车在城市间穿梭，她看到的是高楼大厦，看到的是此起彼伏的高架，看到的是奔波的人们，也看到那个一直不变的太阳。

回到小区里，停好车子，上了电梯，刚走到自己的家门口，叶兰珍就听到房间里有人在说话，像是在吵架的样子。她小心靠近门仔细听了听，是方义明。他回来了？再仔细听，还有一个人，应当是方义明的母亲。老太太今天怎么突然来了？叶兰珍正想推门进去看看，突然听到方义明大声吼了起来。

“妈，你能不能不要啰嗦了啊？我工作已经够烦的了。”方义明难得地抱怨道。

“义明，就算妈求你了，你跟小叶要个孩子，其他你爱怎么样都行。”老太太的声音带着哀求。

“这对孩子不公平，我不想因为我们的事让孩子活得痛苦。”方义明说。

“你不要孩子，你老了怎么办？我现在还有你，你呢？你跟那个人一直孤独终老吗？他的父母态度是跟我一样的啊。”老太太哭了，听起来痛心疾首。

叶兰珍的心好像一下子敞亮了，原来，方义明在外面真的有人。她终于明白方义明对自己的态度了，他不爱她，他有他爱的人啊。

“你为什么要喜欢一个男人，为什么啊？老天啊，我上辈子做了什么孽啊。”屋里传来老太太的哭声，听起来应当是捶胸顿足。

什么？喜欢一个男人？一个晴天霹雳打到了叶兰珍的头上，她顿时觉得五雷轰顶。跟她在一起生活了十几年的男人喜欢的是另外一个男人，她竟然完全不知道。叶兰珍手里的钥匙突然掉到了地上，她的头有些晕眩，眼前一阵发黑，她赶紧扶住墙，支撑着不让自己倒下来。她定了定神，满脑子都在回荡着那句话：你为什么要喜欢一个男人？她想笑，苦笑，她又有些不知所措，只好在原地打转。

门开了，是方义明。她抬头看看他，他一脸的惊愕，他本来似乎是要离开的，看到叶兰珍，好像知道一切都已瞒不住了，然后转身又回到房间里，叶兰珍也进了房间。老太太看到叶兰珍回来了，不再哭闹，而是一脸不知所措地看着她。

三个人坐在客厅里，彼此都不知道如何开口，只好一言不发，各自沉默，那压抑的气氛让彼此都绷紧了呼吸，生怕弄出声响，以至搞乱每个人的思绪，只有墙上的钟表在嗒嗒地走着。

“为什么不告诉我?”叶兰珍坐在沙发上，半晌才开口，语气平静得没有一丝波澜，听起来却愈发有震慑感。

“小叶，你听我说。”老太太赶紧站起身来，想替方义明解释。

“让方义明自己回答。”叶兰珍突然吼起来，声音大到可以穿破耳膜，好像将她多年所有的疑问都变成了愤怒，在此刻全部爆发了出来。

“我也不知道。”一旁的方义明看起来憔悴，他平日里所有的气场在此刻全部消失了，他像是一个做错事等待处罚的孩子，他低着头，不敢正视别人，也不敢正视自己。

“你从一开始就在骗我，对不对?”叶兰珍眼睛里噙着泪水。

“不是，我不是故意要骗你，我只是也搞不懂自己。”方义明辩解着。

“那你为什么要跟我结婚？就是为了掩藏自己的性取向对吗？为了给你的母亲一个交待，为了避免周围人异样的眼光，为了给别人营造出一个正常家庭的假象，然后就要牺牲掉我全部的青春，牺牲掉我曾经对你全部的爱，全部的热情，全部的憧憬，对吗？”叶兰珍几乎是怒吼着。

“对不起，我曾经也试着改变自己，也试着找到真正的自己，我也一直在痛苦中挣扎。”方义明低着头，不敢看她的眼睛。

“对，你也挣扎，你还算有良知，你觉得对不起我，所以你用各种物质来弥补我。你给我住大房子，给我买名牌衣服、化妆品、名牌包，给我买宝马车，带我去高档餐厅吃饭，每年一次国外旅游，你怕我逃走，你怕你精心营造的一切会轰然倒塌，对吗？”叶兰珍直视着方义明。

“小叶，你听我说。”老太太走过来，想要解释什么。

“我不听！你早就知道你儿子的问题了，你一直在帮着他掩盖事实，你还自私地想把我当成生育机器，你们合起伙来骗我。”叶兰珍甩开了老太太的手。

“不怪妈，都是我的错。”方义明大声吼起来。

“想想真是可笑，这十几年，我是怎么过来的？我现在终于理解结婚当晚你那个奇怪的表情，我终于理解你为什么总是忙，总是要加班，为什么刚结婚的时候你总以工作忙为由说不要孩子，你一点点地将我对你的感情耗尽，我就像是一个奴隶一般，陪着你营造所谓美好幸福的假象，然后一个人躲在高档小区的豪华房子里独自承受寂寞。”叶兰珍回忆着，这十多年来，她所有的压抑都在此刻爆发，所有的疑问都在此刻解开。

“为什么我们都不能活得勇敢一点？为什么我们总是在乎别人的眼光？你，方义明，能不能忠实于自己的内心？跟随你的灵魂的走向，你完全可以勇敢地放手，放开我，也就放开了你自己。为什么这时候的你那么懦弱？你平日里那些勇气都去了哪里？是为了你的母亲？还是为了你的事业？你已经什么都有了，还想再拥有什么？你可以奔着你的爱而去啊。”叶兰珍已是泪流满面，泣不成声。

“人家父母跟我一样，也想让孩子结婚生子，过正常人的日子啊。”老太太无奈地摇摇头，是那种对现实不可更改的无奈。

叶兰珍颓然地坐了下来，她只是不停地哭泣。这个从小到大一直以骄傲、优秀的形象存在的女人，此刻，像个孤独无助的孩子，她脱掉了所有的盔甲和伪装，任凭身体里最柔软的部分被击碎被践踏。房间里充斥着叶兰珍的哭泣声，和老太太的叹息声。每个人的心头上都像是压了座大山，每个人头顶像有千斤重的东西压迫着，不得喘息。

“你不是找到你的所爱了吗?”方义明突然幽幽地吐出一句话。

“没错。但你要明白，是你，一点点地将我推远，是你，从来没有试图让我靠近，是你，让我走到了今天。”叶兰珍一字一顿地回答。

“你去吧，去寻找你的自由。你说得对，我不应当这么懦弱。”说着，方义明从口袋里掏出一盒烟，静静地点燃，任凭烟雾在空气里弥散开来，他平日里是很少吸烟的，他的衣服上很少有烟味，此刻，好像只有烟才可以缓解他的痛苦。

“义明，咱不能离婚啊。”一旁的老太太依然执迷不悟，在她的这个年纪，在她的精神世界里，她不允许她的儿子喜欢男人，那是天理不容的。

“妈，你能让我听从我的内心吗？你愿意看到你的儿子每天都这么痛苦吗?”方义明一向对母亲百依百顺，此刻的他却在向母亲表示哀求。

“我就像是一头困兽，困囿在自己的精神世界里，这么多年来，我一直不敢面对自己，也不敢面对别人，我把所有的精力都用在工作上，我内心的挣扎只有我自己最清楚，我只想活得简单些，轻松些。人生这么短，我连听从自己内心的权利都没有吗?”方义明像是在自言自语，又像是在抱怨，像是抱怨母亲，更像是抱怨生命本身之苦，又带着诸多的无奈。

叶兰珍已经不知道如何面对这样的事实，好像这十几年就是一场梦一般，就这么过去了。如今，该是梦醒的时候了，逃出编造的谎言里，站在太阳底下，听从命运的呼唤。

三个人安静地坐在房间的三个角落里，谁也没有说话，窗外不远处传来宠物狗的叫声，楼下有人在交谈，还有孩子在奔跑欢闹。这是每个上班族归家吃饭的时间，而他们，就这么沉默地坐着。

不知道过了多久，大约十分钟，或许更短，方义明站起身来。

“我送妈回家，你休息一会儿。”他走到衣架跟前拿起风衣外套穿上。

“兰珍，你可不要想不开。”老太太走过来叮嘱她。

“妈，走吧。”方义明走过来，搀扶着母亲离开了，伴随着的是老太太一声又一声的叹息。

房间里再次归于安静，只有她一个人，更显得孤独寂寞，万物静谧，无声无息。叶兰珍将她跟方义明在一起的十几年仔细地回忆了一遍。方义明比她大七岁，刚认识方义明的时候，她研究生还没有毕业，而方义明在公司里已是小有成就，她被他吸引，是因为他的优秀，在她的心里，他的优秀才配得上她的优秀，走向结婚好像是自然而然的事情，双方的父母都很满意这桩婚事。是啊，在世俗看来，两个人都是名牌大学毕业生，男人负责赚钱养家，女人负责貌美如花，这简直就是天造地设的一对儿。

结婚后，方义明已经表示出暂时不要孩子，说他们这个行业淘汰率太高，现在是往上攀登的关键阶段。那个时候，叶兰珍年纪还小，也想在工作上稳定稳定，也不想要孩子，所以双方一拍即合，叶兰珍也就没有往别处想。唯一让叶兰珍有些奇怪的是，方义明从来不会主动向她求欢，而叶兰珍也是羞于启齿，好像女人提出这种事情就不是好女人，就是放荡的女人一般，虽然有时也会在心里抱怨，但是她总告诉自己，先生方义明工作已经很辛苦了，还是让他多休息吧，人应当懂得知足，自己已经有这么好的物质条件了，再看看周围人投来的羡慕的目光，她更是觉得不应该再要求什么，所以，她一直默默地隐忍。

作为一个妻子，她总想让自己做得完美。她对自己的要求过于残酷，她不懂得撒娇，不知道无理取闹，她总觉得自己不能变成那种世俗的女人，她总想要活得有智慧，直到今天，她突然发现，所谓智慧，不过是成全别人失去自己而已，那些冠冕堂皇的理由如今看来那么可笑，人只有一辈子，为什么我要只在乎别人的感受?

叶兰珍只觉得累了，真的是累了，全身都没有力气，像是身体内所有的能量都被掏空了一般。她想要喝些酒，她想让自己醉，醉吧，醉了就不清醒，就可以逃避。她站起身来，走到酒柜跟前，去拿红酒。

她打开酒瓶的木塞，红酒的香气扑面而来。她拿出一只酒杯，将酒瓶里的酒缓缓地倒入酒杯里，红红的液体顺着瓶口流到杯子里，像是血液一般的红，她轻轻地摇晃酒杯，将酒杯放到嘴巴跟前，然后将酒杯里的酒一饮而尽，再次倒入，再次一饮而尽。很快就喝掉了一瓶红酒，头开始晕眩，她将空的酒瓶和酒杯放在台面上，摇摇晃晃地朝阳台走去。春天的风吹来，还是冰冷的，然而这冰冷的风好像一下子吹走了她心头上的雾霾一般。她将上半身伸出栏杆外，让风肆意地吹着，往下望去，小区的夜晚也是静默的，只有昏黄的路灯在亮着，有归家的行人带着孩子嬉闹。她突然有种纵身一跃的欲望，她只要轻轻地抬抬脚，就可以体验高空坠落的短暂快感，然后身体接触地面，伴随着身体里酒红色液体的流出，就可以彻底地结束这一切，从此离开人间，一切都随之消失不见。

她将自己的身体向前倾，再向前倾；她的脚开始摇摇晃晃，她伸开双臂，想要拥抱这一切，跟这个世界做最后的告别；眼前突然浮现出母亲的形象，耳旁听到母亲在呼唤她的乳名，那些童年的记忆又随之而来，欢快啊，除了欢快还是欢快：撒到空中的水珠落下来砸到小河的水面上；秋日里不停蹦跶的蚂蚱，她轻轻地一扑，蚂蚱就被扣在了手掌下；冬日里的茫茫大雪，踩在雪地上的咯吱咯吱声；夏日里不绝于耳的蝉鸣，岁月啊，时光啊，都留在了身后。那些温暖的记忆好像一下子将她召唤回来，她瞬间清醒过来，紧紧地抓住阳台的栏杆，颓然地坐在一旁的椅子上，任凭风吹着，吹乱她的头发。

她的胃升腾起一股不适感，也许是喝了太多的酒，也许是酒后吹了凉风，胃里开始翻腾，不停地翻腾。她迅速地跑到洗手间里，对着马桶一阵呕吐，胃里那些酸涩的感觉就像是生活的本质一般。良久，直到再也吐不出什么，她才缓缓地起身，头却痛得像是要裂开一般，身体也冷得发抖，不停地打颤。她一点点地挪到卧室里，掀开被子，无力地躺在床上，然后拉过被子的一角给自己盖上。带着红酒的后劲儿，情绪在瞬间崩溃，她翻过身来，将头埋到床里，然后放声大哭，眼泪就像打开的水龙头一般，关也关不住，回忆在脑海里不停浮现，委屈只能咽到肚子里无法诉说，她所有努力争取的尊严都被这个真相给击退了。

痛哭的声音大到像是在对命运安排的一种抗争，她一遍遍地问：为什么是自己？可是没有人能够给出答案。不知道哭了多久，也许是哭累了，也许是红酒的后劲儿上来了，她的哭声一点点变小，变成抽泣，变成无声。她睡着了。

第二天，她是被一阵剧烈的敲门声吵醒的。当时，她还在梦中争吵挣扎，急促的敲门声让她清醒了过来，她挣扎着坐起来，揉揉眼睛，然后起身去开门。

“有人在吗？开门啊！有人吗？”说话的好像是史晓文。

叶兰珍打开了门，看到站在门前的一脸焦急的史晓文，有些惊讶，不知道她为什么会跑到自己的家里来。

“你怎么来了？”叶兰珍问道。

“你可把我急死了，打你电话一直不接。今天下午三点有重要的客户要来我们公司，你忘了吗？”史晓文说。

“现在几点了？”叶兰珍突然想起来了，然后焦急地问道。

“现在已经下午一点了。我打了你很多次电话你没接，后来又显示关机，我还以为你在家煤气中毒了呢。”史晓文带着关切回答。

已经下午一点了？自己怎么睡了那么久？一定是昨夜的酒太过浓烈，一定是昨天的争吵太过疲惫，又或许，是自己真的想放弃想休息，失去了活着的动力。

“你怎么了？哭了吗？”史晓文看着她的眼睛，明显肿着，像是痛哭过。

“没事，昨晚睡得太晚，今天就睡过头了。”叶兰珍转过身，想要逃避史晓文的眼神，她害怕对方看出自己的紧张。

“别骗我了，你一定有什么事情。”史晓文继续追问。

“真的没有，放心，我只是睡得太晚。我现在先去洗个澡，你到沙发上坐一儿，马上就好。”叶兰珍说着去了卧室，拿了几件换洗的衣服，然后去了洗手间。

史晓文半信半疑地坐在一旁的沙发上，环顾客厅。房子面积很大，装修相当豪华。她又站起身来，几个房间分别看了看，每间卧室面积都很大，主卧收拾得整整齐齐，次卧床上的被子凌乱，叶兰珍的衣服还随意地放在一旁的椅子上，书房面积也不小，一排书柜整齐地沿墙立着，书桌上的台灯造型雅致，看得出来房间主人的品位。史晓文内心不停地感叹，自己什么时候也可以住上这么大的房子啊。

正在四处看的时候，叶兰珍打开了浴室的门，头发还湿着。

“着急了吗？我吹好头发就可以走了，很快。”叶兰珍说。

“不急，正好趁机欣赏欣赏你家。”史晓文微笑着回答。

“有什么好欣赏的，不就是普通的房子嘛。”叶兰珍若无其事地说。

“太低调了，你们这地段，这面积，没有个两千万怎么够。”史晓文分析着。

叶兰珍吹好了头发，又简单化了个妆，但没有理会史晓文的话，史晓文却在一旁不停地感叹着。

“走吧，我收拾好了，去工作。”叶兰珍转移了话题。

“你看看你，你这眼睛，明显肿着呢。”史晓文指着叶兰珍的眼睛说。

“有吗?”叶兰珍边说边走到客厅的穿衣镜跟前，看看镜子里的自己。

镜子里的自己看起来相当憔悴，眼睛明显肿着，虽然化了个简单的妆，但是难以掩盖她疲倦的样子。

“你确定你没事吗?是不是跟你老公吵架了?”史晓文看着她，再一次问道。

“没有，别多想了。”叶兰珍说。

“好吧，有需要我帮忙的一定告诉我。”史晓文半信半疑地说。

“走吧，别让客户等着。”叶兰珍边说边拿起了挎包。

两个人一起走出了门，留在身后的是个空荡寂寞的房间。

走到地下车库，两个女人的高跟鞋敲击地面的声音在车库里显得异常清脆，又带着些许的恐怖。

“上车吧。”叶兰珍招呼史晓文。

“好，坐坐你的宝马。”史晓文打开车门，上了车，然后左右看看。

“好车就是好车，你看这品质，感觉都不一样。”史晓文赞叹道。

“让你的白马王子给你买一辆。”叶兰珍边说边发动了汽车，她对史晓文的话无动于衷。她看看后视镜，转动方向盘，将车移出停车位，然后缓缓地开出地下车库。

再次面对阳光，叶兰珍感觉自己好像已经死过一次，又活了过来，她知道必须跟过去的自己做一个了断，找个时间跟方义明谈谈离婚的具体事宜。其实两个人也没什么好谈的，没有孩子，离得也轻松，至于财产，她都不要，她有能力给自己足够的生活保障，所谓房子车子其实都是身外之物，无非是给自己的虚荣加码，人只有一具躯体，需要的仅仅是一张床而已。她唯一需要真正面对的，是如何忘却这一段维持了十几年的荒唐的婚姻。

“我觉得他是一个合适的结婚的对象。”史晓文满心欢喜，这个“他”，自然是她新找的男朋友。

“你觉得你有多了解他？”叶兰珍问道。

“挺了解的啊，反正我们每次一起出去，都感觉很合拍。”史晓文带着甜蜜回答。这明显是恋爱中的女人的表情。

“女人一旦过了三十岁，其实都会开始着急，虽然嘴上说着不急，但是内心时刻都在想有一个合适的人降临到自己面前，而当一个差不多符合自己的要求的人出现在面前时，女人往往就失去理智。”叶兰珍边开车边说。

“我现在像是失去理智的样子吗？”史晓文狐疑地看看她，

带着自我反思的表情。

“不是像，是已经失去。”叶兰珍肯定地回答。

“每个刚陷入恋爱中的女人都是如此，盲目的，自己捂住了自己的眼睛，看到的全是对方的优点，一点也看不到缺点，如果一些小的缺点也无可厚非，但是一些致命的问题或许会影响自己一辈子。所以，女人一定要擦亮眼睛。”叶兰珍的话明显来自自己的亲身体会。

“说得这么可怕，大不了再离呗，怕什么?”史晓文一脸无所畏惧的样子。

“是不是我们都该有你这种大无畏的勇气?”叶兰珍认真地看着史晓文，像是在询问她，也像是在问自己。

“ 这也算不上是什么勇气，开心就在一起，不开心就分开，这不是很正常的吗? 干嘛老在乎其他人怎么想，我的感受别人又感受不到，别人的评论对我来说也无关痛痒。”史晓文回答。

叶兰珍再次认真地看着她，用一种赞许的眼神，又带着佩服的表情。

“这样看着我干嘛?”史晓文有些诧异。

“我觉得你说得很有道理，不由得很佩服你。”叶兰珍回答。

“可别，下午客户就来洽谈合作事宜，还不知道什么结果呢。”史晓文被叶兰珍说得有些不好意思，赶紧找个话题岔开。

驾车到公司时已是下午二点三十分，史晓文安排几个人整理好会议室，为一会的洽谈作准备。叶兰珍趁机翻看了一下对方公司的资料，这都是史晓文搜集来的，做成了文档打印了出来，文档整洁明了，这让叶兰珍对史晓文的工作能力又有了更多的认可。下午二点五十五分的时候，楼下的接待人员通知客户到了，叶兰珍和史晓文马上到电梯口等待迎接。伴随着嘀的一声，电梯门打开了，从电梯里走出来三位男性，打头的是江城某银行省分行的行长，叶兰珍赶紧迎了上去。

“张行长您好，欢迎欢迎。”叶兰珍满脸笑容，史晓文也跟上来微笑着问候，张行长礼貌地点头回应。

“张行长里面请，咱到会议室去聊。”说着，叶兰珍伸出手指引方向，几个人一起朝会议室走去。

此刻的叶兰珍，满血复活，因为她知道，若不能死去，便只有好好活着。

12 樱　花

转眼已是浓烈的春日，樱花陆续开放了。公园里，小区里，到处都是洒落一地的樱花，枝上的樱花也越来越繁茂，随风摇曳着。申城的天气越来越暖和，有几天的中午还特别热，有种初夏的感觉，但是晚上就凉了下来。爱漂亮的女孩穿上最漂亮的裙子，走起路来，裙角随着风飘起，分外妖娆，春日越发的生机勃勃，夹杂着夏日的热烈。

方义明搬到酒店去住了，他没有提离婚的事情；叶兰珍忙于手头的工作，几个确定的项目都在进行当中，她不停地在几个城市之间飞来飞去，忙碌暂时让她忘记了伤痛；林若诚不知道怎么样了，她几次试图跟他联系，她想告诉他关于自己的事情，她想告诉他关于自己这段荒唐的婚姻，可是，每次，她都放下已经拿起的手机，默默地将自己所要说的放在了肚子里，她怕给他压力，她怕他以为自己是要他的承诺，她知道眼前的他没有办法去抉择。

樱花的花期很短，也许正是因此，才会更觉得樱花浪漫和美艳。叶兰珍决定找个周末，一个人去看樱花，站在樱花树下，看樱花簌簌落下，带着孤独又决绝的美，那该是多么美的镜头啊。

没想到，林若诚打来了电话。

“有时间吗？一起去看樱花吧。”林若诚在电话里问道。

“好啊，我正计划去呢。”叶兰珍回答。

“看来我猜到你的心思了。”林若诚说。

“嗯，是啊。”叶兰珍回答。

“明天周末，我带你去公园。”林若诚说。

“好，那我们明天见。”叶兰珍回答。

春日的上午，阳光明媚，出奇的耀眼，叶兰珍站在街边等待林若诚。她穿着一双运动鞋，一条天蓝色的牛仔裤，上身里面是白色打底T恤，外面一件运动外套，头上戴了一顶黑色带闪亮珠子的遮阳帽。她将头发扎成马尾式，平添了几分少女气息。她站在阳光下，细长的双腿更是显得少女感十足，尽管三十九岁了，依然像是少女一般。

大约九点三十分的时候，林若诚的车子稳稳地停在了她的面前，他摇下车窗，对着她微笑，嘴角上扬的样子好看极了。

看到林若诚盯着自己笑，叶兰珍还以为自己哪里出了问题，上下打量了自己一番，好像也没什么不妥之处。

“笑什么？”叶兰珍问道。

“笑你好看。”林若诚回答得很直接。

“你才好看呢。”叶兰珍说的也是心里话。

“还有更好看的呢，上车吧，樱花肯定更好看。”林若诚说。

叶兰珍上了车，车子里播放着音乐，是加拿大女歌手 Feist 的歌曲，节奏轻快，声音柔和，叶兰珍喜欢她的声音。

“你也很喜欢她的音乐?”叶兰珍问道。

“对，没事的时候经常会听一听，心情可以适当地放松。”林若诚回答。

“据说当年苹果公司在选 iPod 的推广歌曲，乔布斯一下子就被她的声音吸引，立刻就决定让她来唱。”叶兰珍说。

“我也听到过这个说法，有评论说她的声音自带音响效果。”林若诚说。

两个人不再说话，静静地欣赏着音乐。音乐确实是件很有魔力的东西，常常能恰好碰触到人的心灵，让人们可以在其中找到些许共鸣或者安慰，好的旋律，就像是情感的自然流淌，就像这春日的阳光，像夏日的雨露，像秋天的清风，像冬日的炉火。

车子上了高架，一路奔驰。窗外是涌动的城市，在春日的阳光下更加的炫目，高架上车流不息，永远有人因为不同的目的而奔向不同的地方。

“她怎么样了？”叶兰珍问道。

“稍微好一些了。”林若诚回答，眉头微皱，刚才还看似舒展着的心情此刻又揪起来。

“还在美国吗?”叶兰珍问道。

“是的。”林若诚回答。

“她一定很爱你。”叶兰珍自言自语般地说道。

“我们从一开始就不是完美的搭配，怪我太懦弱。”林若诚长长地出了一口气，像是在抱怨自己，像是对往事的回忆。

“不是每个人都有听从自己内心的勇气，或者说，大多数人，都是在随波逐流，因为，这就是生活的本质。”叶兰珍说。

“如果我当初不跟她在一起，她会不会过得更好?”林若诚自言自语道。

“拥有你的这些年，才是属于她的最好的时光，除非你们从来没有相识。”叶兰珍回答。

林若诚转过头来看了她一眼，然后继续开车。下了高架，直行一段距离，右转就到了公园。公园门口有很多人，大部分是全家老少一起出动，看来是到了赏樱花的季节，每个人都不想错过每年一次的樱花盛放。林若诚开车转了几圈才找到停车位，车子停好之后，林若诚跑过来帮叶兰珍开车门，叶兰珍下来，便闻到空气中有樱花的味道。林若诚锁上车，然后跑去买票。

票价只要二十元，排队进了公园，扑面而来的是大片大片的樱花树。这个公园在申城小有名气，位于申城的郊区，面积非常大，樱花是其主要特色，每年的春季，来赏樱花的人都是爆满，今天也不例外。两个人在公园里漫步，徜徉在春日的阳光下，心情也格外舒畅，那些恼人的事情暂时都抛在了脑后，难得片刻的惬意。

微风吹来，带着春日的暖，樱花就随着风簌簌而下，铺满了一地，两个人不约而同地弯下腰来，捧起落下的花瓣，然后将花瓣轻轻地洒下，粉红色的花瓣顺着风的方向飘然落下。

两个人在一起，好像那些所谓的迷茫暂时都不见了，消失了，那些被麻木的生活绑架的身体也因此变得轻盈起来。

“我来到申城之前都没有见过樱花。”林若诚说。

“我也是。”叶兰珍说。

“小时候见过最多的是杨树，高大的白杨，没有见过樱花树。”林若诚说。

“是啊，北方和南方还是很不同。其实杨树有杨树的美，那种美更多的是阳刚的美，坚韧的美。”叶兰珍带着回忆说，脑海里是儿时家乡的那广阔的杨树林。

“各有各的美吧。樱花开放的时间特别短，也就二十天左右，恰恰因为它美丽的时间太短，所以更觉得它的美值得珍惜，它的美更显得孤寂。”林若诚说。

他们走走停停地绕着公园转了一大圈，已经接近两个小时过去了。目光所及，到处都是拍照的，孩子欢闹的；中老年妇女将薄纱巾放在头顶处让风吹起来，让年轻的孩子给她们拍照；年轻的父母抱着孩子站在樱花树下合影。这些生命的瞬间总是让人觉得美好而醉人。林若诚要给叶兰珍拍张照片，起初叶兰珍不同意，说自己不上相，后来在林若诚的执意要求下，叶兰珍答应了，但前提是她也要给他拍一张，两个人最终都同意了彼此的要求。

照片里，叶兰珍站在樱花树下，樱花正盛放，脚下是落了一地的樱花，她一身运动衣，在阳光下笑得灿烂；林若诚也是一身休闲的装扮，头发稍长，但是整洁，漂亮的眼睛溢出笑来，嘴角微微抿着，一只手放在裤兜里，看起来随意而洒脱。林若诚的这张照片一直在叶兰珍的手机里保存着，多年以后，每当她回忆起他，她总是拿出这张照片来，看他恬淡又肆意的笑，看他抿起的嘴角，而每一次，她总是不能自抑地泪流满面。

“累了吗？”绕着公园走了一大圈之后，林若诚问道。

“不累，跟你在一起永远都不累。”叶兰珍看着他的眼睛回答。

林若诚伸出手来，摸摸她的脸蛋，用手指给她往后捋一捋额前的碎发，这些细小的动作让人沉迷。在她婚姻的十几年里，从来没有过，那些如空中楼阁般的物质财富无法跟这样的温情相比。她喜欢他温暖的手掌，喜欢他的手指划过她的皮肤的细腻和柔软，喜欢他这样看着她笑，无比美好，什么也比不过的美好。

“带我去古镇看看吧。”叶兰珍突然说。

“现在吗?”林若诚问道。

“是的，现在，如果你方便的话。”叶兰珍看着他。

“好。”林若诚回答。

两个人走出公园，又绕了一圈路才走到停车的地方，上了车，又归于两个人的平静。樱花虽美，但是人太多太吵，而回归到二人世界，他们顿觉放松又安全。

“要不要先去吃个饭?”林若诚继续问道。

“去了再吃吧，反正也不算太远。”叶兰珍回答。

“好，那咱们现在就出发。”林若诚说。

叶兰珍的心因此变得雀跃。在申城十几年来，她好像只活在一个人的世界里，除了先生方义明之外，她的朋友极少。她生性恬淡，并不喜好更多的社交，除了工作关系之外，她的朋友寥寥无几。从小到大，她最好的朋友用一个手掌就可以数得过来。大学时最好的朋友嫁到了国外，因此联系越来越少，所以她的生活事实上是孤独寂寞的。

人大部分的信任和依赖其实都来自伴侣，因为伴侣才是真正的坦诚相对，无法遮掩之人，跟父母之间更多的是责任。年纪越大，跟父母的隔阂也越深，小的时候会觉得父母就是自己的天，长大了，却越来越疏离，心里的话再也不会轻易地讲出，只能埋在心底。如果嫁得好丈夫，娶得好太太，那真真是两个人的福气，更是运气，茫茫人海中，谁能那么理解自己？谁会跟自己那么默契？可是叶兰珍是没有这个运气的，不仅是没有运气，甚至可以说是荒唐，荒唐地生活了十几年。

然而此刻，她是欢欣的，因为跟她最爱的人在一起。

“我上次去古镇还是大学时，好久都没去了。”林若诚说。

“我也是。”此刻的叶兰珍想的正是此事，没想到跟林若诚的思维都同步。

“好像也不知道在忙什么，回头想想，一片空白。”林若诚说。

“是啊，我有时候也在想，我做的这些工作到底有什么意义？好像没有我的存在，一切都没有什么不同，地球照样运转。”叶兰珍若有所思。

“人终究是尘埃，生命逝去，就像风吹走了尘埃一般。”林若诚说。

车子默默前行，大约一个小时二十分钟就到了古镇。刚刚进入古镇里面，顿觉喧嚣抛在了身后，那滚滚的车流声，那匆忙的脚步声，都没有了，只有安静。找到停车场，林若诚将车子停下来，下车之后，马上有人过来兜售门票，来人介绍自己就是这里的居民，可以通过一条小径带他们进去。林若诚摆摆手，径直往前走，到了售票的窗口，林若诚弯下腰来，透过小小的窗口买了两张门票，然后走到叶兰珍跟前，很自然地牵起她的手，朝入口处走去。叶兰珍就像是一个乖乖的小女孩，默默地跟在这个高大的男人身后，看着他将一切都安排得井井有条，她什么也不用思考，只需要跟在他的身边就可以。

河水静静地流着，有人划着小船而来，船上的姑娘兴奋地唱着。两侧是低矮的房子，白墙黑瓦，石头堆砌的高低不平的小路，卖各种小玩意儿的商店。叶兰珍这里看看，那里摸摸，带着好奇，这些零碎的东西其实都没有太大价值，只是因为有了人的存在才有了特殊的意义。

叶兰珍拿起一个戴在脖子上的佩饰，一个心形的玉石，上面刻着 memory 的英文字样，她戴在脖子上，对着镜子看了看。

"喜欢吗?"林若诚问道。

"挺漂亮的。"叶兰珍没有正面回答。

"老板，这个买了。"林若诚对老板说。

叶兰珍没有反驳，只是说声谢谢，然后开心地戴在脖子上，就像一个小姑娘一般。这些东西没有那么高的价值，但是带给她的愉悦感远远大于那些极高价格的物件，她想跟他之间能有些值得纪念的物件，也许将来的某一天，他们将不再相见，这些物件最起码可以证明他们在彼此的世界里存在过，当作一种回忆，也是好的。

他们找了一家地道的馆子吃饭，饭馆不大，但是口碑极好，据说已经开了几十年，老板是地道的古镇人，从爷爷那辈就是开餐馆的。那些能够永远留存下来的东西总是显得弥足珍贵，任何事与物，能够坚持下来就是难能可贵。

林若诚点了著名的几个菜品，红烧蹄髈、银鱼炒蛋、肉圆、水晶虾仁、莼菜汤，还有当地有名的点心。

“太多了，吃不下又浪费了。”叶兰珍说。

“那你就多吃点，一天都没怎么吃饭，肯定饿了。”林若诚说。

叶兰珍拿出刚才买的戴在脖子上的佩饰，仔细地看看，十分珍惜的样子。

“这么喜欢啊？”林若诚问道。

“嗯，喜欢，因为是你买给我的，所以更加喜欢。”叶兰珍回答。

“下次给你买个好的。”林若诚说。

“不用，这个就非常好。”叶兰珍回答。

菜很快就上来了，四菜一汤，两种点心，菜量不算很大，林若诚拿起筷子，夹起一块蹄髈放到叶兰珍的碗里。

“你尝尝，肥而不腻，别担心长胖。”林若诚微笑着说。

叶兰珍夹起来放到嘴巴里尝了尝，香甜可口，而且确实没有油腻的感觉。

“好吃。”叶兰珍说道。

“那就多吃点。”林若诚说着，自己也吃起来。

两个心意相同的人，只默默地一起吃饭就觉踏实，心与心之间没有距离，好像打开了彼此的心门，彼此都愿意让对方看到真实的自己。

微风吹来，空气是清凉的，河里的水不动，对面院子里的灯笼随着风荡着，好像时间是静止的。

吃完饭已是暮色降临，华灯初上，安静的小镇变得愈发迷人。昏黄的灯光，古色古香的纸灯笼更是给小镇增加了几分浓郁的年代气息。两个人沿着青石板走着，听着河水细微地流动着，像是时光的声音。有居民借着昏黄的灯光在洗衣服，路边小店有些灯还在安静地亮着，有些已经关门打烊了。此刻的感觉，像是在世外桃源一般，远离了都市的吵闹，没有了匆忙的脚步，好像那些平日里苦苦追求的名与利都不需要了，人只是一个存在于世界上的独立的个体，不为外界而存在，只为自己。

“冷吗？”林若诚问道。

“有点。”叶兰珍回答。虽是春日，但晚上的温度还是凉的，林若诚脱掉了自己的外套，披在了她的身上。

“不要，你会感冒的。”叶兰珍要拿下来。

“没关系，我身体好得很。”林若诚说着，展示了一下自己胳膊的肌肉，像个孩子一般炫耀。

“嗯，平时喜欢运动吗？”叶兰珍问道。

“以前每周都去几次健身房，现在去得少了。”林若诚回答。

“这里真美啊，安静得像一幅画。”叶兰珍感叹道。

“是啊，心情都变好了，好久没有这么放松了。”林若诚说。

“你累了吗？”叶兰珍关切地问他。

“还行。”林若诚回答。

“要不咱往回走吧，你开车肯定累了。”叶兰珍总是那么体贴。

“好。”林若诚回答。

从小镇走了出来，到了停车场，发现车子几乎都已经开走了，只有几辆私家车还停在那里。林若诚找到自己的车子，打开车门，站在副驾驶的一侧，让叶兰珍上了车，自己才跑到驾驶室的一侧上了车。

“先订个酒店，有个同事给我推荐过一家酒店，据说非常特别，我也没去过，咱们今天去看看。”林若诚说。

“嗯。”叶兰珍应着，没有多说什么。车子里光线昏暗，但是温暖。

林若诚打开了一个订房的网站，很快搜索到了那家酒店，选了一间套房，网上支付了押金，然后订单就成功了。

“走吧，房间订好了，离这不远，开车也就十几分钟。”说着，林若诚发动了车子，朝着酒店的方向驶去。

大约十几分钟之后，酒店就到了，林若诚先是停好了车子，锁上车，然后两个人一起朝酒店门口走去。刚走到酒店门口，叶兰珍就被它的外观吸引了。这不是普通的酒店的样子，像是一户人家，门口有大门，门框上方用烫金的字体写着酒店的名字，两侧挂着两个大大的灯笼，客人从大门进去，就好像进入了古代某大户人家一般。

“好特别。”叶兰珍站在门口，看着酒店的名字说。

“这是当地有名的大宅子，后来被改建成酒店，保留了宅子的绝大部分的原貌。”林若诚解释道。

穿过院子，到了大厅接待处，前台服务人员热情地打招呼。林若诚拿出手机，提供了订单编号，前台接待小姐马上找到了订单。

“一间豪华套房，每晚 880 元，含双早总共住一晚，对吗?”服务员热心地询问。

“对。”林若诚回答，然后掏出钱包，拿出信用卡。

“请出示二位的身份证，谢谢。”服务员露出八颗牙齿微笑。

林若诚和叶兰珍都拿出了身份证，服务员双手接过了两人的身份证，然后在电脑上操作起来。

“这是您的房卡，请收好。房费会在退房的时候从押金中自动扣除，去房间请直走右转上楼。”服务员耐心地指引着。

两个人上了楼梯，找到了房间。打开门，看到的房间也是有着厚重的年代感：床、桌子、电话、洗手盆，都是与众不同的，没有现代的东西，好像穿越到了古代一般。

“这里真是与众不同。”关上门后，叶兰珍不禁发出感叹。

“喜欢吗？”林若诚问道。

“很喜欢。”叶兰珍回答。

“看来朋友的推荐还是没错的。”林若诚回答，然后走到叶兰珍的跟前，搂住她的腰，闭上眼睛亲吻她的额头。

叶兰珍也闭上眼睛，双手搂住他的脖上，任凭他肆意地亲吻。他感受着她的亲昵，她体会着他的柔情，就像鱼儿与水，那么自由自在。

“我……要离婚了。”也许是此情此景让她放松，叶兰珍突然说出了自己的内心所想，林若诚停了下来，但是仍然抱着她。

“你可能都不相信，他有他爱的人，是个男人，我跟他结婚十几年了，完全不知道，这是不是很荒谬？”叶兰珍突然抬起头来，眼泪已经顺着脸颊落下，像断了线的珠子一般，不停地落下。

林若诚伸出手来，抚摸她的头发，他带着不可思议的表情，试图安慰她。

“我不止一次地怀疑过他在外面有别的人，但是无论如何，我都没想到会是这样的结果，他把我拉进一个陷阱里，在其中苦苦挣扎很多年，怎么也爬不出来。”叶兰珍的眼泪无声地滑落。

林若诚也有些意外，不知道该如何安慰，只是不停地抚摸她的头发，用力地握着她的手，然后长长地出了一口气。

“没关系，我有你呀。”叶兰珍突然一抹眼泪，甩甩头发，笑了起来。

“我不会要求你任何事情，只要你在，就够了。”叶兰珍笑着说。

“在没有遇到你之前的很长时间，我总觉得我已经没有能力去爱别人，也不知道爱情是什么滋味儿，我就像是在温水里煮着的青蛙，慢慢地死去，可是遇到你，我的心又活了，那种期待、激动又死而复生，因为有了你，我才觉得生活有了更多的意义，才有了光彩，才有了希望。我什么都不奢求，什么都不要，只要能跟你在一起就行。”叶兰珍将自己的内心全部吐露出来，她一直活得隐忍谦让，今天，她好像有了无数的勇气，她要将自己的心里话说出来。

林若诚再次将她搂到自己的胸前，吻了吻她的额头，深情地说：“我跟你一样，因为有你，我才发现生活更有希望。”

叶兰珍再次紧紧地拥抱着他，像是拥抱着全世界一般，两个人默默相拥。此时此刻，不用说话，仅仅是呼吸就足以表达彼此的情绪。他拥吻她，她回应他，无论是身体还是心理，他们都互相需要，那种对彼此需求的满足的给予，谁也替代不了。此时此刻，尘世间所有的事情都抛在身后，所有的烦与罪都在脑后，不要了，都不要了，什么都不要了，只要你，只有你。

两个人带着造物主给予的欢娱归于平息，此刻，像是世界上只存在着他们两个人，又像是活在另外一个孤独的星球，或者是在一片茫茫的草原，又像是在没有尽头的沙漠。总之，这里只有她和他。

他将她搂过来，她偎在他的胸膛前，听到他的心跳声，看到他此起彼伏的胸膛，摸着他后背渗出的汗，灯光昏暗，世界静谧。

两个人都累了，躺在这柔软的床上，像是古代的名门望族睡的床的样子，床背雕刻着精美的花纹，暗红色的，枕头很软，两个人睡在上面，就像是被埋在了里面一样，只开了床头的小灯，互相拥抱着，静静地睡去，甜甜地睡去。

叶兰珍醒来时，已是第二天的早上九点，好像下雨了。她悄悄地从林若诚的怀里抽出身子，跑到窗前看看，果真是下雨了。外面灰蒙蒙的，雨细密地下着，远处是一片片低矮的白墙黑瓦的房子。真是烟雨江南啊，这景致真是美，美得像画，一幅水墨画，那些从书上电视上看来的景象此刻就在眼前，美得让人醉。

“醒了？”也许是感觉到叶兰珍起来了，林若诚跟着也醒来了。

“几点了？”林若诚问道。

“刚过九点。”叶兰珍回答。

“下雨了？”林若诚问道。

“是的，你过来看看，真漂亮啊。”叶兰珍发出邀请。

林若诚起床，走到她的背后抱住她，下巴抵在她的头顶处。

“烟雨江南。”林若诚说。

“是啊，水墨画一般。”叶兰珍说。

“今天不回去了，再住一天可以吗？”林若诚问道。

“可以，你呢？”叶兰珍问道。

“没问题。”林若诚回答。

叶兰珍变得异常开心。每次两个人在一起，她总是计算着即将分开的时间，一旦时间将到，她的心情就开始下沉，而突然多出来的时间就会让她万分欣喜。

“去吃饭吗？顺便在酒店里转转。”叶兰珍提议道。

“好，不过，要不要先洗洗脸？你看我这样能出门吗？”林若诚自嘲道。

“你哪样都好看。”叶兰珍转过身来，搂住他的腰。

“那我也要洗脸。”说着，林若诚抽身出来，去了洗手间，留下叶兰珍站在原地傻傻地笑。

趁着林若诚洗漱的时间，叶兰珍简单收拾了一下床，穿上了衣服，然后打开手机网页浏览了一下酒店的介绍，又看了看相关景点介绍，等看完林若诚也出来了，只穿着一件黑色打底的T恤，头发略垂在额前，明亮的眼睛，让人着迷。

“好了，你快去。”林若诚说。

叶兰珍站起来，去洗脸刷牙，两个人像是相识了很久一般，没有躲藏，给对方的都是最自然的一面。日子最终都会归于平淡，然而那种信任与安全不是每一个人都可以给予的。

收拾好了，两个人一起去吃早餐。走到餐厅门口，服务员热情地招呼着，餐厅也是独具特色，古朴雅致，餐厅里人并不多，两个人找了一个靠窗的位置，坐了下来。

“想吃什么？我去帮你取。”林若诚说。

“我跟你一起。”叶兰珍回答。

自助早餐品种还算丰富，但人真正的需求并不多，尤其是早上，一杯奶一片面包，或者一碗粥一个包子，几片水果，一个白煮蛋，这些简单的东西足矣。

叶兰珍盛了一碗白粥，拿了一碟小咸菜，林若诚夹了几片培根，拿了一个包子，还有一杯果汁，两个人将食物放到桌子上，然后坐下来，慢慢地吃了起来。外面是淅淅沥沥的小雨，雨水沿着黑色的瓦片流了下来，浇到墙边的绿色植物上，天空中的雨也细密地落下，跌落在长满青苔的砖头上。

“难得这样静静地看雨，听雨。”叶兰珍说。

“江南雨多，我记得大学的时候，刚来申城，经常下雨，特别是周末的时候，一下雨就哪里也去不成，经常靠在宿舍的窗户上看雨，或者在图书馆里，找个靠窗的位置，找一本喜欢的书，看一看书，看一看雨。那时年轻，心相对比较静，除了追求未来，没有那么多的琐事困扰。”林若诚说。

“是啊，那时候更多的是被物质困扰，总想着追求未来，总以为未来很远，以为未来会很不一样，可是转眼，未来已经到来，好像也没什么不同，除了物质上不再困顿之外，更多的是烦恼，还是年轻好。”叶兰珍说。

“年轻的时候是理想主义，现在是现实主义，也许每个人都是如此，经过时间的磨砺，曾经的理想与激情都丧失殆尽，好像日复一日的日子才是真正的现实。”林若诚感叹道。

说话间，两个人吃完了简单的早餐，这些食物只能填饱肚子，精神世界的满足才是真正的满足。

“酒店里还有书房呢，去看看吧。”叶兰珍提议道。

“好。”两个人一起离开了餐厅。

书房只是酒店的一角，规模不大，书籍也并不算多，但是环境极好，因为处于角落里，所以很少有人经过，极其安静。里面摆着舒适的沙发，还有一个吊椅，看到有吊椅，叶兰珍欣喜地坐了上去。林若诚跟了过来，轻轻地帮她摇晃着，叶兰珍看着他，感觉世间最幸福的事也不过就是跟心爱的人在一起。

“这雨好像一时半会儿也停不了。”叶兰珍说。

“南方的雨下得缠绵，不像北方，北方的雨浓烈，急促，特别是夏天，哗啦啦一阵倾盆大雨，很快就晴了。”林若诚说。

“是啊，南方什么都显得细腻绵长。”叶兰珍说。

“我们去前台借把伞，到外面走走去？”林若诚提议道。

“好啊。”叶兰珍站起身来，两个人朝酒店前台走去。

穿过书房的门，直走，再穿过一个小亭子，就到了酒店的前台接待处。前台的礼宾员穿着红色的制服，小伙子长得精神，听说他们要借伞，马上从礼宾台的桌子上拿了一个卡片，登记了他们的房间号，让林若诚在卡片的上面签了名字，然后沿虚线将卡片的下半部分撕了下来，交给了林若诚。“稍后凭这张卡片来还雨伞就可以了。”礼宾员提醒道，然后从礼宾台一侧的伞架上取下了一把伞递给了林若诚。林若诚微笑着表示感谢，叶兰珍也点头示意，然后两个人一起离开了。

他们走出去时，雨还在下着，细细地，密密地，但并不急促。周围一片江南水乡的景色，青青的石板路，两旁的植物因为被雨水冲刷过而显得更加葱翠，大片的白墙黑瓦，墙上瓦片上都有绿绿的青苔长出来，偶尔有三两个行人穿过，都是静悄悄地说着话，在这片雨的世界里，伞的下面就是个独立的空间。

两个人就这样静默地走着，走着，此时此刻，好像只有天、地，还有他们两个人，周围都变得无声无息，即便曼妙的风景和纠缠的感情都抛在了身后，俗世纵有无限烦恼，此时也得片刻清心。

“此时此刻，我突然想到了一首诗。”叶兰珍说。

“是不是戴望舒的那首《雨巷》?”林若诚微笑着问道。

“你怎么知道?”叶兰珍睁大眼睛，用一副不可思议的表情看着林若诚。

“因为你就是那个丁香一样的姑娘。”林若诚一只手撑着伞，一只手摸摸她的头。

叶兰珍顿时脸色绯红。在感情方面她是无知的，空白的，像个小学生一般，面对着心爱的男人的似褒奖又似表白一般的话语，她总是不知所措，每次都是这样红了脸，然后默默无声，不知如何回应。

两个人沿着青石板小路慢慢地踱着。天气微微凉，小雨顺着风飘来，林若诚撑着伞，尽量将伞靠近叶兰珍的一边，自己肩膀一侧的衣服淋了细密的雨珠，他也毫不在意。只是跟叶兰珍这样走在一起，就感觉世界祥和安宁，他会在恍惚中想到远在美国的周乔，想起的，却都是一些过于激烈的画面，想起她跟他的争吵，想起她病情发作时的暴躁，想起她撕心裂肺的哭泣，但是转瞬，那些让人情绪焦躁的画面马上会被眼前的叶兰珍所代替，她带给他的平静与安宁是无与伦比的，像是碰到了一个心灵的港湾，让他这颗在海上漂荡了很久的心，这颗被暴风雨摧残过的心得到了片刻的休憩。

“离这儿不远，新建了一座美术馆，去看看吧。”林若诚提议道。

“好，我也听说过，但是一直没机会来。”叶兰珍回应。

两个人继续走着，雨停了下来，林若诚收起了伞，空气中透着潮湿的味道，用鼻子使劲嗅一嗅，无比的清新。

“空气真好。”叶兰珍说。

“远离城市中心，刚下过雨，植物又多，所以空气不错。”林若诚说。

“申城的美术馆我去过几次，其实对于艺术并不太懂，更多的是想要一种心灵的洗涤，看看那些作品，可以找寻生活中美的东西。”叶兰珍说。

“对，也许这就是艺术的魅力。”林若诚回答。

又走了大约二十分钟，远远地就到了美术馆，这座美术馆是美国著名的华裔建筑设计师所设计的，经过四年才完成整个建筑的修建，典型的现代极简风格。远远看去，该建筑棱角分明，像是由一块块灰色木板搭建而成，直到走到跟前才知道所有的墙体都是钢筋混凝土制成，墙的表面压上了木花纹，整座建筑显得别具一格。

也许是雨天的缘故，美术馆里没有任何游客，只有一名工作人员，看到两个人走过来，工作人员马上跟了上来询问需不需要解说服务。林若诚看看叶兰珍，叶兰珍回答说不要了，服务人员就退到了一边，两个人一点点地欣赏起来。

美术馆共有五个展馆，绘画馆、文学馆、手稿馆、影像馆，还有一个特展馆。两个人从手稿馆开始，看看那些保存完整的艺术家的手稿，再看看绘画馆里那些珍贵的画作，还有影像馆里那些留存下来的照片。这些东西真实记录了一个人的存在，好像看到的都是伟大与精彩，但是对于自身来说，那些度过的日子的艰难与否只有自己知道，我们可以将情感通过作品展示给别人，但是那些或正面或负面的情感最终还是要自己承受，无论多么光鲜与伟大，终究会变得灰飞烟灭，留下的，让世人去揣测和琢磨。

看完了美术馆，除了感叹，还是感叹，感叹那匆匆的岁月，感叹生活的残酷，感叹生命本身的脆弱。

走出美术馆，已经接近下午一点钟了，天又下起雨来，两个人找了个饭馆简单吃了午饭，彼此都累了，决定回酒店休息。

一路小雨，两个人相依相偎，步行到酒店大约需要四十分钟，一路说着笑着，也不觉得远。林若诚讲他小时候的故事，叶兰珍安静地听着，她的脑海里浮现出一个北方少年的形象。叶兰珍问他是不是从小就有很多女孩喜欢他，林若诚回答说不算太多，也就十来个吧，叶兰珍被他这种谦虚的骄傲逗乐了，一副很不屑的表情看着他。林若诚问她有没有男孩子喜欢，叶兰珍回答说有倒是有，但是自己在爱情方面属于不开窍的那类人，一直到大学快毕业了都没有谈过恋爱，林若诚露出不可置信的表情。叶兰珍还没有讲完自己的少年时代，酒店就到了。

一进酒店的大门，看到了蜷缩在屋檐下的猫咪，看到有人来了，慵懒的猫咪伸了伸懒腰，爪子在半空中挥舞了几下，然后继续躺在原地呼呼大睡。

回到房间，看到服务员已经将房间打扫过了，两个人都有些累了，林若诚坐到了一旁的椅子上休息。

“我去烧点开水。”叶兰珍脱掉了外套，里面仅有一件紧身的打底衫，娇好的身材就显露无遗，凸凹有致。

叶兰珍拿出热水壶，将两瓶矿泉水倒在了壶里，然后拿出杯子，到洗手间去洗了洗，从小柜子上面拿出两包酒店配备的袋泡茶放到杯子里。水马上就烧好了，叶兰珍将开水倒进茶杯里，泡了两杯茶。

“一会再喝，还有点烫。”叶兰珍转身对林若诚说，然后看到林若诚正目不转睛地盯着她看。

“怎么了？”叶兰珍低下头看了看自己，又抬起头来问道。

林若诚没有回答她，只是站起身来，走到她的跟前，将她轻轻地搂进怀里。她起初就这样任由他抱着，后来，她伸出双手来，搂住他的腰，他亲吻她的耳朵，她被他吻得一阵阵痒，却越发地享受。

她喜欢他的味道，喜欢他大而有力的双手抚摸自己的身体，喜欢他的唇掠过自己的全身，那种来自身体深处的颤栗常常让她无比地渴望。她如此坦诚地迎接他，毫无遮拦地享受他，这是人类最根本的愉悦，没有什么可以比得了这至极至兴的欢乐。

像是河流在奔腾，像是暴雨的猛烈，只有当两个人交融在一起的时候，她才是满足的。肆意地，奔放地，她不再是那个侃侃而谈的职场女人，不再是那个平日里淡定安静的女人，她变得那么热烈而又决绝，好像为了享受那身体上的快乐，即便马上死去也值得。

像是一场战争，都要争个输赢一般，结果却是缴械投降，剩下的就是疲惫，被掏空一般的疲惫，又像是千只万只蚂蚁在啃噬骨头，这样的战争把身体内的蚂蚁全部杀死，然后两个人抽身而去，剩下的只有灰烬。

寂静，完全的寂静，只有呼吸，彼此的呼吸，还有他们起伏的胸膛。靠近他的胸膛，温热的，慵懒的，带着汗液的黏稠，还有莫名的芳香。他的一只胳膊搂着她，用手掌轻轻地抚摸她光滑的背和肩膀，她依偎在他的跟前，一只手轻轻地抚摸他的胸膛。

只有床头的小灯亮着，两个人就这么相拥着睡着了，在这阴雨的黄昏，躺在最心爱的人的怀中，安静地睡着了。

全是梦，醒不来的梦。叶兰珍梦见自己跟林若诚去看樱花，梦见两个人一起爬山，还梦见小时候就认识了他，还有梦中的缠绵，她不愿醒来，因为梦里的场景太过美好，舍不得醒来，怕醒来一切就都结束了。

不知道过了多久，叶兰珍醒了，转身看看，林若诚躺在身边安静地睡着。叶兰珍轻轻地凑过来，仔细地看着他，这是一张完美无瑕的脸，闭着的眼睛形状非常漂亮，眉毛浓密，嘴唇有好看的弧度，鼻梁也高高的，在这张脸上，找不到任何的缺点，造物主太过眷顾于他，什么美好都用在了他的身上。

叶兰珍忍不住靠近他，亲吻他的嘴唇，又亲吻他的眼睛。或许是感觉到有人在亲吻自己，迷糊中的林若诚一把将她的腰搂了过来，叶兰珍显然受到了惊吓，但是看看林若诚，他已经醒了，正一脸坏笑地看着她。

“你饿了吗？”叶兰珍问。

“有点。”林若诚回答。

“那去吃点东西。”叶兰珍说着坐起来，然后开始穿衣服。

林若诚也紧跟着起来了，现在已是晚上八点多，估计外面的餐馆都要休息了。

“去酒店的餐厅简单吃一点。”林若诚说。

“好。”叶兰珍回答。

两个人穿好衣服，关上房间的门，走了出去，走廊里一片安静，只能听到两个人的脚步声。到了餐厅，空无一人，只有服务员还在坚守岗位。

两人点了份简单的套餐，林若诚全都吃掉了，叶兰珍只吃了其中的一半。

“不好吃吗？”林若诚问道。

“不是，这么晚了，少吃点。”叶兰珍回答。

“身材已经那么好了，还这么严格要求自己，很自律啊。”林若诚说。

“这可能来自女人的不安全感吧。”叶兰珍边说边喝了口水。

两个人很快吃好了晚餐，这么晚了，也没地方可去，只好回到了房间。

“去洗澡吧。”叶兰珍说。

“你先去。”林若诚说着，拿着手机盯着屏幕看。

“好吧。”叶兰珍回答，林若诚的表情好像在说他有事情要处理，但是叶兰珍没有多问，只是脱掉了外套，拿了件浴袍，径直去了洗手间。

脱掉衣服，只剩下光洁的身体，打开热水，从头上浇下来，湿透了全身。好像赤身裸体的时刻也是与自己的心灵对话的时刻，可以冷静地问一问自己在做什么，然而即便清楚自己做了什么，也不会有答案给到自己，因为我们依然在矛盾中挣扎，在现实中挣扎，在取舍中挣扎。

洗好澡出来，看到林若诚靠在床的一角发愣。

“有什么事情吗？”叶兰珍问道。

“没事。”林若诚回答。

“我希望可以帮你分担。”叶兰珍说，似乎想表明自己并不是多管闲事。

“真的没事，我去洗个澡。”林若诚站了起来，朝洗手间走去，经过她的时候，搂住她，吻了吻她的额头。

叶兰珍愣了一下，知道也许是自己解决不了的问题，索性也不再过问，躺在床上，拿起床头柜上的遥控器，打开了电视。

电视里正上演着男女主角在为爱而挣扎，叶兰珍叹了一口气。这人世间，最美好的莫过于爱情，最残酷的也莫过于爱情，就像是一个永远解不开的难题。

不一会儿，林若诚从洗手间走了出来，头发还没有完全吹干，微长，有些凌乱，叶兰珍就是喜欢他的头发有点长长的样子，跟他的眼神完全搭配，好像生来就是为爱而生的。

林若诚靠着床背半躺着，也看起了电视，过了一会儿，好像对电视并没有太多兴趣，又或者是心里有事情在烦扰他。

“明天早上回去吧。”林若诚说。

“好。”叶兰珍回答。

“睡觉吧？”林若诚询问道。

“好。”叶兰珍回答。

叶兰珍关掉了电视，林若诚关掉了床头灯，房间里只剩下漆黑一片，只有窗外透过窗帘照进来的些许光，林若诚伸出胳膊搂住她，她靠近他的胸膛，两人很快便进入了梦乡。

叶兰珍是被刺眼的阳光照醒的，虽然隔着窗帘，但是明亮的阳光依然照得人睁不开眼睛。她拿起手机看了看时间，早上七点多，林若诚也醒了。

“几点了？”林若诚问道。

“七点十分。”叶兰珍回答。

“今天天气好像特别好。”林若诚说。

“对，阳光明媚。”叶兰珍回答。

“起床吧，吃个早餐回申城了。”说话间，林若诚已经开始穿衣服。

叶兰珍也穿好了衣服，然后走过去拉开窗帘。外面阳光明媚，气温好像也升高了几度，前两天的烟雨江南气质一下子变了，此刻的江南，像是一个年轻又充满活力的姑娘，处处显示着跳跃的气息。

起床，穿衣，洗漱，重复着这些日复一日的琐碎事情，一起去吃了早餐，退了房间，然后就驾车回申城。

今天的阳光真好，特别的耀眼，特别的明媚，让人增加了生活的动力。车程大约需要一个半小时，林若诚驾驶汽车，叶兰珍坐在副驾驶的位置，两个人随意地聊着天，彼此都知道，回到申城之后，再次见面不知在何时，所以更加珍惜在一起的时光。

“直接送我去公司吧。”叶兰珍说。

“好。”林若诚回答。

然后是沉默，谁也不知道两个人的未来在哪里，也就不再互相承诺。

车子到达公司的时候，接近十点了。林若诚将车子停在了叶兰珍的公司门口，车内再次陷入沉默，这种沉默是压抑的无奈的无解的，似乎谁也没有办法打破。

“我走了。”还是叶兰珍先开口说话了。

“嗯。”林若诚抬起头来，深情地望着她。

“你保重。”叶兰珍又说。

“你也保重。”林若诚回答。

“我会想你的。”叶兰珍说。

“我也会。”林若诚回答，然后将叶兰珍搂到自己的胸前，吻了吻她的额头。

叶兰珍下了车，回头跟他挥手再见，林若诚摇下了车窗，嘴角抿起来对着她微笑，叶兰珍转身离去，一直往前走，没有回头，也不敢回头，只听到身后汽车绝尘而去的声音。

13 转 身

周乔从美国回来了。林若诚是在一个晚霞满天的下午接到周乔父亲的电话的，那时他正走在校园的一条小径上。

“若诚，我们明天晚上到申城了，过来接我们一下。”周乔的父亲在电话里听起来心情不错。

“呃……好。”林若诚犹豫了一秒钟便答应了，他和周乔离婚的事情，周乔的父母还是不知道的，在他们心中，他还是他们的女婿。

挂掉电话，林若诚愣了一会儿，思索着现在的这种状态要持续多久，跟周乔十几年的感情，他一时半会儿也无法从这种家庭关系里脱离出来，况且周乔现在的状态让他不敢再轻易提起这个话题，他还是担心她的。

第二天晚上，林若诚驾车早早到了机场，在地下车库里等着，一个人安静地坐在车里，心情也难得地放松，好像躲在里面就不用面对现实世界了，可以沉溺于自己的世界里。他打开音乐，动人的旋律似乎是带着香气一般，在整个车厢里弥漫开来，将他环绕，他闭着眼睛，靠在座椅的后背上，安静地欣赏着。

林若诚的心灵似乎得到了解放。他打开车里的小抽屉，摸摸索索地找出一盒香烟来，再往里翻翻，又找出了打火机。他点燃了一支烟，静静地吸起来，烟雾像音乐一般，将他缠绕，他打开窗户，将烟雾散去，让心事也跟着烟雾飘到更远的地方。

一支烟吸完后，他将车窗关上，再次靠到座椅的后背上，轻轻地闭上眼睛，眼前便不停地浮现叶兰珍的影子，紧接着浮现出周乔的影子。两个人不停地在他的眼前交替出现，好像进入了梦境，梦中的景象一片混乱，时而争吵，时而分别，时而撕心裂肺，那些现实生活中的挣扎全部在梦里呈现。

伴随着惊恐睁开眼睛，他抬起手腕看看表，航班马上就要到了，他坐直身体，愣了一分钟，然后拿起手机和车钥匙下车了。

穿过偌大的车库，他不停地看到有车开来，有车离去，看到接人的欢快嬉闹。团聚总是让人心生愉快，可是此刻的他却心乱如麻。

他安静地上了电梯，下了电梯，再步行几百米，便到达了航班到达处。周围很多人在等待，有些人拿着牌子，还有人拿着一束鲜花，所有的人都仰着头四处张望，等待着他们期待的人从通道的最深处缓缓走来。

林若诚安静地站在一个角落里。他穿着一件黑色的及膝薄款风衣，下身是一条黑色西裤，他的个头高，但是瘦，腿细长，整个人看起来清雅无比。

大屏幕上显示周乔一家搭乘的航班已经到达，他开始有点不安，好像不知道如何面对他们，于是开始四处踱步，虽然表情看起来相当镇定，但是他的脚步掩藏不了他不安的内心。

又等了接近二十分钟，他远远地看到了周乔的身影。她肩上挎着一个小包，跟在周乔后面的是她的父亲母亲，拖着两箱行李，林若诚赶紧迎了上去。

“回来了？”林若诚边说边接过周乔母亲手上的行李。

“终于到家了。”周乔的父亲由衷地说道。

“飞了十几个小时，累了吧？”林若诚跟周乔的父亲搭话。

“还好，只是有些想家了，美国再好，也比不上申城。”周乔的父亲感叹道。

一旁的周乔一直没有说话，林若诚看看她，她却没有看他，只是一个人走在一边，周乔的父亲只顾着说话，周乔的母亲倒是敏锐地捕捉到了这一点。

“你好些了吗？”林若诚低声问周乔。

“我本来就没病。”周乔气呼呼地回答。

周乔的母亲在一旁给他使眼色，看起来周乔的情绪并不是太好，林若诚只好闭上了嘴巴，一声不吭地朝车库走去。

林若诚拖着行李在前面走，周乔一家三口跟在后面。行李箱的车轮划过地面，声音很大，那感觉像时间在滚动，七拐八绕，十几分钟之后，终于到达了车子停靠的位置。

林若诚打开了车子，先将行李放到一旁，然后帮忙打开了车门，让他们三个先上了车，周乔坐在副驾驶座，周乔的父母坐在后排。等他们坐好之后，林若诚帮忙关上车门，然后将行李放到后备厢里，自己这才上了车。

“今晚都住我们家吧，太晚了，不用来回折腾。”周乔的父亲说。

“对，让周乔在我们家住几天，我也好照顾照顾她。”周乔的母亲附和道。

林若诚看了一眼周乔，周乔并没有说话，他顿觉有些尴尬，但是又不能提出反对的意见，只好点头答应了。

林若诚发动了车子，慢慢地驶出地下车库，便看到了申城的夜晚。

现在已是凌晨，马路上车子很少，道路便显得更加空旷，但是灯光明亮，高架桥上看起来流光溢彩。

“还是申城好啊。”周乔的父亲不禁感叹道。

“申城在全世界也是排在前几位的城市。”林若诚接话。

“是啊，不管美国人多么骄傲，这来到申城看看，没有不叹服的。”周乔的父亲继续说。

“申城这几年的发展速度有目共睹，各方面都在进步，相信医疗方面也会不断进步的。”林若诚说。

“我们老了，社会的进步还是要靠你们年轻人，你们现在是国家的中坚力量。若诚啊，你还是要多争取学校的一些学习机会，咱们学校跟美国的高校都有合作，你不能错过这些交流学习的机会。”周乔的父亲说。

“好，我尽量争取。”林若诚淡定地回答。

很快就到了周乔父母的家，林若诚停好车子，帮忙拿了行李，然后一起上楼。房门打开之后，林若诚将行李放到一边，周乔的母亲便去厨房烧水，周乔则径直走到了卧室。

林若诚看看她，有些不知所措，周乔的母亲将这一切看在了眼里，于是走到林若诚的跟前说：“你去陪陪她。”

林若诚点了点头，跟着周乔去了房间。周乔将包放下，脱掉了外套，然后躺到了床上，盖上被子，她侧过身去，背对着林若诚。

林若诚就这么静默地站在床前，周乔的母亲敲门过来送了一杯水，并叮嘱他们早点休息。

“我……今晚在这里睡？”林若诚问周乔。

“嗯。”周乔回答，但是并没有转身。

“要不我睡外面沙发吧。”林若诚犹豫地说。

“不合适，你就躺这里吧。”周乔还是没回头。

林若诚又站在原地愣了半天，最终只好脱掉了外套，关掉了灯，在床的另一侧和衣而睡，他尽量靠着床边，不跟周乔有身体上的接触。两个人沉默地躺着，房间里黑暗无边，可以听到两个人的呼吸声。

谁都没有睡着，像时光静止了一般，彼此的内心都有些伤感，明明当初相爱的两个人为什么变成了如今这个样子？陌生，熟悉，距离，林若诚想不到一个合适的词来形容他俩之间的感觉，但是他知道，他们再也没有办法回到从前了，那些逝去的时光已经被掩埋。

“我们复婚吧。”周乔说。她的语气缓慢，又有些固执和倔强，这给了林若诚一颗炸弹一般，他心里顿时泛起了波澜。

半晌，他都没有说话。复婚？他没有想过；可是彻底告别，他又没有那么决绝，他开始讨厌自己的优柔寡断。

“我总是想你。”周乔平静地说。以往的她总是那么倔强，她总是不服输，不愿意低头，可是此刻的她好像收起了平日的锋芒，整个人变得柔软。

“你先养好身体。”林若诚并没有直接回答她。

“我没有病，我知道我自己。”周乔继续说。

周乔轻轻地转过身，林若诚感觉到她一点点地靠近自己，直到她整个人紧紧地贴在他的后背上。

此刻的周乔像一只温顺的小猫，平时里那个强势任性的女人不见了。她的呼吸有些急促，或许是因为紧张，她将头贴在他的后背上，就像以前一样，她常常从后面抱住他，有时候他也从后面抱住她。那些最初的美好日子去了哪里？

“睡吧，明天我还要上班。”林若诚试图往前移动一下身子，但是周乔又紧跟着贴了上来。

“你对我没有一点爱了，对吗？”周乔轻声问道。

“我不知道。”林若诚无奈地回答。他的确不知道。到了这个年龄，经过了十几年婚姻的洗礼，他越来越不明白什么是爱情。

黑暗无边，心也是如此。

“还记得我们刚上大学那会儿吗？”周乔问道。

“记得。”林若诚轻声回答。

“那时候的天好像总是晴的，现在回想起来，记忆里全是阳光明媚的样子。”周乔陷入回忆当中。

林若诚没有说话，只是安静地听着，脑海中也浮现出年轻时的景象。

“一晃二十多年了，真的是一眨间的工夫。”周乔像在自言自语。

“睡吧。”林若诚说。

周乔没有回应。已经接近凌晨两点了，她一定是困了。林若诚听到背后传来她均匀的呼吸声，他知道她睡着了。他悄悄地将身体抽离些出来，换成平躺着的样子。周乔侧卧在他的身边，像年轻时一样，她总是在他的身边睡着。他忍不住仔细端详她的样子，他看着她从青春走到中年，他看着她一点点地成熟，他看得出她的精神状态并不好，他突然觉得他应该牵着她的手走下去，直至终老。

带着对往事的回忆，林若诚也睡着了。睡梦中，他感觉到有人在轻轻地朝自己靠近，感觉到有人在抚摸自己的身体，他试图推开，却无奈被控制住，他在半梦半醒之间游走，他努力地想要睁开眼睛，却总也睁不开，他感觉到呼吸不畅，他想要去呼喊，却被人堵住了嘴巴，他只好挣扎，不停地挣扎。

他感觉自己一点点地飘向云端，像是脱离了人世间的束缚与捆绑，他感觉到自己的双手触摸到了天空中的云彩，细腻又柔软，他在云端驰骋徜徉，却又像踩空了一般突然地坠落，急剧地坠落，终于，他睁开了眼睛，看到伏在自己身体上的气喘吁吁的周乔。

他突然有些惊慌失措，他迅速地想要抽离，却被周乔紧紧地抱住了。

“不要动。”周乔央求道。

"你……"林若诚想说你怎么可以这样。

"我……我得走了。"林若诚觉得有些尴尬，他想马上离开这里。

"还不到五点。"周乔淡定地回答。

"我去洗个澡。"林若诚说，然后坐起来，看看自己凌乱的衣着。

周乔没有回答，只是默默地看着他起身，打开房门，又关上房门，她的心里也是此起彼伏，一时不知如何形容此时的心情，只好安静地躺下，静静地回味着刚才发生的一切。

林若诚来到了浴室，看看镜子中的自己，衣着凌乱，表情疲惫。他打开水龙头，任水哗哗地流走，他捧起一把水，泼到自己的脸上，他似乎试图让自己清醒，但是越是清醒越感觉到纠结，感觉到痛。

他脱掉了本就凌乱的衣服，站到淋浴的水龙头下面，热水来了，淋到自己的身上，从里到外的通透，水哗哗地流过，没有停歇的意思。

洗完澡，他回到了房间，看到躺在床上的周乔，一时不知该如何是好，还要再躺到床上去吗?

"再睡一会儿吧。"周乔说。

林若诚愣了一下，只好再次和衣躺在了她的身边。周乔再次轻轻地靠过来，将脸紧贴着他的胳膊，林若诚将胳膊抽了出来，将身体转到一侧躺着，伴随着身体的疲惫，沉沉地睡去。

林若诚再次醒来时，天已大亮，看到周乔不在身边。再看看表，八点四十分。他坐起来，愣了一会儿，便看到周乔推门进来。

“醒了？快出来吃饭，妈都准备好了。”周乔招呼他。

林若诚没有说话，下了床，穿上鞋子，跟着周乔朝客厅走去。

周乔的母亲准备好了早餐。林若诚看着餐桌上准备的食物，再看看笑意盈盈的周乔，他有些恍惚。周乔的情绪明显的好了很多，容光焕发的样子。

“来来来，快来吃饭。”周乔的母亲招呼着，周乔的父亲也从房间里走了出来，几个人围坐在一张桌子前，整齐的一家人的感觉，周乔也坐了下来，拿着一盒罐装的牛奶，还有一个空杯子，她往杯子里倒满了牛奶，然后递给林若诚。

“给。”周乔说。

“谢谢。”林若诚愣了一下，诚惶诚恐地看着她。

“今天学校有课吗？”周乔问道。

“有。”林若诚回答。

“你去忙你的，让周乔这几天都住在这里，也陪陪我们。”周乔的母亲说。

“好。”林若诚点点头。

林若诚吃着东西，时不时地偷偷看一眼周乔，没有任何的异常，这反而让林若诚有些恐慌，心头笼罩着一层困惑，就像是暴风雨前的乌云一般。周乔倒是很自然，吃东西，给林若诚加了杯牛奶，将白煮蛋剥开递到林若诚的手中，林若诚接过来，小心翼翼地放到嘴巴里，好像生怕有声音惊扰了周乔一般。

吃完了早餐，林若诚驾车去上班，脑子里却不停地思索着周乔的行为，虽然他也摸不透，但是这样的日子让他的心理稍微放松了一些。到了学校以后，刚到办公室坐稳，马上就有人推门而入，林若诚抬头一看，是泮少阳。

“有事吗?”林若诚没有再看他，自顾自地收拾办公桌。

“周乔回来了?”泮少阳问道。

“对,”林若诚回答。

“她状态怎么样?”泮少阳问。

“还不错。”林若诚回答。

“你不要大意。”泮少阳说。

“什么意思?”林若诚问。

“你知不知道？精神病人随时都有可能做出极端行为。”泮少阳说。

“什么极端行为?”林若诚感觉泮少阳正说中了自己的担心。

“譬如自杀，或者杀人，至少是自虐，或者是袭击别人。”泮少阳说。

“我知道。”林若诚低下声来，像是回应泮少阳，又像是在回应自己的担忧。

“你跟那个女人还没有断吗?”泮少阳突然靠近林若诚，盯着他的眼睛。

“这不是你该管的事情。”林若诚回答，目光却是躲闪的。

“没错，我不该管，但是如果有一天周乔出了意外，我一定会让你身败名裂。”泮少阳说。

“你是不服输对吗?只是因为周乔没有选择你，你有严重的挫败感。”林若诚冷静地回答。

“这跟输赢没有关系。”泮少阳回答。

“你应该知道，是她选择了我，不是我抢走了她。”林若诚依然平静。

“这恰恰是问题所在。你为什么选择跟她在一起，还不是你的虚荣和懦弱?”泮少阳回答。

“跟你在一起，她就会幸福?”林若诚看着他的眼睛问道。

“我现在不想跟你讨论这些，我只是来提醒你，周乔现在的状态很危险，我怕她会做出什么极端的事情来。”泮少阳一脸严肃地说。

“我知道。”林若诚再次低下头，像是跟自己说话一般回应了一句。

看到林若诚的反应，泮少阳没有再话说，然后准备离开办公室，即将关门的那一刻，他说：“有需要及时打电话给我。”然后嘭的一声关上了门，留下林若诚愣在那里，半晌都没有声音。

整个上午林若诚都心烦意乱，手头的工作也没法进展下去，下午的时候接到了周乔的母亲打来的电话。

“若诚，周乔去你那儿了吗？”周乔母亲的语气听起来有些焦急。

“没有啊，我一直在学校。”林若诚有些奇怪。

“她今天中午说去学校找你的，我有点担心，中间给她打电话她也没接。”周乔的母亲更加地焦急。

“您别急，她可能手机没电了，我联系她看看。”林若诚说。

挂掉电话，林若诚赶紧拨打了周乔的电话，响了半天没有人接，看来并不是没电了。他也有点慌了神，只好再次拨打，也许她没有听到，铃声响了好久，仍然没有接，林若诚的心陡得一下子紧张起来，周乔莫不是出事了？

他挂掉电话，赶紧朝外面走，他要去找周乔。他飞快地下了楼，朝着车子跑去，上了车，脑海里才开始盘旋着去哪里找她这个问题，想来想去，还是先去她的家里看看，有没有可能回家了？

他脑子里不停地想着各种可能，车子向周乔的家的方向疾驶。现在已快到下班时间，马路上车子越来越多，车子在路上走走停停，大约四十分钟以后，他开到了周乔的楼下，这个他们一起生活了十多年的地方。

他迅速地下了车，上了电梯，按了按钮，电梯缓缓上升，他的心却咚咚地跳。电梯到达了他们的楼层，他迅速地出了电梯。打开门，房间里漆黑一片，林若诚的心咯噔一下。他伸出手摸到墙上的开关，打开了灯，客厅里一片狼藉，一股不祥的预感在他的心里升起。

“周乔。”林若诚大声呼喊，没有人回答。

“周乔，你在嘛？”林若诚边喊边朝卧室的方向跑去，客厅地面上乱七八糟的东西好几次差点将他摔倒。

打开主卧的门，周乔并不在里面，他又去了另外一个卧室，也没有，再去书房看看，仍然没有，林若诚几乎要崩溃了。他站在原地，不知所措。难道没在家里？就在他准备要离开的时候，他听到客厅的沙发后面传出摩挲的声音，他迅速地跑过去，看到躺在沙发背后的周乔。林若诚赶紧跑过去将她抱起来，然后放到沙发上让她坐好。

周乔的眼睛没有任何光芒，好像不认识林若诚一般。

“你怎么了？”林若诚坐到她的跟前，认真地看着她，试图走进她的世界，他试图了解她的真实状况。

“你来了？”周乔说话了，声音温柔轻盈。

“对。”听到这样的语气，林若诚有些惊讶，他睁大眼睛，带着疑问看着她。

“你知道吗？我总是在做同样的一个梦，梦见一个小男孩追着我叫妈妈，我转过身去抱他，他却忽地不见了，我到处找，怎么也找不着，我就使劲地喊啊，使劲地喊，但是周围没有任何人，我像是被困在了一个黑洞中。”周乔静静地描述着，描述的场景那么真实。说着说着，她的眼泪不停地流下来，比泉水还要多，她的情绪好像越来越激动，她的呼吸也变得急促，眼神里充满了不安和焦躁。

“我知道那就是我们的孩子。”周乔猛地抓住了林若诚的双手，她一会低下头，双手抱着自己的头，弄乱自己所有的头发；一会又猛地抬起头来，双手抓住林若诚的双臂，直勾勾地盯着他，伴着肆意的眼泪。

“周乔，你冷静一些。”林若诚紧紧地扶住她的双肩。

“我知道这是上天在惩罚我，为什么我当初要杀死他？为什么？都怪我们太自私了，我没有给他生的权利，我是杀人犯，我是凶手。”周乔几乎疯狂了。

“为什么你没有罪恶感！为什么你要背叛我！”周乔歇斯底里地吼叫。

“背叛？”林若诚低声说。

“你想瞒我到什么时候？非要我拿出证据来吗？”周乔泪流满面，泣不成声。

“你在说什么？”林若诚抱着最后一丝希望问道。

“不，我说的并不准确，你并不是背叛，毕竟我们已经离婚了。”周乔面如死灰。

“你到底在说什么？”林若诚有些尴尬。

周乔没有理他，突然弯下腰来在地上胡乱地翻着什么，然后将卡片一样的东西一张张地捡起来，放到手中。

“这是什么？”周乔站起身来，将手里的一叠东西扔了过来，是照片。

林若诚轻轻地拿起来，看到的是他跟叶兰珍一起出游的照片，好像在这一瞬间，到了他们彼此都要面对的时刻了。人终归要面对自己的懦弱。

“我以为给你我的全部，就是我对你最深的爱，可我现在明白了，人终归都是要追求自己想要的自由。”周乔自言自语。

“我天真地想要跟你复婚，你却早已开启你新的旅程。”周乔的泪水已决堤。

“这不是我想要的结果，我总是以为自己可以牢牢地掌握一切，可是我却成了最失败的那一个。”周乔的情绪再次被掀起。

“对不起。”林若诚低下头，沉默不语，愧疚已不足以表达他的内心。

“如果我们当初要了那个孩子，或许一切都会不同。”周乔喃喃自语。

“对不起。”林若诚仍然痛苦地低着头，他不敢面对周乔，尽管他们已经离婚了，但是那些一起生活的时光怎么可能轻易遗忘?

像是坐了共同的一趟列车，此刻，列车到了终点，彼此都要下车了。

周乔轻轻地躺在了沙发上，她累了，前所未有的疲惫，像是一场梦，最终是一场空。房间里寂静无声，彼此就这么沉默着。

敲门声打破了寂静，门外是周乔母亲的声音，周乔的母亲也赶来了。

林若诚打开了门，站在外面的是周乔的父母，他们的表情是焦急的，担忧的。

“周乔呢?”周乔的母亲边说边朝房间内走，然后一脚踩到地上的东西，她停下来，看到了一片狼藉的房间。

“怎么回事?”周乔的母亲更加着急，周乔的父亲也开始喊周乔。

他们看到了躺在沙发上的周乔，安静地，像一只猫，她没有狂躁，没有惊恐，也没有喊叫，她就那么静静地躺着，自己抱着自己。

“她怎么了?”周乔的母亲转头看向林若诚，她想知道发生了什么。

林若诚低头不语。周乔的父亲发现了一旁的照片，弯腰拿起来一张张地翻看，然后转过身来，看着林若诚，他猛地将照片全部扔到林若诚的脸上，照片飞洒，伴随着林若诚的尊严，一点点落下。

“你竟然做出这种事情?”周乔的父亲显然火冒三丈，他伸出拳头，想要去打林若诚。

“爸，我们早就离婚了。”躺在沙发上的周乔说。

“什么?”周乔的父母几乎同时转向了周乔，伴随着满脸的惊讶。

“我们一年多前就离婚了。”周乔愣愣地回答，眼神空洞。

“为什么离婚?”周乔的母亲不解地问道。

“因为照片上的这个女人?”周乔的父亲也不解地问道。

“不是这样的。”林若诚回答。

“我不知道。”周乔喃喃地说。

“你竟然做出这种事来，我饶不了你。”周乔的父亲想要伸出拳头。

“爸，让他走吧。”周乔安静地说，这种安静让人觉得可怕。

周乔的父亲慢慢地放下了拳头，无可奈何地摇摇头，周乔的母亲心疼自己的女儿，她走到周乔的跟前，不停地抚摸周乔的头发。

林若诚看了看他们，想说些什么，但是什么都说不出来，一切都显得那么苍白无力，他转过身，打开门，走了出去。转身离去的那一刻，林若诚好像如释重负，前所未有的轻松，一直堵在胸口的石头也没有了，走路也变得轻盈，呼吸也变得顺畅。夜幕降临，城市灯火通明，他驾驶车子，独自在城市间来回穿梭。

叶兰珍收到了方义明寄来的离婚协议。她仔细看了看里面的内容，房子和车子都给了她，还有部分存款，算是给予她的精神补偿。叶兰珍看完后将它放在了一边，并没有签字。她也不知道为什么没有签字，也许仅仅是因为那份情感，两个人在一起生活了十三年，她的青春全部给了他，换来的是一纸离婚协议，她曾经憧憬的白头到老是彻底没有了。她只是觉得荒唐，荒唐到无法面对，只能任时光这样默默流走，让日子一点点走向尽头。

自从上次从古镇回来，她就没有了食欲，任何食物都吸引不了她的兴趣，还总是有反胃的感觉，她也因此日渐消瘦，整个人都瘦得快脱了形。

直到有一天早晨，她在洗手间里呕吐被史晓文碰到，史晓文以一种怀疑的口气问道：

“你怎么了？不会是怀孕了吧？”

“什么？”叶兰珍抬起头，眼睛直直地盯着她。

“我说你是不是怀孕了，你最近好像有好几次这种情况了。”史晓文一脸严肃地回答。

“没有吧。”叶兰珍自己对自己说。

“你看你最近老不吃饭，都瘦了一大圈，我好几次看到你好像要吐的样子。”史晓文说。

叶兰珍没有说话，她的心头立刻蒙上了一层乌云，她不知道是喜是忧，这个孩子毫无疑问是林若诚的。她一直以为自己是不是生理上有问题，虽然看过很多医生，得到的结果都是没有问题，但是迟迟没有孩子的事情让她一直对自己心存怀疑。而此刻，她的肚子里有一个生命，一个属于她和林若诚的孩子。

叶兰珍提前离开了公司，驾车去了医院，她挂了号，然后去排队等待检查。周围坐满了人，大都是成双成对，也有个别像她一样形单影只的。她静静地坐着，看着眼前来来往往的人群，或开心，或焦虑，每个人都有自己的生活状态，每个人都像个孤独的战士一般，来到这个世界，就需要跟生活斗争。

轮到叶兰珍了，她坐到医生的面前，看着眼前的女医生，短发，干练，她一定见过无数的喜怒哀乐，她一定也见过很多生离死别，她的表情是淡定的，甚至可以说是冷漠的，是的，冷漠，人只有变得冷漠了，才不容易伤心，不容易流泪。

“怎么了？”医生问道。

“最近不想吃东西，还经常干呕。”叶兰珍回答。

“多久了？”医生头也不抬，边问边在病历本上记录着。

“有三个多星期了。”叶兰珍绷着紧张的心回答。

“例假正常吗？”医生继续问。

“这个月没来，因为有时候也不太准时。”叶兰珍轻声回答。

“去验个小便。”医生说着，已经打出了缴费单子，然后递给了叶兰珍。

叶兰珍小心地接过单子，她的手有些发抖，有些冰凉。她慢慢地迈着步子，先去缴了费，接着去洗手间取了小便样本并且送到了化验室，然后又找了一个位置坐了下来，静静地等待着。

大约十几分钟后，化验室的医生大声喊着叶兰珍的名字，叶兰珍赶紧站了起来，走到窗口前，拿到了自己的化验结果，上面清清楚楚地写着：早孕。

她愣在那里，脚也迈不开步子，心跳的速度也加快了，她有些不知所措，她没有再回到医生的办公室，而是径直下了楼，上了自己的车子。

要不要告诉林若诚？她一遍遍地问自己。她不知道他的真实生活是什么样的，她更不想拿孩子当筹码，她不想让他为难，但是她要这个孩子，她觉得这是上天给她的礼物，这是冥冥之中注定的事情，不管前方的路有多么艰辛，她都要义无反顾地走下去。

叶兰珍驾车回到了家里，然后走到书房，拿起一直放在一边的离婚协议书，郑重地签上了自己的名字。那些无法改变的过去终究会过去，那些必须承担的责任已经到来。

大约两个月后，她的肚子已经有了明显的孕相。史晓文常常陪伴在她的身边，说她是大龄产妇，需要小心照顾。叶兰珍说自己没那么娇惯，史晓文说，那可不行，你这跟老公好不容易盼来的宝贝，一定要加倍小心才行，叶兰珍不说话，就微笑着，心里想象着未来孩子的模样。

当林若诚突然出现在她的面前时，她吓了一跳。

那日下班，她拖着疲惫的身子朝停车场走去，刚出办公楼，她就感觉到远处有人站在那里，她定睛一看，是林若诚。他穿着一件黑色的衬衣，他的头发长了，胡子长了，只有眼睛里带着浅浅的笑意，他静静地站在公司不远处的一条小路上。初夏已经来临，法国梧桐的树叶长成了婴儿的巴掌那么大，将小路遮出了一块荫凉。

看到他，叶兰珍脸上立刻涌上笑来，然后朝着他走过去。走到他的面前，定定地站着，林若诚看到她微微隆起的腹部，满脸惊讶。

叶兰珍拉起他的手，他的手有些凉，手心是湿的，手指修长，她将他的手放到自己的肚子上。

“这是我们的孩子。”叶兰珍微笑着，带着无比的满足，万分的期许。

林若诚瞪大了眼睛，张大了嘴巴，一副不敢相信的样子，他想说些什么，又不知道说什么，只是将叶兰珍拉到自己的胸前，抱在了怀里。

“为什么不早告诉我?”林若诚喃喃地说，像是责怪她，又像是责怪自己。

“不想给你添麻烦。”叶兰珍回答，语气里带着笃定和倔强。

“对不起，都怪我。”林若诚一遍遍地说对不起。

“我会一个人把他养大。”叶兰珍说。

“我会承担我的责任，相信我。”林若诚双手扶住她的双肩，认真又严肃。

叶兰珍笑了，有他这句话就够了，尽管她不知道未来是什么，但是让她拥有属于他的血脉，这已是上天对她的馈赠。

“跟我走吧。”林若诚说，然后拉着她的手就走。

“去哪里？”叶兰珍有些疑惑地问道。

“去了你就知道了。”林若诚回答。

她跟着他上了车，车门关上的瞬间，她顿觉安全又踏实，这方寂静幽闭的小小空间，就是她跟他的放松之所。

车子启动，舒缓的音乐响起，伴随着时光的流动，她不知道车子会驶向何方，也不知道未来会走向何方，但那些所谓的未来都是虚幻的，能跟他在一起的每一瞬间都是真实的，何需思考未来？

林若诚就那么安静地开车。此刻的他，脑子里已是空白，以前还面临着选择，现在，是命运在牵引着他走，引领着他的心，好像某种莫名的力量在召唤他。他转过头去，看看叶兰珍，对着她笑，看着她微微隆起的腹部，他也在笑，他忘记了周乔的哭泣，忘记了那些不停争吵的瞬间，忘记了曾经的患得患失，他的血脉让他在瞬间变得无比残酷，让他的心变得无比真实。

叶兰珍在车上睡着了，带着满足感和安全感，不知道过了多久，她睁开眼睛看了看，车子已经停下了，林若诚坐在一旁，静静地看着她。

“到了？”叶兰珍猛地坐起来，四下张望。

“睡醒了？看你睡得正香，就没有叫你。”林若诚伸出手握着她的手。

“这是哪里？”叶兰珍问道，一脸迷茫。

“走，下车，带你去看看。”林若诚并没有回答，而是径直下了车。

叶兰珍也跟着下了车，她朝四周看看，这好像是一个居民区，环境无比优雅，树木浓密，郁郁葱葱，初夏的风吹来，带着温热和凉爽。

林若诚锁上了车门，拉起她的手。他的手有力温暖，她像一只听话的猫一样跟在他的身后，她能感受到阳光的温暖。

走到了一栋别墅面前，他停下来，然后拿出钥匙，打开了门，他伸出手做出“请”的姿势，她犹豫了一下，然后走了进去。

“这是我几年前买的一栋别墅，当时房价还便宜，这地方不属于申城，但是离申城很近，来回也方便，当时想着以后有空闲的时间可以来住住，逃避一下大都市的喧嚣，可是没想到一直没有机会，现在好了，派上用场了。”林若诚说着，从门口的鞋柜里拿出两双拖鞋，一双给自己，一双给叶兰珍。

“你什么时候住过来的?”叶兰珍疑惑地看着他，边说边换上了拖鞋。

“两周前。”林若诚回答。

“她知道了所有事情。”林若诚认真地看着她，像是一种坦白。

“那她?”叶兰珍有些担心，也有不解。

“她的父母一直在照顾她，我不知道明天会怎么样，但此刻我想，我应该勇敢一次，为了我们的孩子。”林若诚走过来，捧起她的脸，认真地看着她的眼睛。

叶兰珍也看着他，他的眼睛里充满了柔情，也带着些忧郁，就像她初见到他的那个夜晚，她认识他不过一年的时间，但此刻，她却感觉像是已跟他在一起过了千年一般。

“你去休息一下，我来做饭。”林若诚带着些许的欢跃。

“我来做吧，你会吗?”叶兰珍有些担忧。

“会，快去沙发上躺一会儿。”林若诚叮嘱道，然后自己脱掉了外套。

“好。”叶兰珍淡定地回答。

叶兰珍并没有躺下来，而是一个人慢慢地在房间里四处看看，又一个人上了楼，看看林若诚的房间，一张双人床，床上只有一个枕头和一个薄被子，床头上放着一本书。她在他的床上坐下来，透过窗户，看到外面随风摇曳的树枝，看到簌簌落下的花瓣，想象着林若诚一个人躺在床上看书的样子，一盏昏黄的灯，一个孤独的身影。

她摸摸自己的腹部，她偶尔感觉到腹部的跳动，推测那应该就是胎动。她莫名地认为肚子里的宝宝一定是个可爱的男孩，他一定像林若诚一样英俊，有着好看的面庞，略带忧郁的眼神，她期待着他的到来，她想象着孩子在这个房子里四处奔跑欢闹，她幻想着能够跟林若诚白头到老。

“吃饭了。”她正思绪万千的瞬间，听到林若诚在叫她。

“这么快？”叶兰珍回过神来，一脸的不可思议。

“这都老半天了，快去尝尝，合不合你口味儿。”林若诚微笑着回答。

“好，去尝尝你的手艺。”叶兰珍站起身来，林若诚再次伸出手来牵着她，像是生怕她丢了一样，结实有力地握着她的手。

两个人手牵着手下了楼，走到餐桌前，林若诚赶紧把椅子往后拉了拉，叶兰珍坐了下来，林若诚到对面坐了下来，叶兰珍看看餐桌，三菜一汤，一盘回锅肉，一盘肉末豆腐，一盘炒花菜，还有一份青菜豆腐羹。

“看起来不错。”叶兰珍赞叹道。

“你先尝一尝味道。”林若诚夹起回锅肉放到她的碗里。

“Really good。”叶兰珍用英文回答。

“谢谢夸奖，那就多吃点，一定饿坏了。”林若诚看起来特别开心。

“没想到你会做饭。”叶兰珍边吃边说。

“小时候，妈妈工作忙，有时候照顾不了我，我就自己试着做，刚开始就会煮面条，大一点以后，就开始做些简单的菜，再后来就喜欢研究做菜，做得不好，就是会做而已。”林若诚讪讪地笑，带着他天生的谦虚。

“已经很好了，很多男人是从来不做饭的。”叶兰珍说完后，顿了一下。她想到的是方义明，跟方义明十几年的婚姻里，她从来没见过他下厨，虽然他带她去申城各大有名的餐厅吃饭，她吃过很多高级厨师做的菜，那些菜样子精美，口味独特，但是她吃不出家的味道。

林若诚没有说话，他理解她的意思。也许每个在婚姻里的人都有自己的困惑，有些困惑永远无法解决，大部分人选择闭着眼睛，而有些人过于纯粹又过于自我，一生都在不停地追求彼此灵魂的契合。

“我已经签好离婚协议了，在我知道有了你的孩子之后。我不管未来你在哪里，我都要这个孩子，拥有他，就像拥有你一样，有了他，我这一生也足够了。”叶兰珍说。

“你放心，我会陪着你们。”林若诚眼神笃定，像是在许下一个誓言。

两个人吃完饭后，叶兰珍要去洗碗，林若诚坚决不同意，叶兰珍只好坐到沙发上休息，然后看着林若诚在厨房里洗碗。她就这样静静地看着他的背影，他系着围裙，他时不时地回头朝她笑笑，此刻的他不再是一个大学副教授，不再是那个站在台上滔滔不绝的男人，他就是一个丈夫，一个平凡的人。

一切收拾妥当，林若诚端了一盘水果走过来，是切好的橙子，橙子颜色鲜亮，看起来水嫩多汁。

“吃点水果。”林若诚将橙子放到她的跟前。

叶兰珍吃了两块，然后拿起一块放到林若诚的嘴巴前。

“你也吃。”叶兰珍说。

林若诚往后退了一下，叶兰珍再次将橙子送到他的嘴巴前，林若诚吃了一口，然后接过来自己吃。

“在这里住几天吧，时间允许吗？”林若诚问道。

“手上有几个项目正在进行，我一会跟同事沟通一下，暂时让她负责一下。”叶兰珍说。她想将手上的工作暂时交给史晓文，这事她已经考虑了有一段时间了，还有几个月，孩子就要出生了，她已经考虑辞职，她想全心全意地陪伴孩子的成长。

“我最近都住在这里，你如果愿意的话，可以一直住在这里，或者你可以辞职。”林若诚带着询问的眼神看着她。

“我……暂时不行。突然辞职，几个项目可能会受到影响，等过一段时间，项目进行得差不多了再说，而且我现在状态也很好，不影响工作。”叶兰珍回答。

“好，你自己决定，别太累了就行。”林若诚说。

“嗯，放心。”叶兰珍回答。

“现在累了吗？去睡觉？”林若诚问道。

“好。”叶兰珍说。

两个人默契地起身，一起到了楼上的卧室。林若诚打开了床头的台灯，拉上了窗帘，然后摊开了被子，叶兰珍从一侧上了床，小心翼翼地脱掉了衣服，然后拉过被子盖上，林若诚从另一侧上了床，也钻到被子里面。世界一下子就变得静谧，只有彼此的呼吸声。叶兰珍小心地靠过去，躺在林若诚的怀里，她的腹部微微隆起，林若诚伸出手来，抚摸着她的腹部，轻轻地，柔柔地，像是害怕惊扰了宝宝一般。

“你猜是男孩还是女孩？”叶兰珍问道。

“也许是女孩，像你一样漂亮的女孩。”林若诚回答。

“我觉得是男孩，一定是男孩，长得跟你一模一样。”叶兰珍轻声回答。

“男孩女孩都好，都是上天赐予我们的礼物。”林若诚说。

两个人很快睡着了，带着一身的疲惫，带着满心的期待，就这么相依相偎地睡了，像是掉进了温柔乡里，谁也不想逃出来，就在这片温柔乡里慢慢地沉沦。

次日醒来，太阳光透过窗帘照进来。叶兰珍揉揉眼睛，定睛看了看才确定她身在哪里，再看看身边，林若诚不在，应该是早就起床了吧。她起身穿好衣服，下楼之后，看到林若诚正在厨房里忙碌着，她立在那里没动，就这么静静地看着他，看着他穿着围裙的样子，看着他不停地翻着锅里的东西，叶兰珍顿觉时光曼妙，内心也因此变得更加安宁。

她默默地走到厨房，脚步轻盈，没有声响，她靠近他，从背后抱住他，林若诚回头看了一下，微笑着抚摸她的头发。

“睡醒了？”林若诚问道。

“是。”叶兰珍回答。

“早餐马上好了。”林若诚说。

“谢谢。”叶兰珍回应着。

“快去洗脸刷牙。”林若诚叮嘱道。

“不去。”叶兰珍紧靠着他的后背，所谓的岁月静好不就是如此吗？跟心爱的人一起做喜欢的事情，琐碎的日常也变得余韵悠扬。

“听话，吃过早餐我带你去周围转转。”林若诚又说。

叶兰珍放开了拥抱着他的双手，朝洗手间走去。推开洗手间的门，看到里面收拾得整齐妥当，她关上门，看着镜子中的自己，虽然有着孕期的疲倦，但是她的眼睛里带着幸福的光，她的脸上有着因爱而生的柔和，这爱来自林若诚，来自她腹中的孩子。她小心地抚摸着腹部，再次想象孩子的模样，想象着孩子长大，想象着林若诚陪伴孩子的情景，那些未来的美好景象让她暂时忘却了担忧，让她的内心生出莫名的力量。

洗漱完毕，走到餐厅，看到林若诚已经将食物全部端上了桌子。叶兰珍在桌子前坐了下来，她看了一圈眼前的食物，菜品丰富，颜色亮丽。

“看看喜欢哪一种？”林若诚边说边坐了下来。

“都喜欢。”叶兰珍不假思索地回答。

“那就吃吧。”林若诚微笑着说。

叶兰珍拿起筷子，默默地吃了起来，脑子里却是她结婚十几年来的情景。细细想来，她婚姻的十几年里，跟方义明这样一起吃饭的时间屈指可数，她一直想尝试着做一个好妻子，她也曾经尽心尽力地为方义明准备早餐，准备晚餐，然而她总是在等待，总是在失望。

不知道林若诚在想什么，叶兰珍抬头看看他，也是一副心事重重的样子，也许对于他们彼此来说，如今都要面对一个全新的开始，然而那些旧的记忆怎么会抹去？那些逝去的时光就像一个烙印一般刻在了他们的心里，无论甜蜜或者挣扎。

“离这儿不远有一个湖，景色还蛮不错，一会咱去看看？”林若诚问道。

“好啊。”叶兰珍回答。

“小区不远处有个商场，顺便去给宝宝准备些东西？”林若诚又说。

“太早了，还有好几个月呢。”叶兰珍回答。

“我现在迫不及待地想见到他。”林若诚说，眼里都是期待。

“我也是。”叶兰珍回答。

吃过饭，简单收拾了一下，林若诚驾车带着叶兰珍到了附近有名的一个湖。人很少，只有几个老人带着孩子在晃悠，天气晴好，湖面平静，水面宽阔。心情也跟着开阔了许多。

他们沿着湖边走了一会儿，叶兰珍便开始觉得累了，腿脚变得无力，林若诚看到叶兰珍的步伐变得缓慢，立刻停了下来，扶着她到旁边的长椅上休息。

“现在特别容易累。”叶兰珍说着坐了下来。

“你现在处于特殊时期，累是正常的。”林若诚坐在了她的身边。

“明明什么事情也没做，却比工作一天还要累。”叶兰珍有些自嘲。

“喝点水，休息一下。”林若诚边说边从包里拿出水，递给了叶兰珍。

叶兰珍接过水，喝了几口，然后递给林若诚，林若诚也喝了一口，然后将杯子放到了一边。两个人静静地看着湖面，偶有微风吹来，湖水泛起涟漪，林若诚从地上捡起一块小石子，用全力扔到了水里，水中激起小小的浪花，不一会儿，石子沉入了湖底，没有了痕迹。有鸟儿飞来，轻轻地立于水面，又有鸟儿飞来，猛地将长长的喙钻到水里，瞬间就捉到了一条鱼。

“她已经知道了我们的事情。”林若诚再次提起这个话题。

叶兰珍看了他一眼，然后将头转向了一边，一直盯着湖面。她没有说话，她不知道该如何回应。她一方面对未来充满幻想和憧憬，一方面又因为自己的懦弱和善良常常充满愧疚，强烈的罪恶感时常涌上心头，让她寝食难安。

“我知道你舍不得她，我可以一个人将孩子带大，如果你愿意，可以来看孩子。我已经拥有了孩子，怎么还能奢望再拥有你？”叶兰珍的眼睛直直地盯着水面。

“我和她不可能了，我了解她。”林若诚转过头来，认真地看着她的眼睛。

“你应该对她负责。”叶兰珍轻声说。

“我也该对你负责。”林若诚依然认真地说。

“可是，我不该出现在你的生活里。”叶兰珍带着自责的口吻。

“我们必须听从自己的内心。我无数次地问过自己，我无数次地在深夜里听到自己的心，我不知道是对或是错，我只是想勇敢一次，忠于自己的选择。”林若诚表情严肃。

“她会没事吗？”叶兰珍小心翼翼地问道。

“我不知道。”林若诚摇摇头，刚才坚定的眼神里立刻涌上了一层愁雾。

“你去照顾她，不要让她的精神状态更糟糕。”叶兰珍说。

“你为什么那么善解人意？”林若诚说。

“因为我懂她的痛。”叶兰珍回答。

“你说的那个商场在哪儿？咱去看看吧。”叶兰珍转移了话题。人生走到现在，她的心态已经完全放开了，如果是追求结果，所有的人都是一样的，将时间一点点地耗尽，直至走到死亡，最真实的是活着的每一秒。

“好。”林若诚愣了一下，点头答应了。

两个人还是慢慢地牵手往回走，她的手被他握住，这一瞬间就是真实的，幸福的。头顶上的阳光很耀眼，微风吹到脸上，温暖柔和，道路两旁的花儿鲜艳明亮，两旁的树木枝繁叶茂，一切都是生机勃勃。

他们开车到了商场，径直去了婴儿专区，服务员看到两个人走过来，热情地上前招呼，看到叶兰珍微微隆起的腹部，服务员马上给他们介绍将来需要用到的东西。在服务员的建议下，林若诚挑选了最好的婴儿车，选了几套加厚的婴儿服装，他们的孩子是将要在冬季出生的，然后选了品牌最好的尿不湿，还有奶瓶等相关用品，买了这么多东西，服务员也是异常的开心。

“是男孩还是女孩？查了吗？”服务员边给他们包装边问。

“没有，男孩女孩都喜欢。”林若诚边说边看看叶兰珍。

“你们的孩子肯定是大美女大帅哥，看你俩就知道了。”服务员热情地说。

“谢谢。”叶兰珍回答，两个人对视着，林若诚抿起嘴巴微笑。

买了一大堆东西，像所有的准爸爸准妈妈一样，那些用得到的用不到的都买了。林若诚将小的物件放到婴儿车上推着，手里拎着几个大的物件，叶兰珍跟在他的身边，他们看起来跟正常的夫妻没有任何区别。

“累了吧？”林若诚关切地问道。

“还好，就是腿有点酸。”叶兰珍回答。

“找个餐厅去吃个午饭？”林若诚问道。

“不吃了吧，我不饿。”叶兰珍皱着眉头，看得出来她累了。

“那我们先回去休息？”林若诚问。

“好的。”叶兰珍回答。

两个人慢悠悠地踱到车库里，叶兰珍先上了车，林若诚将买的东西一件件放到后备厢里，然后关上后备厢，自己也上了车。

车子不疾不徐地驶在马路上，叶兰珍打开了一点窗户，风便吹了进来，温暖和煦。夏天来了，空气有些温热，扑面而来地吹到脸上，阳光有些刺眼。

马路上人烟稀少，毕竟属于小城，少了那些熙熙攘攘，多了几分宁静与淡然。叶兰珍静静地看着马路，看着两旁的绿树，体会着这座小城的静谧。

“这里感觉真好。”叶兰珍看着窗外，自言自语。

“是啊，人少，安静。”林若诚回答。

“人总是喜欢折腾，能真正闲下来体会这样的生活的日子不多。”叶兰珍说。

“人总是矛盾的吧，忙的时候，觉得累，想休息，闲的时候又不懂珍惜时光，等到终于悟透了，人也老了。”林若诚感慨地说。

“对的，人们总是在自己营造的怪圈里行走，怎么也走不出来。”叶兰珍边说边无奈地摇摇头。

说话的工夫，车子便开到了家门口，林若诚停下了车。叶兰珍自己下了车，她看到房门口的花簌簌落下，粉红色的花瓣轻轻地跌落到地面上，落到了泥土上。

林若诚将买的东西从后备厢里拿出来，打开了房门，房间里一片安静。

“去睡个午觉吧，现在你肯定很累了。”林若诚说。

“你陪我。”叶兰珍央求道。

“我先把东西收拾一下。”林若诚回答。

“那我等你收拾好再睡。”叶兰珍撒娇般地说。

“好。”林若诚回答。

她坐在沙发上，看林若诚一件件地整理东西。她喜欢就这么静静地看他做一件件的事情，喜欢看他的背影，好像就这么看着他，就已经获得了所有心理上的满足感，爱上一个人，会觉得他哪儿都好。

收拾好了东西，两个人到楼上的卧室，相拥着躺在床上，想要睡个午觉。起初叶兰珍怎么也睡不着，窗外鸟儿叽叽喳喳地叫，林若诚好像也睡不着，两个人就相拥着聊天，聊的大部分是童年，童年的那些趣事。不知道为什么，尽管童年的生活是充满艰辛的，但是回忆起来总是带着无限的美好。

“小时候，总是盼着长大，快点长大，长大了就可以离开家，去到更远的地方。”叶兰珍说。

“长大了，却总是想回去，但是回去却发现，一切都不是从前的模样。”林若诚说。

“人最大的痛苦，或许就在于无法阻止时间的流逝，又总是被回忆所掌控。”叶兰珍说。

“回到童年生活的地方，你会觉得好像一切都没有变，又好像一切都变了，我们以为自己的心还是那颗心，然而却早已不是童年的样子。”林若诚说。

“几乎每个人的一生都在想着逃离，一生又不停地想要回去。”叶兰珍说。

两个人就这么相拥着，聊着，伴随着微风，静静地睡着了。风透过窗户的缝隙吹过来，窗帘的一角被掀起，然后又回去，再次被风掀起，再次回去，像时光的钟摆一样，来回摇摆着。窗外偶有猫咪的叫声传来，听到猫咪沿着别墅的墙沿悄悄逃走，草地上有蛐蛐的叫声，是不是就是儿时院子里的那只，像跨越了时间的界限，飞奔到了时空的另外一端。

醒来时，天已经要黑了，叶兰珍拿起手机看了看，已是晚上七点多，林若诚也醒来了，看看坐在一边的叶兰珍，问道：“几点了？”

“七点五分。”叶兰珍回答。

“我们睡了这么久？”林若诚边说边坐了起来，找个枕头放在背后。

“是啊，又是一天过去了。”叶兰珍说。

“要不要喝水？”林若诚起身下床。

“好，我们一起去。”叶兰珍说。

林若诚小心地搀扶着叶兰珍，摸索着将房间里的灯一个个打开，客厅里顿时有了柔和的气氛。

叶兰珍坐到了沙发上，林若诚去厨房里给她倒水，然后准备晚餐。

“晚餐想吃什么？”林若诚问道。

“没有特别想吃的。”叶兰珍回答。

“煎牛排怎么样？”林若诚提议道。

“好啊。”叶兰珍回答。

“我先给你削个苹果，你坐这里慢慢吃。”林若诚说。

“好，谢谢。”叶兰珍朝着他甜蜜地笑。

叶兰珍打开电视，黄金时段的连续剧开播了，她津津有味地看着。

“这部剧最近很火。”林若诚将削好的苹果递到了她的手里，看到了正播放的剧。

“是啊。”叶兰珍回答。

林若诚一个人在厨房里忙碌着，叶兰珍一边看着连续剧，一边吃着苹果，然后时不时地看看林若诚。房间里很安静，只有电视里传来男女主的交谈声；房间外面更是安静，好像这个世界只剩下了他们两个人。

这是她所期待的日子，她所期待的婚姻的样子。她知道这世间没有尽善尽美，但是她期待婚姻里的两个人可以灵魂契合，心意相同，她知道婚姻里必须有妥协和退让，她一直扮演那个妥协和退让的角色，但她同样需要体贴和关爱，哪怕是对方递过来的一双筷子，盛上来的一碗汤，或者是一个眼神的凝望。

“开饭啦。”叶兰珍正思绪不断的时刻，林若诚的声音传来。

叶兰珍猛地回过神来，看到林若诚从厨房往餐桌上端食物。

“好。”叶兰珍站起身来，朝餐厅走去。

林若诚将食物全部摆好，然后帮她把凳子往后拉一拉，自己坐到了叶兰珍的对面。

“煎牛排，意大利面，还有奶油蘑菇汤，尝尝味道如何？”林若诚介绍道。

“谢谢你花那么多时间给我做饭吃。”叶兰珍认真地看着他说。

“不客气。”林若诚回答。

“那待会儿我洗碗。”叶兰珍回答。

“不用，你歇着就行。”林若诚说。

“不行，我一定要洗，我都睡了一下午了，一点不累。”叶兰珍说。

“那好吧，你洗，我在一旁陪着你。”林若诚回答。

“好吧，我来尝尝你做的牛排。”叶兰珍边说边拿起刀叉，小心翼翼地切着。

“怎么样?”林若诚自己也吃起来。

“不错，比高档餐厅里的好吃多了。”叶兰珍回答。

“多谢夸奖，可没法跟那些名厨比。”林若诚谦虚地表示。

“食物，因为有了两个人的情感的温度，才会变得更鲜香。”叶兰珍边吃边说。

“还有意大利面呢，你多吃点，要不然宝宝会饿的。”林若诚叮嘱道。

“嗯，为了孩子，我一定要多吃些。”叶兰珍说。

“我的母亲如果知道我马上要有自己的孩子了，她一定会无比开心。”林若诚的语气变得平静，有些许的怅然。

“我妈应该也是的，不过我没有告诉她。”叶兰珍低着头回答。

两个人都停顿了一下，然后继续吃饭。现实总是一个跨不过去的坎儿。吃过饭，叶兰珍去洗碗，林若诚就站在她的身边看着。

“你去沙发上休息，看看书或者看电视也行。”叶兰珍催促道。

“这地上有溅出的水，我怕你滑倒。”林若诚担忧地说。

“哪儿有那么娇气，放心吧，你快去。”叶兰珍再次催促。

“你弯着腰会不舒服，还是我来吧。”林若诚执意要求。

叶兰珍只好走出了厨房，去柜子里找了茶叶，给林若诚泡了杯茶，放到了茶几上，自己又走到客厅一角的书架上，拿起一本书，坐下来静静地看着。

林若诚很快收拾好了，走到了她的跟前，打开了电视，调到了体育频道，开始看篮球赛。两个相爱的人在一起，即便什么话也不说，也不会觉得尴尬。

球赛结束的时候，已经接近晚上十一点钟了，叶兰珍已经迷迷糊糊地睡着了，林若诚关掉电视，双手抱起她，向楼上的卧室走去。

翌日，叶兰珍是被电话吵醒的，彼时她还在做着一个甜蜜的梦，手机不停的振动声让她挣扎着醒来，看看身边，林若诚不在，只有手机在响。

她拿起手机，看到是一个陌生的号码，接通之后，电话里传来的声音也很陌生，这让叶兰珍有些困惑。

“请问是叶兰珍女士吗？”电话里的声音问道。

“我是，请问你是？”叶兰珍不解地问。

“我们是公安局的，您的丈夫现在出了点问题，我们需要你来协助调查。”电话那头是公安民警平静的声音，电话这头的叶兰珍却是一脸错愕。

她轻轻地放下电话，有些不知所措。她对方义明的事情一无所知，她只知道他在职场上如鱼得水，只知道他叱咤风云，只知道他在业内很有名气，她甚至不久前才知道了他爱的人是位男性，对于他的工作内容，她知道的信息量为零。

“怎么了？”林若诚已在门口站了一会儿，看到她脸上错愕的表情，关切地询问。

“他好像出事了，公安局说需要我配合调查。”叶兰珍语气平静。

“他们不知道你们已经离婚了？”林若诚问道。

“我不清楚，我得赶回去。”叶兰珍边说边起床穿衣服。

“吃过早饭再走吧，我送你回去。”林若诚说。

“现在就送我回去吧。”叶兰珍说。

“好吧。”林若诚回答。

两个人一起下了楼，他驾驶着车子，她安静地坐在一旁，好像都有心事，但是谁也没有说话。

14 日　落

在公安局里，她见到了许久不见的方义明。眼前的方义明让叶兰珍不敢相信自己的眼睛：这是那个方义明吗？他看上去老了十几岁，两鬓明显多了白发，他的眼神憔悴，胡子拉碴，那种职场得意的风采全然不见，她看到的是颓废的他，挫败的他。

看到叶兰珍，方义明的眼睛里顿时多了一丝光彩，然而看到她微微隆起的腹部，他先是错愕，然后笑了，带着似解脱般的微笑。

“你，还好吗？”叶兰珍坐在他的对面，不知道说什么好。

“好，还活着呢。”方义明自嘲般地回答，然后看了一眼她的肚子，叶兰珍低下头看了看，明白他的意思。

“我……”叶兰珍想把一切都告诉他。

“我都知道。”方义明苦笑了几声，叶兰珍抬起头看着他。

“这种事情怎么会逃得过我的眼睛。我知道错在我，所以，你该去寻找你的自由，寻找你的爱情，你不应该困在我给你制造的牢笼里。”方义明说。

“你……”叶兰珍想问他还知道什么。

“我知道他是谁，他的工作，他的家庭，我都清楚。”方义明平静地回答，没有波澜，也感觉不到疼痛。

“你调查我?”叶兰珍有些气恼。

“我是为了你好，我希望你的后半生可以幸福。”方义明回答。

“可是你毁了我十几年的青春，这十几年来，我总是在检讨自己到底是哪里不好？我活在你给我制造的虚幻世界里，我懦弱又胆小，我就像一只鸵鸟一般，埋着头不敢面对现实。人的一生，能有几个十三年？那些流走的时光怎么去计算?”叶兰珍哭了，泪水决堤。

“对不起，是我太自私了，我也很痛恨自己。你说得没错，我的确试图不停地用物质弥补你，也许你早该遇到他，这样我们彼此都不用太过挣扎。”方义明的语气平静，好像带着一种绝望和无奈。

“我们从来都没有走进过彼此的内心世界。”叶兰珍哭诉着。

“是我的错，是我封锁了我的内心。”方义明长叹了一口气。

“为什么当初你会选择我?”这是叶兰珍长久以来的疑问，为什么偏偏是她?

“你记不记得我们第一次见面是在什么时候?”方义明抬起头，认真地问道。

“当然记得。”叶兰珍擦了擦眼泪回答，回忆一下子将她拉到十几年前，她即将研究生毕业，青春洋溢。

“你们公司去给我们单位做咨询项目，你扎着马尾辫，二十岁出头，眼睛黑亮，总是微笑，你好像总是能第一时间觉察到别人的需求，我一下子被你吸引了，我觉得我爱上了你。”方义明陈述着，眼睛里是回忆的光芒。

“你真的对我有过爱吗？”叶兰珍用质疑的口气问他。

“我相信那就是爱，但是长久以来，我一直对于自己的性取向不甚明确，我的母亲更是三番五次地催我结婚，所以在你出现的时候，我决定追求你。”方义明陈述着，带着回忆。

“所以你还是在利用我，为了结婚而结婚，对吗？”叶兰珍的眼泪不停地掉落，像断了线的珠子一般。

“对不起，是我太自私了。结婚以后，我无数次地想跟我的内心世界对抗，但是我总是失败，我也有很多次想向你说出事情的真相，但每一次想到母亲，我都退缩了，我知道她是绝对不允许的，就这么拖着，时间一晃就没了。”方义明长长地吐了一口气，藏在内心十几年的秘密在这一刻全部一吐为快。

叶兰珍静静地听着，看着眼前这个憔悴的男人，她感觉终于朝他的内心走进去了一点。在这婚姻的十三年里，他把自己包裹得严严实实，他就像是一个伪装者，就像在他的心灵上架起了一座堡垒，他让人困惑。

“你终于愿意跟我说这些了。”叶兰珍静静地说。

“离婚协议书我收到了，但是我一直没有拆开，一直放在办公室里。”方义明说。

“你这次的事情很严重吗？”叶兰珍问道。

“有些严重，不过不用担心，这都和你没关系。”方义明淡然地说。

“那你呢？”叶兰珍对他还是充满了关切。

“我总是喜欢冒险。人就是太喜欢贪图名利，其实我拥有的已经够多，但是我好像总是想要证明些什么，到最后才发现，都是梦一场，名利如浮云。”方义明又叹了口气。

“需要我配合做什么？”叶兰珍问道。

“他们会问你一些简单的问题，你如实回答就可以了。”方义明说。

“我还能为你做些什么？”叶兰珍的心里有些悲凉，她一方面觉得自己的人生就像是一场戏一样荒唐，一方面又不敢相信昔日的方义明会变成今天的模样。

“有空帮我去看看我妈，她前段时间又住院了，医生说她的情况很危险。她并不知道我们离婚了，她一直幻想着我们能有孩子。”方义明的眼睛里泛起了泪花。

叶兰珍的心里涌起无限的忧伤，眼前的方义明是她从不曾见过的模样，就像是卸下了所有的伪装。

“我会去的。”叶兰珍平静地回答。

方义明被警察带走，叶兰珍留下来，警察简单问了些问题，她就被允许离开了。一路上叶兰珍心事重重，她的眼前不停浮现出方义明的形象，从她初次见到他开始，他总是看起来冷酷又严肃，他很少笑，也从来不哭，他就像一个机器人一般，那些凡人常有的小烦恼他好像都没有，直到今天，叶兰珍才彻底地明白，他是一个凡人，只是将自己包裹得严实而已。

几天没有去公司，史晓文已经联系过她好几次，有个咨询项目的实施过程中碰到了些问题，叶兰珍回复了些解决问题的办法，让史晓文自己按照这些对策去跟客户沟通，现在正在等客户的反馈意见。叶兰珍有些放心不下，决定去公司看一看事情的进展。

到达公司时，已接近下午五点钟，马上到下班时间了，看到叶兰珍的突然到来，本来都松懈下来准备下班的员工一个个进入备战状态，然后将脸对着电脑屏幕，又时不时地偷瞄一眼叶兰珍。

史晓文倒是满心欢喜，看到叶兰珍走进来，她马上从座位上站起来，将眼前的笔记本电脑端起来，走到了叶兰珍的面前。

“你可回来了。”史晓文有些焦虑，又有些欣喜。

“项目进展如何？”叶兰珍边走边问。

“我正要给你汇报呢，我来给你看一下数据。”史晓文回答。

跟着叶兰珍进了办公室，史晓文将电脑放到了叶兰珍跟前，然后打开了一张表格。叶兰珍坐下来，一脸凝重地盯着电脑屏幕，史晓文去给叶兰珍倒了杯水，放到了她的跟前。

“最近有些下滑。”叶兰珍边看边说。

“对，这也是我的担心所在。项目已经进行到关键阶段，现在数字下滑，到后期这种现象就会更严重，会影响我们的最终结果。”史晓文担忧地说。

“不用太过紧张，我们前期做得不错，已经有很好的铺垫，有没有调查一下最近下滑的原因？”叶兰珍问道。

“正在调查，还没有准确的结果。”史晓文回答。

“再增派两名咨询顾问过去，找出根本原因所在。”叶兰珍说。

“好的，我马上安排。”史晓文回答，然后拿起电脑就要往外走。

“下班先别走，我们一起吃个饭。”叶兰珍说。

“有事？”史晓文问道。

“下班后再说。”叶兰珍抬头看了她一眼，然后开始收拾办公桌上的文件。

史晓文停顿了一下，没有说话，然后走出了办公室。很快就到了下班时间，办公室的员工陆陆续续都走了，只剩下史晓文和叶兰珍。

“不耽误你吧？”叶兰珍走到史晓文的跟前问道。

“耽误什么？”史晓文反问道。

“你和他呀。”叶兰珍回答。

“噢，我和他好久没联系了。”史晓文悻悻地说。

“怎么了？闹别扭了？”叶兰珍也有些惊讶。

“走，咱边吃边说吧。”史晓文将东西简单收拾了一下，两个人一起走出了办公室。

出了办公楼左拐走几十米就是商圈，吃饭的地方不计其数，现在是晚餐时间，人也渐渐多了起来。

“吃什么？”史晓文问道。

“鱼？”叶兰珍问道。

“好，吃鱼对宝宝好。”史晓文回答。

两个人进了一家专门做鱼的餐厅，她们来这里吃过几次，口味非常不错，鱼是现杀的，非常新鲜，肉质又细嫩。两个人找了个靠窗的位置坐了下来，史晓文去后厨点了活鱼，叶兰珍又点了个蔬菜。

“人类真残忍，不敢想象那些刚刚还活蹦乱跳的鱼一会儿就要进到我们的肚子里。”史晓文说。

“万物终有它的命，谁也无法把控。”叶兰珍无奈地摇摇头。

“那些杀鱼的人都很值得佩服，一刀下去，鱼也少受折磨，死个痛快。”史晓文说。

“说说你吧，怎么了？前段时间不还甜蜜得很吗？”叶兰珍问道。

“你说人一旦陷入爱情当中，是不是就完全没有了脑子？”史晓文反问道。

“差不多，非常容易迷失自己。”叶兰珍回答。

“你知道吗？我前不久才发现，他是有家庭的人。”史晓文的语气带着不可思议，带着被欺骗的气愤，一副怒不可遏的表情。

叶兰珍的脸突然抽动了一下，看了看史晓文，然后开始找水杯倒水，她开始不停地掩盖自己内心的慌乱。

“是吗？你确定了？”叶兰珍倒了杯水给史晓文，又给自己倒了一杯。

“确定，他有妻子有孩子。”史晓文说。

“那他怎么说？”叶兰珍继续问道。

“他还能怎么说，就是道歉呗，说什么跟老婆没感情，为了孩子才一直在一起，他将来会跟老婆离婚然后跟我在一起。”史晓文略带嘲讽地回答。

“你相信他的话吗？”叶兰珍问道。

“鬼才相信，男人不都那一套说辞吗？个个是吃着碗里的看着锅里的，一方面痛哭流涕，一方面忏悔求饶。我都三十多岁了，真没工夫看他们演戏。”史晓文的洒脱让叶兰珍自叹不如。

“很多女人往往是因为年龄到了才会有危机感，碰到这种情况往往是幻想着男的离婚，然后跟自己在一起。”叶兰珍说。

“也许我的命里就碰不到爱情，以前我还期待，现在，我想一切都已经安排好了，你去拼命追求也没有用，如果真的都没有合适的人出现，那么我一个人过也挺好的，不是每个人都有机会享受孤独，孤独并不等于可怜，孤独才是一个人精神世界的巅峰。”史晓文的大气磅礴让叶兰珍有些刮目相看。

“也许你是对的。”叶兰珍自言自语。

说话的工夫，一大锅鱼端了上来，两个人立刻就闻到了香味。

“哇，真香，有段时间没来吃了。”史晓文开心地拿起筷子，等待着服务员放下鱼，然后迫不及待地吃起来。

“慢点，还烫着呢，你这急性子。”叶兰珍有些嗔怪。

“好好好，淑女淑女。”史晓文做出一个淡定的手势，叶兰珍看着想笑。

“我也想跟你说件事。”叶兰珍慢慢地夹起一片鱼放到碗里，然后顿了顿，看着史晓文的眼睛，认真地说。

“什么事?”史晓文被她的严肃吓得心里一紧了，几乎屏住了呼吸。

“我想辞职。”叶兰珍安静地说。

“什么?”史晓文瞪大了眼睛看着她。

“我要辞职。”叶兰珍又说了一遍。

“现在我们有四个项目在进行，咨询顾问几乎都算得上是新人，你走了，这些项目怎么办?这可是几百万的大单子啊。”史晓文焦急地询问，又期待着这些话不是真的。

“我会向上级领导推荐你，由你来全权负责这些项目。”叶兰珍回答。

“我?可我从来没有独立运作过一个项目啊。”史晓文忧虑地说。

“你还有几个月的时间学习。我现在说的辞职只是计划，这段时间我会把重要的工作都交给你，况且，这几个项目你全部都有参与，你比他们都清楚项目的全部状况。”叶兰珍安慰她。

“你可以休假啊。”史晓文还期待着她可以放弃辞职的念头。

“我想全心全意地陪着孩子长大。”叶兰珍说。

“是不是你先生要求你的?”史晓文试探地问道。

叶兰珍愣了一下，不知道该从何说起。史晓文并不知道她已经离婚了，更不知道这个孩子的父亲是谁，虽然她是叶兰珍最得力的助手，但是面对这样的问题，叶兰珍仍然无法开口。

“不是，是我自己的想法。我已经三十九岁，自从大学毕业到现在，一直在工作，觉得倦了累了，没想到孩子就在这个时候来了，我想，我该换一种生活节奏，换一种生活规律，况且，孩子总会长大，能跟自己在一起的时间非常有限，我不想错过他的成长。”叶兰珍说。

“好吧，虽然我现在还不能感同身受，但也理解你。”史晓文回答。

“那么接下来的日子，你就要加油了，我会向董事长力荐你。”叶兰珍说。

“我会努力，谢谢。”史晓文回答。

餐厅里人声鼎沸，每张桌子前都热气腾腾。已是夏日，这热气让人酣畅淋漓。周围尽是喧闹声，中国人的习惯一向如此，餐桌上聊得忘我，声音一桌盖过一桌，没那么多顾及，也不讲究什么文明，聊透了喝嗨了才是餐桌的真谛。

晚餐结束，已是晚上八点半，两个人一起走出了餐厅。

“打车回吧，先送你。”史晓文提议道。

“不用，咱俩不是一个方向。”叶兰珍回答。

“你一个人行吗？”史晓文关切地说。

“放心吧，没事儿。”叶兰珍回答。

说话的工夫，前面有出租车来了，史晓文赶紧招手，出租车稳稳地停了下来，史晓文帮忙打开了车门，让叶兰珍先上车。

“那我就先走了，明天见。”叶兰珍上了车，跟史晓文告别。

“明天见，路上小心。”史晓文说完，关上了车门。

出租车启动驶离，叶兰珍回头，透过车的玻璃，看到史晓文一个人站在原地，等待着出租车的到来。夏日的夜晚，是温暖的，但是在橘黄色的灯光下，她依然显得孤独。也许我们都不知道未来在哪里，也许每个人都要在白天坚强地面对生活，又要独自面对夜晚一个人茕茕孑立的时刻，茫茫人海，五彩的灯光让世界变得魔幻，奔流不息的人群中，只能自己抚慰自己的心灵。

自从上次以后，林若诚就再也没有见过周乔。他打过几次电话给周乔的父亲，电话里，他被骂个狗血淋头，周乔的父亲天生居高临下的态度让他听到了一生所能听到的最难听的话。从她父亲怒不可遏的描述中，他大体知道，周乔的状况很不好，不吃不喝，整日躺在床上，已然不是一个正常人的状态。他想去看看周乔，但被周乔的父亲制止了，还被告知以后永远不要出现在他们家里，他只好默默地忍耐。

直到泮少阳怒气冲冲地赶到他的面前的时候，他才知道周乔的真实状况。

那日，他一个人呆在家里，为一个即将开始的学术交流会议准备材料，然后听到了剧烈的敲门声。他有些诧异地起身去开门，一开门便看到了一脸怒气的泮少阳，还没等他反应过来，一个拳头已经打到了自己的脸上，他的身体猛地往后退。泮少阳继续跟上前来，挥出拳头，再次朝着他的脸上打过来，他本能地保护自己，也挥出拳头打向对方。

看到林若诚挥过来的拳头，泮少阳好斗的心立刻被激起了。两个人你一拳我一拳地挥舞着扭打在一起。

“你对得起周乔嘛！”泮少阳边打边吼。

“你还是管好你自己吧！”林若诚也不甘示弱，更确切地说，他是在发泄自己的情绪，他这一生的好脾气几乎都在这段时间被用尽了。

“你把她毁了！”泮少阳再次挥拳。

“我也不知道会是这样。”林若诚无可奈何。

“她吃安眠药自杀了，正在医院抢救，你知不知道！”泮少阳停下来，大声朝林若诚吼叫。

林若诚停了下来，一脸错愕，他担心的事情终于还是发生了。

“什么时候？她现在怎么样？”林若诚看着泮少阳，认真地问道。

“还在医院抢救，已经昏迷了三天了。”泮少阳的情绪逐渐平息了下来。

林若诚转身便跑出了家门，他要去医院看看周乔。赶到医院的时候，见到了许久不见的周乔的父亲和母亲，两位老人神情憔悴，满头银丝，苍老了许多。

“你来干什么？”看到林若诚，周乔的父亲一腔的怒气又被激起。

“周乔怎么样了？”林若诚愣愣地问道。

“她到现在还昏迷不醒，都是被你害的。”周乔的父亲痛心疾首地回答。

“对不起。”林若诚喃喃地说，除了对不起，他已再也表达不出什么。

他推开病房的门，轻轻地走了进去。他在她的床前坐了下来，看到了脸色苍白的周乔，毫无血色的嘴唇，眼睛紧紧闭着，头发凌乱，他伸出手去握一握她的手，她的手是冰凉的，这种冰凉让他害怕，害怕她会死去，如果她真的死去，那将是他一生的罪恶，他没有办法原谅自己。

眼前的周乔让他觉得陌生。他现在所能回忆起的周乔，还是大学时的模样，青春靓丽，朝气蓬勃，她常常在校园里的某一条小道上，堵住他的路，然后带着挑衅抑或是挑逗的语气说：嘿，林若诚，你去干嘛？而他总是带着来自小县城的自卑躲避她，但是周乔是固执的，这种固执不是来自于她良好的出身环境或者是优越的家庭条件，这种固执来自她的个性本身，任性又倔强，偏执又彷徨。

他记得那时候的阳光总是明媚的，周乔锲而不舍的精神让一向被动的林若诚最终选择了她。林若诚也无数次地问自己，爱她吗？是全心全意地爱她吗？每次他都无以对答。如果说不爱，那也不是他的真实内心，如果说爱，又好像没有那么浓烈，无论原因是什么，结果就是他和她在一起了。

谁也不能想象日子会变得越来越像一个泥潭，真正进入婚姻的两个人才明白，我们每个人首先是一个独立的个体，有着纠结的情感与不同的个性，相处的过程比起相爱来说要艰难百倍，白天与黑夜，太阳的起与落，最终将爱磨平，把它藏到了时光的背后，剩下的只有繁琐。

正处于回忆的思绪当中时，林若诚感觉到自己握着的周乔的手动了一下，他有些惊讶，又认为是自己的感觉出了错，再看一眼周乔的手，没有反应。他悻悻地吐了口气，刚才一定是错觉。正想着的时候，他感觉她的手在自己的手里又动了一下，这下他的心揪了起来，紧紧地握了握周乔的手，然后靠近她的耳边呼唤着她的名字：周乔……周乔……

周乔缓缓地睁开了眼睛，她一定是听到了他的声音。看到她有大颗的眼泪从眼角滑落，林若诚兴奋地喊道："周乔醒了，周乔醒了。"站在门外的周乔的父母疯了一般冲了进来，凑到病床前不停呼唤着女儿的名字，周乔的眼泪再次滑落。

"快去叫医生。"周乔的母亲不知所措地催促道。

林若诚想要站起来去叫医生，突然感觉到他的手被紧紧地握了一下，周乔的母亲敏锐地捕捉到了女儿的这一举动，转身让周乔的父亲去叫医生，周乔的父亲也是开心得不知如何是好，只好莽莽撞撞地跑出去喊医生。

医生很快就来了，给周乔做了一番检查，然后对周乔的父母说：没事了，不用担心了，后续静养就可以。

两位老人喜极而泣，就像两个老顽童一般拥抱在一起掉泪。

"医生，她现在可以吃东西吗？"周乔的父亲问道。

"可以适当吃些流食。"医生回答。

"好好好，我去买。"周乔的父亲说。

"快去快去，买些粥吧，甜的咸的都买一份。"周乔的母亲说。

"我去吧。"林若诚站起身来，对两位老人说。

"不用，你在这里陪陪她，我们去就行。"周乔的母亲的眼神里带着恳求。

"嗯。"林若诚没再多说什么，只是点了点头，然后又坐了下来。

房间里只剩下他们两个人，林若诚不知道该说什么，只是静静地坐在一边，周乔时不时地睁开眼睛看看他，然后又闭上眼睛，好像很累的样子。

“对不起。”林若诚说。除了对不起，他还能说什么呢？

“为什么我还活着。”周乔一声叹息。

“你以后不要再做傻事了。”林若诚恳求道。

“我的心找不到归属，心没有了期冀，就没有了活着的动力。”周乔喃喃地说。

林若诚沉默着，眉头紧皱着。面对着抉择，他感到前所未有的困难，他倒是宁愿去死，死亡才可以将一切痛苦终结，脱离尘世，才可以消除一切烦恼。

“我知道你跟我在一起的这些年过得太压抑。”周乔继续说，“所以我才选择了放手，给予你自由。我以为时间会洗去一切，可是我做不到，我控制不了我的心。”

“不要说话了，你好好休息。”林若诚不知道如何回答，只好转移话题。

周乔于是不再说话。也许是心已过于疲乏，也许是真的没有力气，她就那么躺着，安静地躺着，眼睛直直地盯着天花板，那个曾经眼睛里充满阳光的周乔不见了，那个爱笑的周乔不见了，甚至那个暴烈的周乔也不见了，只有沉寂，像是一潭死水一般。

周乔的父母很快买来了食物，两位老人每个人的手上都提了很多东西。母亲凑到周乔跟前，轻轻地说："起来吃点东西吧。"

周乔不说话，眼睛仍然盯着天花板，父亲见状也凑了过来说："宝贝女儿，你稍微吃一点，吃一点才有力气啊，你这样让我和你妈妈担心死了。"

周乔仍然不说话。两位老人互相看了看，不知道该如何处理，林若诚走过来说："我来吧。"

两位老人将食物递到林若诚的手中，然后识趣地退到一边去。

"你先吃点东西。"林若诚说着，将一碗粥的盖子打开，然后拿出勺子搅拌，两位老人从病床的一侧将床头摇起来，周乔的身体呈半躺着的状态。

"你走吧。"周乔将头扭到一边去，她不看他，不敢看他，她怕自己建好的心理防线会瞬间崩溃。

"你先吃些东西，我再走。"林若诚的眼神里有忧郁，有担忧，有愧疚。

"你走啊！"周乔突然吼了起来，刚才还如死寂般的表情此刻变得狰狞。

林若诚愣了愣，周乔的父母也愣在原地。周乔的头扭向一边，场面如此尴尬。林若诚讪讪地放下手里的食物，然后跟周乔的父母示意一下，转身离开了病房，身后，传来周乔撕心裂肺的哭泣，那声音透过病房传到楼道上，传到林若诚的耳朵里，传到他的心里，他感觉好像一切都碎了。

走到楼道的拐角处，他看到了一直等在一旁的泮少阳。林若诚停了下来，看着他，泮少阳将手中的烟熄灭，扔到了一旁的垃圾桶里。

“她醒了？”泮少阳问道。

“是。”林若诚回答。

“她怎么样？”泮少阳又问。

“不太好。”林若诚回答。

“你将她的一生都毁了。”泮少阳的语气听起来非常冷酷。

“我也不知道会这样。”林若诚长叹一口声，带着对命运的无可奈何。

“我不会放过你的。”泮少阳冷静地说。

林若诚没有回答，径直上了电梯，他已不想知道身后是什么，他只能一步步地向前走，没有办法回头。

秋日来临，无比炎热的夏天终于过去了，那些翠绿的梧桐树叶渐渐地失去光泽，开始一片片地落下，风也变得凉了，偶尔有雨，过后是满地的黄叶，清冷地，凛冽地，带着伤感的决绝。

林若诚是在一个有雨的早晨被学校领导约谈的。前一天晚上下了一夜的雨，早上醒来时，满地的落叶。他接到了学校领导的电话，让他尽快赶到学校，林若诚的内心有些预感，所以平静地驾车到了学校。

他没有去自己的办公室，而是径直去了校领导的办公室，推开门的瞬间，看到校长正一脸严肃地忙碌着什么。

“来了。”校长礼节性地打招呼。

“对。”林若诚回答，表情有些不自然。

“坐吧。”校长再次招呼道。

“谢谢。”林若诚坐到了一旁的椅子上。

“咱们开门见山，学校最近收到了些消息，关于你的。”校长严肃地说。

“什么消息？”林若诚平静地问。

“你来看看吧。”校长将一份档案袋打开，递到他的面前。

林若诚愣了一下，起身拿起了档案袋，然后默默地打开了袋子，袋子里的东西不小心掉到了地上，林若诚捡起来，看到的是他和叶兰珍在一起的照片。

林若诚低着头，一时不知道该从何说起。

“这些都是事实吧？”校长问道。

“是。”林若诚回答，他不想辩解。

"你没有要解释的吗？"校长有些惊讶地看着他。

"没有。"林若诚回答。他没有说出他早已离婚的事实，他不想逃脱责任，更何况，他的内心对周乔始终抱有愧疚。

"为了维护学校的形象，严肃教师队伍纪律……"校长说。

"我早已知道会有这么一天，所以我决定辞职。"还没有等到校长说出处分的决定，林若诚便提出辞职的申请。

"你想好了？"校长问。

"想好了。"林若诚回答。

"那好吧。"校长倒是没有想到是这样的一种状况。

"您还有其他事情吗？没有的话我回去了，我会递交辞职申请的。"林若诚说。

"没有了。"校长一愣，他本来以为林若诚会有一番辩解，或者是请求学校宽大处理之类的说辞，没想到林若诚的反应是辞职。

"谢谢您这些年的照顾。"林若诚站起身来，给校长鞠了一躬，然后离开了校长办公室，留下校长在座位上目瞪口呆。

走出校长办公室的门，林若诚长长地出了一口气，脚步好像也变得轻盈。他身上穿的黑色薄款风衣被楼道里的风吹起，他的修长的腿迈着大大的步伐，他的脑子里一片空白，他的心里好像也是空白的。出了办公楼，看到一群群学生三三两两地经过，欢笑嬉闹着，林若诚眼前浮现出自己大学时候的样子，那时候的他是安静内敛的，那时候的周乔是阳光灿烂的，那时候的他对未来充满了幻想。他以为未来很远，以为未来多么璀璨，可是日子匆匆地流走了，未来已经到了，物质上不断增加，精神上却越来越困顿，心灵上却像是上了枷锁，曾经以为物质上的富裕可以摆脱精神上的困顿，直到人到中年，才发现我们一直追求的自由与光明好像都是不存在的，它就像一个理想的乌托邦，只是一个虚幻的世界，我们只能面对着这平凡的朝起夜宿，那些阳光雨露，那些长出的新芽，落下的树叶。

已是深秋了，辞职后的林若诚时间上更加自由了。他几次邀请叶兰珍搬到自己的家里来，叶兰珍却没有同意，她是带着倔强的，或者更准确地说，她没有踏过自己的心槛。她几次问林若诚关于周乔的状况，但林若诚得到的消息也是寥寥无几，他只知道周乔出院以后就住到了父母那里，父母整日地跟着她，生怕她会再做出傻事。

叶兰珍的肚子渐渐大了起来，孕相明显，走路开始变得有些费力，但是她依然在工作，工作可以让人忘却那些难以逃掉的烦恼，可以让时间在不经意间溜走。几个咨询项目都进行了三分之二，中间出现的小插曲也成功解决了，目前看来总体形势不错，史晓文也前所未有的更加努力。

叶兰珍在某一天接到一个陌生的电话，电话里是一个陌生女人的声音。

“你好。”电话里的女人说。

“你是?”叶兰珍有些诧异地问道。

“我叫周乔，我是林若诚的前妻。”女人的声音冷峻又平静。叶兰珍的心却一下子揪了起来，就像是做了坏事被抓包的小孩一样紧张不安。

“你好。”叶兰珍小心翼翼地说道。

“我想见见你。”周乔平静地说。

“我……”叶兰珍不知道该不该答应，她有些犹豫。

“我只想知道你的样子。”周乔的语气里有稍许的迫切。她是必须要见到她的，她太想了解这个女人，太想知道是什么样的女人让林若诚魂牵梦萦。

“好。”叶兰珍只好答应了。

叶兰珍跟史晓文交待了些工作，然后一个人离开了办公室。她打车来到她们约定的地点，位于江边的一家咖啡厅。

咖啡厅是一栋位于江边的独立的小房子，房子分为三层，一层二层都在室内，三层是一个露天平台，坐在平台上，就可以看到全部的江景。今天天气格外晴朗，阳光极好。来到江边的咖啡厅里，才发现咖啡厅里空无一人，两个服务员站在吧台的后面百无聊赖，看到叶兰珍走进去，服务员马上走过来打招呼：“这位女士，您是不是约了人的？”服务员热情地问道。

“是的。”叶兰珍有些意外。

“那麻烦您楼上请，三楼的露天平台上有两位在等您。”服务员回答。

“两位？”叶兰珍更是诧异。

“对的，您请吧。”服务员引领着叶兰珍走到楼梯口。

叶兰珍有些疑惑地走上了楼梯，刚刚走到平台上，她就看到了一个女人坐在那里。看到叶兰珍走来，她起身招呼，然后女人对面的男人转过头来，叶兰珍这才看清是林若诚。

周乔站在那里，脸上的表情异常平静，等到叶兰珍走到他们跟前的时候，周乔的眼睛盯着叶兰珍的肚子。有几秒钟的工夫，她是呆住的，这表情是复杂的，难以描述的，有错愕，有不敢相信，还带着仇恨。

叶兰珍安静地坐了下来，三个人面面相觑。江风很大，猛烈地吹过来，叶兰珍的头发乱了，周乔的头发乱了，林若诚的头发乱了。他们能听到江水拍打岸边的声音，哗啦拍打过来，再退回去，再次拍打过来，再回去，带着挣扎的气息。

“你怀孕了？”周乔抬起头来，几乎是咬着牙问她，甚至可以看到她的全身在颤抖，林若诚有些紧张地看着她。

“周乔，你听我说。”林若诚伸出手去，想扶住周乔的双肩。

“听你说什么？”周乔猛地甩开了林若诚的手，几乎是怒吼着看着他，“听你说你们两个人如何恩爱？听你说你们如何造出她肚子里的孽种？听你说你如何抛掉我们十几年的感情？我不要听，我什么也不要听，我不要！”

“周乔，你冷静些。”林若诚再次扶住她的双肩。

“你让我怎么冷静？我想要我们的孩子，可我们的孩子呢？我们曾经也有过孩子，他没有机会来到世界上，就被我残忍地杀死了，我每天都陷在无尽的后悔和自责当中，我一辈子也不能原谅自己，一辈子也不能原谅你。”周乔哭得让人心碎，那种伤心绝望，带着对生活不可挽回的绝望。

“都是你！”周乔突然转身看着坐在一边的叶兰珍，眼睛里充满了凶狠。

“如果不是你，林若诚不会离开我，不会离开这个家，是你破坏了我所有的生活，是你害了我。”周乔痛哭流涕。

“周乔，你冷静些，这跟她没有关系。”林若诚想要解释。

“怎么没有关系？我们在一起二十多年，我们本来可以白头到老的，要不是这个贱女人，我们就不会走到今天，我要杀了她，我要杀了这个女人，我要杀了她肚子里的孽种！”周乔面目狰狞，双眼通红，头发凌乱，她叫嚣着朝叶兰珍扑过去。

“你快走！”林若诚紧紧地抱住周乔，让叶兰珍赶紧离开。

叶兰珍有些不知所措，头脑一片空白。她赶紧站起来，想要逃走，但是周乔一下子从林若诚的怀里挣脱，然后迅速地靠近叶兰珍，她双手一下掐住叶兰珍的脖子，叶兰珍顿觉不能呼吸，林若诚大惊失色，跑过来拉开周乔的双手，叶兰珍终于挣脱，刚想跑开，周乔的脚一下子踹到叶兰珍的肚子上，叶兰珍顿时疼得倒了下来，林若诚赶紧跑过去扶住叶兰珍。此时的周乔已经完全失去了理智，她所有的抱怨与愤恨都在这一刻爆发了，看到林若诚对叶兰珍关切的样子，她的妒火瞬间从心底升腾起来，她要杀死这个女人，这个毁了她的未来的女人。她顺手拿起桌子上的一个巨大的玻璃烟灰缸朝叶兰珍砸去，林若诚转身，看到飞过来的烟灰缸，他本能地去保护叶兰珍，烟灰缸正好落到了林若诚的太阳穴处，顿时鲜血直流，只觉得晕眩，天也转，地也转，他慢慢地倒在了地上，头上的鲜血就这么汩汩地流着。

周乔吓得呆在原地，刚才的疯狂瞬间消失了，恐惧感迅速地爬上心头。她惊恐地跑过来蹲下身子，想要去抱住林若诚，一旁的叶兰珍也挣扎着起来，她的肚子疼痛，她强忍着巨痛想去叫人帮忙。此时，楼下的服务员已经听到了剧烈的争吵，然后跑了上来，看到了躺在地上鲜血流了一地的林若诚。

“快打120。”叶兰珍挣扎着说，一步一步地踱到服务员身边。

“噢，好。”服务员一定被这场面吓坏了，飞快地跑了下去。

叶兰珍的肚子剧烈地疼痛着，她的全身都在颤抖，她感觉下身好像在出血，然后，她只觉得眼前一黑，便昏倒在地上，她的身后，周乔像个傻子一般抱着林若诚，紧紧地抱着。

叶兰珍醒来时，看到的是医院惨白的天花板，坐在她的床前的是她的同事史晓文，她挣扎着要坐起来，被史晓文按住了。

“你终于醒了。”史晓文说。

“我的孩子呢？”叶兰珍猛地拉开被子去看自己的肚子。

“别着急，孩子没事。”史晓文再次按住了她，给她盖好了被子。

“他呢？林若诚呢？”叶兰珍焦急地问道。

“他……”史晓文犹豫着不知如何回答。

“他在哪里？我要去看他。”叶兰珍挣扎着要从床上下来。

“你冷静点，你肚子里还有孩子。”史晓文大声地吼叫着，试图以此来稳定她的情绪。

“他在哪里？我一定要见到他。”叶兰珍仍然挣扎。

“他死了，他再也不会出现了。”史晓文一字一顿地回答。

一个晴天霹雳。她只觉天旋地转，她的耳朵里听不到任何声音，她迷迷糊糊中又看到林若诚血流一地，看到林若诚的脸一点点模糊，她再次昏了过去。

“医生，医生，快来人啊。”史晓文大声呼喊着。

医生很快赶了过来，史晓文被吓得不知所措，只是远远地站在一边，看着医生给叶兰珍做各种检查，看医生和护士来回穿梭的身影，看那些冰冷的仪器。

不知道过了多久，好像一切终于平息下来了，医生走到史晓文的跟前说：“你是她的直系亲属吗？”

“我是她的同事。”史晓文回答。

“通知一下她的先生，孩子可能会有危险，紧急情况下需要有人签字。”医生说。

“可是我联系不到她的先生。”史晓文说。

“那，通知她的父母。”医生又说。

“我也没有她父母的联系方式。”史晓文无奈地回答。

“那她没有其他亲人吗？”医生继续问道。

“应该是没有，她现在情况怎么样？”史晓文问道。

“没有大问题，应该是伤心过度，估计很快会醒来，孩子的状况不太稳定，需要密切观察。”医生说。

“好的，谢谢医生。”史晓文回答。

医生走了出去，史晓文走到病床前坐了下来，静静地看着叶兰珍。眼前的叶兰珍紧闭双眼，脸色憔悴，头发凌乱，这完全不是她平日里见到的那个叶兰珍。史晓文顿时有些心酸，虽然她还不知道全部的故事，但她早已猜测出了大概。

没有多久，叶兰珍便缓缓地睁开了眼睛，她转头看到了身边的史晓文，眼泪就无声地滑落下来，顺着脸颊，打湿了枕头。

“我要去看他。”叶兰珍静静地说，声音微弱到几乎听不到，那声音的微弱不是因为体力的困乏，而是来自内心的绝望，她挣扎着要起身下床。

“你别动，医生说你肚子里的孩子很危险。”史晓文制止了她。

“不行，我要去看他。”叶兰珍挣扎着坐了起来。

史晓文拗不过她，只好过去搀扶着她，一步一步地往外走，每走一步，她的眼泪便会掉落到地面上。走到太平间，她看到了躺在那里的林若诚。

万物皆死。她靠近他的脸，泣不成声。

他的脸冰凉，他的手冰凉，他的全身都冰凉。她曾经多次从他的体温上获取慰藉，而现在，她想将自己的体温都给他，全部都给他。她抱着他，她在颤抖，不停地颤抖，她的眼泪不停地落到他英俊的面庞上，她多么希望他能睁开眼睛，然后看着她，抿着嘴角温柔地笑，她多么希望，他能伸出手来，将他修长的手指放到她的脸上，对着她亲切地呢喃。他的面容安详安宁安静，他好像睡过去了，只是睡过去了，等到天一亮，他就会醒来，然后仍然孤独的一个人，穿着长长的风衣，那风衣的衣角随风而起，然后继续在这个寂寞的世界茕茕孑立。

她想随他去，就这样随他去，这已经是她人生的尽头，她的所有寄托都随着他的离去而逝去。她是恨自己的，如果不是当初的一通电话，他就永远不会向自己走来，没有希冀也就没有不可预知的未来。

“不要太伤心了，你的肚子里还有孩子。”史晓文不知如何安慰她，失去这人世间最爱的人，应该是一个人最大的悲伤吧。

叶兰珍只是哭泣，不停地抽泣，呜咽，时而带着咆哮，好像慨叹命运的不公，为什么让他离去？她宁可离去的是她自己。

“回去吧，你肚子里可是他的孩子，他一定不希望你有事，他一定期望孩子能平安地来到这个世界上。”史晓文再次安慰道。

叶兰珍渐渐地冷静了下来。她站起身子，她的眼神呆滞，她摸摸自己的肚子，肚子里的孩子将永远见不到自己的爸爸，想到这里，她再次悲从中来。这不可抵挡的命运的安排让她绝望，肚子里的胎儿一脚踢到了她的肚子上，她的眼泪又下来，她再次在林若诚的额头上亲吻，在他的嘴唇上亲吻，她要跟他告别了，永远地告别了，她曾经无数次地想过与他的分别，永远的分别，她幻想过离别的场面，但所有幻想的场景里，从来不曾出现此刻的景象。

回到病房里，叶兰珍靠着床半躺着，史晓文坐在她的跟前，安静地看她眼泪不停地流下，再流下，就像是泉水一般不停，那些无声滑落的泪水不停诉说着爱恨。叶兰珍是很少哭的，她不声不响，但又有着刚毅，她不容易动怒，也不太容易欢喜，工作上的困难她总是独自承担，她身上带着小城优秀女孩的坚毅和孤傲，可是此刻，她卸下了所有的伪装，只是尽情地流泪，带着无限的哀伤。

接下来的几天，叶兰珍就这么半躺着，几乎不进食，也不说话，眼睛一直看着窗外。史晓文向公司请了假，一直陪在叶兰珍的身边，她想通知叶兰珍的母亲，但被叶兰珍拒绝了，也许她还不知道如何面对自己的母亲。病房的窗外是一棵巨大的法国梧桐，叶兰珍的眼睛就这样直直地盯着窗外，看枯黄的叶子一片片落下。夜里，叶兰珍也几乎整夜地不合眼，史晓文有时候实在困得不行了，就趴在她的床前睡一会儿了，醒来时看到叶兰珍还是睁着大大的无神的眼睛，有的时候又噙着眼泪。

“你吃点东西。”史晓文几次央求道。

叶兰珍不回应，她吃不下东西，她对自己的存在充满了罪恶感，她觉得是她害死了林若诚，她就更不能苟活于世。

“你这样，肚子里的孩子怎么办?”史晓文苦口婆心，她能理解叶兰珍的悲伤，却不能感同身受。

大约有一周的时间，叶兰珍几乎全靠输液维持生命，无论史晓文如何劝慰，她都沉溺在悲伤中不能自拔，她唯一有反应的时候就是肚子里的孩子踢自己的时候，她会不停地抚摸着肚皮，然后默默流泪。

“我和他是在一个偶然的机会认识的，在去年的春天。”在某一个清晨，叶兰珍突然说话了。

“你终于愿意说话了。”史晓文欣喜若狂。

“我昨夜梦到他了，他抿着嘴角微笑着朝我走来，我开心地奔向他，梦里我觉得他还是在的，那么清晰，那么真实。”叶兰珍似自言自语。

“他一定是知道你过于悲伤，所以他来看你。”史晓文说。

“你知不知道，我自己的婚姻糟透了。”叶兰珍平静地陈述着，“当你发现跟你朝夕相处十几年的男人竟然是同性恋的时候，你会是什么反应?”听到这话，史晓文瞪大了眼睛，张大了嘴巴。

“对，就是这个反应。”叶兰珍苦笑着摇摇头。

“我婚姻的十几年里，我跟我的前夫就像生活在同一个屋檐下的两个陌生人。对，我的前夫，我已经跟他离婚了。”叶兰珍再次自嘲，带着一种被生活愚弄的自嘲。

“物质可以给人带来短暂的慰藉，但是生活是需要爱去浇灌的。”叶兰珍说。

“如果没有爱，你会发现你所拥有的房子、车子、名牌包都没有意义，它们没有一个亲吻一个拥抱来得真实。”叶兰珍好像在认真剖析自己十几年的婚姻生活。

“物质都是冰冷的，只有情感是有温度的。”叶兰珍继续说。

“我第一次见到他的时候，我就知道我那颗如一潭死水的心复活了。我太自私了，我自私地只想拥有他，我知道爱的力量太强大，强大到可怕，强大到可以杀死一个人。”叶兰珍像是在讲故事，她一点一点地诉说着。

“我一直觉得我是这世间孤独的行者，遇到了他，我以为找到了共同前行的人，我幻想着旅途中不再孤单，我幻想着那些两人共同面对的日子将变得不再艰难，可是我终究没有得到命运的成全。”叶兰珍长长地出了一口气，好像将她所有的心事都倒了出来。

史晓文静静地听着，没有任何回应，如果不是发生在眼前，她不相信这个故事是真实的，但是此刻的她却完全能感受到叶兰珍的心情。人真的是这世界最孤独的动物，无论何时，好像只有自己才可以与自己的灵魂相依，寻遍茫茫人海，总也找不到那个与自己灵魂契合的人。

林若诚最终回到了故乡，回到了他总是说起的故乡，那是他人生开始的地方，那么走到人生的终点也要再回到那里。他的母亲伤心欲绝，几次哭死过去。叶兰珍想起了林若诚谈起过的他的父亲，在他读高中的时候去世，跟现在的林若诚几乎是一样的年纪，这就是命运的安排，无法改变的安排。

大约两周后，叶兰珍出院了。她的状态慢慢好转，情绪慢慢稳定，究其原因是肚子里的胎儿在一天天地长大，孩子时不时的会踢她，好像在跟她说话，她越发期待着孩子的到来。她向公司递交了辞职申请书，同时给公司写了推荐信，推荐史晓文承担她的工作，同时，她邀请母亲来到了申城。

母亲对于她怀孕的事情一无所知，叶兰珍迟迟没有想好如何告诉她，所以当母亲看到叶兰珍大着的肚子时，先是惊讶，然后是惊喜。

“这么大的事你怎么不告诉我？”母亲又是欣喜又是责怪地问她。

“妈，我不知道怎么告诉你。”叶兰珍认真地看着母亲回答。

“这有什么为难的？”母亲诧异地看着她。

“我跟方义明离婚了。”叶兰珍淡定地回答。

“什么？”母亲惊讶地问道。

“他涉嫌违规操纵股票市场，被逮捕了，为了我们的经济利益考虑，也是为了保全我，他提出了离婚，我也同意了。”叶兰珍说出了一半的真相，她不想告诉母亲关于方义明的事情，痛苦就独自承担吧，从小到大，她一向如此。

“那他现在怎么样？”母亲一时不知道该如何面对。

“还在看守所里，最终的判决还没有下来。”叶兰珍平静地回答。

“这是作孽啊，好不容易有了孩子。”母亲边说边拍大腿。

叶兰珍并没有告诉母亲孩子是谁的，如果告诉她事实的全部，也许母亲会暴跳如雷，也许母亲会歇斯底里，她相信母亲是无法承受的，所以就不说了，藏在心底吧，把一切藏在心底，把林若诚永远地藏在心底。

有母亲在身边的日子，突然像是回到了小时候。尽管母亲每天都在絮叨，但是感受着肚子里的胎儿，她逐渐开始理解母亲，血缘关系最是难以割舍，又难以定义，她和母亲有着无法割断的关联，却各自有着独立的世界观，她们之间谁也无法走进彼此的世界，即使观念不同，但有亲情相依。

孩子是在一个冬日的凌晨来到世界的，他果真是个男孩，这跟叶兰珍想象的一样。他带着嘹亮的哭声，像是跟这个世界打的第一声招呼。申城下了雪，飘飘洒洒，这让叶兰珍想起了跟林若诚在一起的那个有雪的夜晚，那气味熟悉又亲切，她甚至能感受到林若诚的体温，感受到他的味道，感受到他的心跳。

"这孩子像你，比方义明漂亮。"母亲看到孩子后说。

叶兰珍看了看母亲，没有说话。她让母亲把孩子放到了自己的跟前，她亲吻了他，她认真地看着他的眼睛、鼻子、嘴巴，他有一双漂亮的眼睛，他的鼻梁是高挺的，他的嘴角轻微上扬，他长得真像林若诚啊，一模一样。叶兰珍看着看着，便开始哭泣，眼泪掉下来，落到孩子粉嫩的小脸上，孩子也许感觉到了，睁开眼睛看了看，然后再次闭上了眼睛，安静地睡着。只是这一眼，叶兰珍便像是找回了曾经的林若诚一般，他的眼睛黑亮，带着好奇和彷徨。

有了孩子的日子变得异常忙碌，叶兰珍渐渐地没有时间去痛苦去回忆，何况她整日面对一个柔软的让人心都要化了的宝宝。他总是吐着舌头笑，饿了就哭，吃饱就笑，他稚嫩的动作和表情都让叶兰珍的心变得越发柔软，她有了生活的动力，她找到了活着的方向。

叶兰珍决定带着孩子去看林若诚，她要去告诉他，他们的孩子来了。她告诉母亲自己要出门几天，母亲问去干什么，她说去见同学，母亲问哪个同学，她说就是出国好多年的那位好朋友，她回来了，家在江城，她带着孩子让同学也看看。母亲半信半疑，但最终答应了，只是不停地嘱咐让她路上小心。

她买了高铁票，从申城到江城坐高铁需要三个小时。孩子出奇地听话，出发前吃饱了奶，路上睡了一路，快要到站的时候，他醒了，睁着大大的眼睛到处张望，叶兰珍亲亲他的脸蛋，他就咧开嘴巴笑，笑起来的样子像极了林若诚。

下了车，就到了林若诚从小生活的县城。县城不大，看起来有些破旧，人却不少，每个人的脸上都带着沧桑。也许这是因为北方那凛冽的风的缘故，她按照林若诚曾经描述的信息，几经辗转找到了他的家。她敲门，良久，有人开了门，是林若诚的母亲，她的眼睛跟林若诚很像。

“你是？”开门的女人一脸错愕地问。

“我带着您的孙子来看您。”叶兰珍回答。

“孙子？”林若诚的母亲更是一头雾水。

“对，这是我和林若诚的孩子。”叶兰珍回答，然后将孩子抱给她看，孩子立刻就笑了，咧着嘴，吐着舌头。

“孙子？”林若诚的母亲仍然半信半疑。

“是的，你看看他长得像不像他爸爸？”叶兰珍轻声说。

“像，像，太像了。”林若诚的母亲边哭边接过了孩子，抱着他朝客厅走去，然后不停地亲吻他。

叶兰珍跟着她走了进去。她四处环顾这个跟林若诚有密切关系的地方，她看到墙上有一个相框，她走到跟前，看到很多林若诚小时候的照片，这些照片都是黑白的，现在都已泛黄，她伸出手去抚摸照片上的林若诚，每一张都仔细地抚摸，从他的百天照，到周岁照，还有入学照，直到高中毕业照，好像看到这些照片，她就可以看到他的那些岁月，心灵上好像也更贴近了一些。

孩子哭了起来，林若诚的母亲说：“一定是饿了，吃奶的？还是奶粉？”

“奶粉。”叶兰珍边说边将包里随身携带的奶粉拿了出来。

“我去冲。”林若诚的母亲将孩子递给她，拿起奶粉去了厨房。

奶很快冲好了，她又把孩子抱了过去，自己拿着奶瓶喂了起来，这一切看起来那么自然，好像血液里的亲情自然而然地发生一般。

孩子吃完奶，接着就睡着了，睡得无比香甜，林若诚的母亲一直抱着他。

叶兰珍给她讲了他们之间的故事，林若诚的母亲听得一脸惊讶，显然，她是不知道这一切的，就像自己的母亲并不知道这一切一样。

听完叶兰珍的诉说，她只是叹息，一次又一次地叹息。人长大了，就跟自己的孩子有了距离，她不了解自己儿子的婚姻状况，更不了解他的精神世界。

“要是若诚还在该多好啊。”她看着怀里的孩子，不停地叹气。

“对不起。”叶兰珍说，满心的愧疚和自责。

“都是命啊。”林若诚的母亲又哭了，不停地用手抹着眼泪。

叶兰珍从林若诚的母亲口中，了解了更多林若诚小时候的信息。这个男人的形象在她的脑海中逐渐清晰起来，她跟他认识只有一年半的时间，她对他的了解仅仅是短暂的相会的时刻，他大部分的人生历程都是没有她的，也许没有她，事情也不会变成今天这个样子。

“我想带孩子去看看他，他在哪里？”叶兰珍问道。

“你跟我走吧。”林若诚的母亲长长地叹了一口气。

“带宝宝去看爸爸。”林若诚的母亲站了起来。

叶兰珍也跟着站了起来，他们一起出去，一起打车，没几分钟的工夫便来到了墓地。墓地是静悄悄的，但是她一点儿也不害怕。孩子醒了，哼哼叽叽地，到处乱看，一会咬手指，一会皱眉，一会微笑，这些微小的情绪都让人无限怜爱，好像有了他，就有了无法割舍的关联，他的眼睛里都是好奇，他对这个世界还一无所知。

走到墓碑前，看到墓碑上林若诚的照片，她的心一下子揪起来，她伸出手，轻轻地抚摸着他的相片，就好像曾经抚摸着林若诚的脸。

“宝宝，你看，这是爸爸。”叶兰珍轻轻地说，然后拉着宝宝的小手，让他的小手抚摸着那张相片。

“啊啊。”宝宝咿咿呀呀地，像是发出了爸爸的音。

“你看，这是我们的孩子，是个男孩，跟你长得像不像?”叶兰珍自言自语，好像林若诚就坐在她的面前。

“我会常常带他来看你，你就可以看着他长大了。”叶兰珍说，语气中对未来充满了想象。

“我会好好爱他，好好培养他，让他长成像你一样的男人。”叶兰珍像是在做出一种承诺。

稚嫩的宝宝什么也不懂，他只是东张西望，看着叶兰珍哭了，他有些惊讶地看着妈妈，叶兰珍擦了擦眼泪，转头微笑着看着宝宝。

“跟爸爸再见吧。”叶兰珍拉着宝宝的小手，朝着林若诚的照片挥了挥，然后亲吻了墓碑上的他，又亲吻了孩子，然后起身离开了。穿过肃穆的墓地，她一点也不觉得恐惧，这是每个人都要到达的地方，终究要到达的地方。

一旁的林若诚的母亲，一直在抹眼泪。北方的风很大，四周是高大的白杨，叶子都掉落了，只有枝杈在随着劲风飘荡，显得孤寂又落寞。我们穿越时空，在某一个时间相遇，我们终会离别，也许会在另一个轮回中相逢。

几个月后，叶兰珍收到了看守所传来的消息，方义明因涉嫌经济犯罪，被判处有期徒刑五年，在收监的前期，方义明收到了母亲病危的消息。

叶兰珍在一个忙碌的上午接到方义明的电话，当电话里传来方义明的声音的时候，她有些恍如隔世的感觉，就像是一个最熟悉的陌生人。

“你忙吗？”方义明的声音有些犹豫，有些微弱，他曾经的气场全无，此刻的他，语气里透露出他是一个失败者。

“不忙，有事吗？”叶兰珍平静地回答。

“我想请你帮个忙。我的母亲可能坚持不了多久了，我想，我想让你带着孩子去给她看看，满足一下她的心愿。”方义明吞吞吐吐地说。

“这……”叶兰珍有些犹豫。

“她并不知道我们离婚了，到现在都不知道。她最大的心愿就是我能有一个属于自己的孩子，虽然我这样的要求有些荒谬，但是，我只想让她走得安详些。”方义明的语气里带着央求。

“好，我答应你。”叶兰珍回答。

叶兰珍转身就收拾东西，给孩子穿好衣服，用小被子将孩子包裹好。

“你干嘛去？”正在阳台晾洗衣服的母亲问道。

“方义明的母亲可能快不行了，我带孩子过去看看。”叶兰珍回答。

“啊？怎么没听你说过啊。”母亲大惊失色。

“我也是刚听方义明说的。自从离婚后，我也不太清楚他们的状况。”叶兰珍回答，边说边穿衣服。

“唉，老太太没福气，这刚抱孙子，你看你们，你俩离婚了，老太太到现在还没看过孩子一眼。”母亲在一旁唉声叹气。

叶兰珍没有时间听母亲的絮叨，她一个人带着孩子打车去了医院。在医院的病房门口，她看到了许久不见的方义明。他的头发两鬓斑白，他的精神憔悴，他迈着缓慢的步伐朝着她走过来。这不是叶兰珍所认识的方义明。

“谢谢你能来。”方义明讪讪地说，然后看了看她手里抱着的孩子。

"长得真可爱。"方义明又说。

"妈……噢，你的母亲她怎么样?"叶兰珍问道。

"很不好，处于半昏迷状态。"方义明回答。

"进去看看吧。"叶兰珍说，然后抱着孩子走到了老太太病床前。

老太太戴着呼吸面罩，沉沉地睡着，也许是听到有人走过来了，她努力地睁开眼睛，看到了眼前抱着孩子的叶兰珍。

"妈，你看，兰珍抱着孩子来看你了，你不是一直要看孩子吗?"方义明说，叶兰珍看了他一眼，大体明白了。

叶兰珍把孩子抱到老太太跟前，孩子还睡着。老太太缓缓地睁开眼睛，看到孩子，她的浑浊的眼睛里流出了泪水，孩子哼哼几声，老太太的眼角就显出笑来，那是由衷的笑。

"委屈你了。"老太太声音微弱地吐出几个字来。

叶兰珍突然有些动容，她不得不再次面对死亡，这就是人生吧，有新生，有逝去，迎接新生总是喜悦的，面对死亡总是悲怆的。

"人啊，一辈子就是个苦，很多苦只能自己往肚子里咽，我一个人过了大半辈子，我都懂。"老太太一字一顿地说着，语气缓慢又微弱。

"义明。"老太太将目光转到方义明的身上。

“妈。”方义明的眼泪决堤，他在职场上叱咤风云，他带着冷酷和无情，可是此刻，他就是一个无助的孩子，看着将要逝去的母亲，他好像再也找不到回家的路，找不到心灵的归属。

“跟兰珍离婚吧，你不能耽误她一辈子。”老太太轻轻地说。

“嗯。”方义明哭泣着回答。

老太太轻轻地闭上了眼睛，她好像是累了，又好像是睡了。方义明紧紧地握着母亲的手，回想着他小的时候，母亲到哪里都带着他，都牵着他的手，如今，那双手再也没有力量了，那些遥远的时光都模糊了，为什么母亲牵着自己的手的记忆却是如此清晰？时间真快啊，明明还是幼年到处奔跑玩耍的记忆，怎么自己突然间头发花白，明明眼前还是母亲拼命努力工作的样子，怎么现在就要做最后的告别？

一直在哭泣的方义明感觉到母亲没有了声音，他猛地抬起头来，看到母亲安详地躺着，他赶紧摸了摸母亲的鼻子，已经没有了呼吸。瞬间，一个男人隐忍的哭声越来越大，直到响彻整个房间，这哭声有对母亲逝去的悲伤，有对命运荒唐的反抗，更有对生命的绝望。

申城的郊区，有一处环境优美的地方，它几乎与喧闹的市区完全隔绝。四周被围墙围了起来，围墙里面，绿树成荫，鸟语花香，住在里面的人三个一群五个一伙地聚在一起，交谈着，他们时而高谈阔论，时而窃窃私语，时而欢笑，时而怒目相对，有些人四处踱步，有些人自言自语，这里好像是一处世外桃源，生活在这里的人，没有追求，也无需奋斗，他们只需吃饭，或者睡觉，这无异于一处乌托邦，所有生活在这里的人都有无限的自由，可以随意地徜徉。

院子中央的小亭子里，总是坐着一个女人。她的头发稍稍凌乱，她的眼神没有生机，她常常一整天都安静地坐在轮椅上，呆呆地看着门口的方向，没有人知道她在看什么，也没有人知道她在想什么，但是只要有人出现，她就会笑，咧开嘴笑，等着行人离开，她又再次陷入沉默，她的嘴巴里一直喃喃自语，没有人知道她在说什么。

“我来看你了。”一个男人对着这个女人说话。

女人回过头来，先是漠然地看着他，然后就突然笑起来，笑得很灿烂，眼角都是笑意，在阳光的照耀下，像是一个纯粹的孩子一般。

“林若诚呢？怎么就你一个人来的？”她歪着头问道。

“他去参加系里组织的一个活动，今天脱不开身。”男人平静地回答。

“什么活动？怎么没有人通知我？我也要参加。”女人继续问道，语气里有些焦急，好像错过了什么重要的事情一般。

“等下次吧，这次名额都满了。”男人说话的声音有些哽咽。

“泮少阳，你又在骗我。”女人对着眼前的男人生气地说。

“大美女，我怎么敢骗你呢？你可是大名鼎鼎的周乔。”泮少阳一脸无辜地说。

“你少来，快告诉我林若诚去了哪里？”女人的眼睛里来了光芒，她满眼期待地等着他的回答。

“他，去了很远的地方，不回来了。”泮少阳的声音沉了下去，沉到了谷底。

他无论如何也不敢相信，林若诚死了，那个跟他较量了二十年的林若诚就这么被一个烟灰缸砸死了。他的脑海里一直浮现出他的影子，全是他青春的模样。他认识他时，他们正值青春年华，而如今，他已经四十几岁，他只是不断地慨叹岁月的匆匆，我们都还没来得及去珍惜身边的人，那些身边的人就开始一个个地离开了。

“系里组织篮球比赛，你和林若诚都报名了对吗？”周乔转过头来看着他。

“是的，报名了。”泮少阳镇定地回答。

“你能不能不要每次都那么横冲直撞的，林若诚总被你们欺负，实际是他让着你们呢。”周乔的眼睛散发出奇异的光。

“好，我后面的比赛尽可能文明些，不去拼命争抢。”泮少阳回答。

“你这个人最爱拼命争拼命抢，争职称，职位，你是系里最年轻的教授呢，还是最年轻的副院长。”周乔的语气平稳正常。

“现在好了，上帝来惩罚我了。”泮少阳自嘲地摇摇头。

“惩罚?”周乔一脸好奇地看着他。

“我现在已经不是什么副院长了。”泮少阳长出一口气，无奈地回答。

“为什么?”周乔皱起眉头看着他。

“我跟林若诚一起写的那篇论文被撤稿了。”泮少阳小声回答她。

“撤稿?不可能，林若诚学术水平很高的。”周乔一副不服气的样子。

“都怪我，急于求成，名利心太重，论文里面好多处造假，现在国家严查，被人举报了，现在我的职务也被撤销了。”泮少阳回答。

“你造假?你这是害了林若诚，他又要评不上教授了。”周乔抱怨道。

“评不评教授一点都不重要。”泮少阳看着将要落山的太阳幽幽地说。

“看，那个宝宝哭了，他一定是饿了，我要给他喂饭了。”周乔兴奋地嚷着，然后起身过去抱宝宝。

“我来帮你。”泮少阳边说边站起身来。

在他们前面的长椅上，有一个玩具娃娃，安静地坐在椅子上，这是周乔住进精神病院后始终不离手的玩具。

图书在版编目(CIP)数据

云端之上/北方著. —上海:上海三联书店,
2021.7
ISBN 978-7-5426-7357-2

Ⅰ. ①云… Ⅱ. ①北… Ⅲ. ①长篇小说-中国-当代
Ⅳ. ①I247.5

中国版本图书馆 CIP 数据核字(2021)第 111485 号

云端之上

著　　者 / 北　方

责任编辑 / 殷亚平
装帧设计 / 一本好书
监　　制 / 姚　军
责任校对 / 张大伟　王凌霄

出版发行 / 上海三联书店
(200030)中国上海市漕溪北路 331 号 A 座 6 楼
邮购电话 / 021-22895540
印　　刷 / 上海新开宝商务印刷有限公司

版　　次 / 2021 年 7 月第 1 版
印　　次 / 2021 年 7 月第 1 次印刷
开　　本 / 890×1240　1/32
字　　数 / 270 千字
印　　张 / 15.125
书　　号 / ISBN 978-7-5426-7357-2/I·1692
定　　价 / 88.00 元